MENG

之夏

钟晨鸣

ZhongChenMing

┌ 姓名 ┐
钟晨鸣 ◁

┌ 选手 ID ┐
18 ◁

┌ 年龄 ┐
18 ◁

┌ 擅长位置 ┐
中单 ◁

┌ 常用英雄 ┐
劫、卡特、发条 ◁

┌ 目前职务 ┐
TD 战队教练 ◁

原本以为是一位操作型选手，后来发现这位中单对整体运营也颇有心得，激进与稳定出现在同一个人身上，十分令人惊讶。

——路人评价

冯野

Master

选手 ID
▷ Master

姓名
▷ 冯野

擅长位置
▷ 打野

年龄
▷ 20

常用英雄
▷ 盲僧、螳螂

所属战队
▷ MW

LPL 的新生代打野，进入赛场便很快展露锋芒，在 MW 处于衰颓时力挽狂澜。

——某知名解说

Loading....

information

ⓘ 对方请求添加你为好友。

✓   ✕

information

ⓘ 游戏正在加载中……

information

ⓘ 好友发来一条消息。
Master：一起双排吗？

TUI YI ZHONG DAN XIANG DA ZHI YE

退役中单想打职业

闭目繁华 著

广东旅游出版社
GUANGDONG TRAVEL & TOURISM PRESS

中国·广州

图书在版编目（ＣＩＰ）数据

退役中单想打职业. 1 / 闭目繁华著. — 广州：广东旅游出版社，2023.11
ISBN 978-7-5570-3060-5

Ⅰ.①退… Ⅱ.①闭… Ⅲ.①长篇小说－中国－当代
Ⅳ.①I247.5

中国国家版本馆CIP数据核字(2023)第092722号

退役中单想打职业. 1

TUI YI ZHONG DAN XIANG DA ZHI YE. 1

闭目繁华 / 著

◎出版人：刘志松　◎总策划：苏瑶　◎责任编辑：何方　◎责任技编：冼志良
◎责任校对：李瑞苑　◎策划：张磊　◎设计：Insect 姜苗　◎图片绘制：鹿橦君
秃头大白鹅　毛球君

出版发行：广东旅游出版社
地址：广东省广州市荔湾区沙面北街71号
邮编：510130
电话：020-87347732　020-87348887（销售热线）
印刷：长沙鸿发印务实业有限公司
地址：长沙黄花工业园三号
邮编：410137
开本：889毫米×1194毫米　1/32
印张：10.125
字数：310千字
版次：2023年11月第1版
印次：2023年11月第1次
定价：45.80元

前言

本文基于网游《英雄联盟》创作，网络连载于 2017 年 7 月 ~ 2018 年 2 月，文中所有比赛赛制、英雄阵容、战术分析，均以 S7 ~ S8 期间的游戏资料作为参考标准。后续官方对比赛赛制和英雄机制等进行了一些更改，所以某些情节会与当前游戏版本情况不符，一切以当时的资料为准。

游戏《英雄联盟》介绍：

《英雄联盟》是一款风靡全球的十人对战游戏，因为其英文名为"League of Legends"，缩写为"LOL"，所以又被玩家们戏称为"撸啊撸"。

名词介绍：

上单（Top）：《英雄联盟》的对战地图分为三条线路，在最上面一条线进行对战的人被称为上单，每个位置的名称既可以指玩家位置，也可以指英雄位置。

打野（Jungle）：《英雄联盟》的对战地图分为三条线路，三条线路以外被称为野区，野区里面放置了一些野怪，不在线上对战升级，而以打野怪升级，随后去线上帮忙的人被称为打野。

中单（Mid）：《英雄联盟》的对战地图分为三条线路，在中间一条线进行对战的人被称为中单。

ADC：Attack Damage Carry，普通攻击持续输出核心的简称，一般与辅助一起在三条线路的最下面一条线路进行对战。

辅助（Sup）：一般在下路辅助 ADC 进行对战。

主要游戏术语介绍：

AP：AbilityPower，法术伤害、技能伤害。

平 A：普通攻击。

兵线：《英雄联盟》的对战地图分为三条线路，每一条线路上每隔一段时间会出现几个小兵，从基地水晶往各路进攻，小兵所在的位置被称为兵线。

带线：击败某一条路上敌方的小兵，让己方的小兵可以在线上走得更远，被称为带线。

分带：分别带线。

游走：离开原本所在的位置，去其他位置帮忙。

GANK：抓人，一个或者几个人一起，对对方进行偷袭、包抄、围杀等。

回城 / 按 B：B 键为《英雄联盟》默认的回城键，经过 8 秒的吟唱可以回到泉水里补充血蓝与装备。

发育：暂时不与敌方英雄发生战斗，用补兵或者击败野怪的方式获得金钱，再用金钱购买装备达到提升英雄属性的效果。

召唤师技能介绍①：

幽灵疾步（疾步）：在 10 秒内，你的英雄可以无视单位的碰撞体积并且获得 24% ～ 48%（基于英雄等级）移动速度加成。幽灵疾步会在参与击杀后延长其持续时间。冷却时间：210 秒。

治疗术（治疗）：为你和目标友军英雄恢复 95 ～ 345（取决于英雄等级）生命值，并为你和目标友军英雄提供 30% 移动速度加成，持续 1 秒。若目标近期已受到过其他治疗术的影响，则治疗术对目标产生的治疗效果减半。冷却时间：240 秒。

屏障（盾）：为你的英雄套上护盾，吸收 115 ～ 455（取决于英雄等级）伤害，持续 2 秒。冷却时间：180 秒。

① 引用自《英雄联盟》官方技能介绍。

虚弱（虚弱）：虚弱目标敌方英雄，降低其 30% 的移动速度，并使其造成的伤害减少 40%，持续 3 秒。冷却时间：210 秒。

传送（TP）：在引导 4 秒后，将英雄传送到友方建筑物、小兵或守卫旁边，然后提供一个移动速度加成。冷却时间为 240 ～ 420 秒，取决于英雄等级。

闪现（闪现）：使英雄朝着你的指针所停的区域瞬间传送一小段距离。冷却时间：300 秒。

净化（净化）：移除身上的所有限制效果（压制效果和击飞效果除外）和召唤师技能的减益效果，并且若在接下来的 3 秒内再次被施加限制效果时，新效果的持续时间会减少 65%。冷却时间：210 秒。

引燃（点燃）：引燃是对单体敌方目标施放的持续性伤害技能，在 5 秒的持续时间里造成 70 ～ 410（取决于英雄等级）真实伤害，获得目标的视野，并减少目标所受的治疗和恢复效果。冷却时间：180 秒。

惩戒（惩戒）：对目标史诗野怪、大型野怪、中型野怪或敌方小兵造成 390 ～ 1000（取决于英雄等级）真实伤害。用在野怪身上时，恢复一部分最大生命值。冷却时间：15 秒。

《英雄联盟》相关赛事介绍：

S 系列赛：英雄联盟全球总决赛系列赛，S 指 season，也就是赛季。

LPL：League of Legends Pro League，中国大陆最高级别英雄联盟赛事，分为春季赛与夏季赛，常规赛采用积分循环赛制，而季后赛则是淘汰赛制，是中国大陆赛区通往全球总决赛的唯一渠道。

LCK：League of Legends Champions Korea，英雄联盟在韩国地区的顶级联赛，由 CJ E&M 旗下节目 OnGameNet 主办，所以早年也有称韩国地区的比赛为 OGN 比赛的说法。

LMS：League of Legends Master Series，英雄联盟在港澳台赛区的顶级联赛。2020 赛季的 LMS 与东南亚职业联赛（LST）合并为全新的 PCS 联赛，自此 LMS 联赛成为历史。

LCS：League of Legends Championship Series，英雄联盟在欧洲和北美赛区的顶级联赛，又分为北美（NA）赛区与欧洲（EU）赛区，2019赛季欧洲赛区独立于 LCS 举办了全新的欧洲顶级联赛 LEC，EU 与 NA 之分成为历史。

MSI：Mid-Season Invitational，英雄联盟季中冠军赛，每个赛区春季赛冠军获得参加资格。

LSPL：英雄联盟甲级职业联赛，曾经作为国内战队进入 LPL 的唯一渠道，2017 年被 LDL 所取代。

LDL：LOL Development League，英雄联盟发展联赛。

德玛西亚杯：Demacia Cup，为了加深职业联赛与非职业联赛的碰撞而举办的比赛，参加队伍从 LPL、LDL、TGA（城市英雄争霸赛）、LCL（高校联赛）中选拔出来。

目 录
CONTENTS

目录
CONTENTS

第一章

十八岁

TUIYIZHONGDAN
XIANGDAZHIYE

"上网几块？"

"普通区八块一小时，游戏区十块。"网吧吧台的小姑娘看着平板电脑里播放的电视剧，头也没抬，"会员上网六块一小时，要办个会员吗？"

"会员怎么办理？"

"一次充值三十块。"收银小姑娘突然觉得这个声音还挺好听的，终于将目光从电脑上移开，抬头看了一眼吧台前面的人。

一看，她瞬间觉得凭声音判断一个人样貌一点都不可靠。

声音是好听，但这个人的形象，真是一言难尽。

枯草一样的黄色头发几乎遮住了眼睛，耳朵上戴着乱七八糟带闪钻的耳钉，灰色衬衫上还有着黄色的灰尘，第一眼就让人觉得，这个人是上哪个工地去搬砖了？

他的皮肤略黑，看起来有点脏脏的，配合他的打扮，整个人透着一股城乡结合部的杀马特气息。

跟他的打扮不相符的是他的气质。

他往那儿一站，没有像其他经常在网吧混的人那样弯腰驼背，而是站得直直的，问话的语气也很认真，眼神虽然有点飘，像是没睡醒，却丝毫不显得猥琐，即使打扮得辣眼睛，也让人觉得是个有礼貌有教养的人。

见小姑娘盯着自己，他似乎有点不好意思，低头在裤兜里摸了摸，摸出一把五块、一块的零钱来。他抽出一块五毛，然后将其他钱和身份证一起放在吧台上："上两个小时网，要一包五块的烟。"

小姑娘没接，视线在钱上面停了一下，说道："我们这里的烟最便宜的是十块。"

他愣了一下，看了看钱，又抽回来三块："那上一个小时网，拿一包十块的烟。"

小姑娘有些嫌弃地数了数钱，给他刷了身份证。等待的时候，他在吧台上看了看，视线落在吧台里的菜单上，微不可见地咽了咽口水，问道："你们这里还卖饭？"

"卖啊。"小姑娘将菜单翻开拍在吧台上，"你要吃什么？"

他看了眼菜单，最便宜的蛋炒饭都要十三块钱。他捏了捏手里的四块五，又看了烟一眼，还是摇了摇头："算了。"

小姑娘将身份证递过去，忍不住翻了一个白眼："普通区在右手边，别走错了，游戏区你上不到一个小时，到时候别来找我。"

"谢谢。"对于小姑娘嫌弃的态度，他好像没有半点生气，脾气很好地道了谢，去了普通区。

"穷鬼。"看着他走了，小姑娘骂了句，抽出纸巾擦了擦吧台——虽然上面没有灰尘，然后继续看她的电视剧。

网吧挺大，装修也还不错，"穷鬼"找了个吸烟区角落的位置，开了电脑，对着身份证输入了账号密码。等开机页面跳转到桌面，他打开游戏菜单，点开《英雄联盟》，缓慢地输入账号密码，输几个字，他还要想一想。

游戏弹出一条消息提示：密码错误。

他暂停，又想了想，换了大写字母，重新输入密码。耳机里音乐变换，这次他登上了游戏。他没有看其他的，直接选了"PLAY"。

十五分钟后。

网吧公告响起："恭喜坐在174号机的玩家拿到五连杀，获得二十元网费奖励。"

吧台，收银小姑娘打开后台，去看174号机是谁，五杀网费需要她手动充值，一看，发现这不就是刚才那个穷鬼吗？

肯定是运气好。小姑娘这样想着，充完又接着去看电视剧。

又五分钟。

网吧公告再次响起："恭喜坐在 174 号机的玩家拿到五连杀，获得二十元网费奖励。"

小姑娘：……人穷也可以有点特长。

174 号机的"穷鬼"活动了一下手腕，电脑屏幕上显示着"胜利"两个大字，就在他拿到第二次五杀的同时，游戏结束。

"穷鬼"吸了一口烟，烟雾缭绕中，他看着自己的双手，像是看到了什么宝贝。

——这是没有伤痛的一双手。

而他现在，刚刚十八岁。

他将烟头按灭在烟灰缸里，站起来，往吧台走去。

他问："可以用网费点餐吧？"

收银小姑娘："可……可以。"

"那蛋炒饭加一瓶矿泉水。"

他叫钟晨鸣，以前是一名《英雄联盟》的职业选手，而现在只是一个身上一共仅有二十二块五的小混混。

《英雄联盟》是一款风靡全球的十人对战游戏，因为其英文名为"League of Legends"，缩写为"LOL"，所以又被玩家们戏称为"撸啊撸"。

因为游戏的竞技性，以及庞大的玩家基数，职业联赛应运而生，被称为 S 系列赛，而中国赛区的最高级别职业联赛则被称为 LPL。

身为 LPL 战队的职业选手钟晨鸣，游戏 ID"晨光"，效力于老牌战队 NGG，主打中单位置。他在职业赛场上征战了五年，拿过国内国外大小荣誉无数，数次用强大的实力让全世界的观众都认识了他。

然而，他却没有拿过一次世界联赛的冠军。

他从二十岁开始打职业，二十五岁时因状态下滑，手腕伤病而退役。没有拿到世界冠军，成为他职业生涯最大的遗憾。

退役之后，钟晨鸣消失在了公众视线之内，他没有选择做直播，也没有选择成为一名解说。那段时间他过得像一个废人，天天看比赛，看退役之前的最后一场世界大赛，比赛中他接连失误，让 NGG 无缘世界冠军，看完又自虐一般去看网上骂他的评论，天天抽烟酗酒。

日子便这样一天天地过，直到一次意外发生……

在来到网吧的一个小时之前，小混混钟晨鸣不小心从脚手架上摔了下来，磕到脑袋，晕了过去。

再次睁眼时，他只觉得头痛欲裂，无数画面疯狂地涌入脑海，有他是小混混钟晨鸣的记忆碎片，也有他是游戏职业选手钟晨鸣的记忆碎片。信息太多太多，他觉得自己的脑子快承受不住般要爆炸了。

他抱着脑袋，浑身哆嗦，忍着剧痛接收着所有信息。

小混混钟晨鸣——他是"晨光"的粉丝，认识晨光的时候，晨光正处于职业生涯最辉煌的时候，他见证着晨光拿下无数荣誉。

他了解晨光，胜过自己。

他也想像晨光一样，在职业赛场上发光发热，所以他拼命地打游戏，后来他接受了自己没有游戏天赋的事实，到工地上打工赚钱养活自己。

刚刚从脚手架掉下来的那一瞬间，他的脑海里划过无数片段，他还有很多事情没有做，他还有梦想等待着去实现！

钟晨鸣——排除万难成为电竞职业选手，从巅峰，再到低谷，获得过众人的赞誉，也体会过失败后的谩骂，后来因伤退役。退役后过得浑浑噩噩。

在意外发生之时，回想这一段得过且过的日子，他心中悲凉，自己的梦想再也实现不了了吗？

……

再次睁开眼睛时，钟晨鸣神色恢复了平静，虽然不知道为什么会发生这样玄之又玄的事情，但那两段不同的记忆，却有着同一个梦想。

钟晨鸣站起身，是时候换一个活法了。

电脑前，钟晨鸣弹了弹烟灰，点开下一局游戏。

网吧里的人有一半以上在打 LOL，因为这款游戏的火热程度，许多网吧推出了五杀送网费的活动，正是看到了活动海报，钟晨鸣才选择了这家网吧。

登入游戏，目前账号的段位是黄铜五——LOL 排位赛，黄铜为最差，最强王者为顶尖玩家。

不过他现在可不一样了，如果这个游戏账号是个王者账号，他肯定没有拿五杀的自信，但是换到黄铜五就不一样了，对于他来说，打黄铜五无疑是一场"屠杀"，就算他单手操作都能把对面打哭。

第一把对局拿完双五杀，钟晨鸣没有急着开下一把，他看了看自己的双手，对自己现在的反应速度和思维的清晰度，感到十分意外。

电子竞技这件事，完全是老天赏饭吃，从头脑到反应速度，到手指的协调度、手速，无一不影响着一位选手的实力，常常就是失之毫厘差之千里。

现在的他，比刚开始玩 LOL 的他反应速度还要快。

等待着蛋炒饭端过来的时间，钟晨鸣又开了一局比赛，他迫不及待地想试验一下自己以前不能完成的操作，用了操作难度高的英雄，又在十几分钟之内推平了对面，并且又一次拿到了五杀。

网吧广播再次响起："恭喜坐在 174 号机的玩家拿到五连杀，获得二十元网费奖励。"

收银小姑娘："……"

她是不是要给老板打个电话？

网吧里的人都沉迷游戏，即使五杀广播是全网吧广播，注意到的也只有收银小姑娘一人。钟晨鸣打了几把游戏，除了网管过来看了两次，跟他聊了两句，没有人再来打扰他。

这一下午，钟晨鸣成功地把账号段位从黄铜五打到了黄铜三，并且入账了两百块钱网费。

吃完晚饭，他去上了个厕所，这才看到自己又是黄毛又是耳钉，形象看起来乱七八糟，难怪那小姑娘看他的眼神如此嫌弃。他简单地收拾了一下，擦了擦身上的灰尘，然后走回自己的位置上，准备继续打游戏。

天渐渐黑下来，网吧里人也多了起来，这个网吧的地理位置应该还不错，这个时间几乎座无虚席，钟晨鸣刚刚坐下，他旁边就来了一个人。

那是一个学生模样的年轻人，戴着眼镜背着双肩包，穿着理工男标配的格子衫，手里还提着一碗麻辣烫。坐下之后，他打开电脑，点开了直播网站，一边吃麻辣烫一边看直播。

这位大兄弟看个直播也是十分戏多，一会儿嘻嘻发笑，一会儿愁眉苦脸，一会儿目瞪口呆，一会儿义愤填膺似乎想冲进电脑里面打人。

钟晨鸣本来在专心致志地打游戏，奈何隔壁这眼镜男太激动，麻辣烫的汤都快甩到他脸上了，他正好打完一把游戏，就侧头看了看对方的电脑屏幕，想知道是什么直播让对方如此激动。

电脑屏幕上是一把韩服的王者局，主播他还认识，是职业战队 MW 的打野，Master。

Master 人如其名，在路人局——也就是平时的排位里面，他就是野区的主人，不论是对面的，还是自己这边的，都属于他，是一个打法十分激进的职业选手。

"不应该追的。"看着直播，钟晨鸣下意识地评论，"不追可以拿龙（纳什男爵，俗称'大龙'，是《英雄联盟》地图里最强大的野怪，击杀它的团队将会全队获得金币、经验、强力光环），他太想'杀'人，节奏乱了。"

眼镜男吸溜了一口粉条，开启嘲讽模式："哟，你比 Master 都厉害，你咋不去打职业？"

钟晨鸣："……"

他只是实事求是，这兄弟怎么上来就怼人？

"你看着就行了。"新的一把游戏已经开了，钟晨鸣也没有跟他多说废话，转过头来打游戏。

谁知眼镜男却不依不饶，像是一定要分个对错。

"那可是 M 神，野区就是他的天下，丢龙，怎么可能？"眼镜男往他屏幕看了一眼，迅速做出判断，"我看你打的这个局，不超过白银吧，黄铜水平还敢说职业选手？你这么牛你咋不上个王者？"

钟晨鸣专心打游戏，自动过滤了眼镜男的话，他现在的追求不是赢，而是拿五杀，毕竟五杀就是钱。

赢容易，五杀却很有讲究，这个分段可没有团战意识，对面走在一起都算是运气，还要自己的队友不抢人头，可谓集齐天时地利人和才行，所以即使是青铜局，他还是要专心。

眼镜男说了一会儿，发现这个人根本不理他，只觉得对方尻了，回头继续看直播。

他刚回头，就看见屏幕上弹出一条击杀信息，大龙被杀，而 Master 还在赶来的路上，对方利用 Master 追人的时间差，顺利拿龙。

眼镜男下意识地看了一眼旁边的人，发现他在专心打游戏，暗暗松了一口气——还好没看到，要是被嘲讽回来，自己可没话接了。

直播间里，Master 话语简短："我上头了。"

Master 就如此解释了一句，再没有说其他。

眼镜男下意识地摸了摸自己的脸，感觉有点疼。

Master 这把进入了胶着状态，本来的优势因为损失了一条大龙消失殆尽，双方又打了几个来回，眼镜男看得正起劲，网吧里响起一条公告："恭喜坐在 174 号机的玩家拿到五连杀，获得二十元网费奖励。"

他下意识看了一眼自己的电脑标号，发现是 173，那么 174 就是……

钟晨鸣电脑屏幕上的五杀提示已经消失了，不过从人头看，他这方队伍的所有人头都是他收割的，别的队友一个人头都没有。

眼镜男愣了一下："不是吧？"

钟晨鸣已经拿到五杀，心里稍微放松了一点。他自动屏蔽了怼人的话，这句"友好"的疑问还是被他听了进去，他看了一眼旁边的电脑屏幕，问："怎么了？"

"兄弟，你是代练吗？"眼镜男十分自来熟，似乎完全忘记刚刚自己还怼了钟晨鸣。

钟晨鸣："不是——哎，你麻辣烫能不能拿远点吃，汤溅到我身上了。"

眼镜男下意识地拿着麻辣烫偏了偏。

钟晨鸣："现在这个位置可以，溅不到我了。对了，刚刚冯……M 神的龙是不是被对面拿了？"

眼镜男将最后一点麻辣烫捞起来吃了，擦了擦嘴巴，改口得十分之快："我没想到 M 神竟然这么垃圾，打个路人局都能上头，怪不得 MW 连小组赛都没出线，垃圾战队。"

钟晨鸣："……"

说着，眼镜男觉得自己好像有点过分，又补了一句："但是 M 神是真的打得好，肯定是队友玩得他心态炸了，不怪他上头，他就是太着急把队友带起来。"

钟晨鸣："……"

大兄弟你不觉得你自己的话前后矛盾吗？

这位大兄弟听不到钟晨鸣的心声，也丝毫不觉得自己的逻辑有问题，继续说着："韩服还是比国服厉害，M 神都被玩进沟里去了。"

钟晨鸣："不是韩服厉害的原因，是因为对面的辅助是 1998。"

"1998 是谁？"眼镜男虚心求教，还想着要不要去百度一下。

钟晨鸣一边打游戏一边跟他科普："1998，韩国电竞圈的传奇辅助，被称为运营大师，虽然所在的队伍不强，但经常会有让人出乎意料的想法，如果你在 LCK（韩国职业联赛）上看到脏套路，多半是他发明的。"

眼镜男很实诚地摇了摇头："没听说过，有这么厉害？"

电脑屏幕上跳出"胜利"的字样，钟晨鸣一把游戏结束，他很有耐心地解释道："刚刚那一把，看起来是 M 神在追杀 1998，实际上是 1998 故意露的破绽，引 M 神去追他，这时候他的队友已经在往大龙走。M 神追得太深入，虽然'杀'掉了 1998，但自己也残血了，这时候回城，大龙就是拱手让人。"

"辅助换龙？"眼镜男恍然大悟，大龙可比一个辅助有用多了，何况 1998 等级也不高，复活的时间短，好一个明修栈道暗度陈仓！

钟晨鸣笑了笑："就是这样，很多人看不明白，只觉得人头重要。"

"那兄弟你挺厉害的啊。"眼镜男晃了晃鼠标，准备去关直播，"可惜 M 神这把就要输了，不看了不看了，唉，一群菜鸟。"

"会赢。"钟晨鸣点开了新的一把游戏，说道。

"这都能赢？"眼镜男有些不可思议，"这都拆到家门口了，还怎么赢？"

"现在已经是五十分钟。"钟晨鸣鼠标在英雄选择界面上移了移，选定了英雄，"输赢就是一拨团战的事，你应该相信你的 M 神。"

钟晨鸣刚刚选完英雄，Master 也结束了战局，最后一拨团战，他冲上去秒（瞬间击杀）掉了对面 C 位——也就是主力输出（负责对怪物或者敌对玩家造成伤害的分工），虽然随后他被群殴致死，但他的队友杀光了对面的人，拿到一个团灭，推平了对方基地，这把打了五十多分钟的局总算结束。

"这你都能猜到。"眼镜男惊叹道，"大兄弟，你厉害。"

钟晨鸣："只是经验而已。"

看到钟晨鸣又开了一局，眼镜男赶紧说："就算是经验也很厉害了。兄弟，你是哪个区的？"

钟晨鸣没多想，随口回答："艾欧尼亚。"

"等一下。"眼镜男关了直播，噼里啪啦地敲着键盘。

五分钟之后，他转头问："兄弟，双排吗？"

钟晨鸣操作着鼠标，简单粗暴地击杀了对面中单，开口道："我不带人上分。"

"哇，黄铜我还需要人带？"眼镜男感觉自己被看扁了，心态都要炸了，"来来来，双排，我给你看我的实力，这个分段，我单手吊打好吗？我这不是看你一个人上分挺累的，来跟你双排，拯救你的好吗？"

眼镜男说得很对，一个人单排挺累的，用一己之力拯救全队更累，这个分段，钟晨鸣一个人打，常常就是一打九，五个对面的，四个自己家给对面送人头的，也算对面的。

"行吧。"钟晨鸣点了点头，"你不能抢我五杀。"

"行行行。"眼镜男一口答应了下来，"打完这把你拉我。"

一局很快结束，这把钟晨鸣没有拿到五杀，敌方英雄分散在地图各个角落，根本不站在一起，他没有机会连续杀死对面所有人。

看到游戏结束，早就等在一旁的眼镜男赶紧道："来来来，拉我，ID 是'懒宝宝小公举'。"

钟晨鸣打字的手停了一下，只觉得这个名字挺萌的，有点不符合眼镜男的形象。他侧头看了一眼眼镜男的电脑屏幕，确定了眼镜男说的就是这个名字没错，这才拉了对方双排。

双排开始，LOL 一共有五个位置，分别是上单、中单、打野、辅助、

ADC，排位赛的时候可以预选两个位置，系统会根据玩家所选择的位置给予匹配其他位置的队友。

钟晨鸣一选中单，二选ADC，这两个是伤害最高，最好拿人头的位置。

懒宝宝看他选了这两个位置，主动选了打野跟上单。

至于辅助嘛，这个段位打辅助并不能拯救队友，但是在高段位，辅助却经常是一把游戏胜负的关键。

很快他们就排了进去，钟晨鸣拿到中单位置，懒宝宝则是上单。

钟晨鸣选了"不祥之刃"卡特，这个英雄是著名的人头收割机，杀人即可刷新技能，灵活伤害又高，低端局的恐怖支配者，玩得好就是秀翻全场的存在。

懒宝宝看了他选的英雄，鼠标在自己的界面上拉了拉，抱怨道："我没多少英雄啊，上单上单……"

他点下了一个可爱的抱着玩具熊的小女孩，这是"黑暗之女"——安妮。安妮是一个有控制技能，爆发伤害高，能一套技能秒杀对面的英雄。

看到懒宝宝选安妮，钟晨鸣眉头都没皱一下，淡定地点了一根烟。

"放心，我不会抢你人头。"懒宝宝说道，"没英雄，就只有这个，我给你打控制。"

"嗯。"钟晨鸣点了点头，看到他选的是辅助符文（给英雄加不同属性的一个系统，不同的英雄需要不同的属性，所以要带相应的符文），提醒道，"注意换符文。"

"就这个。"懒宝宝眉飞色舞地说，"你等着看。"

这句"你等着看"其实没有什么惊喜，就是他玩个高爆发力的英雄，却出了一身防御装备，专门给钟晨鸣打控制，好让钟晨鸣杀人。

游戏打到一半，两人已经没有敌手，他们两个人就可以杀光对面五个人，不到20分钟，就推平了对方基地。

游戏快要结束，钟晨鸣也拿了一次五杀，而且机会是懒宝宝给他创造的。

"兄弟，我的实力怎么样？我跟你说了打黄铜局没有问题，那就肯定没有问题。"看着电脑上对面基地炸掉的模样，懒宝宝立刻邀功，"我可不是轻易给人让人头的，你应该感谢我。"

钟晨鸣点开下一把游戏："哦，谢谢。"

"要不要这么冷淡，算了算了，不说这些——"

"174号机。"突然而来的网管打断了懒宝宝的话。

网管走过来，放轻了声音："我都跟你说了让你悠着点，你网费都够玩到后天了，你再五杀下去，我们就要破产了。"他这句话当然是玩笑，"你网费赚得多了，让我们老板知道了，说不定就不认账了，等会儿你带我双排，我帮你兜着。"

"拉倒吧大兄弟。"懒宝宝选着英雄头也不抬地说着，他们又开始了新一把游戏，"要是网吧里出了个游戏高手，你们老板乐都还来不及，多好的招牌。"

"我不就想骗个人带我上分嘛，你这个人怎么能直接说出来。"网管本来就是开玩笑，此刻也笑着控诉懒宝宝。

"我先来的。"懒宝宝说，"一边去一边去，要上分得排队。"

听着两人贫嘴，钟晨鸣到现在才觉得有了点真实感，他之前都觉得自己在做梦。

钟晨鸣嘴角慢慢扬了起来，露出了点笑意，同时，他双手也没闲着，干脆利落地从懒宝宝手里抢下了一血（游戏中第一个击杀）。

"哇，大兄弟，你怎么能在我跟人讲话的时候抢我一血呢？"看到第一个人头被拿，懒宝宝立刻转移了炮火，"不厚道啊大兄弟，我刚刚还送你五杀，你现在就抢我一血，心态崩了崩了。"

懒宝宝在网吧玩到了十一点，走的时候还准备给钟晨鸣点个夜宵，不过被钟晨鸣拒绝了。他又说留个手机号码，好联系，明天继续一起打游戏。钟晨鸣来网吧前全部家当才二十二块五外加一个打火机，并没有手机这种高端的东西，只能说没有。

"那微信？"懒宝宝又问。

网管在旁边笑骂道："你白痴啊，手机都没有哪里来的微信？"

"哦哦，也对。"懒宝宝还是不放弃，"企鹅号总有了吧？"

钟晨鸣现在手头这个游戏账号就是企鹅账号，登录之后只有几个好友，还全是网红头像的妹子，为了避免麻烦，他不能用这个号来加人，于是他又摇了摇头。

"兄弟。"懒宝宝哭笑不得，"你游戏打得这么好，结果还是一个生活在没有通讯时期的原始人？"

"明天还是这里。"钟晨鸣只得说，"就这个位置，你来我应该就在。"

"好好好。我先回去了，再晚宿舍进不去。"懒宝宝看着时间，赶紧往外跑，连声再见都没有。

看懒宝宝走了，网管搓搓手："该轮到我了吧？"

钟晨鸣关了游戏："什么？"

"双排啊！"

钟晨鸣点了换机："我要睡觉了。"

"不是吧，这么早？"网管看了一眼时间，"这才十一点啊！"

钟晨鸣一边向包房区走去，一边说："正常人十点就睡觉了。"

"电子竞技没有睡觉！"

钟晨鸣头也没回："那他上场的时候肯定状态不好。"

在厕所洗了把脸，钟晨鸣窝在包房里睡了。

曾经他也是一个"修仙党"，整夜整夜地打游戏，一开始身体还熬得住，后来落下了不少毛病，一熬夜就心跳加速。

现在他才十八岁，虽然贫穷，但他会珍惜自己的身体。

◇◇ 第二章 ◇◇◇◇◇◇◇◇

穷

**TUIYIZHONGDAN
XIANGDAZHIYE**

钟晨鸣半夜醒了一次，是被耳朵上的耳钉弄醒的。

网吧包间的沙发实在是算不得舒服，他将头靠在沙发靠背上睡觉，稍稍一动，耳朵就磕在沙发扶手上，上面的三四个耳钉差点给他带来血光之灾。

电脑上还播放着比赛视频，他睡觉前把之前春季赛的比赛视频找出来看，看着看着就睡着了，此刻正好播到了春季赛季后赛，这一场是 NGG 对 MW。

电脑画面上，MW 的打野 Master 三级就想配合中单杀人，被 NGG 早有预谋的打野埋伏了，送了双杀。

Master 不太行啊，钟晨鸣心里做出评价，对于大局的把控太弱了，刚刚 NGG 的中单一扭头，他就看出打野肯定在附近，然而 Master 毫无所觉地撞了上去，立刻被摁死。

现在的 NGG 在他看来是真的强，每个位置都无懈可击，中野配合简直完美，辅助对大局的掌控就跟写了剧本一样。

钟晨鸣将进度条拉到最后，想看看 MW 是怎么输的，结果耳机里响起解说的喊声："恭喜 MW 赢得本场比赛的胜利……"

钟晨鸣不解。

这剧本不对吧。

将进度条往前拉了点，钟晨鸣终于看到 MW 是怎么赢的。

这次 Master 用的是盲僧，这个英雄的大招是将目标踢飞，被踢飞的那个人如果撞到自己的其他队友，就跟打保龄球一样，其他队友也会被撞飞，并且受到伤害。

-013-

这个技能踢一个人容易，但如果想做到打保龄球的效果，那对于时机的把握还有角度的选择都十分重要，只要有一点没把握好，就是差之毫厘谬以千里。

在最后的团战上，Master就是绕后（绕到几个英雄的后方）一脚踢了四个人，完美开团将NGG的脆皮（血量少、防御低、魔抗低）输出踢到了MW的脸上，MW立刻抓住机会，秒杀主要输出，杀掉四个人，推平了基地。

NGG本来按照剧本一步步走着，眼看着就要走到胜利的剧情，没想到被这角度刁钻的神来一脚踢得满地找牙，葬送了基地。

"完美的运营（有规划地获取游戏内的经济，缓慢扩大优势从而取得胜利）就是需要出其不意的操作才能打破"，钟晨鸣突然想到了这句话，他摸摸耳垂上的耳钉，还是决定先去上个厕所。

半夜的网吧依旧热闹，通宵玩LOL的不在少数，钟晨鸣穿过热火朝天的网吧，去厕所对着镜子把耳钉一枚枚摘了。

将耳钉扔进垃圾桶，钟晨鸣洗了手，又洗了洗耳朵，回到包间继续睡觉。

因为包间的沙发睡着实在是不舒服，早晨温度又低，钟晨鸣六点就醒了。他搓了搓冻得有些发僵的脸，又看着自己仅剩的四块五毛钱现金，决定出门买个馒头将早饭对付过去。

网吧里虽然也有吃的，但炒饭、饺子什么的，都是中午及晚上才有供应。

钟晨鸣拿着馒头回来，又在吧台用网费刷了一瓶矿泉水，换了台普通区的电脑，继续打排位。

普通区一小时八块，游戏区一小时十块，单人包间一小时十五块，虽然包夜有优惠，但他窝在包间一个晚上花去了好几十块，昨天他一共赚了二百八十块的网费，除去吃饭买水买烟上网，现在只剩下八十七块。

上个网也是花钱如流水，单人包间他是待不起了，还是来普通区吧。

早上网吧里人少，钟晨鸣昨天上网的位置没人，他就坐上老位置，一边啃着馒头一边开电脑。

电脑刚刚打开，还没登上游戏，昨天那个网管就打着哈欠走进网吧，他手里提着几袋豆浆、一袋包子，将值夜班趴在吧台上睡着了的小姑娘叫醒，分了她一份早餐，又给了清洁阿姨和另外一个网管一份，然后提着剩下的早饭慢悠悠地往里面走。

他一边走一边喝着豆浆，还顺手将乱放的耳机整理好，挂在显示屏上，又将沙发推回原位。这些也是网管的工作，网管不只是要随叫随到，还要负责保持网吧的整洁。

走了没两步，他看到昨天那个五杀客人已经精神抖擞地开始打游戏了，瞬间有些惊奇，叼着豆浆在后面看。

"你不打算睡觉吗？"网管吸了口豆浆，随口问道。

"才醒。"钟晨鸣啃着馒头回答。

网管看了看自己的豆浆包子，又看了看钟晨鸣手里的干馒头配矿泉水，突然觉得有些不好意思，问道："你早餐就吃个馒头？"

钟晨鸣点了点头，丝毫不觉得有什么："馒头便宜。"

"我给你拿点榨菜来，刚买早餐老板送的。"网管吃着包子又走了，很快拿过来一小碟榨菜、两双一次性筷子，在钟晨鸣旁边坐下来，跟他一起吃早餐。

钟晨鸣已经开始选英雄，他回了下头，说道："谢谢。"

"没事没事。"网管看着他的电脑屏幕，"记得带我上分就行。"

钟晨鸣顿了顿，还是说了声好。

网管看着钟晨鸣的电脑屏幕，说："你就会玩卡特吗？我看你每局都是卡特。"

"这个分段卡特好'杀'人，也容易拿五杀。"钟晨鸣道。

"所以你来网吧玩游戏就是为了赚网费的吗？"

钟晨鸣笑了笑："可以这么说。"

网管："……你是有多穷？"

游戏开始，钟晨鸣没有继续跟网管聊天，而是开始自己的五杀赚钱大业。

这个号已经快被钟晨鸣打到白银了，排到的队友也不再是特别傻的，何况还有代练跟重新打号的，五杀并不好拿。

这一把他拿了个四杀，第五个跑得跟兔子一样快，还将所有技能都开了，就为了不送他五杀。

"这人不厚道啊。"网管在旁边说话。

钟晨鸣笑了笑，没有说话。

一把结束，等待新一局的时间里，他打开直播网站，挨个房间看过去。

虽然现在才七点多，不过有很多早间主播开始工作了，钟晨鸣看了看，点进了一个死一次送一百 Q 币的房间。

直播间里主播正在游戏中，钟晨鸣看了眼主播的死亡次数，很好，有两次，他一边打着游戏，一边听着主播的直播参与抽奖。

这大早上无聊的人也不少，参与抽奖的不下百人，钟晨鸣没被抽中。

不过没事，钟晨鸣又打开了一个不超神（连续杀死 8 人且中途未阵亡）就送 30Q 币的直播间，又在这里参与抽奖。

一上午，钟晨鸣很是忙碌，又是打排位五杀赚网费，又是参与抽奖，还要跟旁边的网管聊天，但就是这样的一心三用，还是让他拿到了六次五杀。

"可以看出来你是真的很穷了。"这是网管给出的评价。

"对啊。"钟晨鸣随口说，"你们这里还招网管吗？正好我缺个工作。"

"暂时不招了。"网管道，"你要是缺钱可以去打代练，我有认识的代练中介，给你说一下中介费可以少收点。"

"算了。"钟晨鸣点了根烟，做代练破坏别人的游戏体验是很不道德的行为，"下午我出去看看有没有工作，没有我就在你们网吧住下了。"

其实他也不用过得如此窘迫，只是想试试另一种生活。

他强迫自己收回思绪，将注意力集中在游戏上。

这时新一局游戏刚刚开始，还在进行英雄选择，左下角的对话框里面跳出来一行字。

话音斑驳：【3L，我不会辅助，只会 ADC，能不能换一下？】

钟晨鸣看了一眼，3L 就是他，他一选中单二选 ADC，这把排到的位置是二选的 ADC。

LOL 的排位赛是在一张叫作召唤师峡谷的地图上进行，地图是一个正方形，双方的基地位于对角线两端，另一条对角线是一条河道。

从基地到基地之间，有三条路相连，玩家们约定俗成的玩法是每条路都有人去守，走上路的称为上单，走中路的称为中单，走下路的有两个人，一为 ADC 一为辅助，剩下的一人则是打野，除了三条路上的东西，其他的都是打野的。

其中中单又叫 APC，跟 ADC 一样，是皮脆肉薄（血量少、防御低）易推倒，输出却十分高的法师射手定位，而上单跟打野通常是有肉（血量多、防御高）有输出的战士定位，或者有肉没输出有控制的坦克定位，辅助则是又不肉也没输出，还做很多低段位的人都不想做的事儿。

钟晨鸣打游戏就是为了拿五杀赚钱，他肯定不会让位置，于是打字沟通。

长得帅是我的错：【你选个奶妈，跟在我后面就行。】

奶妈，是"众星之子"索拉卡的别称，顾名思义，这就是一个移动救护车，为队友加血，自己是基本没有伤害的。这也是新手最好上手的一个英雄，因为在低段位，奶妈只需要躲在 ADC 身后给 ADC 加血就行，连团战的时候都是躲在人群最后。

话音斑驳：【……】

话音斑驳：【兄弟，我代练，让下位置，包赢。】

小网管在旁边看笑了："你也给他说，3L 是 3F 本人，让他让个位置。"

钟晨鸣打字的手指突然抖了一下，3F 是 NGG 曾经的队员，也是一代传奇 ADC，跟晨光同一年选择了退役，双 C 离开，在那之后，NGG 低迷了很长一段时间。

不过 3F 跟晨光不同，退役之后，3F 依旧活跃在电竞一线，开直播做解说，参加各种活动，过得是有声有色。

钟晨鸣将对话框里原来的"我不会辅助"删了，想了想，还是一个字没说，直接锁定了 ADC 位置的英雄——"皮城女警"凯瑟琳。

话音斑驳在五楼，钟晨鸣在三楼，比他先选英雄，钟晨鸣刚锁定，话音斑驳就炸了。

话音斑驳：【别搞啊，我晋级赛！】

话音斑驳：【听不懂人话是不是，都说了代练包赢，战绩可查，退了吧，有这种听不懂人话的这把肯定赢不了。】

不管这个自称代练的大兄弟怎么劝说，一直到选英雄的时间结束，也没有人秒退，他好像也不想放弃这把比赛，硬是卡在选英雄时间的最后一秒，选了个德莱文。

据他所说，他这把是晋级赛，如果在英雄选择的时候退掉，那直接就算这把游戏输了。

LOL 的排位赛规则是赢加分，输减分，当分数到"100"的时候，就需要打晋级赛晋级到下一个段位，晋级赛是三局两胜或者五局三胜制，赢则晋级高一级的段位，输则扣分待在原段位。

而德莱文是一个 ADC，本来钟晨鸣选了 ADC，按照他排到的位置，应该选个辅助来辅助 ADC，但是这位大兄弟不知道怎么想的，或许是相信自己的队友——相信自己的队友看到双 ADC 就会退，所以无所畏惧地拿了 ADC。

不过他的队友可能想见识一下他用德莱文是如何辅助的，或者说是——你晋级赛这样玩，你都不退，我退什么？反正又不是我的晋级赛！

就这样，直到最后一秒，也没有人退出游戏，加载界面弹出来，游戏开始！

一级出门，钟晨鸣常规装备多兰剑，而话音斑驳也出了一个多兰剑。

多兰剑是输出装备，如果要打辅助的话，一般选择出辅助的装备，很明显，这是要跟钟晨鸣抢 AD 位了。

"你这把，有点悬啊。"网管在旁边看着，开始评价。

"嗯。"钟晨鸣应了声，操作着"皮城女警"凯瑟琳往下路走去，一切按照常规打法来，并没有在意话音斑驳的德莱文，等兵线到位，直接开始补兵。

召唤师峡谷的三条路上，每一条路都会出小兵，第一拨小兵在开场 1 分 15 秒时，伴随着"全军出击"的口号出来，之后每 30 秒就会出下一拨小兵。

而如果对方小兵死之前的最后一下是被英雄打死的，英雄就可以获得相应的击杀金币，金币可以买装备补充属性，所以补刀小兵最后一下是 LOL 的基本功。

下路是双人路，本来是辅助跟 ADC 走，ADC 补兵攒钱买装备，辅助保护 ADC 补兵，如果是双 ADC，除非把对面杀穿，否则并没有什么用处，因为补兵少了，只会让两个人的装备都起不来，也就打不出伤害。

第一拨兵线到的时候，钟晨鸣开始补兵，话音斑驳也开始补兵，但是基本功不如钟晨鸣，他根本抢不到女警的兵。

看着每一个尾刀都被钟晨鸣的女警抢走，话音斑驳每次走过去补兵又走回来的模样，网管在旁边给话音斑驳配音："嗨呀，好气啊！"

话音斑驳也发现了这个问题，自己怎么抢都抢不到女警的兵，那没事，至少他还有键盘。

话音斑驳：【滚！】

话音斑驳：【抢兵！】

话音斑驳：【一个黄铜的也敢抢位置，垃圾。】

尽管话音斑驳脏话连篇，钟晨鸣却连补兵的手都没有抖一下，稳定地将一个个小兵的金币收入囊中。

对面下路是娜美和卢锡安，这是一个很凶的下路组合，娜美能打能奶（加血）还有控制，卢锡安有位移技能爆发伤害又高，会玩可以压着对面打。

或许是钟晨鸣这边的组合十分神奇，一看就知道，不是玩套路就是吵架抢位置，一开始对面的两人没有主动上来打架，而是跟钟晨鸣两两相望，各自补兵。

第二拨兵线到位，话音斑驳看无论怎么吵都没人理他，兵又抢不到，于是决定做出点实际行动。

正好这时，对面的娜美和卢锡安往前走了一点，大概是确定了下路两个ADC不是套路，而是真的吵架了。

女警的射击距离最远，娜美次之，卢锡安最近，钟晨鸣看到他们进了女警的射击距离，屏幕中端着枪的小人动了动，一发子弹打到了卢锡安的身上，然后钟晨鸣立刻往后退，保持着他能打到对面，对面打不到他的距离。

卢锡安被打了几下，掉了两百血，发现自己根本靠近不了女警，他超过了兵线，小兵还在打自己，只得往后退。

见卢锡安退了，钟晨鸣没有追着打，只来得及退出卢锡安的射程范围，追的话，只要卢锡安一回头，他就容易被打，何况现在的经验就快要二级了，到了二级，卢锡安学个位移技能，就可以贴到他脸上来打他了，到时候形势就会逆转过来。

但在一旁火气很盛的德莱文明显觉得这是一个机会，抢着飞斧就上了。

德莱文是一个操作得好可以打出爆炸伤害，一对二的存在，这位大兄弟对于自己的德莱文十分自信，飞斧抢得像在耍杂技，两下打残卢锡安。

卢锡安想退，他身后的娜美一口将他奶起来，有了辅助在后面，卢锡安立刻有了底气，直接反打。

德莱文追太深，对面的小兵全在打他，加上两个人的集火攻击，虽然他将卢锡安打到只剩一两百血，最后一飞斧却没有打出去，德莱文直接被小兵打死。

钟晨鸣一开始追上去帮忙打了两下，到了小兵会攻击他的位置，立刻停止了前进，开始补兵，小兵打人可是很痛的，一级怎么能越兵线杀人呢。

德莱文死了，等待复活的时间里，他大概觉得手指很闲，开始动手打字：【你刚刚去 A（攻击）一下就死了，你是不是傻瓜，不会玩 ADC 还抢位置？你脑子是不是进了水？老子的晋级赛就是被你们这种人坑的！】

钟晨鸣依旧在下路稳定补刀，刚才德莱文在这里干扰他，让他漏了好几个兵，现在没有了德莱文，他得争取一个不漏。

对面的卢锡安观望了一下，娜美又一口奶了两百血，血线看上去健康了很多，卢锡安没有选择回家补充状态，而是继续补兵。

现在他们的等级都到了二级，娜美等技能 CD（冷却时间）好了，再次给了卢锡安一口奶，卢锡安的血线已经到了半血，看起来很稳当了。

一个满血的辅助加一个半血的 ADC，他们大概是觉得这个血线很健康，立刻将枪口指向了孤孤单单补着兵的女警。

人鱼娜美尾巴轻轻一摆，试探着向前一步，钟晨鸣鼠标轻轻一点，一下平 A（普通攻击）出去，后撤一步，娜美见追不上，手中的法杖转了转，没有退缩，又往前走了一步。

钟晨鸣继续往后退，边退边 A 娜美，娜美被打了两三下，终于知道自己追不上还要被风筝（拉开距离利用射程优势进行作战）耗血，只好不追了，退回安全位置，开始……跳舞。

"这些青铜的，段位没有打上去，嘲讽倒是学到了。"网管在旁边说着。大上午没啥事，上网的人也少，他上班又不能玩游戏，就坐这里看了一上午钟晨鸣打游戏，他看个青铜局，也是看得津津有味，还要跟钟晨鸣聊聊天。

钟晨鸣继续补着兵，丝毫不为对方的嘲讽所动，说道："你相信他们是青铜的？"

"难道不是？"

"你听说过一句话吗？"钟晨鸣操作着女警向前走了一步，以最远距离Ａ了一下卢锡安，"一区的河蟹可以单挑别区的大龙。"

网管："道理我都懂，但这又跟你说的有什么关系？"

钟晨鸣话音未落，卢锡安直接用位移技能冲了过来，女警往后一退，他即使使用位移技能，也没有摸到女警一下，追也追不上，他不得已又回去补兵，谁知他刚刚抬起枪口，刚才后退的女警前进一步，Ａ了他一下。

卢锡安的位移技能 CD 有十几秒，这下没办法，只得往后退，女警却没有追，而是退回来，补了一个残血兵。看女警退了，卢锡安在原地转了两圈，娜美奶了一口血，他这才战战兢兢地走到前面，补兵。

走上来的第一秒，女警没有打他，这让他松了一口气，安心地想去补另一个残血兵，结果又是他一动，一枚子弹直接打到他身上，女警又Ａ了他一下。

卢锡安：……

旁边正好又有个兵残血了，卢锡安犹豫了一下，想着自己有奶妈，咬咬牙上去补兵，结果发现对面女警竟然没打他，有点意外，一看，女警刚刚好补了一个兵，还有另外一个兵残血了，女警又补了另外一个兵，就跟没看到他一样。

卢锡安被Ａ怕了，在原地转了转。他感觉这是个很好的时机，想直接位移上去点女警，但又有点不敢上。他的辅助人鱼娜美却是个暴脾气，看到自家 AD 这么窝窝囊囊的，十分来气，甩甩尾巴就对着女警冲了过去。

于是女警又边Ａ娜美边退，还顺手补了个兵。

娜美见追不上不说，还被人白耗血，怒了，一个闪现直接位移到女警面前，Q 技能"碧波之牢"直接往女警身后丢去。

结果女警不退了，往前走了一步，娜美的技能丢了个空，女警直接跟她开始对战。

娜美前期极脆（血量少），一开始被女警Ａ了两下就快半血，现在跟女警对战，才被点一下，出了个爆头（暴击）又是一百多血没了，眼看血线已经快掉下三分之一。

卢锡安见娜美冲过去的时候还有点犹豫，因为他血线比娜美更低，现在见辅助被打残了，他也不再犹豫，直接 E 技能"冷酷追击"位移到女警前面，结果发现自己刚刚站太远，一个位移过来，竟然还打不到女警！

这就很尴尬了。

继续过去打还是撤回来补兵，这是一个问题。

钟晨鸣却不给他思考的机会，娜美是个辅助，躲掉控制技能之后输出不高，就算有治疗技能，但并不是很大的威胁，主要输出点还是卢锡安。

屏幕中的女警果断地放弃残血娜美，向前走了一步，抬起了手中的枪，一发子弹打到卢锡安身上。

机会！

只要女警向前走一步，他就能摸到女警！

卢锡安喜不自胜，立刻冲上前攻击！

他的爆发能力十分惊人，可以在短时间内打出不错的伤害，配合娜美，他觉得自己已经把这个人头收入了囊中！

技能加平 A，还有娜美的技能也砸到了女警的身上，很快就下了半血，女警却不慌不忙，一边向后走，一边平 A 卢锡安，卢锡安也跟着追了过来，女警血线已经下了三分之一，卢锡安的血线更是到了四分之一。

好像有点危险？

不不不，他们有两个人，怕什么！

女警跟卢锡安同时抬起枪口，卢锡安的光弹打出，女警的子弹也飞了过来——就在子弹飞过来的同时，还飞过来一张绳网，那是女警的 E 技能"口径绳网"，发射一张绳网网住敌人，自己向后位移一段距离，并且让敌人减速，这下卢锡安发现自己又摸不到女警了！

绳网刚刚到达，一个 Q 技能"和平使者"穿刺弹也接踵而来，这是女警的基本操作，EQ 二连（技能连招），此时卢锡安只剩不到一百血，他慌张想逃，女警手臂微抬，一发"爆头"，卢锡安应声而倒。

接下来就是娜美了。

娜美本来就没剩多少血，又皮脆肉薄，女警边追边打，人鱼小姐就发出一声惨叫，变成了地上的一条死鱼。

double kill（双杀）！

这时候，刚刚死去的德莱文才姗姗来迟，终于走到了线上。

正在刷野的打野打字：【666，德莱文你怎么不说话？】

话音斑驳：【呵呵，垃圾，你也配说我？】

接着，话音斑驳调转了枪口，将自家打野喷了个狗血淋头，一开始打野还跟他吵两句，后来可能是屏蔽了，就算话音斑驳问候了他全家，他也没说一个字。

旁边围观的网管啧啧两声："这个德莱文，嘴巴好臭。"

"啊？"钟晨鸣将对面的辅助又一次送回了家，点了一根烟，不知所以地问了一声，"怎么了？"

网管瞪大了眼睛："德莱文喷了你这么久，你没看见？"

钟晨鸣将聊天记录拉了上去，很快看完，"哦"了一声："才看到，没注意。"

网管："兄弟，你不看聊天的？"

"感觉没什么必要。"钟晨鸣如实回答。他的聊天频道一向是用来报对面的技能时间的，这个分段又没人报，他看聊天干吗，还不如专心打游戏。

网管："我就说你怎么这么淡定。话说，兄弟，你还没解释一区河蟹跟对面是不是青铜有什么关系。"

"没什么关系。"钟晨鸣调出段位给他看，这场游戏十个人，只有他一个是黄铜的，其他的都是白银，"我隐藏分比较高，现在排到的都是白银。"

网管不解。

"而且，"钟晨鸣抖了下烟灰，"一区青铜也不简单，代练的，玩小号的，帮人上分的，泡妹子的特别多，我排到了不少。"

"但最多的还是本段位的吧。"网管有点不相信。

钟晨鸣笑了笑："几乎每把都有不是这个段位的人，很难打。"

网管："对面娜美听了想打人。"

钟晨鸣刚才杀完人又收了一拨兵线才回城，此时游戏已经进行到 13 分钟，他一回家，就摸了把无尽之刃出来，装备可以说是很好了。

这时德莱文也走到了线上，跟钟晨鸣杀完人回家补充装备不同，德莱文是被送回家之后，复活了又跑回线上的。

这位大兄弟好像忘记了自己是怎么死的，他磨叽了这么久，终于买了个吸血鬼节杖，外加三把过渡装备多兰剑。这几件装备都是吸血(生命偷取)装备，德莱文吸血能力如果上去了，只要秒不掉他，他就是BOSS。

或许他觉得自己现在就是BOSS了，刚刚死了一次也没让他长记性，到了线上之后又是冲上去就是干。

对面的卢锡安虽然被打得很惨，死了两次，但有德莱文给他送人头，装备还不算很差，就是一直不太敢补兵，钱也不算多，此时包里揣着一把吸血鬼节杖加一把反曲之弓。

德莱文A下去第一下，对面卢锡安丝毫不尿，立刻还击，娜美也挥舞着法杖紧随而上，一个"碧波之牢"往德莱文脚下丢去。

这是娜美的控制技能，一旦被丢中，就会被一个巨大的泡泡裹起来，短时间内不能动，德莱文一个闪现离开原地，躲开"碧波之牢"后又一斧头挥出，砸向卢锡安。

卢锡安直接一个位移到他脸上，照脸打。

娜美虽然控制技能没中，但是她还有治疗技能，这个技能有个别称，叫"弹弹弹"，就是可以在友方和敌方之间弹三次，弹到敌方身上就是输出，弹到自己身上就是治疗，另外她还有给ADC增加输出的E技能。

白色光弹与斧头齐飞，德莱文A一下回血十分可观，边走边A看起来十分自信，似乎分分钟就要双杀。

但卢锡安是一个装备上去了，后期可以秒人的ADC，爆发伤害自然不低，德莱文狂A一通，两人都残血，然后娜美一个"弹弹弹"丢到卢锡安身上，又弹到德莱文身上，德莱文直接被弹死。

这时候有队友打字：【你能不能别送了。】

德莱文找到了发泄口，又开始狂喷：【我送？关我什么事？要不是女警一级卖我，我会连对面两个都打不赢？】

钟晨鸣皱起了眉，之前他确实没看聊天，现在才看到。

这位德莱文兄弟大概是用嘴巴打排位的人，一张嘴喷遍敌我双方千军万马，不管他到底是不是代练，至少这喷人的本领是到了王者级别。

钟晨鸣没有跟喷子（没有逻辑、毫无事实地指责他人的人）计较的想法，他在召唤师峡谷征战这么多年，打了不知道多少把排位，也不知道碰到了多少喷子，如果还没有习惯喷子的存在，那这些游戏都白打了。

跟这些喷子是讲不清道理的，他说不赢你就会开始各种脏话问候，跟他们讲话就是拉低自己智商，钟晨鸣也没有理，按部就班地去了线上，继续补兵。

对面的卢锡安因为出了吸血装备，再加上还有娜美的存在，等钟晨鸣操作着女警走到线上，卢锡安的血就快满了，虽然他们有两个人，女警只有一个人，但卢锡安还是很尿地向后退了一步。

女警走到线上，十分舒服地补兵，对面甚至连碰她一下的想法都没有，不过很快，卢锡安好像才反应过来，刚才他才杀了人，尿什么，又往前靠。

女警抬起枪，补了一个小兵，向后退了一下，卢锡安再进，此时兵线在女警的防御塔旁边，女警一退，就退进了防御塔的保护范围内。

卢锡安在塔旁边补着兵，娜美也往前靠，尾巴一甩一甩，看起来蠢蠢欲动。

钟晨鸣瞟了一眼小地图，开始在塔下面放夹子，也就是女警的 W 技能"约德尔人诱捕器"，踩到夹子的人将会被束缚。

就在女警退回塔下三秒之后，对面打野盲僧出现在塔后方草丛里，这是想塔下"强杀"女警了。

钟晨鸣又看了一眼小地图，遗憾地发现对面中单跟上单还在自己的线上稳如泰山，看来这次只能拿三杀了。

娜美直接对着塔下放大（大招），女警闪现躲过，盲僧也已经进塔，或许是想展示一下自己的技术，他准备表演个技术高超的 R 闪（技巧性高的复杂连招），俗称回旋踢，将女警踢出塔的保护范围。

可惜他技术不到家，大招是放出来了，闪现却没有闪现对位置，非但没有将女警踢出去，还将女警往塔里面踢了。

被三人包抄，形势危急，旁边的网管都为钟晨鸣捏了把汗，钟晨鸣却不合时宜地走了下神，不知道怎么想到了昨天晚上看的比赛，Master 那脚拯救全团的回旋踢，直接将 NGG 送回了老家，可惜这个盲僧跟 Master 的盲僧差远了。

如果是 Master……钟晨鸣脑海中瞬间闪过了各种方法，如何在这种情况下，从 Master 手里活下来的方法，突然又想到，没有这个可能，这只是低端局而已，高端局如果他知道打野要来，肯定会放弃守塔，直接离开。

被踢到空中的僵直时间结束，钟晨鸣很快收回思绪，又放了一个夹子。

盲僧还想再追，结果刚一动，"咔嚓"一声，踩了个夹子，而追进塔里面来的卢锡安听到了一声轻响，他也被夹子给夹住了！

刚才只想着杀人没有注意塔下的情形，这时他们才发现，这防御塔下面竟然满是夹子，而且这夹子位置放得十分刁钻，有两个在视野盲区里面，卢锡安就是踩的视野盲区的夹子，其他夹子排列的方式，就跟算计好你会踩上去一样。

钟晨鸣没有去管盲僧，而是两下 A 死卢锡安，这才是这三人中输出最高的存在。

钟晨鸣包里揣着一把无尽之刃，打脆皮 ADC 就跟切豆腐一样，三枪 A 死，就算娜美给卢锡安奶了一口，但这点微弱的奶量在钟晨鸣的爆炸伤害下，无异于杯水车薪。

卢锡安还有一丝血的时候，盲僧的束缚时间终于结束，他当即靠近女警想杀她，钟晨鸣抬手补了最后一刀，带走卢锡安，一个 E 技能位移，拉开自己与盲僧的距离，然后风筝着边走边 A。

盲僧是个近战英雄，虽然位移技能多，但无奈钟晨鸣会躲而且伤害又高，从头到尾，盲僧除了 R 闪的时候，根本就没有摸到女警一下，直接被女警配合着防御塔的伤害送回了泉水。

虽然盲僧比卢锡安硬那么一点，但在钟晨鸣的伤害下，也不过是三下与四下的问题而已，何况还有防御塔在帮忙。

接下来，就只剩一个娜美了。

娜美从头到尾一直在帮忙，遗憾的是一个技能都没中，就连"弹弹弹"都因为距离过远，没有弹到钟晨鸣身上。

此时见自己的队友都死了，娜美好像有点茫然，愣了一下才赶紧往回走，钟晨鸣追着 A 了几下，娜美见一枪暴击自己就少了三分之一血，这三枪就死了啊，赶紧交了个闪现逃命。

钟晨鸣吸了口烟，按下了大招——"让子弹飞"，一条瞄准线跟娜美相连。

砰!

逃回塔下的娜美发出一声惨叫，跟惨叫同时响起的是系统的声音：triple kill（三杀）!

"厉害了。"网管在旁边惊叹。他已经惊叹了一上午，现在还是淡定不下来。

"有点傻。"钟晨鸣看对面中单上单还在补兵，没有回家，而是推掉了对方的一塔，然后回家补充装备。

这个三杀直接让钟晨鸣的装备提升了一个档次，钟晨鸣开始了"屠杀"，下路对方没有了一塔，他去了上路，杀了对面上路又去中路，杀完中路又回下路收兵，可谓是走到哪儿杀到哪儿。

与钟晨鸣相对的，是走到哪儿死到哪儿的德莱文。

这位德莱文兄弟不知为何有颗"我天下无敌"的心，碰到谁都要对着干，他装备很差，一直死等级也上不去，如果他发育正常，这样打是没问题的，偏偏发育不良，其实谁都打不赢，但就是要上。

游戏进行到二十几分钟，虽然是四打六——德莱文毫无作用还一直被杀给对面送钱，算对面的——但有钟晨鸣操作的女警这个凶器在，"人头"比拉开得很大，对面不管是谁被他点几下就死。

眼看着对面就要输了，右下角突然弹出一个对话框来：【蓝色方德莱文送人头？是／否】

钟晨鸣杀人的间隙，腾出手点了一下"是"，自己方的打野更是打字说道：【哈哈哈哈，活该。】

钟晨鸣笑了笑，打字交流：【本来是想举报代练的，现在看来，我就算举报系统也不会信。】

中单也表达了一下自己的想法：【哈哈哈哈哈哈!】

网管看钟晨鸣这么说，想到他前面几把的战绩和现在的段位，赶紧提醒："你就不怕他举报你？本来可能没想到，你这样说了，他可能就举报了。"

钟晨鸣淡定道："这个号就是我的，只是很久没玩而已，如果举报我是代练能成功，那我就去投诉。"

网管不可置信："你真不是代练？"

钟晨鸣只得再一次强调："我真不是。"

交谈结束，屏幕上又弹出一段话。

话音斑驳：【你还好意思举报我？不是你一级卖我，我会被检测送人头？你不帮我，等我死了你收了两个人头，你应该谢谢我。】

钟晨鸣飞快打字告诉队友：【还可以举报言语谩骂，等会儿出去的时候记得举报一下。】

话音斑驳：【怎么？这就急了，你不是很牛吗？】

自家的中单看不下去了，打字嘲讽：【你也不看看自己送了多少人头，还有脸在这乱叫。你才应该谢谢女警。】

话音斑驳：【他也配？捡个人头就当自己是 3F 了，要不是我送他人头，他算个屁。】

中单：【菜鸡还骂别人菜鸡，长见识了。】

话音斑驳：【你说谁菜鸡？敢不敢来 solo（单挑）？】

中单：【小学生？作业做完了吗？】

对面的基地只剩最后一点血，钟晨鸣开始打字：【我跟你 solo。】

话音斑驳：【来就来啊！】

钟晨鸣 A 掉了基地大水晶的最后几滴血，然后退出游戏，回到了游戏主页，给话音斑驳发了个好友申请。接着他抽了根烟，结果等到烟都抽完了，对面也没有接受他的好友申请。

将烟头按灭在烟灰缸里，钟晨鸣开了下一把。

"看看战绩？"网管在一旁问。

"好。"钟晨鸣点开"话音斑驳"的战绩，他的战绩其实还不错，输赢对半开，拿到德莱文的时候要么惨败要么杀成神，估计是对这个英雄的理解十分片面，只会一种打法，遇到会应对的，就输得很惨。

"这个也敢说是代练？"网管说，"代练打成这样不怕赔钱？"

"只是想抢位置，"钟晨鸣笑了笑，"你见过为了要位置这么不要脸的吗？"

网管："……是我见识少了。"

游戏对话框弹出来，下一把开始，钟晨鸣点了确定，趁着选英雄的时间，他又跑去直播间里面碰运气。

他这一上午，打游戏的间隙全泡在直播间里面抽奖，可惜运气不喜欢他，连五块钱也没中过。

"他要 solo 就是瞎说的吧。"网管在旁边说，"肯定不敢跟你 solo，但是嘴巴上也要占个便宜。"

"嗯。"钟晨鸣点了点头，突然想起什么来，立刻将游戏关了，然后找了找，摸到了一个直播间里面。

这个直播有个标题：【solo20Q 币一把，我亚索你随意。】

这是个主玩亚索的主播，为了吸引人气，每天开播都要跟水友（在直播平台上和主播一起玩游戏的观众或粉丝）solo 几把，他输了给钱，赢了也不要水友的钱。钟晨鸣之前看着标题觉得好玩，但没有看过这个直播，此刻只觉得这位主播怎么看怎么亲切——反正给钱的都亲切。

主播会建个 1 对 1 的游戏房间，然后水友自己抢位置，能进去房间就直接开始 solo。

钟晨鸣蹲了三四把，终于给他找到机会，挤进了房间。

选择英雄的音乐响起，钟晨鸣移动着鼠标，看着自己为数不多的英雄。

打亚索……钟晨鸣锁定了"不祥之刃"——卡特。

这个主播是一区王者，他检验自己的时候到了，亚索跟卡特都是容易秀别人一脸的英雄，这两个英雄 solo，比的大概就是谁灵活，谁反应更快。

等待游戏加载的时间里，坐他旁边的网管终于被人叫走了，钟晨鸣看了看时间，现在已经过了中午十二点，该吃午饭了。

看了一眼电脑桌面上的菜单，钟晨鸣点了蛋炒饭，这个最便宜，另外还叫了一瓶一块钱的水。

英雄出现的声音在耳机里面响起，钟晨鸣切回游戏，买了出门装，布甲三红（回血药），召唤师技能带的是虚弱点燃，虚弱是减缓对方速度以及伤害，点燃是让对方持续掉血。

而对面亚索出的是多兰剑，外加一瓶红药，召唤师技能带的屏障点燃，屏障是给自身一个可以吸收伤害的护盾。

两人都舍弃了常规游戏中最常用的闪现，一是因为亚索跟卡特本来就是位移特别多的英雄，二是单solo的话，这两个技能的作用比闪现大许多。

地图依旧是召唤师峡谷，因为是solo，也没有什么一级套路可言，两人都来到了中路，互相观望了一下，谁也没有进谁的攻击范围之内，两个眼（能侦测隐形单位的守卫）同时插在了中路，算是插眼致敬。

一分钟后，双方兵线相接，卡特没有靠近兵线，而亚索一声"哈撒给"一个E技能从兵身上穿了过去。这是亚索的灵魂技能，E技能可以在敌方单位上飞来飞去，并且造成伤害，CD还十分之短，所以亚索十分灵活，只要有兵线的地方，就别想抓住亚索。

当然，菜鸡亚索除外。

钟晨鸣一级学了Q技能，向目标扔出一把匕首，并且弹射到其他几个敌方单位上，他没有上前，而是丢匕首补着兵。

两人都是近战，而亚索是AD（物理伤害）英雄，平A伤害高，卡特是AP（法术伤害）英雄，靠技能打伤害，因为对砍砍不过，一级钟晨鸣选择了猥琐发育（在己方装备不如敌方时，偏向防御去猎取野怪，而获得金币来购买装备）。

亚索没有控线，一直A兵，还尝试着飞到卡特身上来，然而卡特一直跟他保持着安全距离，倒是他用E技能过来的时候，偶尔会吃到卡特飞过来的匕首——卡特扔匕首的范围比亚索的E技能范围大很多。

虽然吃了匕首的伤害，但是在亚索看来这点伤害似乎不痛不痒，卡特没有出输出装备，而是出的防御装备，她的伤害就不算高，而且他自己出的多兰剑，可以在线上帮助他回血，但是卡特除了自己带的红药以外，是没有回血技能的，如果耗下去，肯定是亚索赚。

何况他还有个只要移动就能恢复的护盾，那是他的被动技能。

一拨兵线过去，亚索率先到达二级，这是他的优势。他立刻点击E技能飞到兵线最前面，追着卡特砍了一阵，卡特回以一个匕首，并没有上前，亚索还是没有摸到卡特，而匕首也只打掉了他原本的护盾，并没有打掉他一丝血。

卡特用匕首补着最后一刀，兵线慢慢向着卡特的方向移动，到了三级时，兵线已经完全被卡特控在了塔下。

钟晨鸣不慌不忙地补着刀，solo的规矩是一血一塔一百刀，所以虽然是一对一单挑，兵也还是要补的，何况万一一顿操作之后剩个血皮没死，还可以回家补充装备，再战下一轮。

亚索现在发现自己很头疼，他不敢打卡特，如果进塔打卡特，那防御塔要打他，当英雄等级低的时候，防御塔的伤害还是很可观的，吃一下伤害就疼死。

而如果他要补兵，那么卡特就会骚扰他，因为兵线在塔下，卡特打他他还不敢还击，一旦还击，防御塔就会打他。

亚索在防御塔外面转了两圈，无计可施，反观卡特，正在慢悠悠地补着兵，而且看走位，还在伺机而动。

作为一个经验丰富的老亚索，他并没有着急，而是退到能吃到兵线经验，卡特又打不到他的地方，安心观望，兵线进了塔，小兵都被伤害比较高的塔打死，下一拨小兵出来，总会过来中间的。

不过很快，看着卡特的补兵速度，亚索有了不好的预感，他一开始以为只是普通的水友，直接对战到死就行，现在才发现，事实或许并不是他想的那样，这个卡特对兵线的理解，已经到了大师级别。

塔下还剩三个兵，卡特方的兵线到位，亚索的小兵还在自己塔下慢悠悠向前走，卡特补完三个小兵，亚索的小兵已经走到了卡特的塔前方，眼看着就要进塔，卡特向前走了一步，让小兵停下来打她，自己家的小兵上前，与亚索的小兵战斗起来，兵线堪堪被控制在了差一步进塔的位置。

可怕。

亚索心里突然有了这么一个想法，他发现自己不能再吊儿郎当跟这个卡特 solo 了，如果他继续让对方控兵线，他就输了。

不……

其实他已经输了。

亚索自己就是个高端局玩家，对兵线的理解不差，也曾在高端局用控线把对面中单玩到崩溃，只是他没想到，在一个水友 solo 赛中，也有人会这么严谨地控制兵线。

这个时候就只有搏一搏了。亚索很快做出选择，决定跟卡特硬拼，如果他 E 技能用得好，跑得快，防御塔的伤害是几乎可以不吃的。

卡特方的兵线控制得很集中，这对亚索来说并不是什么好事，意味着他可位移的范围就小，但亚索不想被耗死，选择了冲塔。

他可是个老亚索，他可以用 E 技能秀对面一脸。

抱着这样的想法，亚索飞到小兵身上，用技能消耗卡特。卡特走位躲过伤害技能，直接扔出匕首，她的 E 技能是位移到敌方或者友方单位上，卡特扔出的匕首落在地上，也算是友方单位，而且卡特如果捡起了匕首，可以立刻刷新 E 技能，对周围产生伤害。

卡特位移到匕首上，唰啦旋转一圈，对亚索造成一次伤害，随后位移小兵回到了塔下。

卡特打了一套伤害，而亚索从头到尾……就 A 了一下卡特，伤害技能一个没中。

不过还好，这样卡特所有技能都 CD 了，亚索得了喘息时间，上前位移到小兵身上，用 Q 技能打了三次小兵，攒了一个龙卷风，气势汹汹地准备去找卡特算账。

技能 CD 还没好，卡特并没有害怕，这次甚至没有退，迎敌而上。亚索攒了一个龙卷风之后，EQ 二连（连招）可以将人吹起来，平时亚索的伤害都好躲，这个 EQ 二连是真躲不了，被吹起来基本要被打三分之一血。

但是没关系，她有虚弱。

亚索没带闪现，现在的兵线几乎让亚索无处可逃，电脑前面的钟晨鸣没有思考，直接上前补兵，亚索果然 EQ 二连，钟晨鸣一个虚弱套上去，他快速点小兵出塔，还是吃到一次塔的伤害。

击飞效果结束，钟晨鸣的技能刚刚好，他又是一把匕首扔到亚索脸上，亚索身上重新攒起来的盾已经被小兵破了，现在刀刀到肉。钟晨鸣嗑了一瓶红药，位移到亚索身后的匕首上，用 W 技能追加伤害，亚索往回走，想等 Q 技能的 CD，钟晨鸣又是一个 E 技能落在亚索身上，三级卡特的伤害十分恐怖，他还将伤害一丝不落地打在了亚索身上，亚索血线立刻见底，留了个摇摇欲坠的血皮。

见势不妙，亚索没有立刻往回撤，而是开出护盾，起身反打。他早就期待着两人对战，对于自己的操作，他还是很有自信，只要卡特不控兵线在塔下，他就觉得有机会击杀。

这次交手，亚索照脸对卡特丢了个 Q 技能，卡特血线也下了半血，只剩下三分之一。

卡特没技能了！

亚索心里暗喜，对着卡特就是一顿穷追猛打，飞到小兵身上后丢了个 Q 技能，这次卡特没有躲过 Q 技能的伤害，卡特被两刀砍残，只差一刀的伤害，只差一刀。

亚索看了看自己身上即将结束的护盾，算着 CD 时间，知道卡特的匕首即将刷新，在卡特回头的一瞬间，一道风墙挡住了匕首袭击，准备追上去再砍一刀。

在追的同时，亚索身上召唤师技能提供的护盾结束，但是被动技能提供的护盾又好了，他已经积攒了一个龙卷风，只要让这个龙卷风吹到卡特身上，那卡特就是死！

只是他没注意到，在追击路上，一个小兵慢悠悠地挥了一下法杖，红色的光点打在他身上，护盾破了！

匕首在风墙上消失的同时，一个点燃挂在了亚索身上，卡特等的就是亚索护盾破掉，她立刻挂上点燃，亚索嗑血药想要挽救，然而血药的回血速度远远及不上点燃的伤害，亚索站在原地，没有再动，一秒之后，被点燃烧死倒地。

Frist Blood（第一滴血）！

电脑屏幕上的卡特挥了挥手中的匕首，头上顶着的血条只有几十，如果小兵打她一下，或者亚索再多 A 她一刀，那赢的就是亚索，而不是她。

直播间里的观众看到这个，几乎都在为亚索惋惜，或者在幸灾乐祸调侃主播终于要送钱出去了，还有的"理性人士"也在分析这次 solo 结果的必然性，说这一切是卡特算好的，又有人反驳说这怎么可能算好的，只是卡特运气好而已。

就在大家议论纷纷的时候，游戏对话框里弹出来消息。

卡特：【吓人。】

亚索：【6666 再来！】

卡特：【好。】

一把 solo 结束，钟晨鸣的蛋炒饭也来了，他先喝了口水，又吃了两口饭，这才慢悠悠进了房间。这次他不用抢房间，亚索加了他好友，主动邀请他。

他很快选定了英雄，还是卡特，技能带的依旧是虚弱点燃。

对面也依然是亚索，技能是屏障虚弱，上次他点燃交太早，几乎没什么用，这次他吸取教训，换了技能。

在河道中间插眼致敬之后，两人遥遥望了眼，等待兵线。钟晨鸣操作着卡特走回自家塔下，在兵线走到河道之前，他都是安全的。

这时一个人提着麻辣烫摇摇晃晃走到钟晨鸣身旁坐下，是懒宝宝。

懒宝宝是个大学生，下午没课，就跑来网吧玩游戏，他一开始还以为钟晨鸣会晚上来，看到钟晨鸣中午就在时，还有点惊讶。

将麻辣烫放到旁边，等着开机的时间懒宝宝看了眼钟晨鸣的屏幕，了然道："solo 啊。"

钟晨鸣吃着蛋炒饭，"嗯"了一声，突然被旁边的香气吸引，转头过去就看着懒宝宝夹起一块五花肉，一边吃一边看着屏幕，还提醒钟晨鸣："兵线走到塔下了。"

钟晨鸣将自己的视线从那块五花肉上移开，看了看自己的蛋炒饭，决定先专心对线。

这次亚索吸取了教训，没有瞎推线，而是控着兵线，只补最后一刀，将兵线控在了河道中央。这样卡特就十分难受了，一级的时候卡特打不赢亚索，只能猥琐扔匕首补兵，扔匕首的 CD 并不短，亚索还特地在小兵快死的时候站在兵线前面，让卡特连扔匕首的机会都没有。

第一拨兵线，卡特漏了一半。

"这个亚索很强啊。"懒宝宝一边吃麻辣烫一边开启了评论模式，"能把你的卡特吊起来打，厉害厉害，估计有王者水平。"

钟晨鸣没理懒宝宝，他在专心对线，根本没听到他说的话。

嗯，麻辣烫的香气他也没闻到。

上一把是亚索轻敌，以为只是水友，可以吊起来打，现在他发现，这位水友可能跟自己水平相当，或者可能比他还厉害那么一点。

——只有一点，肯定只会厉害一点，他可是一区最强王者！

这一把，亚索打起了十二分精神，准备认认真真地对付这位水友，展现出自己的王者亚索水平。

对手认真起来，钟晨鸣也全神贯注。他这两天还没有和真正厉害的对手交过手，自己现在能在黄铜白银纵横，并不代表就真的厉害到有王者水平。

毕竟刚刚重新上手，他还是有很多担忧。在之前的很长一段时间里，他对于游戏的理解可以说是到了偏激的地步，很多方法并不适用，他却固执地认为就是要这么做，非得这么做不可，这么做就能成为电竞圈的传奇。

可惜，后来他打游戏的时候亲自验证，很多设想并不可行，玩套路反倒会把自己套路进去。

他已经很久没跟拥有王者实力的人对过线了，刚才他算着伤害，丝血杀了亚索，为的就是激起亚索斗志，现在这个亚索认真起来，两人对线无异于是对他现在实力的一次测量。

钟晨鸣在兵线后面猥琐地补了几个兵，由于扔匕首是群攻技能，兵线甚至还往亚索那边推了过去，如果这次兵线进塔，那他将会变成上一把的自己，会被限制得十分难受。

这个亚索，学得还挺快。

猥琐发育到了二级，钟晨鸣学了位移技能E，然后他就……飞了起来。

虽然兵线总体往亚索的方向推进，但距离塔还有很长一段距离，亚索的兵线并没有钟晨鸣控得好，这也有钟晨鸣在故意控线的原因，他甚至会走到自己兵线的前面，挡住兵线前进的道路，这样小兵就会绕过他，多走一段距离，再与对面的小兵短兵相接。

兵线还在河道中间，这给了钟晨鸣很大的发挥空间，只要捡到他扔出去的匕首，他的位移技能E就可以再次刷新。

将匕首扔亚索脸上，匕首弹落在他身后，亚索的被动盾被打破，钟晨鸣立刻位移到匕首上，捡起匕首，然后再位移到自己家的小兵身上回来，完成一套消耗。

只要亚索躲闪不及，就会被捡匕首时所造成的范围伤害刮到，卡特的一套技能打到身上还是很疼的。

当然，亚索也不是傻站着让他消耗，亚索点小兵躲开匕首，然后回身用Q技能打伤害，又点小兵回来平砍卡特，这个时候，两人比的完全是反应速度和对时机的把握。

几轮消耗下来，两人血瓶都没有了，血线十分不健康，等级也已经到了五级，钟晨鸣还有三个小兵就升到六级，到时候他就可以学大招，他看了一眼线上的小兵，发现亚索还有两个小兵升级。

因为两人一直在线上，没有发生击杀情况，吃的经验是同样的，所以只需要根据现在场上所剩的小兵数量就可以算出对面什么时候升级，这也是高端局的基本功。

"你们这个，谁先到六级，谁赢啊。"懒宝宝在旁边说着，"我看你悬了，就算亚索不到六，你这点血量，只要被他的风吹到你就死了。"

亚索开始用技能补兵，看来是想抢六了，钟晨鸣看了一眼兵线，没有跟他抢六，而是退了一步。

击杀了两个兵，亚索升到六级，直接向卡特冲了过来，钟晨鸣看准时机，屏幕里面的卡特不慌不忙，缓缓抬了一下手。

察觉到这个细微的动作，亚索立刻放出风墙，如果用风墙挡掉了卡特的匕首，卡特也就跳不动了。

然而他发现，卡特并没有扔匕首出来，而是抬手……平A了一下小兵。

完了，亚索不知道为什么自己会有这么一个想法，但就算如此想着，他还是冲到了卡特面前，准备杀卡特。

这是一种很奇怪的情绪，一边知道再追危险，一边双手又像是不受控制一般操作着自己的角色往前冲去。

亚索已经冲过了自己的风墙，风墙的持续时间结束，卡特立刻扔出匕首，又移位过去捡起匕首，一个范围攻击，打到亚索的同时还打到了三个残血小兵。

六级！

钟晨鸣以让人目瞪口呆的速度学了大招，直接按了下去，成排的匕首如天女散花一般旋转着飞出，无差别地攻击着所触及到的英雄。

没有了风墙，亚索已经没有可以挡住匕首的东西，他只有跑，然而他一回头才发现，自己刚才为了快速到达六级，已经把逃跑位置的小兵给杀了，没有闪现他无处可逃。

不——他还有虚弱！

一个虚弱快速套在卡特身上，亚索丝血想跑，钟晨鸣快速做出反应，直接用 E 技能跳到亚索身上，完成击杀！

卡特：【继续吗？】

亚索：【……大兄弟你当我提款机呢？】

卡特：【没有没有，你挺厉害的，跟你对线可以学到很多。对了，可以折现吗？】

亚索：【？】

亚索：【四十块钱你也要折现？】

卡特：【嗯，我穷。】

亚索：【……】

直播间里面一片的"恍恍惚惚恍恍惚惚"，观众一边嘲讽着主播亚索，一边笑着这位四十块钱都要折现的大兄弟。

游戏里面的对话还在继续。

亚索：【可以折现。兄弟，双排吗？】

卡特：【我白银的，排不了。】

亚索：【白银？】

亚索：【我的天，还真是白银。】

直播间里面又是一片"6666""卡特会玩""恭喜主播被白银选手吊打"，钟晨鸣退出游戏，突然就收到了无数好友请求，有的是看了直播想加他的，有的是排位被他带飞想抱大腿的。

钟晨鸣没有管这些提示，而是跟主播亚索打字：【支付宝？】

亚索：【……行，账号多少？】

钟晨鸣回头，犹豫了一下要怎么称呼旁边这位大兄弟，还是开了口："懒宝宝，你支付宝账号是什么？"

懒宝宝看他 solo 到一半，不忍心看他被吊着打，自己电脑又开了，就没再看了，钟晨鸣回头才发现，他竟然又在看直播，还是 Master 的。

Master 的直播能比他的 solo 还好看？

钟晨鸣一问，懒宝宝一时没反应过来，愣了两秒才问道："懒宝宝？你喊我？"

"你游戏名不是懒宝宝？"钟晨鸣笑了笑，"我还奇怪你为什么叫这个名字，要不然叫你小公举？"

懒宝宝："……还是懒宝宝吧。你刚才说什么？"

"你支付宝账号是什么？"

懒宝宝看了一眼他的对话框，没有说支付宝的事，反而惊奇道："你竟然赢？！对面不是王者？还是主玩亚索的王者？"

这时亚索又发过来消息：【？】

这是在催了。

"支付宝多少？有点难，他太心急了。"钟晨鸣道。

懒宝宝拖过他的键盘，一边输入着支付宝账号，一边问："你没有支付宝吗？这年头还有人没有支付宝？"

钟晨鸣无奈："我连手机都没有，要什么支付宝。"

"也对。"懒宝宝表示理解，"你可是连企鹅号都没有的原始人，加油，山顶洞人在现代生活起来还是很艰难的。"

钟晨鸣："……我会加油的。"

支付宝账号刚发过去没多久，懒宝宝就说钱到了，然后热情地跟钟晨鸣吹捧 Master，吹 Master 在刚才直播的那局里面表现得如何如何厉害，一边吹一边摸出四十块钱现金递给钟晨鸣，并且邀请他双排。

钟晨鸣摇了摇头，没收钱："等会儿排，你想要皮肤吗？"

"想啊。"懒宝宝立刻道，"你给我买？要打代练了吗？"

"不打。"钟晨鸣道，"今天是 MSI 的总决赛，我看了下，NGG 对 UKW，官方有个有奖竞猜，你去压 UKW 赢。"

"你怎么压 UKW 啊，你忘记上赛季 UKW 被 NGG 吊起来打了？"懒宝宝有些不赞同，"而且你压韩国战队做什么，要压就压 NGG 啊，要支持中国战队啊兄弟！"

"NGG 最近状态很差。"钟晨鸣吃着已经冷掉的蛋炒饭，"UKW 虽然上赛季被打得很惨，但他们怎么也是曾经的王者战队，上赛季没有拿到冠军，并不代表他们实力下降，只是没有适应版本，上次总决赛……"

钟晨鸣眨了下眼睛，笑了笑："听我的，押 UKW，会赢。"

"不不不，我要押 NGG，虽然 NGG 没有 Master，但我是中国人，我要支持中国队。"懒宝宝坚持。

钟晨鸣无奈："这跟压哪个队赢有关系吗？"

"有的。"懒宝宝果断选择了 NGG，高深莫测道，"你不懂。"

钟晨鸣笑了起来，自己压了 UKW，岔开话题："来双排吧，我赚点网费。"

"好好好。"懒宝宝立刻上游戏。

等到下午英雄联盟季中赛开始，他俩就没排了，而是开始看比赛。

今天是 MSI 的总决赛，NGG 对上 UKW。这两队可谓是老牌冤家，好几年的死对头。晨光还在 NGG 的时候，与 UKW 的中单厮杀过不知道多少次，打着打着，两个战队竟然打出了惺惺相惜的意味，有时候比赛之后，双方选手还能约一起吃个饭。

NGG 状态确实不佳，虽然一路过关斩将到了总决赛，失误也很少，但总体运营上却十分拖，即使前期建立了优势，拖来拖去又把优势给拖没了，被 UKW 抓住机会猛然反打，五局三胜，NGG 以 1∶3 输掉了比赛。

结果刚出来，懒宝宝就开始在旁边骂："NGG 今天在干什么，这已经不是哪个人的问题了，这是整个团队都有问题，打成这样，真丢脸。"

"是好事。"钟晨鸣点了根烟，重新打开游戏，"这次相信他们可以看到自己的不足，上个赛季他们把 UKW 打太惨，让他们太浮躁了，或许已经把自己看成 LOL 第一战队，但是他们还差很远，现在输掉比赛，总比职业联赛的时候输掉比赛来得好，在季中赛里面找到不足，还有一个夏季赛，可以慢慢改善……双排吗？"

懒宝宝已经义愤填膺地打开了贴吧："你等等，我先去喷死这群垃圾，踩着 MW 去的季中赛，打成这样，我都为 MW 不值，NGG 欠 MW 一个冠军！"

钟晨鸣："……那我先开了。"

"行，你先玩，等我喷爽了再说，这也能输？"懒宝宝右手操作着鼠标点开贴吧，又看到钟晨鸣有奖竞猜还抽到一个限定皮肤，"我的天，兄弟你运气这么好，这皮肤我好想要！卖我？我出两百块！"

两百块，也就是 LOL 最贵的皮肤的价格了。

看到懒宝宝双眼放光，钟晨鸣只能道："好好好。"

两百块……能干啥？

还是去找亚索再切磋两把吧。

晚上，钟晨鸣让懒宝宝帮忙提了现，握着这两百块钱，去开了个钟点房……洗澡。

他在网吧待了两天，一身的烟味与汗臭味，自己都觉得臭得不行。洗完澡他把衬衫裤子都洗了，用干毛巾垫着吹干，弄完之后，他又去网吧门口洗剪吹二十块的理发店剪了个头发。

之前的发型实在是不方便，刘海挡眼睛不说，看着也伤眼睛，重新收拾了一遍，钟晨鸣再次回到网吧，懒宝宝没有打游戏，还在看 Master 的直播。

现在是季中赛的时间，MW 没有去成季中赛，战队干脆也给这些职业选手们放了个假，让他们自己玩，Master 就开了直播回馈粉丝。

依旧是韩服的直播，懒宝宝看得是津津有味，钟晨鸣看了一眼，就打开了游戏，他还要赚网费。

懒宝宝感觉有人在旁边坐下，侧头看了一眼，然后他愣了一下，转头道："是你？"

钟晨鸣回头："怎么了？"

"没认出来……"懒宝宝如实道，"怎么变化这么大，不就剪了个头发？"

钟晨鸣收拾了一下自己之后变化确实很大，理发店师傅的技术还行，刘海被剪短了，发型清爽利落，即使头发颜色看起来还是枯草黄，不过也不辣眼睛了，甚至看起来都顺眼了不少。

现在洗了澡洗了衣服，那种身上有灰尘的感觉也没了。

钟晨鸣将衬衫袖子卷到了手肘，此时往那里一坐，整个人安安静静的，竟然比懒宝宝还像个学生。

坐在懒宝宝旁边，钟晨鸣摸出烟来，点了一根。

——现在就不像学生了，更像个刚刚踏入社会的小青年。

本来说是今天去找工作的，钟晨鸣一边开电脑一边想着，下午为了看NGG的比赛耽搁了，不过也赚了两百块钱，这两天还能过。

但是找工作他要做什么呢？

钟晨鸣思考起来——没有学历，没有资历，唯一的特长就是游戏，但如果想用游戏赚钱，还差很多，至少，得将自己的号打到王者。

王者……

钟晨鸣打开了游戏，现在已经是他的黄金晋级赛，接连的连胜和MVP（全场最佳）让他跳了两次段，隐藏分上去了，段位升得也就快了。

"我快黄金了。"钟晨鸣提醒懒宝宝，"黄金之后应该还会跳段。"

"嗯，好。"懒宝宝道，"没事，我也快黄金了，还能排，你要中单吗？"

两人在网吧里打了五天的游戏，在这五天里面，钟晨鸣连续跳段，将段位打到了钻石，而懒宝宝打得比较少，他的号还在白金五。钟晨鸣打到白金之后，懒宝宝跟他排起来就没有以前那么轻松了，因为两个人一直连胜，隐藏分十分高，排到的都是比他们高两三段的人，懒宝宝自己的实力也就钻石，打白金只能做到有优势，不能再帮助钟晨鸣五杀。

这几天钟晨鸣拿五杀的次数也直线减少，到了钻石之后更是基本拿不到五杀，他只能做到赢，这个分段，五杀太难。

等钟晨鸣到了钻石之后，懒宝宝就在旁边自己玩自己的，两人没有继续双排，其实是两个号的段位相差太大，想排也排不了。

钟晨鸣刚刚上钻石，打了没两把，懒宝宝突然咋咋呼呼地拉住了钟晨鸣还想继续排的手，喊道："等一等！"

"双排？"钟晨鸣问道。

"不不不。"懒宝宝一只手抱着钟晨鸣的手，眼睛还在盯着自己的电脑屏幕，"就现在，排！"

钟晨鸣不解。

懒宝宝见钟晨鸣没反应，直接拖过鼠标，点了排位赛。

"排到排到排到！"懒宝宝一边嘀咕着，一边在钟晨鸣的电脑屏幕和自己的电脑屏幕上看来看去，接着他突然欢呼一声，"哇，这也行？排到了排到了！"

　　钟晨鸣不解。

　　"哈哈哈！我跟你讲，Master 来打国服了，我可是天天在微博上跟 Master 留言，让他打国服，他一个赛季没打国服，现在刚刚定完级，白金一，跟你隐藏分应该差不多，没想到真的能排到哈哈哈哈，我真厉害，给自己点个赞，棒棒哒。"

　　钟晨鸣："……"

　　"Master 在你对面，哈哈哈，也是中单，你小心点，别被他吊起来打。"

第三章

人生如戏，全靠演技

　　LOL 的补位机制会让玩家选两个位置，很明显，Master 一选打野二选中单，此刻就排到了中单位置，正好在钟晨鸣对面。

　　玩家基数大，段位相近的人其实不容易排到，但这些因素都抵不过懒宝宝的一腔热情，他硬是算着钟晨鸣的隐藏分还有 Master 的隐藏分，又卡着排队的时间，把一切排位分配的因素都考虑到了，甚至直播延迟都考虑了进去，终于是让两人排到了。

　　为了让两人排一起打游戏，懒宝宝真算是煞费苦心。

　　钟晨鸣有些不知道说什么好，他不能理解这种狂热粉丝的心情，而且看懒宝宝这个反应，要是他把 Master 打哭了，懒宝宝会不会抢他键盘？

　　禁选英雄已经结束，当第一个被禁的英雄出来时，懒宝宝就知道，这两人排在了一起没跑了。

　　Master 在一楼，选了个"发条魔灵"奥利安娜，这个英雄可谓版本万金油，什么时候都能拿出来，什么时候都能有亮眼的表现，也什么时候都能混，玩得好拯救全场，玩得不好也能稳稳躺着等队友带赢，是一个很稳健的中单。

　　到了这个分段，钟晨鸣也不玩卡特了。

　　卡特这个英雄在低分段无敌，但是到了高分段，大家都知道怎么应对这种输出高的脆皮近战，很容易被针对。看到对面拿发条，钟晨鸣看了眼自己这方的阵容，卢锡安、锤石、上单瑞兹，打野还没选，他想了想，拿了"影流之主"——劫。

　　劫是一个比卡特、亚索还秀得飞起的英雄，这样的英雄晨光以前喜欢用，后来反应跟不上，加上手伤，不得不选择发条一类的稳健发育英雄。

在电子竞技行业，二十五岁已经是老将了，之前还有解说称某个二十几岁还在职业赛场上奋战的人为"《英雄联盟》活化石"，电子竞技这一块，不服老不行。

打到这个分段，钟晨鸣对自己现在的实力也有了了解，卡特能玩好，劫他照样能。

开局，五人抱团冲向野区，在河道做了眼，对面的英雄也露了个头，互相用技能"亲切友好"地问候一遍，谁也没有打中谁，等兵线出来，各回各线，算是常规开局。

发条魔灵是个远程英雄，劫是个近战英雄，一级的时候肯定是远程压着近战打，钟晨鸣照例猥琐发育，不好补的兵用唯一的远程伤害技能 Q 补，能补到的，他观望着挑发条打不到他的时机上前，A 完兵就走，这样缓慢补兵，兵线慢慢往他这边走。

在正式的游戏里，一直被压兵线并不一定是件好事，solo 是 solo，团队是团队，如果钟晨鸣一直被压，中塔被慢慢磨掉，整个游戏难玩的会是他们一方。

正因为团队是团队，Master 推完兵线之后也不敢太靠前，因为地图一片黑暗，而钟晨鸣一方的打野消失不见，他家的打野正在往上路走，很明显并没有来帮他的打算，他不敢托大，推完兵线回到安全的位置，没有继续压线。

钟晨鸣此刻就得到了喘息的机会，在塔下舒舒服服吃完一拨兵，到了三级，学了技能之后，他就不用这样猥琐吃兵了。

发条的武器是一个球，球在哪儿，伤害在哪儿，只要躲过了球，发条的伤害就打不出来。

而劫是一个有位移十分灵活的英雄，W 技能是放一个影子，真身可以在影子之间切换，E 技能是身边一圈的范围伤害，Q 技能是扔出飞镖，是一个直线伤害技能。

双方打野都没来，发条不敢出塔，钟晨鸣看到对面打野出现在上路，大胆地将兵线压到了发条的塔前，用Q技能远程丢一丢飞镖，消耗消耗发条血量。

钟晨鸣消耗的时机把握得很好，专门挑 Master 补兵的时候消耗，让

Master 躲闪不及，Master 想消耗他的时候，他又灵活地用位移技能躲过球。

只要 Master 敢把球放出来，钟晨鸣就直接用 W 技能位移到 Master 脸上，追着他 A，弄得 Master 苦不堪言。

劫是个 AD 英雄，平 A 伤害很高，发条虽然也有平 A 伤害，但主要伤害还是用球打出来的，跟钟晨鸣对着 A，吃亏的只会是发条。

"你竟然压着 Master 打？"懒宝宝一边看直播，一边跟钟晨鸣说话，"Master 的打野呢打野呢？怎么不来帮中路——小心！"

懒宝宝话音未落，"洛"出现在了中路，这是 Master 一方的辅助，打野没来，钟晨鸣一直压线，辅助都看不过去了，主动跑中路来帮忙。

钟晨鸣刚刚才用位移技能消耗完 Master 的发条，洛一看劫没有了位移，直接冲过来，钟晨鸣看发条球没有打中他，却还是向前走了一步，突然直觉不对，消耗完之后立刻后退一步，此刻刚刚好卡在洛控制技能的边缘退开，躲开了这次辅助游走。

"竟然没中，真是可惜。"懒宝宝的语气里不无遗憾，"就差一点点。"

兵线全部压在发条塔下，钟晨鸣退回自己塔下，按下回城键，准备回去补充装备，此刻听到这话，忍不住说道："你到底是希望谁赢？"

刚刚对面洛在中路帮忙，懒宝宝看着直播提醒他，现在洛没有帮忙成功，懒宝宝又十分遗憾，这人怕是属墙头草的吧。

墙头草懒宝宝十分淡定："当然是 Master 啊。我这只是出于朋友情谊提醒你一下，别想太多。"

钟晨鸣："其实我一直不明白，你为什么这么喜欢 Master，他也不是最厉害的打野，比赛表现也一般般。"

"哇，你这么说，是从来没有关注过 Master 吧？"懒宝宝十分维护自己喜欢的选手，并且说出了好长一段心路历程，"其实我一开始喜欢的选手是晨光，我主玩打野位的，就是想着有一天，把技术练好，能排到晨光，结果你也知道，晨光越来越捞（游戏技术不好），一次次让粉丝失望，那时候我可是喷晨光的主力，不过后来晨光退役，我还是挺难过的……然后我看晨光直播，Master 把晨光中路直接抓崩了，正好我也是玩打野的，然后，你懂的。"

钟晨鸣："我不懂……"

钟晨鸣对懒宝宝说的这场游戏根本没有印象，倒是对喷子的印象挺深刻的，晨光退役是因为自己确实打不动了，另一半的原因，就是铺天盖地的喷子。

他虽然自己感觉不行了，再也回不去巅峰状态，但比赛还能打，当时NGG的新人还未培养起来，他如果再撑一下，NGG也不会沦落到去打保级赛的程度。

只是他真的撑不下去了。

钟晨鸣买完装备，往中路走去，问懒宝宝："你贴吧ID是什么？"

懒宝宝道："ID怎么能随便告诉别人，我可是要留着做传家宝的。"

钟晨鸣："……"

这一次回家，钟晨鸣买了两把短剑，而Master的发条也回家补充了一次装备，他买了两个布甲。

一般打得顺就出攻击装，打得不顺就出发育装抗压，现在看来，Master这是做好抗压的准备了。

在补刀上，两人相差不多，钟晨鸣只比Master多了三个兵，现在来看，虽然Master是打野的，补刀的基本功对他来说用处不大，但能算好伤害补兵的话，或许抢龙抢得不错。

钟晨鸣将兵线压到Master塔下，消耗完Master的发条再回城，Master补完塔下的兵才回城，所以钟晨鸣上线比发条快。

此时兵线刚刚到中路，钟晨鸣快速计算了下对面队友的位置。

打野抓了一次下路，残血了，应该回家了，要么就去打小怪，来线上抓他的概率不大，而下路刚刚对拼了一轮，状态不太好，不太可能来中路，上路对线激烈，还在互砍，他中路是安全的，没有人会过来。

计算完毕，钟晨鸣开技能，快速收了中路的兵线，等发条上线的时候，兵线就应该到了发条的塔下。

很难受。

这是懒宝宝看直播的想法，这样被压在塔下补刀，Master很明显基本功不太扎实，接连漏了好几刀，而且补刀的时候，他也是苦不堪言。

补刀的时候，发条这个角色会在原地停下来，手里扔出去一个零件打兵，然后才会继续走。

而钟晨鸣就控制着劫，利用这个补兵时候微小的停顿进行消耗。

发条要么补兵，要么一直走来走去，躲避劫的技能，放弃补兵——不补兵没钱买装备，补兵——被消耗回家也会没钱买装备，这真是一个艰难的选择。

Master 选择了补兵。

当然，是小心翼翼地补兵。

发条全是群攻技能，她十分好清兵，一套技能一拨兵。

但是 Master 这次回家没有出攻击装备，而是出的防御装备，这就更难受了，他一套技能扔小兵身上，小兵还剩个血皮，还是得平 A 收。

发条一直猥琐地在塔下补刀，这其实对于钟晨鸣来说很危险，因为塔会攻击范围内可攻击的敌人，自己方的塔下是相对安全的地方。

兵线在发条塔下，也就意味着钟晨鸣要离开自己塔的保护范围很远，这就给了其他路来帮忙的机会。

就在对线的短短几分钟里，对面打野就来了两次，钟晨鸣每次都有所察觉，一旦有风吹草动，就立刻往后退，愣是没有给对面打野一点抓到他的机会。

或许是觉得没希望，很快打野就不在中路混了，而是去了其他路帮忙，钟晨鸣一旦看到打野在其他路出现，立刻就对着发条一顿疯狂消耗。

很快发条就被消耗到残血，Master 也是胆大，被消耗到能一套技能带走的地步，他还要坚持收完一拨兵，这才回城补充状态。

懒宝宝在旁边看得直咬指甲，他看到 Master 方的打野还在附近，这也是 Master 敢大胆收兵的原因，如果钟晨鸣要塔下强杀发条，打野可以立刻赶到帮忙。

看到发条在一塔与二塔之间回城，而劫收完一拨兵，消失在黑暗中，打野提醒了一下上路下路劫不见了，让他们小心，就往下路走去，中路人都走了，也没有机会，而下路看上去要打起来了，他估计劫应该会往下走。

钟晨鸣虽然往后退了一下，往下路走去，但他并没有选择去下路帮忙，而是从视野盲区绕了一小圈，绕到对面旁边，然后果断地来了个位移穿墙，一眼就看到发条正在读条回城，他立刻闪现加一套技能丢上去，直接杀死了残血发条。

杀完人之后，他吃了一下塔的伤害，然后慢慢地回到野区，隐于黑暗。

懒宝宝在旁边看直播看到这一幕，立刻转头："你打游戏就打游戏啊，窥屏不道德，你——"

钟晨鸣电脑屏幕上显示着他正在从基地里往外走，时间是 7 分 34 秒。懒宝宝回头看了一眼自己的电脑屏幕，发条屏幕上还是一片黑暗，刚刚被击杀没有 2 秒，游戏已经进行的时间是 7 分 23 秒。

Master 的直播大概有 10 秒的延迟，而回城时间是 8 秒，也就是说，钟晨鸣并不可能通过看懒宝宝的屏幕，从而得知 Master 的发条在哪里回城。

懒宝宝又仔仔细细地看了看钟晨鸣的电脑屏幕，发现钟晨鸣确实看不见一二塔中间那块位置，他刚刚找到残血回城的发条，完全就是猜测发条会在那里。

Master 的直播间里一串问号和"哈哈哈"，还有人刷"666""主播真菜""我上我也行"。

跟直播间里覆盖屏幕一样的弹幕所不同的是，Master 十分沉默寡言，除了死的时候疑惑地"嗯"了一声，他并没有说更多的废话，连跟观众的交流也没有，当然，也没有解释自己刚刚为什么会被杀。

在基地泉水里复活，Master 买了个草鞋，增加了一点移动速度，走得快就能更好地躲避劫的技能消耗，然后继续赶往中路。

到了中路自家塔下，兵线正好在中路靠近发条的方向，Master 没有贸然出塔，先去河道做了眼，防止打野从河道过来抓他，然后在塔下等兵线推过来。

他这一等就十分不好受了，因为劫并没有用技能推线，而是控着兵线不往前推。死之前发条补的是塔刀，后来劫一边的小兵被塔吃掉，发条一方的小兵却生龙活虎地跑到线上，数量比劫一方的小兵多了许多，所以兵线总体是往劫的方向走的，只要劫不用技能刷兵，兵线就不会往发条的方向推进。

Master 站在塔下走了两步，还是往前走去，趁着劫补兵的时候，站在最远距离，小心翼翼地向一个小兵扔出一块零件，这是发条的平 A 动作。

发条刚抬起手，对面的劫轻轻一动，一道黑色的影子从身体上分离出来，实体劫手中的手里剑和影子手中的手里剑同时飞出，一齐射向发条。

发条立刻向旁边走了一步，躲开了实体劫弹射出的手里剑，却被影子的手里剑弹到。影子所射出的手里剑造成的伤害并不高，发条又向后退了一步，离影子远了一点，将头顶的球丢了出去，用技能清兵。

看到发条将球推出来，劫的身影原地消失，而黑色影子变得清晰，原本烟尘一般的躯体出现了金属面具与利刃的轮廓，一瞬间凝成实体，立刻向发条走去。

发条立刻后退，球没有在身边，她打不过劫，因为劫距离她太近，她也不敢停下来平 A 劫，只要她停下来，劫就会追到她，而她是个 AP 英雄，劫是 AD 英雄，互相平 A 是劫赢。

看发条跑了，劫却没有再追，又回头补兵。

嗯，他就是吓吓发条，让她补不了兵而已。

Master 退了一下，钟晨鸣操作着劫 A 了两个兵就往回走去，现在劫已经跨过了大半个河道，就快走到发条塔下，他交了影子技能，也交了闪现，现在已经没有位移，离自己塔这么远，是很危险的行为。

何况发条是个远程英雄，劫没有了位移，又和发条拉开了距离之后，是会被风筝消耗的。

虽然 Master 的发条……没有一个技能可以打中他就是了。

劫是一个忍者，他的技能也如同忍者一般诡异缥缈，经常杀人于千军万马之中，又飘然离去让人见不到真容。要用好劫，考验的不只是使用者的操作，还有团战意识、大局意识。

使用这个英雄的时候，玩家注意力总是高度集中，因为操作跟思考强度都太大，经常会出现手跟不上脑，或者考虑得不全面的情况。

Master 的发条会被劫打得这么惨，看来是真的不会玩中单，这次补位补到中单也是挺惨的。

钟晨鸣往后退了之后，果然对面的打野又来中路逛了一圈，不过他大概也知道这个劫不好抓，走了一圈收了两个兵，友好地路过，然后又进了野区。

打了个标记提醒，钟晨鸣往打野离开的方向走了走，做了一个眼位，用来看打野有没有过来，然后继续跟发条对线。

钟晨鸣这方的打野龙龟也往中路走了走，看了两眼之后，还是觉得下路比较有机会杀人，也走了，中路再一次变成了两个人对线。

打野刚走，钟晨鸣突然往前走了一步，Master 没有往后退，也往前走了一步，控制着银白色的圆球往劫身上移去，球所经过的地方都会造成伤害，而斜里突然跑出一只"虚空遁地兽"——雷克塞。

雷克塞是一只地行虫，此刻从地里钻了出来，背脊上的突刺现出狰狞的轮廓，劫身形一晃，一道黑色的影子浮现在另一端，他本人却突然消失在原地，雷克塞扑了个空，几道黑色的影子如同索命厉鬼一般飞向发条，这是劫的大招——"瞬狱影杀阵"！

Master 早就做好了准备，立刻收回球，给自己添了一层护盾，同时算着时间，等待着劫出现——劫对谁使用大招，就会在短暂的延迟之后，出现在那人的身旁，那个时候，就是他最佳的攻击时间。

而发条的大招也有延迟，两人的延迟时间还不一样，所以 Master 需要做到的是算好两人的延迟，在劫刚刚出现的那一刻保证自己的大招也放出来。

漫天飞舞的影子散去，劫的真身显露出来，一道透明的磁场将他猛地一拉，拉向了磁场中心的发条球！

雷克塞也立刻追了过来，蓝色的巨兽潜入地下，再次出现时，就会接住发条的控制技能，再次将劫顶飞。

钟晨鸣手中的鼠标轻轻一点。

隐匿身影的忍者刚刚显出身形，空气里起了一阵波浪，无形的磁场将黑衣忍者拉向发条的方向，而窥伺在旁的雷克塞已经露出了暗蓝泛着金属光泽的脊背，在地底下以千钧之势冲向了劫。

雷克塞有个别名，叫作挖掘机，就是因为他常年在地下活动，而从地下出来时，往上一顶的力量足以将人击飞上高空，也就是他的控制技能。

这是自信单杀被反杀的节奏，懒宝宝在旁边都看得为他捏了把汗，钟晨鸣却不慌不忙，鼠标点了点地面，又按了下 W。

W 技能——影奥义！分身。

刚刚从磁场的控制中出来，劫的身影突然消失不见，变成了一堆黑色的虚影，一早放出的影子却渐渐变得清晰，也就在这时，一只面目骇人的蓝色巨兽从地底钻出，扑向劫原本身影所在的位置。

懒宝宝还未做出反应，只见刚刚才逃脱险境的劫周身亮起了一圈红色的光，一圈黑色烟雾在红光里一闪而过，跟他做同样动作的，还有刚刚与他交换了位置的影子。

发条的大招是把劫拉向自身，同时造成伤害和控制，但钟晨鸣算好了雷克塞与发条大招控制之间的衔接时间，从控制中脱身，他的影子就留在了发条身旁。

此时红光一闪，发条血条立刻少了一截，并且行走变得缓慢无比，这是被劫的技能减速了。

发条放完大招之后直接后退，没有半分停留，虽然被减速，但她一直离塔很近，此刻已经进了塔的保护范围，钟晨鸣之前分身的位置就放得比较靠前，所以他真实身体移到影子之后，距离发条也没有多远。

虽然前方就是塔的保护范围，钟晨鸣依旧没有任何犹豫，一头就冲了过去，被减速的发条自然跑不赢劫，雷克塞却被甩在后面，没有了控制技能，雷克塞也就只能打伤害。

钟晨鸣追上去丢了一套技能在发条身上，发条血线立刻下了一半，同时塔也打了两下劫，劫的血线也下了一半。

Master 是一位职业选手，此时并没有慌乱，而是理智地控制着发条的球移向劫，但是劫的走位跟开了挂一样，卡着发条的身旁走，除了发条的 W 技能是周围一圈都有伤害，竟然没有一个技能砸中劫。

又 A 了发条两下，劫的血线也被压到只剩四分之一，这是发条两个技能就能收掉的血量，但是 Master 发现，自己的技能，全都冷却了！

雷克塞冲过来想补上伤害，但劫又突然从他们视线中消失，传送回了开大招之前所在的位置。

劫的大招会在自身位置后面放一个影子，然后冲向目标，再按一下大招，劫就会回到影子所在的位置。

劫带着只剩血皮的血条，轻飘飘地回到了之前的位置，而雷克塞因为冲太前，已经无法再回过头追上劫，发条残血站在塔下，没有动作。

懒宝宝听到耳机里面传来声音，是 Master："这个劫可以的。"

下一秒，一声惨叫，发条倒在地上，劫大招留下的印记触发了二段伤害，懒宝宝看的直播画面已经变成了灰色，发条又被单杀了，还是劫一打二单杀发条然后跑了。

刚刚 Master 就是知道自己必死无疑，所以才站在塔下没有动。

"垃圾打野！就这意识还好意思跟 Master 抢打野位置！"懒宝宝骂了一句，转头问钟晨鸣，"刚刚发生了什么？你录像了吗？给我再看一遍。"

钟晨鸣："……精彩时刻里面应该有，打完给你看。"

精彩时刻是 LOL 自动记录击杀画面的程序，当然比较优秀的击杀才会被记录。

"你怎么这么帅，怎么躲技能都是算好的吗？"懒宝宝说着，刚才的那些操作都发生在一两秒之间，他看都没看明白，更别说操作出来了。

劫这个英雄，说起来容易，但能输出的时间太短，可以杀人的时间常常不足一秒，普通人能把劫玩明白，不手抽筋按错技能都已经很不错了，这样一套操作看得人眼花缭乱根本不知道发生了什么，在懒宝宝这里，这是可以打职业的水准了。

可惜这人只会玩卡特跟劫，懒宝宝有些遗憾地想，虽然偶尔还会玩玩女警什么的，但是女警的水平也就比他好点，实在是上不得台面，英雄池（玩家擅长英雄数量的多少）实在是太浅了，不然真的可以去打职业。

几句话之间，钟晨鸣已经读完了回城技能，在补充装备，而懒宝宝的耳机里再次响起 Master 的声音："发条怎么打劫？"

Master 开直播很少说话，也不开摄像头，几乎不看弹幕，他要专心打游戏，看弹幕会分心，许多老粉丝甚至都觉得，Master 会开直播只不过是战队的任务而已，如果不是有这个任务时间在，他可能想都不会想到直播这件事。

在 Master 的直播间里，经常有人说这不是 Master 的声音啊，Master 怕不是请了代打吧。

这时候，一些老粉丝就会让他们去隔壁看看，隔壁就是 MW 辅助的直播间，两个直播间的声音一模一样，因为辅助就坐在 Master 的隔壁位置，Master 不说话，但是麦没关，所以观众经常听到辅助一直在说话，许多人都误以为辅助才是 Master 本人。

此时 Master 这句话也不是问的观众，他问的是坐在隔壁的辅助空气。

空气也在直播，他直播的时候话特别多，说得正起劲突然被喊过去看，一转头看到 Master 的电脑屏幕，瞬间哈哈大笑起来："哎哟，野神你的发条，哈哈哈哈，我还是第一次见你玩这个英雄，你真的会玩？啧啧，0:2，死得好惨，别人的发条能打劫，你的就不能，放弃吧，等着躺赢。"

"对面辅助在排你的真眼。"Master 提醒道。

"什么？！"空气立刻放弃了对 Master 进一步的嘲讽，回头就是一顿狂喷，"敢排我的眼，我看你是活得不耐烦了，旺财，给我咬他！"

嗯，这是一个用嘴输出比用手输出都高的人。

被队友惨无人道地嘲讽之后，Master 痛定思痛，决定采纳自家辅助的意见——等着躺赢。

Master 缩在塔下补兵，想着团战的时候放两个大招就行，然而对面的劫太过于凶残，一个照面，他又被单杀了。

Master 有点郁闷地看着电脑屏幕，反思自己是不是太小瞧这个分段了。而屏幕这边，懒宝宝已经受不了了，跟钟晨鸣说着："大哥，你给 Master 一点面子行不行，好歹人家也是一个职业选手，你这样越塔杀人不太好吧。"

"怎么不好？"钟晨鸣露出一点笑意来，"他站着让我杀，我为什么要手下留情？"

"别人好好在塔下补兵，哪里站着让你杀了……行，我明白了，人家补兵就是让你杀的，好好好，我不说了。"懒宝宝唉声叹气，只觉得是自己把 Master 害这么惨，犹豫了好半天，抬起鼠标颤抖着给 Master 送了十块钱的直播间礼物。

这可是他吃一顿食堂的饭钱，是他能做出的最好的补偿了！

他正愁眉苦脸地想着自己一顿饭的钱没了，突然就看见 Master 的屏幕又黑了！

这次还好，不是单杀，是中路小型团战的时候，Master 杀掉一个人之后死掉，好歹是开张了，不过 Master 又是被钟晨鸣杀掉的。

懒宝宝立刻怒了，噼里啪啦地打字，在 Master 的直播里面一顿狂喷，说 Master 菜到不行，连钻五的都打不过，就这样还打职业，不如退役回家卖饼！

这段话刚发出去，他就被房管给封了，不过房管还算仁慈，没把他给踢出直播间。

懒宝宝又愤怒了，去找管理理论：自己说的是事实，凭什么封他——我凭本事喷 Master，你们凭什么封我？

钟晨鸣自然不知道懒宝宝在干些什么，他正在专心地打游戏。

Master 还是他这么久以来接触到的第一个职业选手，他本想认真应对，不过他一认真起来，对面的 Master 似乎有点招架不住。

这位打野新星很明显不会玩发条，也不知道出于什么心理拿了发条这个英雄跟他对线，一下就被打得落花流水，钟晨鸣还说看看现在的职业水平，现在是看不到了，只能看到一个拿错英雄的人死得有多惨。

游戏进行到十五分钟，双方发育得都差不多了，现在到了极其容易爆发小型团战，一出错节奏就可能崩盘的地步，钟晨鸣也变得谨慎起来，开始上路下路游走，寻找可以打开局面的机会，极少待在中路，这给了 Master 一点喘息的时间。

Master 好歹是个职业选手，虽然线上被吊起来打，崩得一塌糊涂，被单杀三次还压了几十个兵，但他团战意识在，跟打野出去杀了两个人，还不算太惨。

劫不在，Master 就借着这段时间疯狂刷兵发育，收完中路的兵收野区的小怪，自己野区的刷完又去刷对面的，他作为一个打野，对对面人的动向还是有所把握，每次去对面野区，都能脏（偷）对面几个小野怪。

就这样两三次之后，Master 终于做出了两件看得过去的装备，觉得可以打团了。

发条这个英雄是个团战英雄，Master 觉得自己这个装备，或许躺赢还是可以的。

但是他又想错了，因为对面的劫，切脆皮输出就跟切菜一样，神出鬼没杀人不留行，每次都只能看到几个影子一闪而过，然后人就死了。

这个劫前期发育太顺，拿着人头跟补兵，俨然成了一个 BOSS，伤害太高，操作又顺，让人根本就抓不住，然后他还会算计，每个技能如何做到收益最大化都算得清清楚楚，奈何不了。

在劫碾压性的伤害压制下，Master这一把输了，虽然打到最后，他好歹把自己人头比打平了，也就是杀人和死亡次数一样多，但看起来还是太难看了。

空气早就打完了一把，此刻正开了下一把选英雄，转头看了一眼Master的屏幕，毫不留情地嘲笑起来："没事玩什么发条，你以为你是晨光？"

"很久没玩了，想试试。"Master点了下一把，跟空气说着话，"没想到菜成这样。"

"你以前是青铜局玩的发条吧。"空气游戏已经开始了，没怎么留心，随口应着。

Master也就笑笑，没有继续说话。直播间里又沉默下来，只剩下空气一直说个不停的声音。

而这头，结束了一把游戏的钟晨鸣刚想抽根烟，立刻被懒宝宝抢过去鼠标。

懒宝宝点了Master的ID加好友，头也不抬地说着："我给你要个Master的好友位啊，别谢我。"

钟晨鸣："……"

Master打完游戏点了排队，就开始玩手机上的小游戏锻炼手速，没有再看电脑屏幕。

此时他的直播间弹幕飞一般地刷着"刚刚对面的劫加你好友了""把你打得这么惨，还是给人家一个好友位啊"……

当然，这些Master都没有看见，听到选英雄的音乐声响起，Master才再次抬起头来，准备选英雄，至于消息提示什么的，他从来就没有点进去看过。

懒宝宝盯着直播间跟钟晨鸣的好友列表，看来看去，又换了几个小号狂刷弹幕，奈何Master根本没看见，最后他又骂了一遍Master，以被封两个小号结束了自己的求好友位这件事。

听到音乐"噌"的一声响起，懒宝宝抬头看了看电脑屏幕，又转头看了下钟晨鸣的，突然愣了一下，喃喃说道："你们俩又排到一起了？"

"是吧。"钟晨鸣随口说着，禁了女警。

片刻后，懒宝宝看着Master直播画面里被禁掉的女警，说道："你俩还真排一起了，这下很强，你中单他打野。"

"嗯。"钟晨鸣吸了口烟，鼠标移到了劫身上，顿了一秒，又缓缓移到了发条身上。

这个号本来是没有发条的，这是他刚刚买的英雄。

又过了两秒，钟晨鸣点了下去，按了锁定。

"发条？！"懒宝宝一脸看好戏的表情，"你也会玩这个？这是要教Master 玩发条吗？"

"没有。"钟晨鸣点着天赋，"突然想玩了。"

Master 的直播间里。

弹幕已经淹没了直播画面，各路吃瓜群众纷纷表示喜闻乐见。

【哇，上一把那个劫要教你玩发条！】

【劫跟你排在一边了，躺好。】

【快抱大腿啊 M 神！】

【刚刚劫加你好友了，M 神你快通过说几句好话！】

Master 依旧没看弹幕，他甚至不知道这一把的发条就是上一把的劫，因为选英雄的时候，只要自己的队友不说话，是看不到别人的 ID 的。

回国服玩，在低分段，Master 本来是准备随便玩玩，没想到就被吊起来打了，这把他重新收拾了一下心态，准备认真对待，正好他排到了打野，看了一下阵容，他选了德玛西亚皇子——嘉文四世。

这是一位身穿金色铠甲，手持长矛的英雄，游戏里的形象更是英武不凡。

Master 会选他，肯定不是因为他帅，而是因为他简单好用而且还能和队友配合。

而钟晨鸣还在发呆。

看着发条发呆。

这是晨光最擅长的英雄，他擅长发育团战型英雄，因为操作和手速跟不上，他很少玩劫这一类操作性极高的英雄，而是玩发条、卡牌这种，线上稳定，操作不强，主要靠个人意识游走打团的英雄。

懒宝宝说他选发条是要教 Master 玩发条，事实当然不是这样，只是他被勾起了回忆，突然想玩了而已。

一根烟的时间，钟晨鸣选完英雄点好天赋，站到了线上。

对面中单是黑暗元首辛德拉，同样的玩球女英雄，两人在中路遥遥对望。

然后钟晨鸣按了一下 shift+3，屏幕中，金属做成的人形玩偶翩翩起舞，一个篮球大小的金属圆球围绕着她旋转，这就是与她同为一体的魔偶，也是她的武器。

对面的辛德拉发出哈哈的嘲笑声来，然后也跳了一个舞。

"唰！"

一把旗子突然插在了辛德拉面前，辛德拉立刻收起舞步，向后退了一步。

一个金甲战士从中路匆匆走过，又赶回了自己的野区。

被打断尬舞的钟晨鸣以及对面辛德拉："……"

不多时，友好的交流时间结束，兵线到了线上，两人再没了闲心跳舞，都专注在对线上。

发条是一个手很长的英雄，因为球可以移动的范围远，而球在哪儿，发条就可以在哪儿打出伤害。但辛德拉却是一个手更长的英雄。

辛德拉又有别名"球女"，她的玩球跟发条的玩球不同，她是鼠标指在哪儿用技能，就在哪儿出现一个球，而发条只有一个球移来移去。两个英雄的球有着本质的不同，却同样是用球来打伤害，也算是另外种意义上的殊途同归了。

玩发条，钟晨鸣就没有了玩劫那种虎视眈眈，随时都要取人性命的气势，转而变得谨慎小心起来，但是这种谨慎小心，不是畏缩不前，而是细致地侵蚀。

开场，钟晨鸣往前走了一步，卡了一拨小兵，让兵线以一个对他来说更为舒服的姿势相接，让他舒适的姿势，对对面来说，就是难受的姿势。当然，这个分段的人还看不懂这点奥义，对面辛德拉还在常规地补兵以及想办法消耗发条。

辛德拉打发条并不难打，论手长，发条没辛德拉手长；论伤害，辛德拉爆发高得吓人，六级之后遇见脆皮就是秒；论推兵线，辛德拉的技能，除了大招，也都是范围伤害，CD 还比发条短，推兵线也是五五开。这是一个在对线上很强势的英雄，甚至在一段时间内制霸了《英雄联盟》的中路，让许多玩家看到辛德拉就头疼，是不禁就选的存在。只是经过几次改动削弱，辛德拉已经不复往日强势，但实力犹在。

懒宝宝也觉得这把钟晨鸣不好打线上，最好的结果是两人互相刷兵，如果要硬刚，六级之后被辛德拉抓到，就是一套秒杀的结局。

钟晨鸣听着懒宝宝说对线技巧，随便"嗯嗯"了两声，学了技能E。

发条的E技能是一个盾，将魔偶召回来保护自己，并且给自己一个可以抵抗一些伤害的盾。

对面的辛德拉一级就想打得强势一点，她确实也有强势的资本，上来就用技能消耗发条。

钟晨鸣点着鼠标，随便走了走，辛德拉的技能就空了，然后他给自己套了个盾，上去平A辛德拉，A两下又回来。

这下辛德拉有点着急，她技能打不中发条，她平A发条，发条有盾，这让她不敢站太前，因为如果站后面一点，发条越过兵线来A她，小兵是要打发条的，这样发条损失的血线就比较多，发条是亏的，就算有盾在，也不足以抵挡一级时这么多小兵一起打的伤害。为了自己不被消耗，辛德拉只得往后退一点，不敢再强势压制。

看到辛德拉退了一步，钟晨鸣也退了一步，开始A兵。

他这样强势地过去A辛德拉，其实只是为了给自己创造一个补兵的环境而已。

会玩的辛德拉都会在他补兵的时候消耗他，因为补兵的时候做出平A动作，英雄肯定会停顿一下，这个时候用技能消耗对面不容易躲过去，钟晨鸣先把人赶走了，这才开始补兵。

辛德拉的技能恢复得快，退了一步之后她走上前来，A了一下小兵补刀，又放出一个球来想要消耗发条，与之前一样，钟晨鸣点点鼠标，用走位躲过技能，然后套盾上去平A。

发条的平A虽然比不上AD英雄，但是比一般的法师类英雄要疼一点，有法伤的加成，即使没有盾辛德拉都不敢跟她对A，赶紧向后退了一步。

钟晨鸣看对面退了，老样子，依旧退回来补兵。

如此往复两次，辛德拉终于怒了，她决定不再尿，这次上来用技能消耗发条落空，她没有再退，而是选择与发条对A。

虽然平 A 没有发条疼，以及没有盾，但是她技能 CD 短啊！

前期发条一个盾的 CD 时间，辛德拉都可以放出四五个球来打伤害，所以跟发条对 A 了两下，辛德拉立刻放了一个球打伤害。

这次发条没有躲过去，她也是算好了发条平 A 动作的停顿时间放的球，发条虽然走位了一下，跟球的伤害范围擦了个边，还是吃到了伤害，这让辛德拉沾沾自喜起来，觉得辛德拉就是把发条吊起来打的存在，于是上前一步，继续跟发条对拼。

钟晨鸣往后退了一步，做出走位躲技能的样子，跟辛德拉对 A，两人都放弃了补兵，似乎都觉得不能尿，一定要决出个胜负来，就看谁先退缩！

几轮对 A 之后，两人血线都下了半血，发条的血线比辛德拉更低，发条已经做出了退缩的姿势！

辛德拉立刻追了过去，甚至觉得一血已经被拿在手中！

"唰"的一声，一把旗子突然插了辛德拉身旁，一柄长矛从斜里刺出来，一把挑起辛德拉，辛德拉还未落地，身穿金色铠甲的身影从天而降，抓住长矛猛然拍在辛德拉身上。

是发条一方的打野皇子！

皇子打完自己家的红 BUFF（击杀之后给英雄加灼烧光环的野怪，也指代灼烧光环），直接往中路而来，蹲在中路河道旁的草丛里，伺机而动。

钟晨鸣看到皇子在一旁候着，立刻就开始了表演。

刚才发条往后退的时候，就是假装后退，连之前跟辛德拉对拼，都是假意对拼，一切都是一场戏，演给辛德拉看，让她上当的好戏。

辛德拉起先打得束手束脚，自然火大，此刻见到有机会单杀发条，就算不单杀也能让发条元气大伤，不愿意放过，火气上头，追得太过了，立刻就上当。

此时皇子的长矛拍在她身上，发条的零件也慢悠悠地飞到了她身上，然后一个球套在了皇子身上，给皇子套了个盾。

发条的魔偶所过之处都会造成伤害，虽然是给皇子套盾，但魔偶经过了辛德拉，辛德拉也吃到了伤害。而且她还吃了全套皇子的伤害，现在只剩了一个血皮，等击飞一结束，立刻就想闪现逃跑。

然而她虽然用出了闪现，但已经晚了，又一个零件从发条手中飞出，跨过了她闪现的路线，"哒"的一声轻响，打在了辛德拉身上，打掉了她最后一丝血皮。

一声惨叫，辛德拉应声倒地。

懒宝宝在旁边看得愣愣的，好半天才发出评论："这也行？这真的是钻石分段？"

钟晨鸣笑了笑："人生如戏，全靠演技。"

刚刚他并没有跟 Master 打字交流，一切发生得自然而然。Master 的皇子往中路走，钟晨鸣看到皇子往这边而来，立刻操控着发条上去演，连伤害两人都算得贼精，最后辛德拉闪现逃跑，他们俩都没有上去补上最后一下伤害，因为他们知道这最后一下攻击发条是 A 出去了的，只等发条的零件飞到了，对面就可以死了。

杀完人，Master 没有任何停留，操控着皇子往上路走去，他要去打他上路野区的蓝 BUFF（击杀之后给英雄加回蓝、减技能冷却时间光环的野怪，也指代回蓝光环）。

钟晨鸣此时已经二级，他补了两个兵，升到三级，往后退了一步，退到了对面看不到的位置，也往上路野区走去。

对面打野没有抓下，而己方打野出现在中路抓人，如果对面打野有想法的话，会来他们的野区偷蓝 BUFF。

事实证明钟晨鸣没有料错，Master 走到野区的时候，刚好看到对面的打野瞎子——也就是盲僧正在打他的蓝 BUFF！

蓝 BUFF 是一个石头人模样的小怪，打死了蓝 BUFF 会给一个回蓝变快，以及技能 CD 变短的状态，是很重要的小怪，肯定不能放过。

看到皇子一个人过来，瞎子还不慌不忙地打着蓝 BUFF，瞎子是一个灵活的打野英雄，他连逃跑路线都想好了，何况他也不是打不过皇子，所以有恃无恐起来。

皇子没有任何犹豫，直接冲上去就是干！

瞎子立刻惩戒了一下蓝 BUFF，让自己回血，惩戒是打野的专用技能，一开始只能对小怪使用，可以打掉小怪的血量同时让自己回血。

一惩戒下去，他就跟皇子差不多的血量，然后又是一脚踢出，直奔皇子而来。

皇子不闪不躲，生生中了他这一脚，也没用技能，直接跟他对 A。

两人血都不健康，瞎子是刚才在打野，皇子是刚才中路杀人的时候吃的小兵伤害，而皇子没有使用技能，这样对 A 肯定 A 不赢瞎子。

结果刚 A 两下，一个银白色镶着金边的圆球突然从旁边飞了过来，套在皇子身上，给皇子套了个盾，然后球又动了一下，移到了瞎子所在的位置，打掉了瞎子一段血条。

瞎子见势不妙，立刻一个侦查守卫插到墙对面，想用技能逃跑，然而他刚刚逃到墙对面，皇子一柄旗子插了下来，长矛随后而至。

瞎子一急，又闪现回来墙这面，一个球却在老位置等着他，同时一句金属质地的话语在他耳旁响起："魔偶它生气了。"

所以他闪现回来是为什么呢？

还有你杀完人不回家补充装备的吗？

刚刚我都穿墙而过了，你不是应该跑到墙那边去追我的吗？

你为什么还在这里？

一连串疑问在瞎子的脑海里一闪而过，随后他的屏幕也黑了下去，最后的血皮被钟晨鸣收掉。

"……都是套路。"懒宝宝在旁边看得直摇头，"这瞎子真傻。"

说着，他又去看了一眼 Master 的直播间，一连串的弹幕发了出来：

【这个发条可以的。】

【可怕，不知道还以为你俩开了麦。】

【一个垃圾盲僧，还想反 M 神的野？活得不耐烦了吧？】

【我的野区，是我的，你的野区，也是我的。】

懒宝宝看着弹幕吐槽："这什么评论，就'杀'个瞎子就说对面野区也是 Master 的，这大兄弟怎么吹得比我还厉害，没吃错药吧？"

他一句话还没说完，就看到钟晨鸣拿了自己家的蓝 BUFF，跟着 Master 的皇子往对面野区走去，而钟晨鸣家的上单也跟着一起往野区集结。

懒宝宝："……"

他要收回刚才的话。

钟晨鸣跟 Master 都算得很好，刚才的时间是不足以让瞎子打完自己方的红 BUFF，再过来打 Master 的蓝 BUFF 的，所以对面的红 BUFF 肯定还在。

现在对面中单打野都被送回老家了，红 BUFF 是谁的？

自然是他们的了！

等级低的时候，复活时间很短，一开始只有十秒的复活时间。

十秒钟，肯定不够从自己这边的蓝 BUFF 走到对面的红 BUFF，只不过对面打野也需要时间出门，此时去对面野区，打野应该到不了，但之前死的中单复活了，并且能赶到自己这边红 BUFF 的位置。

钟晨鸣家的上单是炼金术士"辛吉德"，跟他对线的是机械公敌"兰博"。

看到了自家打野中单的动向，炼金也准备支援一下。一开始他对线跟兰博五五开，打得你死我活谁也捞不到好处，此时看到自己队友往对面野区走了，也往那边走了一步，这样如果兰博去自己野区支援，他也可以跟上。

皇子走到了对面红 BUFF 小怪所在的地方，一柄旗帜插到红 BUFF 身上，身上缠满荆棘的红色小怪慢吞吞地动了动，向着皇子所在的方向爬过来。

对面的中单辛德拉已经复活了一小会儿，此时在红 BUFF 所在的地方冒了个头，插了个眼看了看，看到皇子发条都在，立刻往后退，跑了。

要什么 BUFF，不如补兵。

正好兵线也到了她的塔下，她重新上线才一级，怎么想都打不过，还不如去混混兵线吃点经验，早点升级。

Master 刚才用了皇子的旗帜来拉怪，他的位移是要两个技能结合起来才行，此时距离辛德拉太远，也就没有追过去，至于钟晨鸣，发条没有控制技能，追辛德拉并不好追，现在还是打 BUFF 比较重要。

就在这时，屏幕上突然跳出一条提示，耳机里也出来了一个声音："Double kill（双杀）！"

钟晨鸣快速扫了一眼小地图，自己家的 AD 跟辅助死了，对面 AD 拿到了双杀。

LOL 的地图以对角线划分为红蓝两方，左下角的为蓝方阵营，水晶、小兵跟防御塔都为蓝色，右上为红色阵营，标识颜色是红色。

钟晨鸣这次在蓝色方，入侵的就是红色方的上半部分野区，所以来支援的是上单，下路的辅助跟 AD 与这次入侵没有什么关系，他们继续安心对他们的线就好。来支援的话，他们实在是太远了，估计走过来的工夫都够这几个人打完一架又复活了。

所以这次下路双双被杀，跟钟晨鸣他们的野区入侵一点关系也没有，对面的打野也才刚刚复活，完全就是对线上打不过被杀。

下路被双杀并没有转移钟晨鸣的注意力，他只是看了一眼立刻就移回了视线，按下了 B 键——回城。

一圈圈蓝色的光束在发条脚下升起，发条的身影在光圈中消失，接着出现在基地泉水之中，而皇子刚刚哼哧哼哧打完野怪，又往上路走去。

斩杀两个人头所得到的金币不少，钟晨鸣回家补充了一次装备，一边回中路一边将视角拉到了上路。刚才他回家的时候 Master 往上路走，这是准备去上路 GANK（游走抓人），对面上单兰博应该是有所察觉，直接往后退，退到了一个他觉得安全的位置。

当然，这只是他觉得安全的位置。

上路本就极其容易产生击杀，而且两个人都是近战英雄，兵线又交织在一起，想要补兵就免不了磕磕碰碰的，血线都不健康，兰博就更加小心谨慎地往后靠。Master 并没有绕后，也没有在草丛里面蹲等，而是斜绕到兰博面前，这意思就是，我来了，你随便跑。

兰博看到皇子靠近，戾了一下，开始往塔下走，炼金立刻开了疾跑追上去，兰博看自己跑不赢开疾跑的炼金，果断交出闪现，这样他也远离了皇子可以 EQ（连招）到的距离。

一柄旗帜"唰"的一声插在兰博身后，一身金色铠甲的皇子手中的长矛一扬，向着旗帜对直而去，而就在他的长矛快要接触到旗子的时候，脚下突然蹦出一点金色的光点，紧接着身影原地消失，出现在了兰博身旁，兰博被挑飞，炼金立刻追上去，抱着兰博就来了个后摔。

位移技能已经用掉，皇子打完红 BUFF 之后平 A 附带减速效果，兰博这下是在劫难逃，很快发出一声惨叫，死在炼金和皇子的夹攻之下。

这一切发生的时间很短，从皇子冒头出现在上路，到兰博被击杀，不过两三秒的时间，正常人走个神就过去了，钟晨鸣的发条都还没有走出高地。

看到这个操作，懒宝宝势必要喊"666"的，或许是上一把 Master 被钟晨鸣吊起来打让他觉得憋屈，现在总算扬眉吐气，使劲吹自己喜欢的选手。

"我跟你讲，这才是 Master 的实力，看到没有，刚才那个操作，EQ 闪！三角击飞！"

皇子的 E 技能是插下一柄旗帜，Q 技能是范围攻击，如果 Q 技能指向旗帜，那么皇子可以位移到旗帜的位置，并且击飞沿途的敌对目标。

所以皇子的正常操作就是 EQ，而皇子位移到旗帜的时候是有个位移动作的，如果这个位移动作没有做完就使用闪现，那么皇子就会闪现到鼠标所在位置，并且击飞沿途的敌对目标。

这个位移动作的时间只有零点几秒，所以只要在这零点几秒内按下闪现，就能拉大位移距离，也就是刚才 Master 为什么能挑飞远在他位移距离之外的兰博。

也算是高端的操作，至少低端局很少出现。

"正常操作。"钟晨鸣走到了线上，开始补兵，"你别告诉我这操作你不行。"

双排了这么几天，懒宝宝的实力钟晨鸣还是清楚的，好歹也是钻石了，这个操作钻石组的人基本都能行，更别说 Master 了。

"这还叫正常……我还真会。"懒宝宝立刻被噎住，不闭眼吹了，实事求是说，"但如果是我，看到兰博这样退了，肯定不会想到还要抓，我肯定直接就走了，Master 厉害的不是这操作，是这个抓人意识。"

"还行吧。"钟晨鸣随便评价了一句，继续专注于眼前的对线。

他走到中路，辛德拉吃了两拨兵，升到了三级，兵线正好压到了钟晨鸣的塔下，他也是三级，兵线来了，他就刷了刷兵线。

辛德拉推完兵线就往后退，并没有跟他对线的想法，毕竟兵线压得太紧，她又没闪现，刚才的惨死还让她心有余悸，宁愿退到塔下等兵线过来也不愿意过去跟发条对线。

何况虽然两人都是三级，发条的装备却跟她不是一个档次，现在这个时间段，多一个小件，可谓是碾压。

辛德拉在河道两旁逛了两圈，做了眼，为了防止自己再次被 GANK，她还买了个真眼放在河道上，这才不慌了，跑上来补兵。

钟晨鸣用技能收了塔下的兵线，他刚才杀了瞎子，瞎子身上有个蓝BUFF，现在用 BUFF 转移大法，蓝 BUFF 就到了他身上。

前期蓝 BUFF 对一个有蓝条的中单来说就是外挂一样的存在，可以无限使用技能消耗对面，用技能刷兵，根本不用考虑蓝够不够的情况。

特别是发条这样一个以发育刷兵著称的刷子英雄，现在她跟辛德拉的处境完全反了过来，辛德拉用技能要考虑蓝耗，刷兵肯定刷不过，可以说是非常难受了。

兵线很快就被推到了辛德拉塔下，被迫补着塔兵的辛德拉漏了好几个兵，钟晨鸣将兵线推过去之后没有过多地逗留，立刻往后退，在对面打野没有在其他几路冒头的情况下，贸然走过河道中间是一件极其危险的事情，因为你不知道打野会在什么时候突然就出现在你背后。

钟晨鸣刚退了一步，对面辛德拉也跟着走了一步，钟晨鸣直觉不妙，正常情况下辛德拉是会认认真真补兵的，毕竟塔下兵不好补，很容易漏。

他现在已经退到了河道这边，算是安全距离了，对面打野是瞎子，没有六级，不能使用回旋踢将他踢到河对面，所以他只需要躲掉辛德拉的控制……

一个浑身散发着绿光的鬼魅一般的人从下路河道穿了出来，他一手握着镰刀一手提着灯笼，那灯笼里装着的是死人的灵魂。

同时，眼睛上缠着布带的盲僧从上路河道出现，一记天音功打向了发条。

散发着绿光的锤石轻轻一甩手中的镰刀，沙哑愉悦的声音从绿色的光芒里传出来："该怎样进行这令人愉悦的折磨呢？"

钟晨鸣独自站在中间，现在他所面临的情况是，中路对面是辛德拉，上面是盲僧，下面是锤石，这两个人从后面野区绕过来，堵住了他回塔下的路。

而他刚刚跨过河道中线，距离自己防御塔的保护范围还有一个闪现多一点的距离。

"闪现！"懒宝宝在旁边大吼一声。

钟晨鸣假装自己什么都没听到，操作着鼠标，自信又细致地走位躲过瞎子的天音波，然后锤石直接闪现到他脸上，一个 E 技能击飞减速，辛德拉 QE 二连控住发条，瞎子贴脸输出，发条在围攻之下碎成了零件。

懒宝宝在旁边一脸问号："你闪现呢？闪现呢？你闪现被你吃了吗？你早点闪锤石根本不可能击中你，你以为你是开了脚本吗？这个时候还自信走位？"

钟晨鸣突然笑了笑，懒宝宝被他笑得发毛，立刻闭了嘴，悻悻然回头看自己的屏幕。

等复活的时间里，钟晨鸣点了根烟，转头看懒宝宝的屏幕，上面还是 Master 的直播，由于直播有延迟，此刻正好播到他死的时候。

画面中 Master 本来在打野怪，镜头突然一切，移到了中路的发条身上，发条自以为走位风骚却被锤石技能击飞，根本不给他走位的机会，然后惨死在三人合围里。

弹幕里刷过一片的"菜鸡发条""闪现已抠""这个人的闪现怕是他老婆""心疼我 M 神排到这种队友"。

钟晨鸣左手夹着烟，移回视线，看了一眼双方的数据。辛德拉被他压了十来个兵，刚才那拨人头也是盲僧拿的，所以他现在领先辛德拉十个兵外加两个人头的经济，还是可以把辛德拉吊起来打。

补充了装备，钟晨鸣操作着发条再次上线，收了两拨兵线，发条六级了，同时对面辛德拉也六级了。

六级就可以学习大招，发条的大招是将敌对英雄拉向球的方向并造成伤害，而辛德拉的大招是将自己所有的魔法球打向同一个目标，每个球造成一次伤害。

发条的是团战技能，而辛德拉的是单目标爆发大招，点杀能力很强。

大概是觉得时机成熟了，辛德拉刚六级，盲僧又从旁边冒了出来。

虽然前面被反野（在我方打野有优势的情况下，入侵敌方野区，对敌方野区的野怪和打野英雄进行打击）了，这个盲僧还是会找发育，现在也六级了，准备配合自己的点杀中路搞事情。

这次钟晨鸣依旧没交闪现，他快速看了一眼小地图，上路下路都在地图上，这就代表来中路的只有盲僧一人，跟刚才的辅助打野一起来是不一样的。

这就好办了。

钟晨鸣自信走位躲过盲僧的天音波，又躲过辛德拉的 QE 二连，两个技能落空，盲僧没有放弃，直接借眼位移靠近发条，辛德拉也跟了过来。

辛德拉的技能并不需要控到人，现在场上一共有三个她打出来的魔法球，加上一直在她身旁环绕的三个黑色魔法球，就有六个，这六个魔法球的伤害是很可观的，盲僧再补充一下伤害，发条肯定死在这里。

钟晨鸣已经快退回塔下，看到两人过来，他手指微微一抖，按下一个技能，一小撮烟灰掉落，然而还未掉落在键盘上，就被按键盘的手指击了个粉碎。

"魔偶生气了。"

屏幕上，发条说了一句话，原本要回到塔下安全范围的发条突然一个转身，身影从原地消失，接着出现在盲僧跟辛德拉的身前，同时带来的还有头顶飘飞的球状魔偶的巨大吸力。

"出击。"空灵悦耳的机械女声响在耳机里，这是发条的台词。

一道巨大而无法抵抗的磁力将盲僧与辛德拉都吸向了发条，紧接着一圈音波一般的圆形纹路出现在发条脚下，这是发条的 W 技能，球会在一定范围内造成伤害并减速在这个范围内的英雄，且对友方英雄有加速效果。

发条正好在塔的保护范围之内，盲僧直接被拉到了塔的攻击范围，一道光束打在盲僧的身上，加上发条的一套技能，盲僧还没落地就被带走，剩下了个半血不到的辛德拉。

现在不是虐菜局，辛德拉虽然前期表现不行，但也不是个菜鸡，立刻反手大招，然后第一个球还没打到发条身上，她就看到自己身上缠上了一圈圈的灰色纹路。

召唤师技能——虚弱！

跟她对线的这个发条，带的召唤师技能是闪现虚弱！

闪现，顾名思义，是从一个地方突然到另一个地方，而虚弱，则是减少英雄的伤害跟速度。

召唤师技能每个英雄都一样，通常情况下中单会带闪现点燃，点燃可以补充伤害，有的会带闪现传送，或者闪现疾跑，虚弱这个技能，是一般情况下辅助会选的技能，但钟晨鸣就带了这样一个技能，在这场对局里面，可以算是十分针对爆发型的辛德拉。

正常情况下，辛德拉一套技能秒个发条肯定是没问题的，但是这个虚弱就让人很头疼了，辛德拉一套技能打完，发条虽然血线下半，但还没死，立刻就反打。

发条借着加速场对辛德拉穷追猛打，加上虚弱的减速效果，辛德拉没有躲过发条的技能，直接死在了中路。

"我有，很犀利的魔偶。"

屏幕中，发条顶着圆球，悠悠然扔出零件继续补着兵，将兵线推过去之后，他点下了回城。

钟晨鸣转头看懒宝宝的屏幕，说道："这才是闪现的正确用法。"

懒宝宝看得一愣一愣的，过了一会儿才反应过来，大叫一声："可以可以，666。"

刚刚钟晨鸣直接顶球R闪（R技能和闪现连用），让对面躲避不及，一番操作可谓是让人眼花缭乱。

发条的大招R技能是在球的范围内产生磁场，但是这个分段，是个人都知道躲着球走，所以钟晨鸣直接顶着球放大招闪现，在大招放出的零点几秒之内，将球带到了瞎子跟辛德拉所在的位置。

先闪现再点R技能是不行的，发条的大招有一点点时间的延迟，闪现过去再点容易被躲，R闪可以说是超越了对手的反应极限，只能靠预判来躲。

这一把里面，对手完全没想到他在被抓的时候还会想着怎么反杀，所以没有躲避的意识，等到发条闪到脸上来了，已经反应不及了。

懒宝宝的电脑里也将这一幕上演了一遍。

Master一开始没有看中路，他正准备再抓一次上路，不过盲僧一出现在中路他就将视角切了过去，之前发条怎么躲技能他没看见，正好就看到了发条R闪反杀的一幕，弹幕上的围观群众也就这次打野抓中被反杀两人进行了讨论。

【这个人，死都不交闪现，就是为了秀R闪吗？】

【虚弱，666！】

【前面我还在想他带个虚弱是要干啥，发条不都带疾跑嘛，看来都是套路，

社会、社会。】

【呵呵，不过是运气好。】

【钻五的发条，也值得你们吹？】

【笑看黄铜评电一钻石。】

【这还没得吹？这伤害计算，这走位，这反杀意识，不能吹？前面的都是王者？】

【我怎么觉得这一幕这么眼熟？】

【前面的眼熟的，等等我，我也觉得眼熟。】

【晨光？】

【这不是我教主的操作？哇，成名操作好嘛！】

【晨光邪教的又来吹了？有世界冠军吗就在这儿吹？】

【这种 RANK（排位赛）风格，死都不交闪现，闪现只用来杀人，玩个发条喜欢带虚弱，看起来屃实际上却刚得不行，哇，不是晨光也是晨光粉丝。】

【看了两个视频学的套路而已，你以为人人都是晨光啊？】

看到弹幕开始撕，钟晨鸣也就没有继续看了。

晨光以前有个称呼，因为发条太厉害，被称为发条主教，后来又因为个人风格太强烈，一般人都不这么玩，又有了中单邪教的名头，后来就有了个"教主"的称呼。

不过到了后期，"教主"已经成了他的黑称。

这都能认出来吗？

钟晨鸣抽了两口烟，说不出心里什么感觉。

类似的操作晨光曾经在世界联赛的舞台上用过，不过没有反杀两人，只反杀了对面中单。

后来有人将这个片段剪到了精彩片段里面，冠以什么"年度十大精彩操作""发条教科书"的称呼。

这也是晨光被黑得很惨的原因，被人吹得太高了，后面实力下降，众人期望值还在高处，难免会觉得有落差感。

"Double kill！"

一个提示音在耳机里面响起，立刻将钟晨鸣从飘散的思绪里拽了回来。

他们下路又死了！

【稳住啊，下路的老铁们。】上单炼金开始打字。

【呵呵，跟个傻瓜走下路，稳住？】ADC老鼠开始打字嘲讽。

【你说你自己吗？你代打上来的吧，老鼠玩成这样也敢拿出来排位？】辅助"扇子妈"卡尔玛不甘示弱，喷了回去。

眼看着下路两人就要吵起来，钟晨鸣也在补兵的百忙之中腾出手来打了几个字：【给打野一个面子，好好打。】

这把赢了他就晋级赛了，并不想把自己的分数葬送在下路这两个人手里，所以他才动了动手指，打了几个字。

辅助：【取个名字就以为自己是Master了？】

ADC：【Master不打国服好不好，山寨货，你脑袋长屁股上了？】

Master：【……】

钟晨鸣忍不住笑了，敲字道：【山寨货你好。】

Master：【……】

上单也忍不住了，打字道：【你们好歹看一眼直播再来说是不是山寨货好吗？】

Master：【下路猥琐发育，等我来抓。】

下路两人突然没了声息，不一会儿ADC老鼠又死了，下路一塔被推。

"这个下路很谜啊。"懒宝宝看了一会儿，在一旁说着，"带不动吧？"

钟晨鸣没说话，ADC死了，对面下路的辅助锤石跟ADC又来了中路，他刚刚从一次GANK之下用犀利的走位扭掉了所有技能逃脱，成功保护好了自己的闪现。

而就在对面准备后撤之时，皇子突然从天而降，一柄长矛挑天挑地，直接飞向了往后撤的两个C位，钟晨鸣毫不迟疑，立刻将球套在皇子身上。

如果皇子距离发条太远，球离开发条一定距离就会回到发条身上，刚才皇子追向对方脆皮C位，钟晨鸣这个距离肯定跟不上，所以他果断闪现让球不脱离皇子的身上，接着立刻按下R技能。

在大招生效的同时，皇子位移到了两个C位所在的范围，一个大招盖了下去，保护着皇子的魔偶发出一声嘶鸣，一道磁场将两个C位同时拉向皇子。

"破坏。"

发条空灵的声音响起，一道纹路在皇子脚下扩散，发条的伤害跟皇子大招的伤害同时生效，在装备压制之下，两个C位同时死亡，只剩一个辅助锤石十分迷茫地扔出一个灯笼，仿佛有点不知道怎么走。

这时钟晨鸣家的辅助扇子妈姗姗来迟，给了个护盾打了个控制，用小技能杀掉了不知道怎么跑的锤石。

对面打野盲僧似乎想救，但观望了一下，三人血线都很健康，突然就㞞了，没有再上前，选择了退回野区。

然后半分钟之后，下路突然传来击杀消息，原本在下路补兵的老鼠死了，被盲僧单杀。

老鼠立刻开始打字：【辅助走了都不知道做个眼？地图一片黑，你还敢去游走？】

扇子妈不甘示弱，喷了回去：【都打信号告诉你瞎子不见了，不知道自己看？一个前期被打爆的打野都能单杀你，你就这么菜？】

老鼠大概是词穷了，开始满嘴脏话，打出来的一连串都是＊号，扇子妈也跟着对骂。

钟晨鸣没有再注意这些辣眼睛的对话，而是将注意力集中在了眼前的对局上。

下路一塔被推，对面下路就开始四处游走。

一般情况下，推完一塔，会有两个选择，跟上路换线，或者来中路找突破口。

第一种选择就是ADC跟辅助去上路推上塔，上单来下路补兵发育，这是在上单发育不好时候的选择。

现在的情况是对面上路兰博虽然没有太大优势，却也没被压得很惨，最多被抓死两次，他们的打野也去上路帮过一次，还算五五开。

所以对面ADC跟辅助来了中路。

第一次来中路没捞到好处，反倒被零换三，可以说是亏到了姥姥家，但对面并没有放弃，复活之后ADC去下路收了兵线，又跟辅助暗戳戳地摸到了中路。

现在游戏进行到了中期，视野已经做得很好，扇子妈虽然在跟 ADC 火热地对喷，但该做的视野还是没少，外加钟晨鸣跟 Master 也有买眼放眼，对面 ADC 寒冰跟锤石的一举一动都被他们看在了眼里。

看到下路的两人过来，钟晨鸣收完一拨兵就进了野区，开始用技能收自己野区的小怪，刷完小怪又去中路等着兵线过来，完全不出塔。

发条的装备好，三个技能一拨兵，中期蓝量也跟得上，不怕缺蓝，对面想要推兵线摸塔行不通。但是对面寒冰是个有远程强控的英雄，既然压兵线消耗塔的血量行不通，那对面直接就强上了。

一拨兵线压到塔下，发条用技能收兵，下路也没人，扇子妈就放 ADC 一个人在下路补兵发育，此刻也在中路保护发条，跟对面打消耗战。

寒冰不太敢上前，推完兵线就在一旁看着，现在地图上只看得到上中下三路，打野不见了，寒冰是一个没有位移的英雄，她害怕被强开（在己方优势比较大，适合进行团战的时候，通过各种手段逼迫敌方五人与己方进行战斗）——刚才皇子一柄长矛挑飞三个人的操作给她留下了心理阴影。

突然，一支冰雪铸成的巨大箭矢从寒冰手中射出，沿途带起呼啸的风雪，晶莹剔透的箭矢之上带着杀意直奔发条而来。

而锤石紧跟而上，举起了手中的镰刀。

发条头上顶着球，身体轻轻一扭，冰雪之箭与她擦身而过，一头撞上她身后的扇子妈。

扇子妈被晕眩在原地，一记天音波斜斜飞来，击中不能动弹的扇子妈。盲僧从中路一旁的野区出来，借着扇子妈作为位移跳板，用天音波的二段技能位移到扇子妈身上，一脚踢向发条。

钟晨鸣看到扇子妈被定住，立刻就察觉到不妙，直接向侧走了一步，这一步就让盲僧的大招踢歪了方向，他本来是对着塔外面自己队友的脸上踢的，此时踢到了上路河道的方向。

就在这短短的击飞时间内，锤石手中镰刀飞出，钩向发条，皇子突然从上路河道出来，没有理盲僧跟锤石，直接冲向了对面输出最高的寒冰。

钟晨鸣被锤石的镰刀钩中，扇子妈的晕眩结束，立刻给了盾，并且限制住盲僧，对面现在唯一能补充伤害的辛德拉立刻一套伤害扔到了钟晨鸣脸上——丝毫不疼。

辛德拉前期被压得太惨，又是被抓又是被单杀，补兵漏了许多不说，等级都被压了两级，作为一个爆发英雄，她身上的装备根本秒不了一个人，打在有盾的发条身上，血线只下了一半。

寒冰被皇子限制在后面，摸不到发条，锤石虽然控住了发条，但他是一个辅助，伤害不高，盲僧想靠近发条补充伤害，却被扇子妈减速，四人围攻之下，发条血线虽然残了，但已经没有后续伤害补充，她十分淡定地推出了手中的魔偶。

魔偶被推到了辛德拉与锤石的中间，引力将两人拉向魔偶，一圈圈机械纹路在魔偶底下蔓延开来，魔偶轻轻一动，从辛德拉身上穿过，辛德拉死亡。

锤石比较硬，一套打下去还有三分之一血，他将灯笼丢给了寒冰，灯笼能给个护盾还能让点击灯笼的人来到锤石身边。

虽然他被发条打，但作为一个合格的辅助，他还在心心念念着自己的ADC，想要救她。

寒冰没有位移，闪现也已经交过了，虽然她是对面装备最好的，但依旧扛不住皇子的伤害。

Master全场游走，除了下路两个实在是帮不起来，其他的都帮了，还去对面野区偷掉对面的野怪，搞得盲僧烦躁无比，现在的装备也就比发条差一点，这还是他把大部分人头让给发条的原因。

寒冰不敢点灯笼，她不点灯笼，面对的就只有皇子，点灯笼，就要面对发条以及还会追过来的皇子。

现在她的血线，发条两个技能就能收掉她。

皇子杀寒冰杀得毫无悬念，发条又收掉了辛德拉，盲僧借用位移想收掉发条的人头，一记天音波打向发条。

在如此混乱的局势下，发条还保持着高度的注意力，直接走位躲掉了天音波，用技能收掉了锤石的人头，接着追向盲僧。

盲僧见势不妙，直接就跑，作为一个有两个位移技能的英雄，他要跑很少有人能追得上，而且残血追的话半路上还容易被反杀，钟晨鸣放弃了追人，开始补兵。

刷完兵线，回家补充状态跟装备，就在他刚刚走出泉水的时候，下路又传来了击杀提示，下路发育的老鼠又被不知道怎么绕过去的盲僧单杀了，这盲僧还是个残血。

老鼠已经死成了习惯，几个人都没有在意，继续该干吗干吗，结果过了两分钟，复活在泉水的老鼠依旧是一动不动。

一直死来死去的老鼠干脆挂机了。

辅助发了几个信号提示，上路展现出贴心大哥的风范，打字道：【老铁，别挂机啊，Master在我们这边，抱着大腿就能躺赢，你挂什么机。】

懒宝宝也在旁边用夸张的惊讶语气说："这个人是不是有毒啊，我要是排到Master我肯定拿出十二分的状态来打游戏，他还挂机，不知道自己是在几十万观众面前挂机吗？"

听到这些人如此吹嘘Master，钟晨鸣也打了一行字：【给我Master一个面子，晋级赛，别挂机。】

Master：【……】

Master：【举报就好了。】

也不知道是不是大家的劝说发挥了作用，还是Master这句"举报"把老鼠给吓着了，过了十几秒钟，复活泉水里面的老鼠终于动了动，打出一行字。

【我刚去了个厕所。】

Master的直播间飘过一屏幕的"66666"，懒宝宝更是在旁边哈哈大笑，网管听说他排到了Master，过来围观，此刻也是笑得不行。

游戏还在继续，钟晨鸣根本不知道他们在笑什么，此刻他也没看聊天频道，正在专注于眼前的团战。

ADC来中路两次都没有找到突破口，甚至被反杀两次，终于吸取了教训，改去了上路，但并不是跟上路换线，而是要强推上塔。

四人抓上，钟晨鸣并没有去支援，刚才杀掉ADC时，发条残血回城，皇子跟扇子妈推掉了对面中路一塔，现在对面发育最差的辛德拉一个人守线，他选择直接推中二塔，而不是去上路支援。

上路炼金是一个搅屎棍英雄，玩得好的炼金可以将对面恶心到死，他的技能是走一路洒一路的毒，踩上就掉血，现在炼金出了冰杖，踩到毒还有减速效果，而他自身技能又有加速，还出的防装，一会儿也打不死。

炼金这个英雄，就是你追他呢，你会被他一路上洒出来的毒慢慢耗死，你不追他呢，他就回头给你放个减速圈圈，然后围着你跑放毒，因为英雄特性，被人称为团战搅屎棍。

扇子妈看对面四人抓上，立刻跑去上路支援，而皇子却留在了中路。

Master 跟钟晨鸣想法一样，放弃上一塔，推对面中二塔，一塔换二塔不亏。

辛德拉一个人想守塔，但现在发条两个技能她就残血，在塔下周旋了一会儿，皇子突然从塔后面绕出来，放出大招挑飞，发条接了两个技能，连大招都不用放，直接秒了辛德拉，两人合推中路二塔。

发条跟皇子快速地杀掉了辛德拉，上路的四人却还在跟炼金和扇子妈周旋。

扇子妈有加速有盾有控制还有减速，跟炼金凑到一起，把对面恶心得进也不是退也不是。

但对面有人数优势，周旋了一会儿，还是被推掉了一塔，炼金一个走位不慎，吃了锤石一个钩子，直接被控杀，扇子妈一看形势不对，立刻就跑了，卖队友卖得十分飒爽利落，不过算是保住了一条小命。

钟晨鸣一边推塔一边看了下上路的情况，看到扇子妈这个操作，总算是明白下路为啥这么虐了，老鼠之前是不死不休"硬刚"，扇子妈是一言不合就卖队友，反正自己的小命最重要。

中二塔推完，钟晨鸣见对方还没有回程，大有推上二塔的意思，立刻就跟着 Master 开始推对面的高地塔。

此时老鼠也终于赶上了大部队，虽然他装备差，但防御塔不吃技能，只能平 A，他推塔还是比发条快很多的。

上二塔换高地塔肯定是亏的，对面开始回城，刚刚跑了的扇子妈一看他们想回城守高地，又跑回来了，开始用技能骚扰。

扇子妈的技能有些远，属于我在远处打你你却摸不到的技能，而回城读条受到伤害就会被打断，扇子妈还算机灵，远远地打断对面的回城技能，给中路的三人争取时间。

钟晨鸣虽然还在 A 塔，视角却切到了上路，看着几个人回城。

扇子妈骚扰了两个人，另外的两人实在是站得太远，她不敢过去，最先回城的是寒冰跟盲僧，发条将球往身前一推，原本加速跑过来的两个人立刻来了个急刹车，观望了一下，没敢过来。

发条玩到现在，就是把球往自己身前一横，谁过来谁死！

锤石见扇子妈一直骚扰回不了城，干脆自己上去跟扇子妈对战，让自家上单兰博先回家，这时候辛德拉也已经复活了，中路三人看了眼复活时间，立刻后撤，中路塔已经被磨掉了三分之二血，这次还是挺赚。

发条一个加速场放出来，三个人跑得飞快，皇子直接位移走，老鼠有隐身，这让对面连追的兴趣都没有，赶紧收塔下兵线，防止小兵再打塔。

这时小龙也刷新了，对面有点慌，兰博收兵线，寒冰直接往小龙处射了一只猎鹰之灵侦查情况，一眼就看到已经走到小龙边上的老鼠。

刚才他们去推上路，视野基本上都布置在上半野区，下半野区一片漆黑，看到老鼠出现在小龙附近，他们的第一反应就是对面去打小龙了。

小龙身上带着增益 BUFF，哪方打了，哪方的所有队友身上都会有这个增益 BUFF，历来都是玩家争夺的资源。

发条这边只有三个人，上路炼金还没复活，他们立刻就赶过去想要抢夺小龙。

去小龙所在的地方要经过一片野区，寒冰又放了一个猎鹰之灵，看到老鼠跟发条、皇子已经开始打了，赶紧有位移的用位移，有加速的用加速往那边去。

然而走到半路，一柄长矛从旁边的墙壁横插而入，金色铠甲的皇子从天而降，岩石墙一把盖住寒冰。附着在皇子身上的魔偶发出一声嘶鸣，引力磁场加机械纹路同时出现，寒冰立刻被秒。

原来寒冰的视野结束之后，发条跟皇子立刻放弃了打小龙，跑到了野区蹲着，老鼠一个孤孤单单打着龙，还在跟他们狂打信号，让他们别乱玩，快回来打龙，此刻看到两人秒了寒冰，又交了隐身跟过来。

被引力磁场波及的还有打野跟上单，不过这两个人出了一点防装，没有当场被秒，打野盲僧立刻一记大招将皇子踢出战局，兰博大招还没好，刚才杀炼金的时候用了，只得在旁边用小技能戳戳远在墙壁另外一边的发条。

发条隔得太远，吃了两个技能也不痛不痒的，移动魔偶去攻击兰博。

兰博吃了一套技能血线已经不健康，看到球过来了赶紧逃跑，盲僧也一记天音波踢向了发条。

皇子身上有防装，他伤害不够杀不死，杀输出高的发条，收益比较大，发条因为杀人太多，身上还顶着一个悬赏，杀了她还会有额外的奖金。

发条正在使用技能，没有躲过这一记天音波，盲僧用二段天音波位移过来杀发条，尴尬地被一个虚弱套在头上，行动迟缓还没伤害。

发条召回魔偶给自己了一个盾，回手两个技能加平 A 就带走了残血的盲僧。

兰博见势不妙，他也残血，没有了丝毫继续战局的欲望，直接就开加速技能跑了，发条跟他隔着一堵墙，也没有追，回头往小龙处走去。

另外一边，老鼠跟皇子收掉了辛德拉的人头，虽然最后关头老鼠又被辛德拉秒了，但辛德拉的人头好歹是老鼠的，这一把，老鼠终于开张了！他杀了第一个人！

——只不过对面跟他差不多惨，装备还没他好。

拿到辛德拉人头的老鼠喜滋滋地躺在地上买装备，看上去没有再次挂机的想法，这一把游戏又能正常进行了。

发条跟皇子去打了小龙，开始了正常的团战，由于对面中野发育太差，寒冰又老是被秒，导致后期基本没什么发育，发条跟老鼠又是打后期的英雄，打到后期伤害爆炸，这一把游戏打了四十几分钟，好歹是赢了。

最后站在对面的高地上，发条的杀敌－死亡－助攻的数据是 16：4：12，皇子的数据是 10：2：23，这一把他们这边总共才拿到三十几个人头，他俩就拿了二十几个，完全就是强行带赢猪队友。

老鼠的人头比是 3：11：9，躺着赢。

推对面主水晶的时候，钟晨鸣点了根烟，这时候懒宝宝瞅准空隙一把抢过了键盘，开始打字：【Master 我是你粉丝，可不可以给个好友位！】

Master 很快回复：【行。】

懒宝宝激动得快要捶墙，钟晨鸣一把淡定地拿过来自己的键盘，打字说：
【刚才打字的——】

一束红色的光在水晶上炸裂开来，如同庆祝胜利的烟火，屏幕上弹出"胜利"两个字，钟晨鸣的话还没有打完，现在也发不出去了。

懒宝宝没有再烦钟晨鸣，转而在 Master 直播间里疯狂刷弹幕，他就只刷一条"看了主播的皇子之后，我决定买个发条"。

钟晨鸣转头看了一眼，发现 Master 的直播里正好播到自己的号弹出要好友位的话，弹幕上之前是铺满屏幕的"看了主播的皇子之后，我决定买个发条"，他这句话一出来，立马变成"666，我是王者，主播能给个好友位吗""为了要个好友位，努力 carry 了这把游戏，发条也是厉害"。

钟晨鸣："……"

他打开进阶数据欣赏了一下自己碾压全场的伤害，好友提示跳了出来。

【Master 请求加你为好友，是否同意？】

钟晨鸣移动着鼠标，落在了"×"上。

第四章

我不带人上分

TUIYIZHONGDAN
XIANGDAZHIYE

懒宝宝疯狂刷着弹幕的间隙，往钟晨鸣这边看了一眼，一眼看到他鼠标放到了"×"上，眼疾手快地按住他鼠标，一脸警惕地问："你要做什么？"

钟晨鸣："……总觉得刚刚你那句话怪怪的。"

"大哥！兄弟！老铁！"懒宝宝立刻道，"你一个人上分多累啊，我这是给你找了个大腿，不用白不用好吗？"

"我自己就是大腿。"钟晨鸣道，"我想单排。"

"我请你吃饭大哥！"懒宝宝立刻开始攀关系，"你看我们一起双排这么久的交情了对吧，给我一个面子行不行，我就粉这么一个人啊大哥！"

懒宝宝说得情深意切，充分表现出了自己的"迷弟"心理。钟晨鸣此刻有点心软了，他也看到懒宝宝的电脑屏幕上，Master的直播间里已经开始刷"发条这操作66666，要了好友位不通过好友"。

钟晨鸣想了想，觉得Master这个面子还是要给的，毕竟几十万观众看着呢，他让懒宝宝放了手，通过了Master的好友请求。

至于Master为什么不直接通过钟晨鸣之前的好友请求，那是因为每天都有无数的玩家想要加职业选手为好友，Master粉丝又比较多，开直播的时候更是一堆一堆的好友请求弹出，他根本不会去看，要想在里面找到钟晨鸣的好友请求，还是有点难的。

好友请求刚通过，Master就弹过来一条消息：【双排？】

懒宝宝在旁边高兴得像个一米八的孩子，乐得嘴巴都合不拢了，就跟Master喊双排的不是钟晨鸣而是他一样。钟晨鸣在旁边看得抖了抖，觉得迷弟这种东西真可怕。

钟晨鸣将对话框里面解释好友位事情的字删了，毕竟 Master 还在直播，现在说不太好，只回了一个字：【行。】

虽然他想单排，但在几十万观众面前，刚才还打字说是 Master 的粉丝，还是要摆出点粉丝的样子来，偶像的双排邀请怎么能拒绝。

Master 的双排要求弹了过来，钟晨鸣点了"√"。

分段还不是很高，这把排得很快，Master 排到打野，钟晨鸣 ADC。

这一把钟晨鸣拿了老鼠，辅助璐璐，Master 拿了盲僧，二级抓下，带走了对面 ADC，老鼠拿了人头，直接起飞。

10 分钟，对面下路被双杀，掉下路一塔，上下路换线。

13 分钟，对面上单被杀，上路一塔被推掉。

15 分钟，老鼠隐身配合璐璐给的盾和加速，跟盲僧一起偷掉了对面中单，点掉了对面中一塔一半血线。

16 分钟，对面提前投降。

Master 直播间里依旧是一片"66666"，而钟晨鸣内心：这游戏好无聊，得快点把段位打上去，虐菜局打多了人也会变菜。

这次 Master 邀请他，他点"√"点得十分爽快，既然跟 Master 双排上分快，那就双排，至于之前单排上分的想法……有大腿在前还单排什么？一直一打九也很累！

钟晨鸣不得不承认，跟 Master 双排其实十分愉快，他研究过 Master 的打法，大概知道一些 Master 的个人风格，或者说职业圈里面比较厉害的人，他都有所了解，Master 只是其中一个而已。

所以他知道 Master 的节奏，甚至知道对方的一些打野习惯，意识差不多，配合起来也很轻松，很多时候不用打标记就知道要做些什么。

钟晨鸣能跟 Master 打出配合是因为他比较了解 Master，而 Master 为什么也能跟他配合起来，还配合得如此舒服，钟晨鸣就不知道了，只能归结于两人想法比较一致，意识差不多。

在一局比赛中，有一个跟你节奏一样的队友，而且操作还不差，那这把游戏打起来真是舒服无比，就算其他队友都是菜鸡，也会玩得很高兴。

MW 训练室，辅助空气正在直播，他空闲时往 Master 的电脑上看了一眼，就看到 Master 跟人在双排。钟晨鸣这个 ID "长得帅是我的错"还是很惹眼的，空气一眼就认了出来，奇怪道："这不是把你吊起来打的那个劫吗？哇，你竟然带别人上分，来跟我双排啊。"

Master 笑了笑："他是我粉丝。"

空气："666，你被你粉丝吊起来打。"

Master 对空气的调侃不以为意，说道："这个人有点强，不知道是哪个的小号。"

空气看了眼，说道："主播吧，我看他之前是黄铜的，估计是虐菜主播。"

Master 点了点头，因为之前韩国电竞一直很强，许多职业选手都将 RANK 重点转移去了韩服，体验韩服的套路，以及与韩国的职业选手过招，后来几乎所有的职业选手都去了韩服，国服渐渐没有职业选手问津，许多职业选手的国服账号连定级赛都没打，Master 就是没打定级赛的人中的一员。

这样看来，Master 也觉得这人应该是个主播，或者是个代练。

新一把游戏开始，这次"长得帅是我的错"排到了中单，拿了劫，Master 是打野，玩盲僧，这一把游戏也结束得很快，二十分钟上高地，劫杀穿了对面，对方直接点了投降。

两人没有交谈，又双排了两三把之后，Master 关了直播，准备去打韩服。他打国服就是应粉丝要求，他号段位也不高，虽然排到的也是钻一钻二，但对他来说，还是太菜了，打多了自己水平也会下降，所以打了两把之后就去打韩服，当作日常训练。

现在是假期，训练室里就剩他跟空气两个人，其他人要么回家，要么出去玩，Master 的家就在本地，开车回家只需要半个小时，他平时经常回家，这次假期没回去，就留在基地照常打 RANK。

Master 走了之后，钟晨鸣又开始单排，懒宝宝看直播看得还有点意犹未尽，主动说道："兄弟，来双排吧？给你看看我的打野。"

钟晨鸣又掉了排队，不用他说话，懒宝宝已经麻溜地登上游戏，加了钟晨鸣为好友。

这次懒宝宝用的不是之前的账号，而是换了个 ID 为"嘻嘻嘻嘻瓜皮"的游戏账号，这个账号正好钻四，可以跟钟晨鸣双排，钟晨鸣看了一眼他的战绩，发现这个号很久没打了，太久不打排位，分段会慢慢往下掉，他应该是掉段掉到钻四的。

钟晨鸣拉了懒宝宝开始游戏，排队的时间里，钟晨鸣开口问道："瓜皮？"

懒宝宝："……"

钟晨鸣看着战绩中的一溜盲僧，又道："这是你的大号？所以你应该叫瓜皮？"

懒宝宝："老铁，你还是叫我懒宝宝吧，真的，我要去改名字了，受不了。"

钟晨鸣嘴角微微扬起，没再说什么，开始了新一把的排位。

由于连胜很多，胜率又高，钟晨鸣排到的人分段都比他高很多，懒宝宝谨慎地拿了盲僧，这是他最擅长的打野英雄。

而钟晨鸣就很随意了，自从他玩了那把发条之后，仿佛开启了什么开关，排位的英雄也不限于劫和卡特了，这次他摸出了自己很少玩的亚索。

看到钟晨鸣摸出亚索来，懒宝宝眼角跳了跳，问道："大兄弟，你行吗？"

亚索这个英雄，要么超神，要么"超鬼"，玩好需要天分和数月如一日的苦练，很长一段时间里都是排位毒瘤，打排位就禁。

因为通常敌方亚索秀翻全场，我方菜成狗。

钟晨鸣淡定道："你不是用的瞎子吗？正好跟你配合。"

亚索的大招十分炫酷，是跳起来对击飞的目标进行斩击，他的释放有个前提条件，就是需要目标是处于击飞状态，瞎子的大招正好是击飞，这两个英雄很好打出配合来，最简单的就是瞎子一个 R 技能把目标踢回来，亚索直接 R 技能斩击，只要对方不是纯肉（出的纯防御装备），这一套下来基本就死翘翘了。

"好吧。"懒宝宝想了想，决定相信一下这位老铁，也相信一下自己。

跟钟晨鸣对线的是辛德拉，对面打野是赵信，二级的时候，懒宝宝决定学一学 Master，直接抓中，一边往中路赶一边说："兄弟，你上去跟她拼，我马上到了。"

钟晨鸣一愣。

他看了看自己的亚索，又看了看对面的辛德拉，还是继续缩着补兵。他是个近战英雄，辛德拉是个手贱长的远程英雄，他一级还没学位移，用脸上去拼吗？

"兄弟，上去拼呀，不要尿！"

钟晨鸣："你刷野去，别站草丛里蹭我经验。"

草丛里的盲僧打了一招拳，默默走了。

刷完一轮野，懒宝宝又往中路走，钟晨鸣看了一眼，现在他三级了，有位移有风墙，能靠近辛德拉，跟辛德拉贴脸打，他直接就上了。

一番技能互换之后，辛德拉交闪现逃跑，而刚刚还出现在中路草丛的懒宝宝迟迟未到，结果他就路过了一下中路，又去打了一轮野怪。

钟晨鸣问："说好的来中路呢？"

懒宝宝有点蒙："不是你让我走的吗？"

钟晨鸣："……辛德拉没闪现，来抓中。"

懒宝宝应了声："好！"

交掉闪现的辛德拉并没有回家，缩在塔下补兵，懒宝宝直接绕后，从野区里一记天音波踢中辛德拉，然后二段位移上去，想追着辛德拉打，结果位移到一半，辛德拉反应迅速，一个击退技能放出来，直接将懒宝宝的盲僧击退在塔下。塔立刻打了一下盲僧，懒宝宝没有丝毫逗留，立刻借钟晨鸣的亚索为跳板，位移出塔。

辛德拉嗑了瓶血药，血线看起来已经十分安全，化解了盲僧的绕后，她直接上来跟亚索对战。

钟晨鸣直觉不对，想要后撤，懒宝宝却觉得这是一个机会，立刻上了，他刚摸到辛德拉，突然赵信从后面草丛绕了出来，直接对上亚索。

赵信是个特别无脑的英雄，可以说是亚索克星，因为赵信的控制技能是直接选取目标的，用走位躲不了，根本不给亚索秀起来的机会，对战亚索又打不过，让人很是爆炸。

辛德拉根本没管这个盲僧，看到亚索被赵信挑飞起来，立刻接上控制技能，伤害招式也往亚索脸上糊。亚索血线很健康，身上还有一个被动技能护盾，这一套技能吃下来，血线还有三分之一，等控制结束，正准备反打，却发现自己的打野不见了！

"兄弟对不起，我先走了。"懒宝宝在旁边快速说道，然后他交闪现跑了。

钟晨鸣一脸问号："你跑什么？回头反打！"

懒宝宝一听，立刻又回头，看到钟晨鸣的亚索在小兵堆中飞来飞去，躲掉了辛德拉的后续技能，然后追着辛德拉狂砍，懒宝宝立刻一个天音波接上，杀了辛德拉。钟晨鸣此刻也就剩个血皮了，立刻交闪现逃跑，赵信见亚索跑了，就去打盲僧，懒宝宝没有了闪现，立刻想位移到眼上跑，结果赵信的位移技能也好了，直接跟上，两下杀死了懒宝宝。

"不亏。"懒宝宝强行解释，"这轮你的人头，对面辛德拉没人头，我们是赚的。"

钟晨鸣："你早点回头，赵信也能杀。"

懒宝宝又解释道："我觉得你打不赢赵信。"

钟晨鸣没有回答，而是换了个问题："你是多久没打过高端局了？"

懒宝宝："三……两个月？"

钟晨鸣语重心长道："虐菜局打多了，当心自己也变成被虐的菜。"

之前他跟懒宝宝打低端局还没看出来，毕竟低端局的时候对面都很菜，他俩不需要配合，各自打各自的都能打穿对面，现在到了高端一点的局，懒宝宝就有点莫名其妙了，该上的时候不上，不该上的时候又上，而且操作也有点"辣"眼睛。

懒宝宝尴尬地笑了笑，没接话，等复活了，又去抓下路。

这一把打得艰难无比，主要懒宝宝确实适应不了，而且跟钟晨鸣完全是两个节奏，经常一个冲上去，一个缩在后面，打得也是十分心累。

不出意外，这局输了，钟晨鸣还没说话，懒宝宝主动说道："我该回学校了，你加油，明天请你吃饭，你点。"

钟晨鸣点了根烟，在烟雾缭绕中向懒宝宝挥挥手，突然就有点怀念起Master的瞎子来。

懒宝宝走了，钟晨鸣也没继续打游戏，他上韩服查询网站看了看Master

的战绩，又观战了一把，这才去洗漱睡觉。

第二天下午，钟晨鸣已经把段位打到了钻三，刚准备开始下一把的时候，Master 的双排邀请弹了过来，钟晨鸣欣然接受，开始了跟 Master 在国服的新一轮"屠杀"。

一下午，两人直接双排把段位打到了钻一，Master 提出要去打韩服，钟晨鸣又继续一个人上分。

他的号看起来是钻一分段的，但因为胜率高，隐藏分上去了，所以排到的人段位也高，现在都能排到大师一两百分的人。

LOL 钻石以上是超凡大师，超凡大师以上是最强王者，打到了大师，就不会再有晋级赛，只有分数的加减，整个区分数最高的 200 人为最强王者。

钟晨鸣现在才刚刚到钻一，还要打一百分以及一个 BO5（五局三胜制）的晋级赛，就可以晋级到大师。

新的一把游戏开始，钟晨鸣排到中单，这次对面中单是亚索，他看了一眼卡特，正准备选的时候，视线突然就落在了角落里的锐雯身上。

"放逐之刃"锐雯，玩得好一打五，玩得不好就是一个移动的 300 块——正常击杀英雄，击杀者会获得 300 块的赏金。

这是一个十分考操作跟意识的英雄，多用来打上单，钟晨鸣以前玩过几次，多用来虐菜，高端局还是老老实实地玩擅长英雄。

但现在不一样了，他觉得自己可以在这个分段打一打锐雯，反正排位嘛，不就是用来练英雄的嘛，匹配练英雄哪有排位练刺激。

而且锐雯打亚索，一个灵活皮脆，一个有盾带控，很好打！

如此一想，钟晨鸣立刻抛弃了卡特，直接锁定锐雯。

到了这个分段，大家见得多了，什么套路都见过，看到中单锐雯，也没有人大惊小怪，一把游戏就这样开始。

锐雯这个英雄，核心就是"QAQ"——不是卖萌，是先使用 Q 技能折翼之舞，然后用平 A 取消 Q 技能的后摇（后续动作），然后又用 Q 技能取消平 A 的后摇，然后又平 A，以此循环。

Q 技能有三段，三段释放完了技能会 CD，这样就在 Q 技能的时间内，打出比较高的伤害来。

这个机制钟晨鸣是懂的，他还能打出这一套连招来，但是实际情况嘛……

一级对拼，他小心翼翼杀了亚索，自己残血被小兵打死。

二级重新回线，他再次跟亚索对拼，这次一点好处都没捞着，被亚索压着打。

六级，想要补兵一个不慎被亚索的风吹起来，亚索直接大招把他带走。

到这时，他已经被亚索压了十来刀，还被单杀了一次，看起来有些凄惨。

打野是个挖掘机，看到中单有点打不过，决定来帮忙，结果对面打野也在，打了一轮，二换一，钟晨鸣跟打野都死了，对面就死了个亚索，钟晨鸣还少吃两拨兵线，血亏。

钟晨鸣觉得自己有必要就现在这个情况说一下，就打字道：【不要来中路。】

不要来中路，我打不过对面，你来帮忙会出事。

挖掘机没说话，不过复活之后直接去了下路，用实际行动表示着：你放心，我不会再来了。

下路 AD 的 ID 为"时光与你久伴"，是个主播，因为说话风趣幽默，水平也还行，粉丝不少，平时直播间的观看人数有十几万。此刻他正在直播当中，看到锐雯的话，他开始在直播间里面发表个人意见："看到中单锐雯，我还以为是个大腿，没想到啊没想到，竟然是个坑。"

弹幕一片吐槽自己遇到队友经历的，还有帮主播喷锐雯的，其中有一条说"这个锐雯胜率有 70% 多，之前一直在跟 Master 双排"，不过没有人注意这条，很快就被成群的吐槽弹幕刷了过去。

这一把钟晨鸣全程抗压，虽然后期打团的时候有一两次惊艳操作，但大势已去，很快就输掉了。

高端局节奏十分快，有一条路崩盘，这一把游戏基本就走远了，除非有队友能强行带起来，否则基本赢不了。

这一把钟晨鸣一直被压制，其他几路也没人能带起来节奏，没有找到突破口，很快全线崩盘，救都救不起来。

游戏结束，钟晨鸣总结了一下，觉得自己还是太过于激进，锐雯这个英雄确实不容易玩好，刚才他玩着，灵活帅气的锐雯就跟一个老婆婆在跳街舞一样。

新的一把游戏，钟晨鸣放弃了锐雯，看了看配置，上路是个法师，打野是个法师，对面中单是发条，他想了想，拿了卢锡安。

卢锡安，定位为 ADC 的一个英雄，但是他们现在就缺 AD 输出，所以他觉得，拿卢锡安一点问题都没有。

此时，上把 AD "时光"的直播间里传出一声惨叫："我的天，中单奥巴马，这都是些什么玩意儿？能不能好好玩游戏了？"

游戏加载开始，直播间里又是一声惨叫："哇，又是这个人，怎么又排到他了，这个人简直菜得可怕，我还说直播上分，完了完了，这次要俯冲钻石了——这个人还是个钻石的，LOL 这个排位机制有问题吧，怎么钻石的能排到我，我隐藏分这么低了吗？完了完了。"

十几秒之后，游戏加载完毕。

系统女音响起："欢迎来到召唤师峡谷。"

时光开始打字：【兄弟，能不能别乱玩，拿个常规中单行不行？】

【我们缺 AD 伤害。】钟晨鸣回道。

时光没有再说话，转而在直播间里面吐槽："缺 AD 伤害就拿 ADC，要是我们缺控制他是不是还要拿个日女中单，服了。"

钟晨鸣也不认识时光，主播这个行业人数千千万，观众十几万的在 LOL 主播里算人气中下的主播，他不太关注这些，自然也不知道。

几句话之间，小兵慢慢晃悠到线上，对线期开始！

钟晨鸣玩锐雯是个新手，但玩卢锡安不是，他这段时间主打中下，这个号上就那么三四十个英雄，ADC 位置就正好有卢锡安，钟晨鸣还是经常拿卢锡安上分。

卢锡安打发条，总结来说就一句话，避开发条的所有技能然后冲上去平 A 发条，难就难在如何避开发条的所有技能。

但是这对于钟晨鸣来说不难，发条可是他的本命英雄！

准确的预判走位与细节处理，在对线开始的三分钟里，发条愣是一个技能没有扔到钟晨鸣身上，还被钟晨鸣追着 A，一度补不了兵。

发条前期的蓝耗也厉害，一直用技能蓝跟不上，扔了两个技能之后，发条已经放弃了用技能消耗卢锡安，转而用技能补兵，前期越兵线杀人很伤，卢锡安还是不会犯这种常规错误。

　　四级，发条看对面打野出现在上路，一大堆兵线压到了前面，她在中路走了两步，还是选择了越过河道过来刷兵。

　　见发条技能一交，卢锡安立刻上前，A 了两下发条，发条看他越兵线，用唯一好了的 E 技能将球套在自己身上，形成一个护盾，跟卢锡安对 A。

　　发条的平 A 伤害虽然也有点高，但肯定是不如 ADC 平 A 伤害高的，平 A 了几下，发条想着还有小兵帮忙，她肯定能打赢，结果一转头发现己方只剩三个小兵，正在辛辛苦苦地追赶越兵线的卢锡安，还追不上！

　　看到这个情况，发条立刻往回撤，卢锡安本来就一边平 A 发条一边往对方塔的方向走，发条此刻后撤并没有拉开多少位置，卢锡安又平 A 了几下，发条小技能好了，想反打，卢锡安一个位移技能躲开移动过来的球，离发条又近了一些，一个小爆发，发条立刻残血交出闪现。

　　卢锡安反应十分迅速，几乎在同时交闪现跟上，一发 Q 技能加平 A 点燃带走发条！

　　——"First Blood（第一滴血）！"

　　下路的时光正在专心对线补兵，听到这个系统提示，露出了故作惊讶的语气："哦吼，奥……奥利安娜送的一血，厉害了，排到这个卢锡安都能被单杀，对面的发条是有多菜。"

　　又一分钟，发条走位失误，被打野抓到机会，跟卢锡安一起再杀一次发条。

　　时光没看中路情况，对这次击杀嗤之以鼻："打野帮起来，这个发条也是傻，没有闪现还敢走位这么前，不是明摆着让别人去抓嘛。"

　　五分钟后，发条游下，一套技能带走时光人头，卢锡安随后赶到，跟打野一起拿下三杀。

　　时光："嗯……这个人这操作还是可以的。"

　　上一把结束就有人刷他在甩锅，现在看到时光承认卢锡安操作可以，直播间里的弹幕又开始了。

　　【上一把锐雯的战绩也不是很难看啊，主播你看着你的战绩好意思说他

菜？】

【这个锐雯不会玩？主播你怕才是不会玩吧。】

【上一把是阵容问题，对面控制太多，锐雯不好发挥。】

【对啊，就是阵容问题，怪什么中单，主播全程零作为还喷中单，好意思？】时光的粉丝又喷了回去。

【你看不出来锐雯不会玩是你眼瞎，关 ADC 什么事？】

【现在这个版本，ADC 有什么用？】

【一群青铜的也好意思说主播菜？脸呢？】

这时候，时光的直播间里有人去查了下卢锡安的战绩，看到令人咋舌的胜率，还有跟 Master 双排的比赛记录，回直播间刷起屏来。

【这个卢锡安胜率 73%！之前在跟 Master 双排！】

直播间里也有不少关注 Master 的人，此时终于将这个卢锡安跟之前Master 的双排队友联系起来。

【这个不是 Master 的粉丝吗？】

【看他玩锐雯这么菜还没认出来，这个人中单玩得贼溜啊，怎么这么惨。】

【他中单杀人多关他什么事，还不是 Master 死蹲中路，不然你以为他装备起得来？】

【666，一群青铜评王者。】

进行到游戏中期，几拨小型团战下来，卢锡安已经收了十几个人头，装备豪华输出爆炸，成了一个小 BOSS，对面看见就尿，每次都要三个人一起才敢来中路。

卢锡安虽然对发条压制得厉害，但发条是一个能"混"的英雄，有了回蓝小件之后，刷兵很快，对面打野也每次将蓝 BUFF 让给发条，这让发条可以缩在塔下刷兵，卢锡安也没有再次找到可以单杀她的机会。

如果换一个刷兵能力不强的中单，对面这个时候已经崩盘了，发条还能勉强撑起来，让这一把可以继续拖下去。

游戏进行到 25 分钟，钟晨鸣方的打野抓住机会，直接开团开到对面两个C 位，钟晨鸣直接闪现到对面脸上，杀掉对方，之后借助技能加速效果开始跑。

对面的前排跟疯狗一样追了过来，时光在旁边犹豫了一下，还是冲上去补上了后续伤害，一边补伤害还一边在直播间里面吐槽："我第一次看到有人这么玩 ADC 的，这个人是上单玩多了吧？一个小脆皮还直接贴脸的，可怕可怕，吓死了。"

看完卢锡安战绩的吃瓜群众纷纷开始刷弹幕。

【666666！】

【这个人的主玩英雄是劫啊，劫胜率有 68%。】

【这是把卢锡安当成劫来玩了吧。】

【主播你是没见过 3F 的贴脸闪现 VN。】

【这个人强啊，有开直播吗？】

时光看着弹幕评论，灵机一动，正好团战结束，对面被团灭，他也死了。他开始打字询问：【中单，你是主播吗？】

钟晨鸣顶着只剩血皮的血条，正在拆塔，此刻打字回到：【不是。】

时光在直播间遗憾道："我帮你们问了，人家不是主播，打游戏打着玩呢，观众老爷们，你们安心看我就好，说不定我还能排到他对不对？"

游戏结束，这一把靠着中单卢锡安的爆炸输出和前期建立的优势，赢了，时光立刻加了中单的好友。

钟晨鸣看到这个好友请求，本能地想不管，突然想起来自己现在只是一个普通的 LOL 玩家，并不会有各种粉丝要好友位，就通过了。

总要有些改变，钟晨鸣这样想着。

时光与你久伴：【兄弟，双排吗？】

时光的消息很快发了过去，他打算得很好，既然这个人不是主播，看起来又能吸引人过来看，那就拉来一起双排，想看这个人的，肯定也会被吸引来自己的直播间。

至于粉丝因为中单而喷他，他被狂黑这种事，跟利益比起来，他可以当作不存在的。

钟晨鸣看了一眼，回复：【我不带人上分。】

时光一愣。

直播间弹幕：

【被嫌弃了。】

【都跟你说了你太菜。】

【打什么直播，主播你快回家养猪吧。】

时光咬了咬后槽牙，勉强对着摄像头挤出一个笑来，故作调侃的语气："看来我不是职业选手，没有 Master 的人气，吸引不了大神的目光。"

这话就很酸了，直播间里又带起节奏。不过钟晨鸣不关心这些，根本就不知道有个直播间因为他撕了起来。就算他知道了，他也就会笑笑，毕竟锐雯确实是他玩得不好，时光甩锅甩到他这里，他也只有接着，这些黑子（现实中对公众人物进行贬低的人群）利用他来撕时光倒是显得过分了些。

钟晨鸣继续打着游戏，这下碰到的主播就更多了，打了两天，也碰到了几个放假期间回国服打打的职业选手，因为战绩不错，操作犀利，有一部分喜欢看直播的人就注意到了他，甚至还有人在问，为什么这个中单天天打游戏却不开直播。

懒宝宝这两天一来到网吧，就愁眉苦脸埋头打他大号，玩了两天终于找回点了他原本段位的感觉，这才松了一口气，打开直播开始看起来。

今天 Master 没有直播，他微博放了跟家人出去玩的图。实际上大部分的职业选手直播时间都是不固定的，经常连续几天不播。

Master 没播，懒宝宝就游荡于各个主播的直播间，他想看看高分局学习学习，这两天找到了点感觉，却觉得自己打野意识跟不上了，就去看看别人怎么玩的。

懒宝宝逛了两圈，打开了退役选手 3F 的直播间，看了没两分钟，觉得 3F 这边的中单 ID 有点眼熟，一看这不就是坐在他隔壁的这位大神吗？立刻就转头看过去，却发现大神的表情有点不太对。

3F，ID 全称"FFF 团办事处"，曾经在 NGG 担任 ADC 位置，于两年前退役，专心做起直播。

晨光，ID 全称"晨光、"，曾经在 NGG 担任中单位置，于两年前退役，消失于公众视野。

"兄弟，你的手在抖。"

钟晨鸣慢慢将视线从屏幕上移开，落到自己握鼠标的手上。

他的手心满是汗渍，鼠标被他捏得很紧，以至于手都看起来有些颤抖。

"我——"钟晨鸣眼神微动，张了张口。

"你是 3F 的粉丝吗，这么激动？"没等钟晨鸣说出个所以然来，懒宝宝自顾自地就兴奋起来，"哇，我还以为你没脾气，原来你还是有喜欢的职业选手的。那不对啊，你看到 Master 怎么不激动一下，Master 可比这个退役的菜鸟强多了，我跟你讲上次世界上，Master 一打三反杀……"

现在正是平稳发育时期，钟晨鸣放开了鼠标，给自己点了根烟，深吸了一口，看向懒宝宝："你没听说过 3F 统治召唤师峡谷的传说？"

"搞笑吧，就是一菜鸟，还传说？"懒宝宝对这个说法嗤之以鼻，"就是那些 NGG 吹强行加戏，3F 那些操作不过是常规操作，要是放到现在……"

懒宝宝的声音突然停了，他觉得他大兄弟的眼神似乎有点不太友好。

钟晨鸣用握烟的手点点他："说，你接着说。"

"兄弟你想吃啥？晚上我们吃麻辣烫吧？"懒宝宝立刻想起来他是 3F 的粉丝，快速转移话题，"我们学校老校门对面那家，六块钱，管饱，还贼好吃。"

后面懒宝宝的叨叨钟晨鸣没有再听，他淡定地戴上耳机，继续这把游戏。

游戏已经进行到中期，总体人头比 18：21，他们"18"，对面"21"，他一个人拿了十个人头，3F 只有两个人头，还有一个是他让出去的。

这个游戏，让人不得不服老。

状态下滑的时间可能就一两年，那是一种说不出来的感觉，从反应到手速以及思维清晰度都有了改变，而且是自己都能察觉出来的，十分让人害怕又无法挽回的改变。

两年前，3F 还与晨光并肩作战，在国际赛事上大杀四方，两年后，3F 已经成了一个打不上王者的 ADC。

团战开始，钟晨鸣操作着卢锡安冲入人群，躲掉成吨技能打出爆炸伤害，而 3F 在后面犹豫不决，最后看对面大势已去，这才追上去，结果一个不慎，被对方回头的技能打到，直接被带走。

身体状况上的状态下滑，也会带来精神上的状态下滑。

最直接的表现是，你会怀疑自己到底能不能行，是不是要这样做。

而且每次打不到自己预期的操作，都很容易让人暴躁，也很容易让人心态崩盘，打游戏的时候变得偏激，对游戏的理解钻进死胡同，怎么走都走不出来。

钟晨鸣对此有深刻的体会，他也明白现在 3F 的状态还算比较好，处于状态下滑，心态还没崩的时候。

——这比晨光好。

团战打完，钟晨鸣也死了，不过换了对面团灭。钟晨鸣下意识地将右手从鼠标上拿起来，按摩了一下手腕。

现在看到 3F，他总觉得自己手腕有点疼，大概是心理作用。

这一把不太好打，主要是 3F 死得太快，几乎团战一开始，摸一下他就死，没有人保护他，或者说，也保不了，每次都看着 3F 无奈地最先死去，剩下的伤害就被钟晨鸣补足。

一局结束，这把赢得很勉强，只能说是险胜，钟晨鸣犹豫着要不要加 3F 好友，想了想又算了。

怎么加？他知道 3F 的性格，路人肯定不会通过。

钟晨鸣又点了根烟，没有点开下一把游戏，而是找到了 3F 的直播间。

"刚刚那个卢锡安玩得可以的，有我当年的风采……这个战绩，新出炉的国服路人王？可以的，你们有认识他的吗，给我牵个线，我去抱个大腿。"

直播间里，3F 笑着侃侃而谈："刚刚是我菜了，我没想到对面只针对我，卢锡安冲这么前面，他不去打他，来杀我一个没有位移的大嘴，疯了吧，你看，他们来打我就输了，我这也是为团队做出了贡献，吃了成吨的技能和伤害。"

钟晨鸣忍不住笑了笑，曾经的 3F 话很少，比较高冷，跟战队里的谁都不太熟，没想到做直播之后有了这么大的改变。

"兄弟，兄弟！"

懒宝宝看钟晨鸣一边看直播，一边微笑，身上顿时起了鸡皮疙瘩，见钟晨鸣转头看他，立刻说："你真就这么喜欢 3F？"

"不，不是喜欢，是怀念 3F 还在打职业的那个时候。"钟晨鸣又看向电脑屏幕，关了直播间，"走吧，去吃饭。"

吃完饭，钟晨鸣没有急着回网吧，看向了店里的招聘广告。

懒宝宝在旁边催他："走了，兄弟，你想吃下次我再带你来，我请你就是。"

"嗯。"钟晨鸣简单应了声，跟懒宝宝出了小饭馆，又回头望了一眼，这才去了网吧。

回到网吧，钟晨鸣又开了排位，懒宝宝觉得自己刚才看直播学到的东西已经够了，开始打排位实践自己的想法，两人一时之间都没有什么对话，倒是两人的椅子后面围了几个人。

钟晨鸣跟懒宝宝游戏都打得不错，在这个小网吧里肯定是顶尖水平了，待久了，一些常来玩 LOL 的人，还有网管也都认识了他们，钟晨鸣在这个网吧还算个红人，他上网不花钱全靠五杀赚网费的事情已经在网吧玩家中流传开来。

今天晚上，围观的人却发现这位大佬有点不对头。

大佬排到中单，不管对面是什么英雄，什么阵容，直接秒锁锐雯。

"这个……对面是安妮啊，用锐雯……不太……好打吧？"

钟晨鸣沉默以对，不太想说话。

锐雯确实不好打安妮这种远程又是硬控的英雄，钟晨鸣线上被压得很惨，还被单杀了一次，这把输了，钟晨鸣又开了下一把，依旧是锐雯。

围观的人恍然大悟："你这是在练英雄吗？排位练英雄，还是大师分段的排位，66666！"

钟晨鸣依旧没有说话，围观的人见他心情不是很好，也没有继续自找没趣，跟旁边看他打游戏的人说了两句，不多久也走了，就剩网管上班无聊在旁边看他打。

过一会儿网管下班回家吃饭，懒宝宝也回学校，网吧角落里就剩下了钟晨鸣一个人。

到了十一点，网吧里的人越来越少，来这里上网的大多是学生，现在都要回学校了，不然门禁进不了宿舍。

网吧清冷下来，钟晨鸣站起身来，习惯性揉了揉手腕，也去休息。

第二天懒宝宝下午没课，吃了午饭就往网吧跑，却没看到钟晨鸣，懒宝宝独自在网吧里苦练了一下午打野，钟晨鸣都没有来。

落日时分，钟晨鸣慢悠悠地从网吧外走进来，跟前台点了份鸡腿饭，然后去了自己常坐的那个位置。

懒宝宝正在选英雄，注意到旁边有人坐下来，侧头一看是钟晨鸣，立刻手忙脚乱地关了游戏，一脸惊悚地看着钟晨鸣："你白天竟然没在网吧？"

"嗯。"钟晨鸣先给自己点了根烟，没有问懒宝宝为什么看到他来了反应如此大，简短道，"出去了。"

懒宝宝脸上的惊悚变为惊奇，说道："我还以为这个网吧就是你的家，原来你也是会走出网吧的，我才知道。"

钟晨鸣笑了笑："网费要用完了，明天我不会来了。"

"终于用完了？"懒宝宝道，"我还以为你网费用几年都用不完。不过也是，高分段五杀太难，我看你至少有三天没拿到五杀了吧。你不回来你去哪儿？"

两人聊着天，懒宝宝又登录上了游戏，而钟晨鸣则是打开了直播网站。

"我今天去找工作，找到了。"钟晨鸣视线扫过一片直播间，点开了3F的直播，点进去画面就是灰的，3F刚好死了。

"做什么工作？"懒宝宝随口问着，点开了排位赛，开始排队。

"前两天吃的那个小饭馆，他们招服务生。"钟晨鸣云淡风轻地说着，看3F强行解释自己刚刚为什么会死。

"当服务员？"懒宝宝回过头来，一脸蒙，"兄弟，你不是吧，你真的这么缺钱？"

钟晨鸣点了点头。

他在网吧待了这么久，其实一直有点蒙，甚至一度怀疑自己活在梦里。

此刻看到3F，看到老一辈的电竞选手们虽然状态下滑，但依旧在游戏里战斗，依旧说着自己想打职业，甚至还保持着打职业时候的训练习惯，在直播之余天天打韩服训练——3F觉得自己现在太菜了，不敢直播韩服，国服他还能打打，韩服的段位说出去都要被人耻笑。

或许他也可以拼一下，钟晨鸣突然就在想，就算这不是一个真实的世界，曾经的选手都在努力，现在的他又有什么理由不去努力？

在跨出第一步之前，钟晨鸣就发现自己面临着一个巨大的问题——没钱。

网吧五杀赚的钱快用完了，他没有新的收入，又以职业选手的标准规范自己，不愿意去打代练，而且打代练真的容易变菜，如此，他决定先去找份工作。

"你打游戏这么厉害，当什么服务员，来打代练啊，月入上万不是梦想，真的。"懒宝宝劝说道。

钟晨鸣看着他："你打了两个月的代练，觉得自己的水平如何？"

懒宝宝突然就呆了一下，干咳一声："确实变菜了，我在努力找回状态，你这不是缺钱嘛，临时打打没事的——Master好像开播了，你不去找他双排？"

懒宝宝也没问钟晨鸣怎么发现他打代练的，立刻就把话题带偏。一提到Master，懒宝宝又有了想法，说道："既然Master跟你双排，你也去开直播啊，他可以帮你把人气带起来，主播工资还不错的，当什么服务员！"

"我没钱买电脑，网吧的电脑配置不够。"钟晨鸣回答着，关了直播间，点开游戏登录界面，开始输账号密码。

"这个……"懒宝宝思考了一会儿，咬咬牙，"兄弟，这样吧，我知道过两天三岔口那个网吧有个网吧赛，奖金还不错，第一名有五千块，你要不要去参加？"

钟晨鸣输账号密码的动作停了一下，转头看懒宝宝。

懒宝宝的表情看上去十分纠结，简直要纠结成一幅面部抽象画："五千块，分给五个人，你可以拿一千块。"

钟晨鸣想了想，问道："你把你的位置让给我了？"

"不、不是——算了，大兄弟你要不要这么厉害，确实本来是我的位置，但是你也看到了，我现在这么菜，怎么敢去打。你去吧，赢了回来请我上网就是。"懒宝宝一面想着奖金，一面又想着帮钟晨鸣一把，又道，"你也看出来了，我是代练，上次那个懒宝宝的号，青铜到钻五，不是你跟我双排我也打不了这么快，就当我还你人情。"

钟晨鸣没有回答，吸了口烟，转头看向电脑屏幕，游戏刚刚登上，Master的消息发了过来：【你怎么连跪（连续输掉游戏对局）了？】

钟晨鸣还没回答，Master下一条消息又弹了出来：【中单锐雯？搞事搞事。】

接着，就是一个双排邀请。

钟晨鸣点了接受，突然有点想笑：【我不会玩锐雯。】

Master：【玩，没事，我来带粉丝上分，不能总是让粉丝带我，要不要开个语音，我觉得你的锐雯我大概配合不起来。】

【行。】

懒宝宝也点开了 Master 的直播，等直播间加载的时间里，他还不忘转头道："兄弟，你去帮我打个比赛吧，真的，我怕我这个水平，去了要出事啊。"

钟晨鸣嘴角微微上扬："我去打野吗？"

懒宝宝赶紧摇头："中单，我们那个中单原本就是个打野，抢位置抢不过我才去打的中单。放心，那个中单玩得也不错的，半个职业水平是有的，信我。"

"谢谢。"钟晨鸣真诚道，"你不适合玩盲僧，玩刷子打野吧，比较适合你。"

懒宝宝又蒙了一下，一脸问号地看着钟晨鸣。

"玩版本强势的。"钟晨鸣又补充了一句。

懒宝宝想了想，觉得这有点颠覆他一直以来对自己的看法。他玩盲僧是因为看了 Master 玩盲僧，秀了对面一脸，然后就练了起来，现在他点开自己战绩看了看，发现他盲僧的场次有大几百场，胜率却只有 50%。

他又看了看自己其他的英雄，总结了一下，发现刷野型的打野比抓人型的打野确实胜率高，他以前只以为是自己拿了适合团队的英雄，所以容易赢。现在听了钟晨鸣的话，突然觉得或许不是这样，他准备练练其他打野试试。

懒宝宝在一边思考，钟晨鸣已经连上了语音。

他们用的是 LOL 的内置语音，钟晨鸣刚进房间，Master 的声音就传了过来："听得到吗？"

Master 的声音不算好听，不是播音腔，但是声线干净，又带着一点稳重，听起来没有任何隔阂感。

钟晨鸣调了下麦的音量，回道："能听见，我在网吧，会不会吵？"

"还行。"Master 道，"没事儿，我排了？"

"排。"

这一把很快开始，钟晨鸣排到 ADC，Master 打野，钟晨鸣拿了老鼠，他听到 Master 的声音好像有点遗憾："不是中单啊，可惜了。"

Master 的直播间里，一片的"？"。

懒宝宝也在旁边评价："Master 这是想搞事？"

拿到 ADC，钟晨鸣就没乱玩，中规中矩的老鼠，队友也会玩，在 Master 的 carry 下，很快就赢了。

第二把，又是 ADC，Master 又"咦"了一声："老天不让你玩锐雯？"

这一把队友太菜，Master 没带起来，输了。

第三把，钟晨鸣终于排到了中单，秒锁了锐雯，直播间里，观众齐齐听到 Master 松了一口气。

钟晨鸣和直播间观众不解。

到了 Master 选英雄，他毫不犹豫，直接锁定了阿木木。

阿木木，一位绿色的小矮人木乃伊，喜欢哭，大招是定身身旁一圈的敌对英雄，Q 技能是扔出绷带晕眩敌对英雄并且位移到中技能的人身边，W 技能是一直哭一直哭对周身的敌人造成伤害，E 技能是拿头撞周身的敌对英雄。

这位英雄可玩性不算高，没啥可秀的地方，就是刷野，刷野打团放好大招，技能还十分容易被躲。阿木木低端局偶尔出现，高端局基本看不见，比赛……好像大家都忘记了有阿木木这个打野。

看到 Master 拿阿木木，直播间里弹幕又刷了起来：

【Master 选错英雄了？】

【原来还有这个英雄？】

【Master 还会玩阿木木？66666！】

【Master 用阿木木带粉丝上分，牛哇。】

【看了 Master 的阿木木，我决定买个挖掘机。】

对面打野就是挖掘机，Master 不看弹幕，并不知道大家在说什么，倒是他旁边的空气跟他聊上了。

空气游戏间隙看了一眼他屏幕，十分夸张地"哇"了一声："不得了不得了，今天 Master 要强势带粉丝上分了，这个英雄你也拿出来玩，不怕你的粉丝分分钟脱粉吗？"

Master 问道："你是说哪个粉丝？"

空气看着对面的阵容："对面挖掘机，前期你要是崩了还怎么带妹上分？"

"带妹？"

空气满脸惊恐地看着他："你这个粉丝是个汉子？"

Master："对啊。"

空气更加惊恐了："哇，我还以为是个妹子你才带的，哪个男粉丝这么好运，不得了不得了，你竟然还会跟粉丝双排。"

Master一直以来都是单排，特别是上了王者只允许单排之后，他就完全忘记了还能双排这件事，这位粉丝还真是破例了。

想了想，Master说道："跟他打游戏很舒服，节奏很合拍，就……就有一种你想做什么他都知道的感觉，你看我们打了两把，基本没说什么话，但是配合得起来。"

空气："……所以你们开语音的意义何在？"

Master："为了阿木木与锐雯。"

空气："我竟无言以对。"

游戏开始，他们在蓝色方，钟晨鸣一级没有急着去中路溜达，先去蓝BUFF旁边的草丛里面蹲着。

LOL的草丛机制是草丛里面的人可以看到草丛外面的人，草丛外面的人看不到草丛里面的人，两个人都在草丛里就可以互相看见对方，向草丛里插眼可以照亮草丛，哪边插的眼哪边的全体队友都能获得草丛视野。

蹲了片刻，对面的挖掘机溜达到了蓝BUFF附近，他没有走过来，只是远远地在蓝BUFF旁边放了一个眼，可以照亮蓝BUFF周围的一片区域。

钟晨鸣在蓝BUFF放眼的地方打了个信号，这是游戏里面的指示性功能，可以在全地图上使用信号功能提醒队友，主要有几个信号：撤退，我在路上，标记某个区域或者某个目标。

标记只会在地图上闪一下，时间很短，不会提供任何的视野效果或者加成，只是用来指挥队友的。

打了标记，钟晨鸣一个字没说，Master也没说话，但他明白钟晨鸣的意思，那个地方有敌方放的眼，对面可能会来反蓝，你小心。

小兵到了线上，对线期开始，Master也开始刷野。

看Master刷完红BUFF和一拨小野怪，钟晨鸣向后退了两步，消失在对面中单视线中，绕了一圈在对面蓝 BUFF 的墙外面放了个眼，然后回到线上继续补兵。

他这个动作很平常，对面中单只以为他去放了个河道眼，并没有在意。

Master 往对面野区走去，双方的红蓝 BUFF 是错开的，己方的红 BUFF 对面是蓝 BUFF。

钟晨鸣放眼的地方可以监控到敌方打野的动向，Master 大胆地进入了挖掘机的野区——如果挖掘机在他们的野区蹲他，那应该是从红 BUFF 开始刷野，也就是红开，刷完红 BUFF 打一拨小野怪，之后直接去 Master 方的蓝 BUFF 等着杀 Master。

既然这样，Master 就选择不去自己的蓝 BUFF，而是去对面的蓝，蓝BUFF 换蓝 BUFF，还是常规开局。

如果挖掘机没有在野区蹲他，钟晨鸣放的眼也可以侦测挖掘机的动向，他走到野区，再补一个眼，那挖掘机会经过的路线他都能看到，他可以提前埋伏。

一番算计，Master 到了对面野区，对面蓝 BUFF 果然还在，他一个人刷了蓝 BUFF，又吃了对面野区的小怪，这才悠哉游哉地往中路走去，对中路草丛打了个标记。

钟晨鸣开口道："没有。"

钟晨鸣说得不清不楚，Master 也没有说话，但两人都明白对方的意思。

Master 点了一下草丛，意思是：这里有眼吗？

钟晨鸣回答："没有。"

草丛里没有眼，Master 站进去对面的人就看不到他，草丛一向是伏击的好地方。

绿色的小个子阿木木迈着小短腿跑进了草丛，跟草丛完美地融合在了一起，然后就跟生了根一样，一动不动。

对面中单是卡萨丁，是个近战法师，也有远程技能，钟晨鸣跟卡萨丁对线还算好，他被消耗得有点疼，对面的卡萨丁却有点不敢上来补刀。

卡萨丁打他是一个一个小技能慢慢消耗，而锐雯要是摸到了卡萨丁，一套技能不下半血不让走。

兵线此刻在中间，看到阿木木在草丛里面没有露头，锐雯突然往前冲了两步，卡萨丁立刻后退，锐雯光速放技能收掉了兵线，这时兵线就往卡萨丁的塔下推了过去。

第二拨兵线来到中路，加入了战斗，此刻兵线已经推到了卡萨丁塔下，锐雯看起来有点犹豫，往后退了一步，随后又往前走了一点，像是想补兵又怕距离自己塔太远被抓。

终于，看着越来越多的小兵，锐雯顶不住金钱诱惑，走了过去。

卡萨丁见锐雯过来，立刻两个远程技能招呼到锐雯脸上，锐雯被减速，却并没有后撤。

锐雯可是一个有脾气的英雄！

"我的斗志还没有失去！"耳机里传来锐雯的角色语音，同时锐雯向前方冲了过去！

卡萨丁没有往后撤，甚至在往前走，一个法师用了技能之后往前走，锐雯直觉不妙，冲了一步就开始后退。

但是已经来不及了。

这时，从上河道的草丛里突然冲出一只紫色的螳螂来，是对面的打野"虚空掠夺者"卡兹克。

卡兹克后背短小的翅膀扑腾了一下，一跃而起，挥舞着镰刀一样的前足扑了过来。

锐雯被减速，肯定跑不过螳螂的速度，在螳螂跳起来的一瞬间，锐雯立刻转身，按下 W 技能——震魂怒吼。

锐雯手中的残剑往地上一击，发出一声怒吼，墨绿色的符文在地面上一闪而过，螳螂晕眩在原地，然后断剑砍上螳螂的身体，刀锋稍纵即逝，锐雯立刻又往外跑。

这个技能的晕眩时间只有 0.75 秒，螳螂在短暂的停顿之后立刻补上伤害，又打了个减速技能，卡萨丁也在穷追不舍，锐雯血线立刻就下了一半。

锐雯已经走到了河道旁边，技能 CD 也好了，立刻用 Q 技能附带的小位移冲向河边。

螳螂跟卡萨丁气势汹汹追了过来，觉得这个锐雯已经是他们的囊中之物。

螳螂再次举起身前巨大的双镰，卡萨丁也抬起了手——

河道草丛里突然伸出一条绿色的绷带，牢牢绑住螳螂，锐雯立刻回头，一套"QAQ"打下去。

这时锐雯已经残血，卡萨丁是个近战法师，看到锐雯放技能不敢上前，等锐雯打完一套技能才急匆匆地过来补伤害。

锐雯立刻用了 E 技能给自己加上护盾，卡萨丁一个技能打到盾上，本来一个技能就死的血量，因为这个盾硬生生活了下来，并且锐雯立刻反打螳螂，用技能继续控制螳螂。

锐雯一套"QAQ"伤害还是很高，加上阿木木的技能，之前螳螂刷完野血线本就不满，锐雯的控制接着阿木木的控制，一套下来，螳螂立刻残血。

螳螂看锐雯已经只剩血皮，残血了也没有急着跑，还要扑上去砍锐雯，阿木木的大头颅一下撞到螳螂的身上，终于，螳螂在即将要摸到锐雯的时候，被阿木木一头给撞死。

卡萨丁此时技能好了，看残血锐雯想跑，立刻闪现过去想要收掉人头，结果不知道是锐雯反应快还是预料到他会闪现过来，锐雯也一个闪现，跑了。

卡萨丁看着不到一百血的锐雯，自己追也追不上，好气！

更气的是旁边还有个阿木木一边哭一边在打他。

卡萨丁不到六级没有位移技能，阿木木身上还有红 BUFF，只要伤害打到卡萨丁身上，卡萨丁就会被减速，这下卡萨丁跑起来就有点困难了。

不过卡萨丁还有个减速技能，他立刻一套伤害打在阿木木身上，开始后撤。

卡萨丁的减速比红 BUFF 附带的减速强了很多，阿木木有点追不上，这时卡萨丁却发现刚刚闪现跑了的锐雯又回来了！

锐雯躲旁边嗑了瓶血药，现在又有了一二百血，她在河道草丛绕了一圈，绕到卡萨丁逃跑的路上等着，一看到卡萨丁技能用了，立刻用小位移技能冲过去，技能所附带的盾防止了她被卡萨丁平 A 打死，一套控制技能衔接起来，再加上阿木木的减速，卡萨丁也被弄死在了中路。

Master 直播间里，一堆人刷起了"66666"，Master 也开口道："你锐雯还不错啊，连跪是怎么回事？"

钟晨鸣点下回城键："心态不对，前几天玩得要差点，现在找到点感觉了。"

解释了一句之后，两人又没有怎么说话了，继续用信号进行着交流。

打到中期团战，Master 经常先手以各种诡异的角度进场放大控制全场，钟晨鸣跟上伤害，这一把对面控制不够多，完全成了锐雯的秀场，他们辅助还是个莫甘娜，可以给锐雯免控盾。

队友也不菜，能跟上 Master 的节奏，这一把打到三十多分钟赢了。

直播间里除了刷"666"的，还有人刷起了"你们又不说话，开语音有意思吗""你俩还需要开语音吗""这个锐雯是谁，MW 的新中单吗"，以及"这么菜怎么可能是新中单，你当 MW 战队经理是瞎的吗""五神还没退役，你们一群人在 YY 些什么东西"。

懒宝宝在旁边看着弹幕，立刻就炸了，冲上去手撕"黑子"，一边黑还一边跟钟晨鸣说着话："这些人，有毛病吧，天天见谁黑谁，一天不喷人有毛病是不是，敢跟我喷？"

一分钟之后，懒宝宝发出一声哀号："啊啊啊……我在为 Master 说话啊，这些垃圾房管，竟然敢封我，我投诉去！"

懒宝宝在旁边一个人说了很久，发现钟晨鸣根本没理他，回头一看，钟晨鸣竟然在跟 Master 聊天。

"哦，是我朋友，他是你的脑残粉。"

由于直播延迟，懒宝宝耳机里，这才传出来 Master 的声音："你旁边好像坐了个喷子？"

懒宝宝："……"

好像他的声音被全直播间的人听到了？只是他一个劲地打字喷人竟然没人注意到？

Master："他账号被封了？我让房管解封。"

钟晨鸣："不用，让他吃点教训也好。"

懒宝宝一愣。

他心情更复杂了怎么办。

第五章

他想打职业

TUIYIZHONGDAN
XIANGDAZHIYE

钟晨鸣发现 Master 的英雄池可以说是深不可测，下一把，Master 就拿了螳螂，这个跟阿木木、盲僧完全是两个机制的英雄。

跟上一把的断腿螳螂不同，Master 的是飞天螳螂——杀死一个英雄的时候，螳螂的跳跃技能就能刷新，跳起来还未落地就斩杀一人，可以在空中再次起跳，接连跳跃杀人就被称为飞天螳螂。

有 Master 在，钟晨鸣玩起来顾虑都少了很多，他可以冲进去秀操作而不用担心自己队友能不能跟上，他只需要考虑自己怎样才能做到最好。

上一把是 Master 控场，给钟晨鸣创造输出空间，这一把，就变成了钟晨鸣打伤害，给 Master 创造输出机会。

螳螂是一个脆皮伤害高，有突进的收割型近战英雄，打团不能先手冲进去，需要队友给他制造收割的机会。

这次他们的阵容不算好，全是 AD 输出，控制也不足，就只有锐雯一个控制，但对面阵容更不好，全是脆皮，最"肉"的竟然是中单加里奥。

到了中期打团的时候，钟晨鸣带着召唤师技能净化（解控技能），手里握着水银腰带（解控装备），在中路晃了晃。

敌我双方此时都在中路胶着，钟晨鸣方减员一个 ADC，对面想推塔，正在用远程技能消耗塔下英雄的血量，看到自家兵线进塔了，又赶紧摸两下塔，把塔的血量打下去。

锐雯作为一个近战英雄，这个时候实在是不好去清兵线，自己这边上单是克烈，辅助是个奶妈，一个近战，一个基本没啥伤害，看着兵线进塔就靠奶妈那点远程技能打出的伤害，还有 Master 的远程技能来清兵线。清了兵线，没有小兵抗塔，对面就不敢推塔。

现在这种情况，连 Master 直播间的观众看着都一阵绝望：

【这个塔不好守。】

【没有人清兵线，塔得放了。】

【垃圾 ADC，被人抓了，不然不会掉中塔。】

懒宝宝喝了口水，看着局势，想打字喷死了的 ADC，又想起自己账号被封了，跟钟晨鸣说又会让整个直播间的人听见，他想了想，坐得离钟晨鸣远了点，小声跟同样在看钟晨鸣打游戏的小网管吐槽去了。

让一个喷子不说话，那实在是太难受了。

他刚一转头，屏幕上局势突变，对面 ADC 想上来点塔，刚走到塔前面，跟自家扔技能消耗的中单擦肩而过——在塔后面转悠的锐雯突然暴起，以让人反应不过来的速度控制住中单跟 ADC，接着"QA"一套。

在他打出第一个"QA"的时候，他的队友才反应过来跟上，奶妈冲上来奶，克烈冲进人堆里吃伤害打控制，而 Master 直接跳了起来，扑到了 ADC 的头上。

ADC 本就是脆皮，吃了锐雯两下伤害，已经残血，只要螳螂扑到他头上，他必死无疑。

这时对面中单加里奥身上的控制效果已经过了，他立刻一个冲撞撞向锐雯，对面辅助接上控制，想要救自家 ADC，然而从天而降的螳螂收掉了 ADC 的人头。

锐雯也没有跟出了防御装的加里奥再做纠缠，对面的控制技能打到她身上，她水银秒解，灵活流畅地突进到脆皮辅助身边，两下打到残血，Master 的螳螂收掉了残血加里奥人头，转头就跳起来，震动着紫红色的半透明翅膀，嘶吼着落到辅助身上，利爪一挥，辅助应声而倒。

对面此时还活着的就只有打野和上单，对面上单是兰博，被克烈拉住，奶妈使用沉默（让敌方英雄短时间内无法使用技能）控制，摆脱控制后一个大招放歪了，砸到奶妈头上，奶妈血线立刻下去了一截。对面打野一看觉得是个机会，突进过来收掉奶妈人头，然而转头一看，他家的中路和下路全死了。

他该怎么办？

锐雯立刻就将手中的剑刃指向了他，打野想跑，奈何螳螂翅膀一振，立刻落到他身前，一连串尖刺在对面打野身上炸裂，让他举步维艰。

锐雯立刻跟上技能，在打野还剩残血的时候，她手里捏着的大招没放，让 Master 收掉了这个人头。

音效响起："Ultra Kill！"

四杀！

对面上单兰博见情况不对，立刻就开加速技能往后撤，五杀在望，不管是克烈还是 Master 情绪都十分高涨，一路追了过去，跟兰博来了个千里大追捕。

钟晨鸣也操作着锐雯往前追，锐雯有一半的技能都能位移，但她还是没跑过克烈。

克烈的大招，名字都简单明了，就叫"冲啊"！

克烈身下的蜥蜴坐骑蜷缩成球，身材矮小的克烈一跃而起，蜥蜴弹跳翻滚着向前冲去，克烈熟练地在"蜥蜴球"上跳跃前进，快速追上兰博，猛然撞了上去。

乘坐着机甲的小小兰博被撞了一个趔趄，看起来就像是要从机甲上摔了下去，他还没重新坐稳，锐雯的控制立刻接了上来，接下来就是从天而降的螳螂——"Panta Kill！"

五杀！

克烈跟锐雯都十分默契地停止了手中的动作，将这最后一击留给螳螂，帮助到他拿到五杀！

直播间里疯狂地刷起了"66666"，Master 也激动起来，在最后关头，也大喊了一声："五杀！"

懒宝宝高兴得在一边狂喝了两口水，准备跟网管吹刚刚 Master 的操作有多厉害，一转头，却发现钟晨鸣没什么激动的样子，只在 Master 喊出"五杀"的时候，嘴角浮现点淡淡的笑意。

"兄弟，五杀！你不激动的？"懒宝宝忍不住问了一句。

"Master 的五杀，不是我的。"钟晨鸣道，"而且五杀拿多了就没感觉了。"

懒宝宝："……"

他竟无言以对，这人多少次五杀还是他给创造的机会，他怎么就给忘记了。

弹幕上又有人说：

【Master 被嫌弃了哈哈哈。】

【Master：谢队友不抢五杀之恩。】

【66666，我看了下这个锐雯的战绩，五杀截图是假的吧，这么多？】

【我也去看了下……锐雯，你是我偶像。】

【看了 Master 的螳螂，我准备去买个锐雯。】

【锐雯收徒吗？请收下我膝盖。】

【我突然想到，这个锐雯如果是在网吧玩游戏，这明年的网费都有了吧。】

被网友推测明年的网费都有了，实际上明天网费就用完了的钟晨鸣正在跟 Master 说话："假期结束了吧？"

那边的 Master 好像是愣了一下，顿了下才说："一般人都不关心这个，你竟然知道假期什么时候结束，你是职业选手吧？"

钟晨鸣笑了笑："没有，我是你的资深粉丝，我当然知道你假期什么时候结束，倒是你，这样就说我是职业选手？"

他俩这个对话一出，直播间的吃瓜群众纷纷转移了话题，围绕着钟晨鸣到底是不是职业选手展开讨论。

"开个玩笑。"Master 说道，"我看你一些打法跟一些职业选手很像，你应该是研究过？"

"研究过。"钟晨鸣点了根烟，心里想着 Master 这怕是在讪他，从打法看是不是职业选手？扯淡吧，这能看出个什么来。

"那有没有兴趣打职业？"

钟晨鸣猛吸了口烟，烟雾模糊了他的视线，他微微垂下眼，看着自己的右手。

"再说吧。"

"兄弟！"懒宝宝突然大喊一声，想要说什么，钟晨鸣立刻关了语音，转头看他。

看着钟晨鸣淡定的眼神，懒宝宝突然就没那么激动了，甚至有点忘词，语无伦次地说："你……这么好……Master 问你，机会，这么好的机会！你竟然就这么拒绝了！"

"Master 只是一个职业选手而已，他说的话有什么用。"钟晨鸣看着他，"他最多给俱乐部推荐一下，但是现在的 MW 阵容完善，已经磨合了两年，首发位不可能再换人，我没有机会。"

"啊？"懒宝宝愣了愣，"你想进 MW，我以为 Master 是想把你推荐给青训，或者其他差点的队伍什么的，比如上次那个主播搞了个王富贵战队，现在都打进次级联赛了。"

钟晨鸣："……"

"青训不好吗？"懒宝宝看他一脸无语，又道，"虽然你很强，但也只是 RANK 而已，进 MW，你想太多了吧，能打进 LPL 的，都不会收一个完全没有经验的新人。"

"是的。"钟晨鸣抽了口烟，语气沧桑，"你还是打你的游戏吧，不然你以后代练都做不了了。"

懒宝宝干咳一声，转向电脑屏幕，看着 Master 的直播间。

Master 的直播间已经黑了下去，刚才他跟钟晨鸣说话期间，Master 跟粉丝道了再见。

懒宝宝看了一眼时间，这才晚上八点，这么早，咋一言不合关直播？

当然，这种事情，以前他可能会刷屏在直播间里面问，现在直播间的号被封了，无处可问，但他还有钟晨鸣啊。

这个时候，看一眼钟晨鸣的电脑屏幕大概就知道发生什么了。

果然，Master 虽然关了直播，但是没有关 LOL 客户端，正在客户端上跟钟晨鸣聊天。

Master：【我之前还以为你是 NGG 谁的小号，你打法真的跟 NGG 的人挺像的。】

钟晨鸣：【这个都能看出来？你就耍我吧。】

Master：【能看出来，每个战队都有每个战队的习惯，在一些战术打法上，会形成一些可能本人都意识不到的小细节。】

钟晨鸣微微诧异，打下两个字：【比如？】

Master：【比如你会在河道放眼，不是放在草丛里，而是习惯性将第一个

眼放在对面三岔路口。】

　　钟晨鸣笑着打字：【不是吧，这个不是很正常的眼位吗，这个眼位可以提前察觉打野的动向，如果打野不过来 GANK，只要路过这个眼，也能知道他下一步要做什么，很多人都会这样放眼。】

　　Master：【不止这些，还有你四分二十秒的时候必定要去对面野区的草丛放眼，还放在 F6 位置，如果有真眼，你就放在三狼旁边的草丛里，这个也是 NGG 的习惯。】

　　钟晨鸣：【职业赛场上这么多习惯，很容易就被人抓到把柄了，你想多了。】

　　Master：【现在我知道你不是职业选手了，因为职业选手都知道战队有战队的一套体系，能养成很多习惯。】

　　钟晨鸣：【……】

　　Master：【每个战队的打法风格不同，比如 NGG 就打得勇猛突进，但是粗中有细，他们的眼位是定死了的，什么时间，什么地方得有眼，有眼的时候该做什么，没有眼的时候该做什么，都是有体系的，这个我研究过。】

　　钟晨鸣：【……你研究得这么细，MW 还输给了 NGG？】

　　Master：【体系不是一成不变的，我之前说的是两年前 NGG 的眼位，也就是你的放眼习惯，现在的 NGG 太强了，即使知道他们的体系，也依旧赢不了。】

　　钟晨鸣：【？】

　　Master：【硬实力差距。】

　　后面 Master 没有说太多，只说自己打韩服找感觉去了，就下了游戏，他几天没碰 LOL，先打了两把国服热手，然后去韩服找回状态。

　　为了专心训练，打韩服 Master 就没有再直播。他直播不喜欢说话，弹幕也不看，开不开都一样，很多时候都当没有开直播在玩。

　　之前关直播，也是因为他跟他粉丝说的这些话涉及战队的一些战术，所以没有在直播间里面说出来，而且他还真的以为他粉丝这个账号是某个职业选手的小号，怕问出来了，让直播间的人看到不太好，不过什么都没问出来就是了。

　　Master 下线之后，钟晨鸣也没有再开游戏，他抽着烟，觉得自己需要思考一下人生。

他现在十八岁，在电竞职业选手这条路上，十八岁已经不算小了，虽然对于他来说，这已经是很年轻，算是巅峰的年龄，但因为现在正值巅峰，所以他经不起耗。

打职业的黄金年龄十分短暂，职业联赛规定年满十七周岁才能成为职业选手，而一旦过了二十一二岁，状态或多或少会有所下滑。

他不可能再蹉跎地在青训混两年，寻找出头的机会，他想要一开始就登上职业联赛的赛场，即使是作为替补也好。

但这需要机会。

——他还是先赚钱吧。

在机会到来之前，他不能把自己饿死。

钟晨鸣看向 LOL 的客户端，又看了一眼自己的手腕，吸了两口烟，将烟按灭在烟灰缸里，问懒宝宝："你的队友都是什么段位的？"

懒宝宝看 Master 也下线了，正准备自己开游戏打两把，听钟晨鸣一问，突然有点犹豫，想了想说："我不太清楚，你放心，反正不会坑你。"

"不需要磨合一下？"钟晨鸣道，"比赛是后天，我现在连我队友的面还没见到，也不知道他们的水平如何，你觉得这样的队伍真的能拿冠军？"

"亚军奖金三千块也可以的。"懒宝宝下意识地接口，突然又意识到这只是他的想法，到了钟晨鸣这里……嗯……带他不拿冠军好像真不好意思？

"是三岔口那个网吧的网吧赛？"网管在旁边听着，此时插嘴道，"这个你就放心吧，那些人很菜的，你这个水平，单手吊打。"

懒宝宝也在旁边连连点头："是的是的，很菜，我都能把那些人吊起来打，何况你，兄弟放心，你去肯定 carry 全场！"

钟晨鸣看看懒宝宝，又看看小网管，怎么看怎么觉得这两人不靠谱，但是他们都这么说了，他也就只能相信自己了。

在网吧赛到来之前，钟晨鸣继续在网吧打着排位赛，继续练英雄。

他觉得自己的英雄池实在是太浅，之前就发条、瑞兹、卡牌这三个英雄可以拿出手，现在他竟然沉迷于玩劫跟卡特这两个秀操作的英雄，有了年轻的身体之后还不想着拓宽英雄池，可以说是算得上混吃混喝了。

钟晨鸣这下一把换一个中单，他有操作，也对所有的英雄都有个基本的认知，但一些细节还是需要实践才知道，而跟高手过招，是最好的实践方法，所以他选择了排位练英雄。

虽然在排位赛里面，很多人会说，想练英雄那去打匹配啊！

但是这条并不适用于高段位，特别是职业选手，就算是练一个新出来的英雄，职业选手最大的可能是开把自定义游戏，跟电脑打打看看技能如何释放，看看技能伤害如何，然后就直接拿去打排位。

或者，有的人更是自定义都不开，看了技能描述直接就上了！

职业选手的理解能力跟普通玩家肯定不一样，实际上他们熟悉一个本位置的英雄很快，第一把排位，因为是玩不会玩的英雄，可能会有点坑，一般第二把就会上手。如果这个英雄跟他们很搭，第二把或许就开始大杀四方，第三把就直接神挡杀神佛挡杀佛了。

当然，也有练了很久才能上手的，总体来说，虽然不会玩得很好，也不会特别坑就是了。

钟晨鸣这种打一把换一个英雄，就有点莫名其妙了，这根本就达不到练习的程度，只能说是熟悉一下英雄。

但钟晨鸣有他自己的想法，他不是在练英雄，而是在找他现在可以用得顺手的英雄。

本来这个账号上英雄很少，一百多个英雄还没有一半，钟晨鸣打了几天之后，攒了不少金币，现在他就把这些金币全都拿来买了中单英雄，除了几个不常用到的，他几乎把所有中单都买了。

一天之内，钟晨鸣将这些中单都试了个遍，有些有点感觉，打一把又找不太准手感的，就又去打了一把。一天下来，钟晨鸣发现，他所有英雄用着都挺顺手的，一些现在用起来好像不太顺手的英雄，他也有信心可以通过多次的练习达到自己想要的程度。

除了常规中单以外，钟晨鸣还尝试了一下非主流中单，比如通常用来打上单的"剑姬""刀妹"，打野的"螳螂"，打 ADC 的"小炮"，等等，其中有一些他也玩得很顺，觉得有机会可以拿出来玩玩，有些实在是不太好打，只能在对面是特定英雄的时候拿出来玩玩。

这一天，某个臭名昭著的 LOL 贴吧里面也浮起了一条帖子。

【胜率 70% 上大师，跟 Master 双排，被 Master 称为大腿，这个人到底是谁的小号？】

【1L 楼主：理性讨论，绝不引战。】

【2L：说吧，这次又要喷谁。】

【3L：Master 说他是大腿？多大脸，明明抱着 Master 的大腿上分，还说是 Master 的粉丝，死不要脸地贴上去要好友位要双排，现在段位打上去了又来踩 Master。】

【4L：我就说这个 Master 这么菜都能打职业，现在终于有人看出这个人是个抱大腿的了，他也就 RANK 猛一点，一到赛场上，还不如超级兵，我上我也行！】

【5L：滚出去。】

……

【107L：为什么都在喷 MW 跟 Master，我还是比较关心楼主说的那个路人，有人扒出来是哪个人的小号了吗？】

【108L：五神的小号？】

【109L：五神在打韩服，不可能是他，时间就对不上。】

【110L：我们吧不就这个样，一提到职业选手哪个不是先上来乱黑一通，至于哪个双排的，就是个路人吧，我关注了好几天了，这人一直在打，职业选手哪这么闲来打国服啊。不过他打得还真的挺好。】

【111L：什么东西？70% 胜率上大师也要吹一番，我看了一眼，这一页红，连跪还钻一，也好意思吹 70% 胜率上大师？】

【112L：这个人有毒的，你看他这两天都没有重复玩过英雄，连寡妇都拿来打中单，估计是想掉分。】

【113L：我也关注了这个人，很可怕，操作牛得很，多少主播都栽在他的手上。】

【114L：看你们吹这么神，这个人上赛季还是黄铜啊。】

【115L：估计是买的号吧。我之前就看过了他的战绩，他好像是很久没

玩了，之前胜率是负的，如果不是之前的胜率拖了后腿，我觉得他上大师的胜率可能不止 70%。】

【116L：这是新的国服路人王？】

在贴吧讨论钟晨鸣讨论得起劲的时候，他正在去往三岔口网吧的路上。

三岔口网吧离这里也不太远，他跟懒宝宝在路边小店吃了碗拉面，然后溜达着过去。

到了网吧，懒宝宝跟老板打了个招呼，他之前也打过这里的网吧赛，如果不是遇到钟晨鸣，这才是他最常来的网吧，由于 LOL 玩得不错，老板也是个沉迷 LOL 的玩家，所以跟懒宝宝关系不错。

"我带了个人来。"懒宝宝跟老板说，"请外援没事吧，我这次不打，让他帮我打。"

老板豪爽道："没事，我们还是按职业联赛的规矩来，外援不超过两个，你们队正好两个，可以。"

"正好两个？"懒宝宝立刻转头看向自家战队常坐的位置，一眼就看到一个妹子坐在他原本的位置上，正在跟他们战队的 ADC 说着话。

战队的 ADC 名叫小凯，是个害羞的学生模样的年轻人。妹子长得还不错，水水嫩嫩的，跟小凯说话，小凯脸都快红到脖子根，看得妹子一个劲地皱眉。

懒宝宝在旁边看着也一个劲地皱眉。

跟老板又说了两句，懒宝宝把钟晨鸣拉过去，给大家介绍："这个就是我之前跟你们说的中单，你们可以叫他……'长得帅'！"

听到这个名字，妹子先笑。懒宝宝看到妹子笑了，也跟着傻笑起来，又给钟晨鸣介绍其他人，他指着一个敦厚的男生说："这个是上单，蚊子。"然后又指着一个高挑的男生，"这是打野 BUG；小凯是 ADC，话不多；这个妹子……"

妹子笑眯眯地挥挥手："你们好，我是可可，辅助。"

"你好。"钟晨鸣回以礼貌的笑意，在座位上坐下。

蚊子递给他一瓶水，问："你会玩什么中单？"

钟晨鸣道了谢，想到这是比赛，保守地说："发条，瑞兹，卡牌。"

蚊子又道："前面还有一场比赛才轮到我们，你可以先打两把排位。"

钟晨鸣摇了摇头，说道："我先熟悉一下鼠标键盘。"

在职业赛场上，每个职业选手的鼠标键盘还有鼠标垫都是自带的，即使鼠标垫不同，微小的差距也会影响选手手感，从而影响发挥。

现在的情况下，钟晨鸣没有自带鼠标键盘的条件，那在开打之前，他就需要先熟悉一下新的鼠标键盘。

熟悉鼠标键盘最好的方式不是打一把游戏，而是开一把自定义跟电脑打打，练习一下补兵，慢慢地就能找到感觉。

在钟晨鸣埋头补兵的时候，懒宝宝低下头，看着妹子小声问蚊子："这个妹子是谁啊？大河马哪里去了，他不打了？"

蚊子打着游戏，跟懒宝宝说："大河马跑了，他说他不打辅助，他一个打野，跑去打辅助多憋屈，今天早上才给我发短信，我两个小时之前刚看见，临时找的辅助。"

"我们就是打野饱和了，BUG 之前也是打野，不过一个妹子？"懒宝宝十分怀疑，"不靠谱吧？"

"BUG 找来的人。"蚊子说，"不靠谱能怎么样，先凑合着吧，也没别的人了。"

懒宝宝指指自己："我啊。"

蚊子嗤笑一声："你的辅助？十分钟把对面 ADC 送超神的辅助？你的辅助连妹子都不如。"

懒宝宝辩解道："不是啊，我现在辅助真的可以了，不信你问长得帅，我给他打过辅助，长得帅你说是吧？"

钟晨鸣一时没有反应过来这个"长得帅"是在叫他，懒宝宝叫了许多次他才回应了一下："还不错，蛮好的，在青铜分段的话。"

懒宝宝："兄弟，我们是自己人，你怎么可以不帮我说话？"

谈话间，BUG 突然冷冷开口："闭嘴。"

这两个字冷气十足，连钟晨鸣都觉得座位上的温度骤降十度，只听 BUG 阴恻恻地继续说下去："垃圾到把我赶去打中单，又垃圾到把我赶回来打野的人，有资格说我带过来的人？"

懒宝宝立刻闭了嘴，自己在旁边开了台电脑打排位，不敢再说话了。

钟晨鸣看蚊子一副看好戏的样子，问道："垃圾到把他赶去打中单？什么意思？"

"我们不是打野溢出吗？"蚊子提到这个，就忍不住笑，他看了一眼角落里打游戏的懒宝宝，"那傻子跟 BUG 还有大河马都是主玩打野的，大河马主动去辅助，我们就缺个中单，结果他中单玩得惨不忍睹，只好让 BUG 去打中单，他打野了。因为太菜所以去打野，就是这么一回事。"

钟晨鸣看懒宝宝的目光瞬间就多了一层同情，懒宝宝往这边看了一眼，正好撞上他同情的目光，立刻一个没事人一样移开视线，然后在游戏里狂喷队友。

不多时，上一把比赛结束，轮到他们了。

懒宝宝游戏也不打了，赶紧关了电脑站他们背后看他们打比赛。

账号是网吧统一提供的比赛服账号，事先就登录好了，不用再次登录。

比赛服不是谁都能进，账号都是官方提供，平时冻结着，进行比赛的时候需要官方解冻才行。

账号上英雄齐全，符文页齐全，可以随意搭配，钟晨鸣此前就配了几套符文，此刻选择英雄的音乐响起，他心里突然就升起一些感慨来。

上一次使用比赛服的账号恍若隔世，现在的他，会实现梦想。

"需要帮你禁英雄吗？"蚊子的声音在旁边响起，一场 LOL 比赛，其实是从 BAN/PICK（禁用 / 选择）开始的。

"不用。"钟晨鸣笑了笑，"我没有怕的。"

蚊子诧异地看了他一眼，赞许道："自信。"

BUG 开始说风凉话："别被吊起来打，你怕什么给你 BAN 了吧。"

可可却笑笑说："没事，相信我们的中单。"

"BAN 发条吧。"钟晨鸣看他们不信任，就说道，"这个版本发条很烦。"

蚊子迟疑了一下，还是 BAN 了发条。

发条是个万金油英雄，没有强得特别可怕的时候，当然，也没有弱到完全不能玩的时候，除非对面有玩发条玩得特别好的，否则不会 BAN 这个英雄。

此刻这个新来的中单也不了解对面的情况，说要 BAN 发条，蚊子有点意外，但出于对队友的信任，他没有问为什么，照做了。

"发条。" BUG 低低念叨了一句，语气冷冷地带着嘲笑。

钟晨鸣根本没听 BUG 说话，而是询问蚊子："对面是什么队伍，有需要注意的地方吗？"

"经常一起玩的。"蚊子说，"随便打打就是，很弱，不需要针对。"

既然队友都这样说了，钟晨鸣也没有再问，估计他这几个队友也是想着对面很弱，随便打打就是，所以带了两个不认识的人。

"中单，要给你拿英雄吗？"禁完英雄，沉默寡言的 ADC 小凯开口说话了，他是第一个拿英雄的，可以帮其他队友先手拿英雄。

"让他后手拿吧。"说话的是 BUG，"让他先手拿英雄，要是被针对了，中单崩了很难带起来。"

钟晨鸣依旧没多说什么，其实正常比赛里面，先手拿的都是版本强势英雄，他的话，玩什么都无所谓，也没必要去抢英雄，不如让队友拿他们拿手的。

BUG 转头跟辅助可可低声商量了两句，让小凯拿了辅助英雄璐璐，到对面的轮次，对面拿了 ADC 大嘴跟上单诺克萨斯之手。

钟晨鸣看到这个选择，有点疑惑，拿 ADC 大嘴还可以理解，大嘴配璐璐是经典配置，大嘴输出高但没位移很容易死，而璐璐保护能力强，可以保护大嘴输出，对面看到他们这方拿了璐璐，为了防止再拿大嘴，就自己选择了大嘴。

但诺克萨斯之手就拿得莫名其妙了，这并不是版本强势英雄，也没有什么英雄跟他配合会出现出其不意的效果来，钟晨鸣有点看不懂。

钟晨鸣排在第三个，对面选了两个英雄之后，就轮到他跟蚊子选英雄了。

蚊子也没说话，拿了上单英雄鳄鱼，这时候 BUG 开口了："给小凯拿个老鼠。"

钟晨鸣也正准备问他要帮忙拿什么，BUG 说了，他就选了老鼠。

对面拿了风女跟卡牌，又到了钟晨鸣他们的轮次。

BUG 道："卡牌啊，你得找个压他的……算了，你找个英雄跟他对刷吧，等我来抓，发条被你BAN了还，对面BAN了劫跟小鱼人……维克托你会吗？"

"会，玩得不好。"钟晨鸣如实说，这个英雄他确实不太会玩，还在他要熟悉的名单中。

"那辛德拉？"还没等钟晨鸣说话，BUG又不耐烦道，"算了你拿个吉格斯。"

"爆破鬼才"吉格斯是一个刷线英雄，比发条还刷得厉害，他的技能都是远程技能加范围伤害，Q技能几乎能打到隔一个屏幕的人。

跟他的刷线能力相对的是他技能容易被躲，而且被抓也容易死。除了作为套路出场的时候，吉格斯在赛场上的表现一直很疲软，一度销声匿迹，没人用，有人这样评价吉格斯：谁都会，但是有啥用。

BUG这样说，意思就是"你活着，守着中塔就行"，可以说是很不给钟晨鸣这个新来的中单面子了。

钟晨鸣却无所谓，吉格斯其实还蛮好玩的，他玩LOL第一个上手的就是吉格斯，当时跟他一起玩的人就说，你在中路守塔就行。

鼠标移到吉格斯的图标上，钟晨鸣点击了确定，BUG看了一眼阵容，选中了剑圣。

这时候可可突然说话，她皱了皱眉，轻喊了一声："BUG。"

BUG立刻回道："没事，随便打。"说着就点击了确定，确定之后便不能再更换英雄。

可可还是皱着眉，没再说话，而是低声跟小凯说着什么，小凯微微点头。

对面选中了最后一手打野酒桶，游戏开始。

他们是一手选，也就是蓝色方，正常情况下打野从红BUFF开始，钟晨鸣帮BUG在蓝BUFF处做了个眼，防止对面反野，然后开始正常对线。

吉格斯打卡牌，卡牌会玩一点，靠走位躲掉吉格斯的技能压着吉格斯打，或者吉格斯会玩一点，技能扔得准，消耗得卡牌不敢上前。

但正常情况下，是两人站在塔下隔着一个屏幕遥遥相望，来一拨兵清一拨兵。

BUG让这个新中单选吉格斯就是这样想的，结果他刚打完红BUFF，屏幕上突然弹出一个提示："Frist Blood！"

BUG 一愣。

他们这边的另外四人齐齐看向了钟晨鸣。

钟晨鸣杀完人，血线很残，也没回城，此刻他并没有看他的队友，而是专心补着兵，注意着对面打野的动向，并且对对面的实力做了个预估。

应该是白金左右，不对，是钻五守门员的水平，很自信，但是操作不够，白金的应该没有一级就上来这么打的。

这么快就产生了一血，原本站在别人后面看的人也走到了钟晨鸣身后，问站在钟晨鸣身后的懒宝宝："刚刚发生了什么？"

懒宝宝无语道："对面那个傻……啥卡牌，一级就上来对拼，吃了两个 Q 技能，GG（Good Game 的缩写，表示打得好，我认输）。"

问的人不信："这么简单？"

懒宝宝点头："对啊，就这么简单，吉格斯每过一段时间，就有一次平 A 伤害很高啊，被动平 A 带法伤的，卡牌切黄牌过来，自信走位，结果一个技能没躲掉，该走的时候又不走，吉格斯被动好了，一个平 A 就收掉了。"

那人："……"

游戏还在继续，卡牌的一级被单杀只是个开始，六级的时候，卡牌一个走位不慎，被钟晨鸣抓住机会，直接脸滚键盘带走。

这次 BUG 在旁边看到了是怎么回事，卡牌交了控制技能 W，看到有个兵残血了想上去补，吉格斯直接将一片地雷阵铺到了卡牌面前，然后一个炸药包将卡牌炸到地雷阵上。

卡牌还没落地，一个小地雷就砸到了他身上，接着他身下出现一个骷髅头的标志，很快一个地狱火炮从天而降，黄色火光中腾起一朵蘑菇云，卡牌直接惨死在炸弹的狂轰滥炸之中。

"吉格斯还能这样玩？"旁边的观众奇道，"这也能一套秒人的？"

"你以为？"懒宝宝在旁边道，"你以为吉格斯就是隔着一个屏幕 Q 两下吗？"

钟晨鸣单杀了两次，他的队友也没闲着，在各路都打出了优势。

下路算是和平发育，但对面被稳定压刀（补兵数少于对手），而上路已经炸开了花。

鳄鱼打诺手，两个战士交战，本来就是拼操作细节，这轮换血诺手亏了，开始往后退，兵线向诺手方压了过去。

上路距离塔的距离远，两个又都是近战英雄，是极容易被打野抓的线，BUG 看到兵线往对面塔下走，自家鳄鱼也往对面靠，直接走到了上路的草丛里面蹲着。

果不其然，不到十秒钟，对面打野酒桶出现在了上路，要抓鳄鱼。

现在他们都没有六级，没有大招，BUG 用的是剑圣，剑圣前期是个脆皮英雄，伤害也不算很高，没有控制技能。前期 GANK 基本是看自己队友跟对面拼起来，上去补充一下伤害，或者靠着自己身上的红 BUFF 粘住对面，让对面走不掉。

而对面酒桶跟诺手前期都有控制技能，还都能回血，一般情况下，剑圣一出来就是被控住一套技能打残血，或许不会死，但肯定就得逃跑了。

看到酒桶挺着个啤酒肚抱着大酒桶，慢悠悠从河道后面出来，鳄鱼开始往后退，退的时候做出不想让对面靠近，而故意往上路边缘草丛走的样子。

酒桶直接交出位移与控制技能，一肚子撞在了鳄鱼身上，鳄鱼被撞了个趔趄，诺手也追了上来，手中的斧子砸向鳄鱼。

一见酒桶没了控制技能，BUG 立刻从草丛钻出来，对着诺手用平 A 一顿乱砍，诺手回头想用斧子把剑圣给钩过去，结果剑圣一个细节走位躲掉了这一钩，鳄鱼站稳身形，他血线还算健康，刚才酒桶撞他一下之后控制时间不长，对面打出的伤害也不多，此刻他没有逃跑，回头就控住了诺手。

诺手残血，酒桶还想杀残血鳄鱼，但鳄鱼一个回血技能直接让酒桶绝望，诺手也想用回血技能，他的回血是要打中人才能回血，就在他手中的斧子挥出的那一刹那，剑圣身形凭空消失，化作剑光如流星闪电一般斩杀诺手。

诺手一斧子挥空，鳄鱼位移出了他斧子攻击的距离，而剑圣化作残影躲掉了这一斧子，他血线已残，想要闪现逃跑，剑圣跟着闪现收掉了这个人头。

这时候钟晨鸣刚回泉水补充装备，正好将上路这一轮操作看在了眼里，BUG 的这次操作全是细节，而且对对面打野的判断也十分有把握，提前就在草丛等着，还正好把对面给蹲到了。

上单蚊子的操作没有什么亮点，但从他前期就能压诺手这个线霸英雄来看，实力也不会很弱。

自己的队友很强，钟晨鸣意识到这点，这几个人在一区应该都是钻三以上的水平，懒宝宝这个打钻石分段都开始吃力的人确实没有脸在队里面继续混。

中路单杀，上路诺手被抓死一次，鳄鱼直接起飞，中上已经把对面打得瑟瑟发抖，下路却很和平，双方依旧淡定地补着刀。

璐璐跟风女这两个辅助都是保护型英雄，攻击性不强，顶多消耗一下对面，而老鼠是个前期很弱的ADC，大嘴怕被GANK，也不敢压线十分过分，所以双方前期很是和平。

到了六级，卡牌有了大招，这份和平就被打破。

卡牌是一个支援型英雄，大招可以传送到半个地图远的地方，刚到了六级，卡牌就准备飞下。

卡牌大招一开，钟晨鸣也没管，卡牌到了六级上下路都应该注意，防止被抓这是常识，卡牌从中路离开，钟晨鸣就开始推塔。

吉格斯曾经作为一个炸塔英雄在比赛里面出现过，甚至风靡一时，成为一个炸塔英雄。他是一个推塔比ADC还快的英雄，因为防御塔免疫大多数技能，吉格斯被动平A带魔法伤害，这个防御塔却是不免疫的。以及吉格斯的炸药包对防御塔有着直接的伤害效果，只要防御塔血线过低，他一个炸药包就能直接炸掉。

之前卡牌被单杀两次，防御塔的血线已经被磨低了一些，此刻卡牌走了，钟晨鸣就直接开始拆塔，BUG也没有赶去下路支援，跑来中路跟钟晨鸣一起拆塔。

卡牌飞了下路，落地点在老鼠身后，老鼠转身跑肯定跑不掉，往前走就面对着对面的大嘴跟风女，加上酒桶也出现在了下路，这看上去是必死的局面。

可可虽然是个妹子，在这种情况下却不慌不忙地往前走了一步，白色光芒从她手中的法杖中射出，射向大嘴跟风女，大嘴跟风女吃到减速技能，暂时追不上老鼠，他们选择了杀就近的璐璐。

卡牌刚刚落地，一记黄色的卡牌飞出，击打在老鼠身上，老鼠立刻闪现，虽然闪现用了出来，却依旧被定身，璐璐没有管打她的两个人，回身就把卡牌变成了一只小羊羔，让他不能跟上后续伤害。

这时酒桶接控制技能杀老鼠，但他伤害不够，没有人做补充伤害，只能眼睁睁看着老鼠残血隐身逃走。

璐璐被击杀，同时，对面中塔被推。

这时对面可以选择拿下塔或者拿小龙，他们没有选择下塔，而是去打小龙。

推完中塔的钟晨鸣跟 BUG 肯定不会给他们拿小龙的机会，钟晨鸣在小龙坑的外面转了两圈，两枚 Q 弹可爱的小炸弹蹦跳着进了小龙坑，他装备好，对面打野酒桶被他消耗得残血。BUG 在外面观望了一下，觉得有卡牌有酒桶还有风女，他切进去就是找死，这时突然响起了老鼠的声音："把他们都射成烤串！"

一向少言寡语的小凯喊道："剑圣，上！"

吉格斯高高抬起了右手，一枚死亡炮弹被他扔了出去，巨大的骷髅头印记覆盖了半个河道，对面的人出现一丝惊慌，立刻选择了先杀残血的 ADC 老鼠。

老鼠隐身过来直接开大，占了先手，弩箭射出，绿色的毒液喷洒，伤害颇高，两下平 A 对面血线就掉得有些快，加上头顶悬着即将落下的地狱火炮，看上去是要死的节奏。

对面风女见队友残血，双手祭起手中法杖，开出大招，柔和的风之力从她脚底下弥漫开来，随后点点荧光升起，身在风之力周围的人身上跳出绿色数字，掉落的血线有所回升。

血线稍微缓解，酒桶立刻反应过来，挺着大肚就撞向了开着大招疯狂乱射的老鼠。

老鼠往后退了一步，但酒桶速度更快，眼看着酒桶就快撞到他身上，一个炸药包横空飞出，将酒桶从老鼠身边炸飞开来，接着，一片地雷阵铺在了老鼠面前，挡住了酒桶前进的道路。

见酒桶位移技能已交，除非闪现否则摸不到他，而酒桶闪现之前用过了！此刻老鼠立刻回身射击，沾着毒液的弩箭腾起阵阵绿雾。

另一边，地狱火炮落下，对面三人被炸得灰头土脸，刚刚回的血还没炸的血多，血线已经半残，卡牌本来想过来杀老鼠，但是一个剑圣横空冲出，牵制住了几人。

剑圣前期也有人头，装备不差，用Q技能化作残光浮影躲过卡牌控制，追着对面的脆皮三人组一顿狂砍。

剑圣是一个收割型英雄，杀人减技能CD，开大招加速加攻击并且免疫减速，只怕控制技能。躲过了卡牌的控制，风女的软控都对他没有威胁，对面三个残血脆皮一个一个倒在了他的剑下，完成收割！

而钟晨鸣这边，酒桶被一个中单和一个残血ADC风筝死，小龙位置的团战，他们三打四全灭对面，老鼠一个人头，剑圣三杀，直接起飞！

如果之前是每条线都压制对面，这时对面已经全面崩盘，只要钟晨鸣他们不失误太多，对面根本就没有赢的机会。

这一把20分钟就推到了对面高地，结束得十分迅速，胜利的字样跳出来之后，没有太多废话，下一局比赛马上就开始。

这只是一个网吧里面，网吧老板自己组织的小比赛，并没有中场休息这一说法，自己的对手就坐在对面，几个人也不好说对面怎样怎样，就随意调侃了两句队友，开始了选英雄。

这一次开局，BUG没说话，倒是上一把游戏中很少说话的可可先说道："中单，你要什么英雄？"

这一把可可是第一位，BAN/PICK开始，可可没有急着禁英雄，先问了钟晨鸣，免得把钟晨鸣拿手的英雄给禁了。

钟晨鸣有点意外，不好意思地笑了笑："我还是最后拿吧，你们拿你们拿手的。"

"好。"可可禁了几个版本强势英雄，对面禁了老鼠、剑圣、吉格斯。

"竟然BAN剑圣。"BUG嗤笑一声，"可可，给我拿锐雯。"

可可没理他，选了一手雷克塞，这是打野英雄，意思很明显了：你再给我乱玩试试？

BUG皱了下眉："锐雯。"

可可目光平平地扫过 BUG，BUG 气势立刻弱了一截，没有再说话。

这一把发条没被 BAN，但是被对面拿了，钟晨鸣就选了劫，将对面发条打了个落花流水，又一次 20 分钟结束了战斗。

这次比赛是 BO3（三局两胜制），对面输了两局，最后一局也不用打了，钟晨鸣他们这一队胜出。

对面虽然输了，但丝毫没有垂头丧气的神色，还很高兴地跑过来讨论刚才的战局。他们也知道自己的实力，肯定夺不了冠，就是过来参与一下。

对面的中单直接就问钟晨鸣："你什么段位？这么厉害的，很可怕啊你的炸弹人，你把远程消耗英雄当刺客在玩吗？"

"钻一吧。"钟晨鸣突然发现，自己无论是之前的号还是现在的号，都是钻一，就算打上大师也给他掉下来了，估计钻一是他的一道坎。

"哪个区的？"对面的中单又问。

"电一的。"懒宝宝哥俩好地揽住钟晨鸣，"我兄弟。"

"比你是玩得好很多。"中单笑着说，"我还在想我今天能装一下，没想到遇到的竟然不是你，装相失败。"

懒宝宝他们跟对面的人应该是认识的，关系也不错，聊刚才的战局聊得火热。被这样的气氛带动，可可都参与进来说了几句，但老队友 BUG 身边却没有一个人。

没人跟他交流，他也表现得一脸冷漠，仿佛被吵到了的样子，坐在座位上戴上耳机点开刚才的对战信息，开始查看分析对战情况。

聊了两分钟，网吧老板突然过来道："你们这边也结束了？蚊子你们赢了吧，我就知道，你们准备一下，另外一个队早就打完了，在等你们。"

懒宝宝此前就了解过，今天有八个队比赛，比赛开始时间都是一样的，他们都结束得这么快了，竟然有人比他们结束得还快？

"哪个队啊，这么快的？"懒宝宝问老板，这有些玄幻了。

"苏打他们的队。"网吧老板说，"第一把十来分钟就推平了对面，那个队心态崩了，直接弃赛不打，他们晋级。"

"假的吧……"懒宝宝不可思议道，"他们不是很菜吗？"

"跟你们一样，请外援了。"网吧老板笑着说，"那个上单贼强，估计是个电一大师。"

"没关系，我们这里也有个电一大师，不怂，肯定吊打他们，你说是吧兄弟？"懒宝宝拍了一下钟晨鸣的肩膀，发现钟晨鸣竟然坐在座位上聊起了"企鹅"，有点不可思议，立刻被转移了注意力，"你不是没有 QQ ？"

"新申请的。"钟晨鸣给懒宝宝看了一眼"企鹅"等级，果然是个新号，上面只加了一个人，懒宝宝觉得那个人的头像有点眼熟，一时又想不起来。

三秒之后，懒宝宝突然就想了起来："这头像不是 Master 微博——"

刚才懒宝宝跟老板聊天的时候，围观群众问了钟晨鸣的段位，又问了一下游戏账号 ID 叫啥。

他现在打的号之前很久没用，这几天沉迷游戏，倒真的没有记得太清楚自己的游戏 ID 叫什么，只记得"长得帅"什么的，也就上游戏看了一下。

刚上游戏，就有两条留言弹了出来，是 Master 的。

原来今天 Master 打完训练赛，开直播准备打韩服，就有观众在问他的双排队友，也就是钟晨鸣了。

在观众眼里，Master 开直播打游戏的时候一向不看弹幕，但刚开的时候还是会看看画面有没有问题，这下就看到大家竟然都十分期待他的直播，不过不只是期待他，还在期待他的队友，弹幕上已经一溜一溜地刷了起来。

【今天打韩服？】

【哇，今天不跟你家中单双排了？】

【求看中单。】

Master 没有理，却上国服看了看好友列表，发现他那位几乎天天在线，看起来除了打游戏就没有其他事可做的队友竟然没在线上。

用鼠标圈了圈"长得帅是我的错"这个 ID 名字，Master 在直播间里面惜字如金道："没在线。"

说完，Master 就关了国服，准备上韩服。

直播间里面的弹幕又刷了起来：

【中单不在的第一天，想他。】

【中单没在，总觉得少了点什么。】

【虽然你俩双排话少得跟单排一样，但我还是好期待是怎么回事？】

【中单没在，一场直播说三个字；中单在，直播说十个字，想中单了。】

鼠标刚刚落到韩服图标上的 Master："……"

或许是被观众给带了节奏，打韩服的时候 Master 总觉得有点不得劲，数次想喷自己方的中单，怎么连这么简单的配合都打不出来，这人是怎么打上王者的。

但这是在韩服，他喷人别人也听不懂，而且到了这个分段，其实都是有两把刷子的，人家还真可以直接喷回来，这就是配合不上，并不是谁的"锅"，完全是想的不一样而已。

打完一把，Master 想了想，打开国服给"长得帅是我的错"留了个言，还用战队的图标遮了下对话窗口，让直播间的吃瓜群众不知道他说了啥。

其实 Master 就留了两句话：

【你今天没空打游戏了？】

【留个联系方式吧，我粉丝都在问你，我企鹅号……】

留完言，Master 关了麦克风，转头问旁边的空气："我双排的时候说话很多吗？"

空气正好也在直播，Master 虽然关了麦，但空气还开着麦，空气直播间的人都听到了他的问题，立刻就有也看 Master 直播的人开始刷弹幕。

空气刚好看到一条好玩的，就一个字一个字地给 Master 念了出来："Master 不跟中单双排的时候，一场直播只会说'不播了'三个字，跟中单双排的时候，会说'来拿蓝''对面中单有技能吗''杀他''卖一下''你先走'，这四舍五入就是半个空气啊！"

念完，空气还发表了一下评论："我怎么感觉我膝盖中了一箭？"

这些都是必要的交流，居然都能让人觉得他话变多了。Master 也在想，他是不是平时说话真的太少了，但他一打起游戏起来，太过于认真的时候还真的不喜欢说话。

Master 也没纠结这个事，他给"长得帅是我的错"留言，也只是因为跟这个人双排很舒服而已，留完言他就继续打韩服去了。

过了不久，打完比赛的钟晨鸣上线，看到了 Master 的留言，申请了一个企鹅号，加了 Master 好友。

刚才跟钟晨鸣聊天的人看到 Master 来找他，很是意外："Master？"

"排到过两把，加了好友。"钟晨鸣解释道，"后来就一起双排，我抱他大腿的。"

有人加了钟晨鸣好友，一看最近两天战绩，没跟 Master 双排差不多都是输，昨天的战绩更是一片血红，瞬间相信了钟晨鸣是抱着 Master 大腿上分的。

又有人好奇道："兄弟，职业选手你都能让他带你上分，这都行？"

"我是 Master 粉丝，他对粉丝很好，带粉丝上分的。"钟晨鸣随口解释着。

这时，企鹅号响了，Master 通过了他的好友，并且发过来一条消息：【今天没空？】

钟晨鸣打字过去：【在网吧打比赛。】

Master：【网吧联赛？我看你战绩一片血红，晚点带你上分。】

钟晨鸣：【没，私人举办的比赛。你不打韩服训练？】

Master：【私人举办的比赛有什么好打的，去打网吧联赛，奖金多，说不定还能被职业战队看中。】

钟晨鸣：【我没队友。】

他这句话刚发出去，懒宝宝就咋咋呼呼地嚷嚷起来："你怎么有 Master 的好友？"

钟晨鸣给懒宝宝看了一下聊天记录，看得懒宝宝是羡慕不已，说着自己也要去练习，有一天一定要排到 Master 并且要到好友位，然后站在了钟晨鸣身后，准备继续看他们比赛。

说着，新的一轮比赛就开始了。钟晨鸣给 Master 说了一声，结果 Master 那边完全没有回应，看起来应该是游戏已经开了，钟晨鸣也没有多问，开始跟队友商量起来。

"刚对面上单玩的什么，你们有人问了吗？"说话的是小凯，他平时寡言少语，打游戏的时候却很会分析局势。

几个人都只能摇头，刚都顾着说上一把自己多英勇，吹牛去了，钟晨鸣不吹牛也被人拉着问这问那，哪有心思去问敌方资料。

"只玩了一把上单艾克。"可可此时却说话了，"一个人打了所有人加起来都没他高的伤害，单人 carry 整个比赛。"

原本还觉得妹子不行的懒宝宝立刻就对可可刮目相看，上两把比赛可可的表现中规中矩，做到了自己应该做到的，也没什么亮眼操作，没想到中场休息去收集敌方资料的却是她。

这次排第一的是钟晨鸣，他也就问了一句："需要 BAN 艾克吗？"

"我们是蓝色方，先选英雄。"可可道，"艾克不是版本强势英雄，不用 BAN，他只打了一把，我们也不知道他会不会其他的，蚊子，你会艾克吗？或者你有信心跟艾克对线吗？"

蚊子想了想，右手动了动鼠标，说道："我会艾克，不用 BAN，给我拿艾克吧。"

"好。"钟晨鸣问了其他几个人，禁完英雄之后，商量着开始选英雄。

对面上单被拿了艾克，就选了武器大师，钟晨鸣的吉格斯跟劫都被 BAN 了，他想了想，拿了"潮汐海灵"菲兹，外号"小鱼人"。

而对面中单，是"诡术妖姬"乐芙兰。

"对面很有自信。"可可如此评价道，"他们 BAN 吉格斯跟劫，说明也问了一下之前我们的比赛，却拿了妖姬跟你对线，这是对自己的妖姬多有信心？"

"诡术妖姬"乐芙兰，爆发英雄，如她的名字一样，是一个会玩可以秀得飞起的英雄。

但是对线难度较高，不好刷线，打团讲究找时机一套秒人，自己又脆得轻轻一碰就会死，是个操作难度极高，还不好赖线刷钱的英雄。拿妖姬，前期就必须得杀人，必须要有人头撑起自己的装备，伤害起不来就是废的。

比赛中拿出妖姬，还是在知道对面中单不好对付的情况下，那是非常自信了。

"我们也拿了艾克以示敬意。"钟晨鸣说道，"妖姬打小鱼人，还算好打，她位移很好躲我技能。"

现在他们坐得离另一队比赛的队伍很远，商讨战术也不怕被对面听见，就放开了说。

"对面中路崩了。"BUG 突然说了这么一句，然后没有再开口，而是看着自己的屏幕。

　　游戏加载结束，比赛开始！

第六章

这把节奏带飞了

TUIYIZHONGDAN
XIANGDAZHIYE

这场比赛的开局也没什么套路，常规的一级团，相互用技能"友好"问候之后，兵线相接，对线期开始。

小鱼人打妖姬，本来应该是互相用位移技能秀来秀去，钟晨鸣都打起精神做好十二分的准备，集中注意力想要对妖姬的行动进行各种预判，但是真正打起来，他才发现，根本不是那么回事。

对面这个中单妖姬，从来没有主动上来换过血，都是躲在兵线很后面补兵——远到钟晨鸣这个近战魔法输出都完全没有兴趣打她的地步。

对面这个人，选个灵活的妖姬，大概是觉得妖姬位移多，面对钟晨鸣的时候可以跑得快一点，少送点。

事实证明，妖姬想多了。

三级的时候，BUG用盲僧去对面反野，要是中途碰到对面打野，也就可以顺手刷了。

对面打野是个寡妇，这是一个隐身英雄，只要她不在战斗中，并且距离敌方英雄一定距离，对面就看不到她。

与她隐身能力相对的，是她前期比较脆，而且没啥爆发，大多数打野英雄她都怕，被反野就会很难受。

正好，BUG就在对面野区把寡妇给逮住了。

这次钟晨鸣他们在红色方，一般打野是蓝BUFF开局然后打红BUFF，再去抓人。BUG不走寻常路，他小怪开局，然后打红BUFF，打完又去对面野区刷了轮野，然后就在对面蓝BUFF处蹲着。

对面的常规打野路线跟钟晨鸣他们是相反的，是先红再蓝，寡妇按照常规刷野套路，正好就走到了自己家的蓝BUFF处，开始打蓝。

盲僧在蓝BUFF处放了眼，然后自己在蓝BUFF的围墙外面蹲着，看到寡妇打得差不多了，一个天音波打到寡妇身上，然后二段天音波位移进蓝BUFF位置，惩戒收掉蓝BUFF，回头就一声大喝，一掌拍向地面，寡妇脚底立刻冒出一排尖刺，进行回击。

在野区打起来了，距离野区最近的中单自然要跑去支援，妖姬本来缩在塔下补兵，此刻一看情况不对，也不敢走河道上面的那条路，而是从防御塔旁边那一大块岩石后面绕过去，准备帮忙。

钟晨鸣也去了，妖姬绕了一大圈，钟晨鸣没绕路，几乎跟妖姬同时到，而盲僧跟寡妇的战斗已经接近尾声。

寡妇一开始就被蓝BUFF打掉了一截血，又对上盲僧，不到两秒钟就发现自己打不过，赶紧闪现逃跑，盲僧也闪现跟上，收掉了寡妇人头。

妖姬看情况不对，寡妇已经死了，她过去也没有意义，赶紧往后撤，一回头，就看到了跟过来的小鱼人。

妖姬："……"

刚刚在对线的时候，她其实也有主动出击，打出优势的想法，但是一抬手，她就知道自己打不过小鱼人，第一轮换血就血亏，还好她这次只是试探性地上前，没有真的想着自己能杀小鱼人，不然她肯定一级就送了一血。

此刻野区相遇，她觉得直接逃跑太过难看，一边往后走，一边从手中扔出一条锁链，射向追过来的小鱼人。

小鱼人手中握着三叉戟，用三叉戟点地，撑着小小的鱼身子轻轻一跳，从锁链上跃过，向着妖姬所在的方向砸去。

妖姬身影突然从原地消失，地上出现了一个金色的徽记，而她快速到了另一个方向，这是她位移技能"魔影迷踪"。

见妖姬想跑，小鱼人又追了过去，手中三叉戟向前一刺，对直刺过妖姬的身体。

小鱼人追过来，妖姬立刻又使用了"魔影迷踪"，这是一个二段技能，再次释放就可以回到原来所在的位置。

金色徽记上再次出现了妖姬的身形，小鱼人位移技能都用完了，妖姬觉得自己安全了，转身正想走，一记天音波突然打在了妖姬的身上。

原来BUG杀完寡妇之后还没走，绕了一圈看见有肉吃，立刻就过来了。

妖姬被两人围堵，下路辅助还在赶来的路上，她无路可退，交完闪现，又被小鱼人闪现跟上，只得交出了人头。

这只是一个开始——妖姬死亡之路的开始。

六级，妖姬正在塔下好好补兵，突然身后插下一个眼，盲僧用眼做位移，直接一脚将妖姬踢出了塔外，又接上一记天音波，小鱼人一只鱼苗扔到妖姬身上，大鲨鱼从地底钻出，一口咬向鱼苗，顺便将妖姬一口咬住。妖姬残血想跑，小鱼人手中三叉戟一挥蹦跳着追上，直接收掉人头。

整个过程结束，妖姬到死，也只放出一个W技能用来逃跑，但是也无路可逃。

一开始还需要配合才能杀掉妖姬，但这次之后，妖姬就开始被单杀。

只要妖姬上线，交了"魔影迷踪"，她就是死，就算再怎么跑，小鱼人也能蹦跳着跟上去，收掉妖姬人头。不仅是小鱼人，就算是盲僧抓到她，也是一套直接秒。妖姬灵活又怎样，盲僧一脚把她踢到天上去，再灵活也用不出技能，还没落地就死了。

这时妖姬就成了中路真正的"提款姬（机）"。

与中野大开花相对的，是钟晨鸣他们上路的惨不忍睹。

蚊了选了艾克，他也玩过很多把这个英雄，自己觉得玩得还可以，但是碰到对面这个上单武器，完全就不够看。

他觉得艾克应该很好打武器的啊，为什么就被按在地板上摩擦，完全爬不起来？

关键是，他都已经被按在地板上摩擦了，对面的寡妇还一直在上路，就跟住在上路一样，只要他上线，对面打野都在。

这就很过分了吧！就算是BUG，虽然没来上路，但中下还是平均照顾着的，下路帮一帮，中路帮一帮，这个寡妇玩得好像就只有上路一条路一样，这是把他当成猪来养了？

"好惨。"蚊子再一次被抓死之后，后面看比赛的人都看不下去了，"这个寡妇都住在上路了，盲僧你不去帮一下吗？"

BUG没有说话，专心在打游戏，也不知道他有没有听到，估计就算听到了，他也不会理。

那个人又重复了一遍："对面武器被养得这么肥，你们中野优势这么大，不去帮一下的吗？"

"帮优不帮劣。"

专心于打游戏的几个人没有回答他，就算是听到了，也没空分心去给他解释，也就在一旁同样看着的懒宝宝有闲心说两句。

"帮劣势如果被反蹲，差不多就是等于送人头。"懒宝宝一边解释着，一边去看BUG的电脑屏幕。

他不得不承认，BUG虽然脾气差了点、嘴巴毒了点，但游戏打得是比他好很多，如果这把是他打野，肯定做不到这么冷静地观察局势，分析判断到底该去哪条路。

如果换成他，看到上路崩成这样，就算蚊子一句话不说，他也要喊着兄弟去把对面上路给办了。

说话之间，比赛还在继续。

蚊子又被抓了，这次是越塔强杀，而BUG刚在下路抓死了对面辅助跟ADC，对面看盲僧在下，小鱼人在中，立刻选择了拆上塔。

可可看到对面上野都在线上，妖姬缩着不出塔，立刻做出决断，拆下塔！

这是双方的第一座塔，第一座被拆掉的塔会为自己方带来金钱优势，双方互不退让，开始了拆塔速度比拼。

钟晨鸣这边是辅助、打野、ADC在拆塔，ADC是拆塔最快的位置，理应比上路快，但蚊子崩太惨，上路的塔在上次他死的时候就被磨掉了不少血，现在是残血塔对健康血线塔的比拼，钟晨鸣这边看起来就要拆不赢了！

就在双方拆得起劲的时候，系统里突然传来了一声提示音："Your team has destroied an turret（你的队伍摧毁了一座防御塔）！"

几个人抬头一看，发现妖姬的中塔被拆了，她的头像也变成了灰色。

原来他们打得火热的时候，钟晨鸣一个人越塔杀了妖姬，然后把塔给拆了!

刚才看到击杀提示的时候几个人都没有感觉，直到塔掉了才反应过来，妖姬是死得最多的，钟晨鸣没有游走，一直在中路对线，那么对面中路塔的血量，那肯定是比其他路的血量都还要低，他拆起来，才是最快的。

拆完塔的钟晨鸣并没有停留，退回到黑暗之中，跟 BUG 打了一声招呼，往上路走去。

其实他一开始不太想拆塔，对面的塔不被拆掉，妖姬就得被迫跟他对线，他就可以继续杀妖姬赚钱，但看着首座塔的钱就快进入别人的腰包，他还是拆了。

"换线？"蚊子看他往上路走，问了一句。

"换。"

得到回答，再次复活的蚊子去了中路，中上换线。

钟晨鸣往上走，不仅是为了换线，他还为了去收人头。

他拆完塔的时候上路还没拆完，等他走到一半了，上塔才传出被拆毁的声音，他这时赶过去，应该可以摸个人头，正好刚才上路两个人越塔杀人的时候残血了。

蓝色的小鱼人用三叉戟在河道上蹦跳着，看到前面一个小小的绿色甲虫，他还一叉飞过去，像是玩耍一般刺了一下甲虫，但是他的脚步却没有丝毫停留，也没有回头看一眼被他刺得慌张打转的甲虫，一路往上路而去。

跨过河道，踏上坚实的土地，小鱼人一眼就看到对面的寡妇正在回城，武器却不见了。

钟晨鸣迅速做出一番判断。

寡妇在这里回城，武器应该就在旁边，但现在不见武器，应该是躲在哪里了。

刚才寡妇跟武器的血量都不健康，寡妇没有控制技能，只有几百血，他只需要一个技能就能带走她，而武器还有半血，有个控制……

"鲨鱼！"

一声高呼，小鱼人手中一只小鱼苗脱手而出，寡妇猛然惊醒，想要做出反应却已经来不及了，眼睁睁看着一条大鲨鱼破土而出，一口将她咬住。

小鱼人手中握着三叉戟直刺而来，寡妇无处可避，发出一声哀鸣，死在原地。这时一个手中拿着路灯的蓝袍男人从斜里冲出来，正是武器，武器高高跳起，眼看就要从天而降一路灯敲到小鱼人头上。

　　"踩在浪花上。"

　　小鱼人愉快地高声喊着，三叉戟触地，蓝色的身影一跃而上，踩在三叉戟上，躲过这次攻击，又从三叉戟上跳下来，远离了武器。

　　一击落空，武器没有继续纠缠，直接后撤。他只有半血，刚刚小鱼人杀了寡妇没技能，他有技能，所以小鱼人会跑，等小鱼人技能好了，他俩打起来，鹿死谁手还真说不准。

　　钟晨鸣也没有深追，转头就收拾起兵线来。穷寇莫追这是放在哪里都不过时的硬道理，说不定追着追着对面的支援就到了。

　　收完兵线，钟晨鸣回家休整了状态，再次站在上路的时候，发现对面不是武器，也不是妖姬，而是寒冰跟璐璐——对面下路的两个英雄。

　　看来对面也觉得到了换线的时候了。

　　钟晨鸣按下 Tab 键查看双方的装备补兵情况，发现对面下路死了两次，还被压了二三十刀，可以说是很惨，怪不得会换线。

　　武器去了中路，对面像是要贯彻把武器喂肥的方针，放妖姬去下路抗压，武器一个人在中路吃线。

　　蚊子又一次面对了武器，不过这次他好受多了，毕竟对面中路塔掉了，少了庇护之所，上路下路又都可以来支援中路，而且路程也短，下路辅助还经常失踪，他不敢太压线，收完线就往后撤。

　　蚊子也不过河，兵线来一拨他收一拨，他现在算是缓了过来，不用死来死去了。

　　上路钟晨鸣面对的是双人路，他是单人，本来吧，应该是抗压的，但换做是钟晨鸣就不一样了。

　　寒冰、璐璐。

　　两个没位移的英雄，而小鱼人是个刺客，他还装备碾压。

　　对面在补着兵，钟晨鸣清完一拨兵线往后退了一步，退出了对面的视野范围，开始往野区走。

寒冰以为他去中路支援了，疯狂给中路点着信号，还放出自己的"猎鹰之灵"去野区探查视野，结果没有看到人。

璐璐见对面人走了，赶紧去野区做眼，也没看到小鱼人的身影。

人呢？

突然一只鱼苗从斜里飞出，缠在寒冰身上。寒冰立刻反应过来，原来这人哪里都没去，就躲在与他们一堵墙距离的地方，等着他们走过来。

小鱼人把中路打穿了，装备十分好，寒冰被鲨鱼一口咬住，知道自己很容易被一套技能秒杀，立刻手忙脚乱按出大招想把小鱼人定住。

在慌忙之中，她做出了一个错误的选择。

只见小鱼人轻轻跃起，跳到三叉戟上躲过这冰雪凌厉的一箭，然后直接跳到寒冰身上，拔出地上的三叉戟一叉刺去！

璐璐去野区做眼，距离自家 ADC 有一小段距离，看到 ADC 被抓，再回身救人已经来不及，只能眼睁睁地看着自家 ADC 被小鱼人的三叉戟戳死。

从小鱼苗出现，到 ADC 死亡，也就一两秒的时间，璐璐只是离开 ADC 一步，ADC 就是死亡。

见 ADC 死了，璐璐没有一点逗留，转身就跑，奈何刚才她的加速技能用来赶路救 ADC 了，此刻用尽全力，也没有逃脱。

到此刻，他们也终于明白了之前中单所面临的恐惧。

"这个小鱼人该怎么办？"

不仅是钟晨鸣的对手，连在钟晨鸣后面看着他们打比赛的路人都不由得这么想，有这么一个小鱼人，对面还有赢的希望吗？

这次双杀之后，对面改变策略，开始集合推中，上路也就武器上去收一拨线，再没人去跟钟晨鸣对线，ADC、辅助还有武器都来到了中路，开始推中塔，只有妖姬发育太差，一个人在下路默默收线发育。

正好，按节奏，现在也到了中期小团战时期。

对面武器很肥、装备很好，钟晨鸣在上路收兵线，对面一看小鱼人不在，立刻开了中路团。

钟晨鸣虽然不在，但是他们下路都在的，可可拿了锤石，这是一个带钩子的英雄，可以把人往他所在的方向钩，一般先手开团用。但这次他没有打先手，而是等武器跳进来，立刻甩出钩子将武器钩住，限制住他们装备最好的人的输出，团战自然就赢了。

对面在选阵容的时候，看得出来是上了心的，想得很好，寒冰或者寡妇先手，武器冲进去，璐璐保护武器疯狂输出，然后妖姬收割。

奈何……理想是丰满的，现实是骨感的。

对面下路跟打野装备实在是太差，只要限制住武器，对面就没啥输出，蚊子的艾克还出的全肉装备，直接突到后排去限制寒冰。寒冰已经算是装备次要好的了，这样一限制，寒冰没有了输出环境，团战也只有输的份。

就算没有钟晨鸣，前期钟晨鸣帮忙建立起来的优势也太大，对面根本打不赢，而且钟晨鸣这边的几个队友也不是傻子，就算是蚊子前期死得想打人，此刻打团也做出了正确的选择，知道自己要干吗。

而且可可更是把武器限制得死死的，钩子一甩一个准，让武器基本没有输出空间。

这次团战打赢了，武器在可可的百般阻挠下还是把 ADC 小凯打成了残血，然后被 BUG 的盲僧一脚踹出了团战。BUG 没有去追武器，他这个装备也打不赢，直接回头跟蚊子一起杀了寒冰，原本突进来的寡妇则被小凯开大招收掉。

塔下零换二，血赚！

从这里开始，胜局就已经定下。这把结束得也十分迅速，又一拨团战没打赢，对面非常果断地做出决定：投降。

没有人废话半分，第二把立刻开始。

上一把的战况还在他们脑子里，无论是钟晨鸣还是对面，都对对手有了新的看法，这是他们第一次交手，敌我完全不了解的情况下难免会做出一些错误的选择，双方都急着去纠正刚才的错误，找到对方的弱点，于是第二把在没有任何商量的情况下，迅速开始了。

这次对面没有 BAN 中单，放开手让钟晨鸣选择，或许是见识了钟晨鸣的小鱼人之后，他们觉得再 BAN 这个人的英雄已经没有了意义，反正禁也禁不完，不如直接放手让他选。

他们选择 BAN 了锤石、老鼠、盲僧。

而钟晨鸣这边，则是选择了 BAN 艾克、璐璐、武器大师。

"你要玩什么？"顺位第一的是 BUG，他侧头看向钟晨鸣，出声问道。

"让我先选吗？"钟晨鸣有点意外。这个人两个小时之前还让他最后选，现在就让他第一个选择了，也不知道是经历了什么心理变化。

"拿吸血鬼吧。"钟晨鸣想了想，"打强势一点。"

"行。"吸血鬼并不是一个比赛中常见的英雄，但钟晨鸣一提出来，BUG 什么都没有问，直接给他拿了。

BUG 的盲僧被 BAN 了，他淡定地让可可帮他选了猪妹。

蚊子看到 BUG 拿猪妹有些奇怪："你不是说猪妹这种草食性打野（控制强、伤害低、主要打辅助），没啥输出不好 carry，所以不玩吗？"

"这样吗？"接话的是可可，她若有所思地看了看 BUG，BUG 立刻装作自己什么都没说过的样子，随后可可笑了笑，"有人能 carry 了，所以他能拿猪妹出来了。"

蚊子一想，好像确实也是。跟 BUG 打游戏，BUG 玩打野的时候，都是靠 BUG 一个人 carry 游戏的，如果 BUG 拿个没输出而是控场的英雄，他们很可能就跟不上 BUG 的节奏。

不过这两把游戏，蚊子却看了出来，是他们都跟不上这个新中单的节奏，包括 BUG。

新一轮游戏开始，钟晨鸣这边拿出了吸血鬼、猪妹、大树、风女、大嘴，对面拿出了莫甘娜、酒桶、鳄鱼、扇子妈、女警。

莫甘娜是一个常用来打辅助的英雄，但是对面这次选择了拿来打中单，因为莫甘娜有个技能"痛苦腐蚀"，是把一块指定的区域变成诅咒区域，踏进去的敌对目标会持续损失生命值，出了一个小件之后，就是一个"痛苦腐蚀"一拨兵，可谓刷兵赖线利器。

此外，莫甘娜还有个技能是给自己一个法术盾，可以免疫控制技能，这有效地防止了自己被抓。

打算都做得很好，但是面对吸血鬼的时候，莫甘娜却发现自己是欲哭无泪。

吸血鬼没有控制技能，但是吸血鬼的技能是……回血。

莫甘娜可以用技能"痛苦腐蚀"赖线，但她还需要用蓝，吸血鬼却是一个没有蓝条的职业，根本不怕耗下去！

除了不需要蓝，吸血鬼的吸血技能还是一个指向性技能，也就是直接作用于目标，躲都躲不掉，唯一的选择只能是不进吸血鬼的技能范围。

这下吸血鬼就方便了，随随便便往兵线前面一站，莫甘娜连"痛苦腐蚀"都只有擦边放，如果跟吸血鬼对打？对不起，她太菜，她的技能打不中吸血鬼，就算打得中……吸血鬼也能化身为血池，躲掉她后续伤害技能，血池状态下的吸血鬼是不可选取不可攻击的无敌状态。

对起线来，莫甘娜唯一庆幸的，就是自己带了个召唤师技能：传送。要是不小心被吸血鬼把血消耗残了，她还可以回泉水补充补充，然后传送回线，就是传送冷却时间有点长，要五分钟就是了。

莫甘娜靠着自己的英雄特性外加传送技能，硬是在线上待住了，六级之前一次没死，就是补刀有点差，跟吸血鬼差了个十几二十刀。

六级之后，莫甘娜在线上安心地用技能刷着兵，她刷着刷着突然觉得有哪里不对劲，一个"痛苦腐蚀"下去，看着钱哗哗地从小兵身上跳出来，莫甘娜陷入思考，吸血鬼好像不见的时间有点太久了？

吸血鬼刚刚刷完一拨兵之后就不见了，莫甘娜判断对面是回城了，毕竟两人都在线上赖到了六级，是时候回家补充装备了，看到吸血鬼回去，莫甘娜也选择了回城补充装备，但是她都到了线上这么长时间了，吸血鬼不应该还没到——

"Double kill！"

突如其来的系统提示音拉回了莫甘娜的思绪，她看了一眼小地图，吸血鬼出现在下路，跟打野猪妹一起，帮助下路 ADC 收掉了对面的两个人头，他们家的打野酒桶也在，周旋了一下，残血逃走。

——原来吸血鬼没来线上，是因为去下路游走了。

莫甘娜感觉自己对线对魔怔了，竟然没有想到吸血鬼去游走了，一定是上一把从不游走死在线上的小鱼人给她的印象太深刻，才让她有了两人会对线到天荒地老的错觉。

但是中单的一大精髓玩法，就是游走。

象征性地打了个中路失踪的提示，莫甘娜一言不发地继续推着兵线。上一把去支援却惨死野区的教训还历历在目，虽然吸血鬼去游走了，但她选择死在中路，绝不出塔！

莫甘娜不动，钟晨鸣买了双加跑速的鞋子，收完兵线就开始往外跑，去各路帮忙，从下路帮到上路，又从上路帮到对面野区。

这次没有上一把那样明显的优劣势，没有哪一路很爆炸，就连蚊子所在的上路，在钟晨鸣跟 BUG 一直往上跑的情况下，也勉强能稳住。

LOL 里有一句话叫作"帮优不帮劣"，也就是说可以帮助优势路，而不帮助劣势路，上一把也是这个原因，所以 BUG 一直没有去上路。

但这一把不同，蚊子并没有崩得太惨，只是被压了刀，钟晨鸣跟 BUG 去帮他，可以限制鳄鱼的发育，毕竟对面的 carry 点很明显是这一只鳄鱼。

下路钟晨鸣跟 BUG 去了一次之后，对面亏了兵线，本来应该是优势的配置突然间就打不过小凯跟可可了。可可意识很好，视野十分到位，对面下半野区已经在她的掌控之下。

对面野区被可可的视野点亮，钟晨鸣跟 BUG 去对面野区如入无人之境，抓死了一次对面打野，抢了一次 BUFF，对面打野差不多被玩到爆炸了。

下路优势之后，他们没有再去下路，而是把上路当成了旅行驿站——一有空就往上路跑。

既然其他两路没事了，自然是要针对鳄鱼这个 carry 点了！

这次鳄鱼被针对得很惨，虽然有操作，但钟晨鸣跟 BUG 也有操作，蚊子操作不太行，但蚊子玩的是一个不太需要操作的英雄啊！

鳄鱼在上路单杀了蚊子一次，被抓死两次，又一次被越塔强杀，不过还好，他细节走位灵活躲掉技能，跑了。

他这一跑，为了缓解蚊子的压力，钟晨鸣立刻做出决定，拆上塔！

"这……这才十一分钟，拆上塔不太好吧？"蚊子有些疑惑地发问，拆了上塔对方不是可以到处去支援了？只需要等兵线到了二塔附近，回来收一拨兵就是！

而且如果对面会控兵线的话，将兵线死死控在自己家的二塔附近，不让兵线过来，他打不赢鳄鱼，自然不敢深入到敌方二塔的地方补兵，那就真的没法玩了。

"没事，拆。"钟晨鸣直接道，并没有解释为什么。

蚊子虽然将信将疑，看到BUG都在拆塔，他还是照做了。

鳄鱼回城的时间里，三人很快拆完了上塔，钟晨鸣回中路收兵线，蚊子跟BUG回城补充装备。

鳄鱼到线的时候，兵线正好到了二塔附近，他如蚊子所预料的那样，开始控起兵线来，将兵线死死控在二塔处，不让兵线过去。

"你跟我走。"BUG说着，带着蚊子直接走去了对面的野区。

酒桶正在对面野区刷野。打野最重要的是一个节奏，什么时候做什么事，将整盘游戏的情况都掌握在自己手中。但是酒桶在自己野区被抓，又被反了野，他野区还到处是眼，在自己野区走着就跟走到敌方家里一样，稍不注意就被反野，节奏早没有了，什么大局观？他现在只想好好刷野发育发育，至于抓人，他也要有机会能接近对面啊！

他刚找到一个还没有被对面清掉的野怪，苦兮兮地开始刷野，结果大树从他背后绕了过来，死死将他捆住，然后又冒出一个猪妹……

所以，为什么猪妹这个刷野的草食性英雄，也能反野？

再次复活，对面打野酒桶将仇恨的目光投向了中路的钟晨鸣，他自然知道自己的节奏是从什么时候开始崩的。

就是对面这个中单吸血鬼，下路带了一下节奏，杀掉了他们ADC跟辅助，这才让对面的辅助风女有机会去他们野区做眼，这之后才有了他的一举一动完全暴露在对方视野之下的情况。

说到底，还是对面中单会玩。

酒桶来到中路，跟上路辅助商量了一下，决定也针对一下对面的carry点——中单吸血鬼。

钟晨鸣游走完一番，总是要回中路收收兵线的，莫甘娜装备起来了，推兵线的速度也变快了，这使得他不得不用更多的时间待在线上收兵线，论收兵线的速度，他自然不及一个技能一拨兵的莫甘娜。

莫甘娜虽然收兵快了，但是依旧很尿，还是不敢出塔，就在塔下用技能收收兵，钟晨鸣直接压到了对面塔下。对面野区都是亮的，打野踏进野区迈的是左脚还是右脚他都能看得清清楚楚，自然不怕打野来抓。

看到对面打野往中路走，钟晨鸣收了一拨兵，开始往后撤，结果一个扇子妈出现在他身后。这个扇子妈可谓是不辞千辛万苦，绕了一大圈，终于从没有视野的地方绕到了钟晨鸣的身后，然后一根锁链拴住钟晨鸣。

扇子妈的技能"坚定不移"——在扇子妈与敌方英雄之间搭起一条灵链，造成伤害，如果一定时间内没有被破坏，则英雄被定身。

钟晨鸣一套技能打在扇子妈身上，扇子妈残血，在二段定身还未出来之前，钟晨鸣立刻化作血池后退逃走。他的血池刚刚结束，扇子妈身上腾出一团血雾，死在他的身边，而一只鳄鱼从斜里突出，挥动武器，直接晕眩了钟晨鸣。

刚才扇子妈赶过来的时候，在野区靠近中路的地方插了一个眼，鳄鱼召唤师技能带的传送，他收完一拨兵线之后，看到打野的提示立刻传送到了眼的地方，这才有了绕后吸血鬼的机会。

吸血鬼一被晕眩，莫甘娜跟酒桶立刻齐齐交了闪现，接上控制，酒桶的大肚直接顶了过来，黑色的魔法将吸血鬼束缚，鳄鱼手中的武器刀刀见血，这位敌方 carry 点，终于死在了他们面前。

但是这又能怎么样呢？

还能翻盘吗？

这个疑问同时在抓死钟晨鸣的几人脑海中冒起，节奏已经被对面带起来，他们还有机会翻盘吗？

抓死了钟晨鸣，虽然是一换一，但钟晨鸣死了他们就觉得赚了，没有人守中塔，他们立刻选择了拆中。

这时，小龙被杀的消息突然传来。原来刚才杀吸血鬼的时候，对面的人在打小龙，小龙坑离中塔十分近，大树也是带的传送，看到小龙被杀的消息，他们立刻后退，不敢再拆塔。

就算吸血鬼死了，但他的队友还在啊！

鳄鱼突然感到了一阵深深的无力感，就算他能打崩对面，就算他能单杀，但是他的队友和这个吸血鬼的队友差太多了，他还是一个上单，并不好带节奏，现在只有寄希望于团战的时候他能爆炸输出，一打五击杀对面了。

很快就到了中期团战，这次的团战时BUG一个不慎，被酒桶抓住，酒桶直接一个大肚皮往猪妹身上一撞，将猪妹撞了一个趔趄，然后他手一抬，一个酒桶扔到猪妹身后，啤酒爆炸的威力将猪妹弹飞，猪妹直接落到了酒桶身后，和队友的距离也就变远。

看到一个敌人从天而降，还是单枪匹马的一个骑着猪的妹子，对面的几个人立刻凶狠地扑了上去，几乎要把这个猪妹撕成碎片。

但猪妹她"肉"啊！

一般打实力比较低的局，会玩的人会选择出输出装，实际上前几次BUG也是这样出装的，但这次不知道BUG是怎么想的，他出了一身的防御装，好像是要把草食性打野的优点贯彻到底，愣是一个输出装都没出。

他前期顺，跟钟晨鸣一起入侵对面野区拿了不少好处，装备也好，对面摁着他打了许久，愣是没把他给弄死。

既然打不死，那猪妹的队友可就要来了。

可可是第一个到的，她出的全是速度装备，加上风女的被动也是加移速的，跑得贼快，很快就到了BUG的身边，但是没有急着上去。

风女是一个皮脆血薄的英雄，急着上去，那肯定是送死。

她在旁边等了两秒钟，看到BUG实在是支撑不住，立刻一个闪现到人群中央，按出大招吹飞敌方一圈英雄，和煦的微风在她周身拂过，处在她身旁的猪妹血线不断地往上涨。

几乎跟风女大招同时开出的，还有大嘴的大招，一条虫子张开了巨大的口腔，口腔里一根管子喷射出黏液来，一团团黏液喷射到敌方身上，对面血线下降得十分迅速。

对面鳄鱼见风女不在大嘴身边保护大嘴，直接闪现突向大嘴，酒桶被吹飞之后反应过来，也向着大嘴而去。

这个大嘴，皮脆肉薄输出高，此刻暴露在了他们眼皮之下，那就是来找死的！

女警的步枪也瞄准了大嘴，一发子弹射出，大嘴应声而倒，团战开始，钟晨鸣方减员一人。

"对不起，我太激进了，没注意站位。"小凯摘掉耳机，道歉道。

没有人跟小凯说没关系，他们都在全神贯注地继续着这一场团战。

钟晨鸣虽然装备好，但小凯的装备也不差。因为英雄机制原因，小凯的大嘴输出比钟晨鸣吸血鬼输出高很多，有人是这么形容大嘴"三秒团灭对面"，当然与它高额的输出相对的，是他极其差的生存能力，没有位移，没有控制，减速技能聊胜于无，只能站着求队友保护。

己方输出最高的大嘴已死，但没人选择撤退，风女跟猪妹都深陷敌方包围之中，此刻撤退这两人肯定走不了，损失会更加惨重。

鳄鱼作为一个战士，一旦有切到后排的机会，那对后排脆皮的威胁是致命的，如果钟晨鸣拿的是发条、卡牌这种脆皮法师英雄，他也只有且战且退。

但吸血鬼不算是后排英雄，吸血鬼的出装是半肉出装，也就是防御装备跟输出装备对半出，他发育好，输出就变得十分可怕。

看到鳄鱼切进来，用了控制技能，钟晨鸣完全没有管鳄鱼，直接走进了对面的人群之中。

对面被风女吹得七零八落，还没收拾好阵型，钟晨鸣直接看向了被吹到一旁的女警。此刻对面输出最高的其实是鳄鱼，他们也就只有鳄鱼发育正常点，但 ADC 却不能不管。

ADC 是一个有着稳定的持续输出的位置，他不需要蓝，只需要平砍就能打出高额的伤害来，所以很多人打团，都会选择先切 ADC。

中单的技能大多数是可以躲的，但 ADC 的平砍却是指向性技能，除非走出他的攻击距离，或者用了不可选中的技能或者装备，不然就会被攻击。

女警被吹飞的位置远离人群，不算太好，钟晨鸣开了召唤师技能疾跑追过去。女警见吸血鬼直冲自己而来，连忙后退，手中的步枪举起，射出一道绳网，自己则被后坐力震得退了一段距离，离吸血鬼更远了点。

在女警抬起手的那一刻，钟晨鸣就预料到了她要放什么技能，鼠标轻轻一点，灵活地走位躲过扑面而来的绳网，继续追击。

开了疾跑的吸血鬼自然比女警速度快，不用一秒吸血鬼就追上女警，他优雅地抬起手，一股股鲜血从女警的身体里涌出，落到了吸血鬼的手心里。

看到吸血鬼对着女警而来，对面也很快做出反应，知道吸血鬼是对面的第二输出点，迅速扑过去保护女警。

看到对面除了两个突过去杀大嘴的前排回不来以外，都冲过来保护女警，钟晨鸣不慌不忙，看准时机，在他们之间铺下了一层带着瘟疫的血泊。

女警以及前来保护女警的扇子妈和莫甘娜，皆踩进了血泊之中。

莫甘娜给女警套了一个魔法盾，紫色的圆球将女警包裹起来，女警立刻回头射击吸血鬼。莫甘娜也开出大招，从她身上释放出一条紫色的锁链锁住吸血鬼，两秒之内，如果吸血鬼没有拉断这条锁链，那么他就会被定身。

吸血鬼并没有选择跑，猩红的血液从他手中飞出来，溅落到周身的人身上，造成了伤害，接着他化为血池，贴着地面向女警所在的方向移动。

只要站在血池上方，就会持续受到伤害。

血池状态的吸血鬼是不可攻击目标，没人能对他造成伤害，女警只得又开始跑。扇子妈见女警身上的紫色盾牌被打掉，立刻又给女警套了一层绿色圆盾。

躲过了莫甘娜的技能，吸血鬼从血池状态中起来，又抬起手，这次的目标不是女警，而是扇子妈。扇子妈作为一个辅助，皮脆肉薄，保护技能还给了 ADC，这不是让他杀吗？

鲜血从扇子妈身体里流出，汇集在吸血鬼手中，此刻之前埋藏在血泊里的瘟疫发作，扇子妈身上爆出一摊血雾，惨叫一声死了。

莫甘娜跟女警身上的瘟疫也齐齐发作，血雾之中，两人皆是血皮，慌忙逃窜，但她们身上的鲜血却接连涌出，滋养着吸血鬼的血线。原本冲过来被打了三分之一血的吸血鬼血线又要满了，莫甘娜交闪现逃走，女警没有闪现，只能被追着杀掉。

钟晨鸣这边一敌三，杀了两人，而蚊子那边的状况却不是很理想。

大嘴被秒，大树是个纯肉的上单，猪妹也是个纯肉的打野，风女是保护性辅助，这三个人基本没伤害啊！

虽然没有伤害，但是他们控制颇多，愣是将鳄鱼跟酒桶留在了后场。

鳄鱼本来也想冲过去杀吸血鬼，但大树一个捆绑，风女一个减速一个吹飞，猪妹再骑着她的野猪挥着锤子那么狠狠一撞，根本走不动道。

酒桶倒是可以走，但他觉得这个上单鳄鱼的作用比自己其他三个队友的作用大多了，根本没有后退去保护队友，而是选择了在鳄鱼这里跟队友一起周旋。

鳄鱼是有输出和回血技能的，不仅如此，他还有控制，酒桶也能打控制，风女跟猪妹的血线都不太好，猪妹是之前被酒桶炸回去打残了，风女的回血也没回多少，风女则是冲进人群救猪妹的时候被打残的，两个人就追着风女跟猪妹打。

脆皮的风女立刻跑了，猪妹却回头一撞，把对面酒桶撞飞起来，鳄鱼立刻接上控制，手中的武器一挥，将猪妹击晕在原地，风女立刻又回头给猪妹套上风之盾，大树又一个捆绑限制鳄鱼。

这么你来我往两回合，鳄鱼输出高，猪妹支撑不住，想要跑，但是鳄鱼手中的追击技能还捏在手里，一看猪妹要跑，立刻追了过去，酒桶也是一个大肚腩冲上去将猪妹顶飞，让鳄鱼收掉了猪妹的人头。

鳄鱼回头就将下一个目标指向了风女，风女放出一道飓风，将两人击飞，头也不回地跑了。这时吸血鬼回头，鳄鱼跟酒桶看着吸血鬼杀了两个人还是满血，而他们被一堆肉揍了半天，血线也快掉下一半，吸血鬼还是个半肉，不能一套秒掉，没有再恋战，且战且退，到了一堵墙前面，两人直接用位移技能越墙跑了。

这次团战二换二，ADC 换 ADC，打野换辅助，以钟晨鸣他们优势方来说，并不是赚，是亏了，血亏。

"不能再失误了。"可可在泉水里买着装备，说道。

虽然团战亏了，比赛却还在继续，几人更新了装备，重新出发。

BUG 脸上的神色明显变得慎重了许多，之前他脸上都是一副不耐烦的样子，就像是在说我就跟你们随便玩玩而已，一群菜鸟快点滚回老家去。

小龙刷新了，钟晨鸣点了点小龙所在的地方，可可喊上 BUG，一起去做视野，钟晨鸣则一个人去了对面野区，然后一个真眼插到了野区的草丛里。

"这一路过来有眼吗？"钟晨鸣问道。

"没有。"可可回答得十分肯定，她刚才已经把对面的视野排除了。

野区里面的视野都是可可在控制，刚才那拨团战的时间，还有对面插眼的时间地点她都有算计到，对面的视野一直被她掌控着，如果不是 BUG 当玩一样在打，上一把也不会给对面抓到机会。

在正式比赛中，这种一个人掌控全局敌我视野的情况很少发生，但现在这种比赛，对面完全就没有这个意识，最多是说插个眼看看情况，而不会有目的地去算计敌方眼位，并且排除敌方眼位。

钟晨鸣绕了绕，找了个距离十万八千里的草丛蹲着，说道："你们打小龙。"

他一说，BUG就开了小龙，对面也赶了过来，敌方都在，小龙的吐息还在喷着他们，让他们不敢继续，选择了先撤退出小龙的攻击距离，再进行牵制。

"找机会开团。"钟晨鸣蹲在对面野区，不是去小龙的必经之路上。

正所谓灯下黑，对面急着去小龙处，没有细致地看野区，愣是没有发现他，对面路过时钟晨鸣也没有出手，十分沉得住气，现在他已经在对面的后方。

对面不是很敢开团，毕竟他们装备总体来说比较差，真打起来不一定打得赢，也就扔俩技能威慑一下。蚊子看他们磨磨叽叽的，也不废话，看到酒桶上来放技能，一个闪现加捆绑直接绑住了酒桶。

看到酒桶被控，一个紫色的圆球盾立刻套到了酒桶身上，将他整个人都包裹了进去，接下来大树的控制技能对他来说就是无效了。不会被控制的酒桶一个爆炸酒桶丢出去，将冲过来的大树队友冲散，又将大树炸进了自己阵营里面。

酒桶的本意是想留住大树，先把大树杀了，但是现在他的ADC队友真的就只想骂人，因为大树直接炸到了他的脸上！

作为一个皮脆肉薄的ADC，面对着全身肉装的大树，简直就像是一个孱弱美少女面对着一个"兄贵"（肌肉猛男）一样，真的是欲哭无泪，这只有被缠着揍的份啊！

虽然有的ADC可以瞬间变成金刚芭比，把兄贵暴打一顿，但她并不是！

对面的ADC女警瑟瑟发抖地往后退，她的辅助立刻跟上给女警套上绿色的圆球盾，并且用减速技能限制着大树，莫甘娜手中一团黑色的飘絮落到了大树身上，魔法凝成的监牢瞬间把大树禁锢住。

女警这才松了一口气，回头疯狂输出大树，然而她刚抬起枪，发现一只吸血鬼鬼魅一般出现在自己身后。

女警卒。

大树很抗揍，被炸进敌方，又被魔法禁锢，完全就是站着给人打，就这样，大树还坚持了好几秒，撑到猪妹冲上来，骑着野猪在敌方阵营横冲直撞。

鳄鱼想要老套路去切 ADC 大嘴，但这次小凯早有准备，站在最大距离输出，又有风女在一旁，鳄鱼完全没近得了小凯的身，反倒被小凯打得只能后退。

这次团战钟晨鸣一方做了充足的准备，阵营也完全没有乱，最终以一换五，团灭了对方。

这一拨团战的大优势奠定了胜利的基础，钟晨鸣这边的几个人都打起了精神，没有再被对面抓到落单的，最终在第 36 分钟的时候推平了对面水晶，拿下胜利。

这次比赛比之前的几把都打得久，对面也有实力，差点反打回来，只不过前期建立起来的优势太大，对面最终也没有抓住反打的机会。

在对面水晶爆裂的那一刻，钟晨鸣他们几个倒没怎么激动，在他们背后看比赛的人却激动得不行，连说漂亮。连老板都过来看了看，然后说："今天晚上打今天的决赛，你们可以先去吃个饭。"

蚊子跟老板吹嘘了几句，脸上全是喜色。懒宝宝在跟钟晨鸣复盘，说着刚才那场比赛的精彩点，钟晨鸣一只耳朵进一只耳朵出地听着，右手点着鼠标，左手摸着烟盒。

他看了看刚才的输出数据，又是全场最高，这已经完全没有悬念了，而输出第二高的，竟然是对面的鳄鱼。他拿烟的手顿了顿，小凯拿了输出爆炸的大嘴，竟然伤害还没有一个战士定位的鳄鱼高？

将烟盒摸出来，钟晨鸣又点开了企鹅对话框，刚才那一把游戏的时候，他的企鹅号响了，不过他没有切出来看，现在才想起来，应该是 Master 回他了。

Master：【这倒是一个问题，你要不要试试青训？我知道几个战队一直在招青训，不过他们最低的要求也是国服王者，你好好打一下段位应该可以去。】

钟晨鸣：【谢谢。】

那边 Master 又没了回复。他俩的沟通就像是两个有时差的人，他发出去的消息要等 Master 打完一把游戏再回，Master 发过来的消息也要等一把游戏的时间他才能看到。

在他好好打一下段位之前，他也得需要有钱活到他打上王者的时候，他连去基地的路费都没有，怎么加入青训？

何况他也不是很想去青训。

钟晨鸣从烟盒里抖出一根烟，叼在嘴里，又摸到打火机。

"出去抽吧。"可可突然转头说道。

钟晨鸣点烟的动作停顿了一下，他将烟拿下来，以为可可是不喜欢香烟的味道，道歉道："抱歉。"

"没事。"可可笑了笑。

钟晨鸣站起来，走到网吧门口，点了根烟，有高跟鞋的声音从他身后传来，是可可跟了出来。

可可从手提包里摸出一包香烟来，走到钟晨鸣旁边，熟稔道："借个火。"

钟晨鸣侧头看了她一眼，把打火机递给她。可可看着一块钱一个的打火机，突然笑了，吸了口烟，将打火机还给钟晨鸣。她道："你放心，我不是想泡你。"

钟晨鸣接过打火机，他看到可可手腕上有藤蔓状的文身，抬手抽烟的时候，宽大的袖子微微撩起，手臂上也应该有不少文身，这个看起来乖巧的妹子骨子里其实刻着叛逆。

"我还是有点自知之明。"钟晨鸣抽着烟。可可的手提包是某奢侈品品牌的经典款，一双高跟鞋够他活一年，就连手上的腕表，也能换辆不错的车。

可可身上这些东西，他还是略知一二。

不过刚才的那些网瘾少年，应该就没有认出来，毕竟网瘾少年更多的是关注怎么玩游戏，而不是一个包包、一块表多少钱。

"我觉得你有点眼熟。"钟晨鸣说道。

"我也觉得你的打法有点眼熟。"可可笑了笑。

钟晨鸣抖了下烟灰。他现在的风格跟晨光确实相似，但他并不会去做刻意的掩饰，就算有人说他的打法像晨光又能怎样，他只需要说自己是晨光的粉丝，研究过晨光的打法就是。

没有多做解释，钟晨鸣抽了口烟，侧头问可可："你是不是打过职业？"

可可手指微微一抖，烟灰落下，她语气平静："没有。"

钟晨鸣看着她："我应该见过你……晚上一起吃饭吗？"

"好啊。"可可立刻笑了起来，"吃什么，这附近有家烤肉……"

晚上，可可请大家吃了顿烤肉。本来大家觉得让一个妹子请客不太好，想要 AA，可可大方地说今天的网费你们包了，以后带我上分就是，加上 BUG 一副可可请客是理所当然的样子，请客的事情也就过去了。

晚上的比赛比白天那场容易多了，显然，今天水平最高的一队已经被他们碰到。这次比赛他们一路砍瓜切菜，也是 2∶0 结束，拿到胜利，获得晋级资格。

这次的网吧比赛不是单纯地就打一天，按照老板的说法，现在只是海选，海选一共四天，选出当天最强的四支队伍，然后这四支队伍再进行对决。

为了调动大家的积极性，老板还准备了每日冠军的奖品，冠军队伍奖金一千块，分到大家手上，也就一人两百块。

揣着两百块钱，钟晨鸣请懒宝宝吃了顿关东煮，算是谢谢懒宝宝让位置给他比赛。懒宝宝笑着说没事，反正他上还不一定能拿到冠军。

回去的路上，懒宝宝还在意犹未尽地跟钟晨鸣讲着今天下午的比赛，然后展望了一下未来，预定了比赛夺冠之后钟晨鸣要请他吃多少钱的麻辣烫。

钟晨鸣听着，突然想起晚上比赛的时候自己没有开企鹅号，不知道 Master 有说什么没有。

这个点 Master 没有开直播，他正坐在基地的食堂里，跟几个小伙伴吃着饭。

MW 的伙食不错，队员可以提前点菜让阿姨做，平时他们的经理教练什么的，也都在这里吃饭，Master 的对面坐着的正好是他们战队的经理。

"于哥，青训那边还要人吗？"Master 问道。他们经理姓于，平时大家都称对方为"于哥"。

"招。"于哥抬眼看他，"你有朋友要来？多少分、什么位置、英雄池？"

Master 回想了一下："钻一，中单，英雄海（擅长的英雄多）。"

于哥："韩服？"

Master 顿了下："国服。"

>> 第七章 >>>>>>>>

因为热爱

TUIYIZHONGDAN
XIANGDAZHIYE

钟晨鸣他们参加的是第二天的比赛，后面还有两天比赛，海选之后，要隔一天，也就是等到第四天，才会打半决赛，然后第二天打总决赛。

当懒宝宝跟他说起这个比赛规则的时候，钟晨鸣沉默了两秒："你之前不是说冠军队伍奖金五千块？"

懒宝宝气势弱了两分："那是总冠军。"

钟晨鸣抽着烟看向他，懒宝宝立刻道："你这几天的饭我包了好吧！"

钟晨鸣点了点头："行。"

这几天钟晨鸣将自己玩游戏的网吧换到了打比赛的网吧。倒不是说要在这里了解敌方情况什么的，只是因为之前那个网吧的网费已经用完了，他号的段位太高，五杀不再容易拿，也就不好赚网费了。

而这个网吧有包夜活动，一晚上只需要十来块，他就有了地方过夜，正好打比赛赚了两百块钱，饭由懒宝宝管，这两天还能过。

钟晨鸣看了看其他几个队伍的情况，娱乐赛的级别，没有比第一天打的队伍更难打的了，冠军还是稳的，就算不得冠军，亚军也是没跑了，亚军还有三千奖金，也行。

蚊子、小凯都是这个网吧的常客，BUG偶尔会来。这个网吧的参赛规定就是消费额度要大于两百才能参加网吧比赛，算是老板回馈客户以及吸引新客户的一种方式。

蚊子、小凯次次过来看到钟晨鸣都在，有时候在打游戏，有时候没打，就在电脑面前坐着抽烟，也不知道想些什么。他们觉得这个新队友可能是个有故事的人。

蚊子决定找这个有故事的新队友聊聊天，顺便取取经。

这位新队友看起来很和善，但莫名给蚊子一种疏离感，就好像跟他不是一路人一样。怎么会不是一路人蚊子也想不明白，不过他转念一想，都是打LOL的，能有什么不同？

之前他们过来上网也有跟新队友打招呼，此刻蚊子直接走过去，看了一眼他的电脑，发现他竟然在创建新角色，立刻新奇道："长得帅，你练小号？"

钟晨鸣这几天已经习惯了"长得帅"这个称呼，蚊子一喊，他就转头看着对方："对。"

"这什么ID？"蚊子念了出来，"'18岁中单想打职业'？你在找职业战队？"

"算是吧，还是先打上王者再说。"钟晨鸣最小化了客户端，看向蚊子，"什么事？"

"哦。"蚊子想了想，觉得自己跑来直接找人说学技术也不太好，就随便找了个借口，"双排吗？"

蚊子也知道他跟钟晨鸣不是一个区的，立刻道："我给你一个号，来双排练手，学习一下配合。"

钟晨鸣点了点头："好，我去开电脑。"

蚊子在钟晨鸣旁边坐下，开机的时间里，网吧门口突然传来一阵争吵声，有人说："现在还到网吧来，比赛还打不打了？"

又有人道："打啊，我这不是来熟悉敌情吗？"

先前的人深吸了一口气："你知道我说的什么比赛！"

另外那人冷冷道："打了这么久，我都养不活自己，还要出来打网吧赛，还打个屁的比赛。"

钟晨鸣跟蚊子坐在靠门边的角落里，此刻听着争论的声音有些耳熟，侧头看去，发现竟然是BUG跟可可。

BUG跟可可正好走进网吧大门，也看到了角落里面的两人，立刻闭了嘴，没有再说话，气氛一时有些尴尬。

"那个……"蚊子率先打破了这份尴尬，说道，"你们也来了，正好我把小凯叫来，我们五排练习练习？"

可可收敛了脸上的怒气，好看的脸上勉强挤出一个笑来："行。"

BUG看起来有些不乐意，但看到可可都点头了，他也没说什么，走到两人旁边坐下。

小凯也是大学生，跟懒宝宝一个大学的，正好没课，来得很快。他虽然沉默寡言，但是效率十分高，一来就开了电脑上机上号，几乎没让他们等多久。

之前几人的气氛还有些尴尬，蚊子总觉得自己听到了不该听到的，不知道怎么跟可可还有BUG说话。他之前听说过BUG有战队，看BUG如此高冷，玩得又好，还以为BUG出来打这种小网吧的破比赛是散散心，没想到是过不下去了出来赚外快。

这让蚊子受到了惊吓，一时之间不知道如何面对BUG。而可可看起来这么乖巧可爱的一个妹子，竟然是职业战队的什么什么人，这也让蚊子有点接受不了。

钟晨鸣就很淡定了。靠着热血自发组建的战队，没有人资助，全靠打比赛的那点奖金过活，但是实力又不强，拿不到高等级比赛的奖金，低等级比赛的奖金又不足以养活一个战队。

不少人都有一飞冲天的梦想，奈何实力不够，梦想就只能是梦想。打职业听起来是多么美好，职业选手还能接广告接代言还有奖金分成，但这个行业也是最残酷的，一切都要靠自身的实力说话。

钟晨鸣下意识地揉了揉手腕，说道："要不要练一练套路？"

"你指挥？"可可问道。

钟晨鸣点头："我指挥，你们介意抽烟吗？"

老烟民蚊子笑着拿出一包烟，率先发烟："那是当然不介意。"

小凯跟钟晨鸣都接了烟，BUG皱了下眉，拒绝了。下一个是可可，蚊子很自然地将烟收了回来，没有发给唯一的妹子。

可可看了蚊子一眼，默默地从自己手提包里摸出香烟来。其实她很想说抽烟不要在室内抽，但是一想这是在网吧，讲究个啥。她已经被勾起烟瘾，也就选择了入乡随俗，跟小伙伴一起抽烟。

蚊子看到可可拿出烟来，眼珠子都快掉了出来，不可思议道："你也抽烟？"

可可熟练地点了烟，向他扬了扬手中细长的香烟，看动作是老烟民了，蚊子有点蒙，没反应过来。

唯一一个不抽烟的 BUG 在一片烟雾缭绕中紧皱起眉头，突然觉得自己不应该来网吧，留在基地训练多好。

说要打组排，本来想去蚊子的区打，后来人都来了，蚊子跟小凯一个区，可可、BUG 还有钟晨鸣是一区，没怎么商量，几人就决定去一区打组排。

经常有人调侃说一区河蟹单挑别区大龙，这虽然是对一区优越党的嘲讽，但从另一个方面可以看出来，一区和其他区有着实力差距。

河蟹就是一个甲虫，没有攻击能力，只能被动挨打，而大龙是全召唤师峡谷里面最强大的野怪，击杀大龙可以得到许多奖励，很多时候哪边拿到大龙是一把游戏的胜负关键。

在几年前，职业选手都聚集在一区，一区是 LOL 玩家的试金石，在职业战队里面，只有一区的段位才被认可。只是现在不同了，经历过韩国统治的 LOL 职业联赛，大家为了学习技术，纷纷跑去打韩服，现在的国服段位已经不算什么，要韩服的段位才能在高端玩家里拿得出手。

尽管如此，一区选手的综合实力还是比别区强很多，也有很多别区强者为了验证自己的实力，跑去一区闯荡，所以一区低分段也有很多高手，可谓是卧虎藏龙。

蚊子之前也在一区打过，他在自己区是个钻石选手，跟懒宝宝双排上的钻五，跟别人说的时候就称是自己打上去的，实际情况是懒宝宝强行给带上去的，打完懒宝宝坑了蚊子两个星期的网费。

到了一区之后，蚊子就打了个黄金，白金死活上不去，他也不好意思再喊懒宝宝来带他上分，只好放弃了一区，可以说是铩羽而归。

小凯也有一区的账号，是他自己练的，之前他玩 LOL 认识了一个妹子，妹子玩着玩着说要去一区打，想验证自己的实力，死活把他拽了过去，还改了情侣名。

妹子是打辅助的，小凯勤勤恳恳跟妹子双排，把妹子带上了白金，上白金之后不太好打了，跪了几把，结果妹子挥挥手就走了，转头跟另外一个ADC改了情侣名，还是曾经一把游戏中把小凯打爆的一个对面的ADC。

那之后，小凯一区的号就再也没上过。

此刻蚊子看着自己的一区账号还是黄金，抽了口烟，只觉一阵伤心。而小凯依旧面无表情，就是手指一个劲抠着鼠标，原本沉默寡言的他看起来突然就颓废了几分。

"怎么了？"可可发觉气氛有点不对劲，问了一句，问的是小凯，蚊子还好，这位的背景都要变成黑色的了。

"要不我们还是去六区打吧。"蚊子看着小凯的样子，有些担心，天天一起玩游戏，小凯遇到的事情，他还是了解一二的。

BUG却开启了嘲讽模式："你怎么不把LOL一起戒了？"

跟小凯他们打游戏的时间不少，这个事情BUG也知道。

这话一出来，钟晨鸣觉得小凯身后的黑色背景变得更加浓郁了，看起来就像是分秒钟"黑化"的样子。

"可可，给他充五十块钱，让他把名字改了。"BUG又冷声道。

可可一边拿手机，一边盯着小凯的脸，迟疑道："要不我们就打六区？"

"男人嘛，坚强点。"钟晨鸣正好坐在小凯旁边，看着他电脑屏幕上的ID，联系到BUG的话，也就把整个事情猜了个八九不离十，他拍拍沙发扶手，"旧的不去新的不来，前面还有这么多妹子等着你，怎么可以就撞死在一棵树上。"

小凯："我不是花心的人。"

"真巧，我也不是。"钟晨鸣道，"不过我知道，你肯上这个账号，就应该是想过去了？"

小凯抬起头："是，所以你们说这么多我有点蒙，到底打哪个区？"

蚊子和BUG："……"

合着兄弟你没事啊！

可可过来要给小凯充点卡，小凯婉拒了，自己花钱充了点券，改了个名字：小凯biubiubiu。

很多ID对于一个人来说都有着特殊的意义，小凯的ID代表着他曾经的一段感情，现在他再次上了这个号，又改了名字，说明是真正从过去的阴影中走了出来。

蚊子看到小凯改名字，高兴得想要买两瓶啤酒来庆祝，配上小凯没什么表情的脸，活像是他摆脱了旧感情一样。BUG虽然依旧臭着脸，但眼神里也有着些微的笑意，看得出他也为小凯开心。

钟晨鸣笑了笑，打开了召唤师查询系统，输入了两个字加一个符号：晨光、。

搜索结果显示，"晨光、"两个赛季没有打定级赛，没有段位。

看着熟悉的头像，钟晨鸣下意识地按住了手腕，随后意识到自己的动作，笑着将搜索结果关了。

"你们ID都说一下。"可可已经建好了房间，此刻问他们，"我没有你们的好友，要不你们加下我，我ID'梦可可'。"

几人加了可可，可可拉他们进入组排房间，点了开始。

这赛季他们都没怎么打组排，除了蚊子的组排段位是白银，其他的定位赛都没打完，段位低，排起来也很快。

"我们打了几把比赛，都有了了解，现在我们要练的是配合。"禁英雄的时候，可可先说了这次的目标。

钟晨鸣等可可说完，接着道："你们BAN版本强势的英雄就是，不过我建议最好BAN几个没人用的英雄，练一下你们的对线能力跟抗压能力。"

"有这个必要吗？"蚊子问道。

"随你。"钟晨鸣没有多说。这只是一个网吧娱乐赛而已，他们也不是什么正儿八经的战队，钟晨鸣不会要求太多，让他们自己决定听不听。

排位赛是一人禁一个英雄，钟晨鸣禁了盖伦，可可禁了提莫，小凯禁了星妈，BUG禁了厄加特，这四个都是不怎么出现在赛场的英雄，而蚊子禁了一个武器大师，大家看到这个英雄，心照不宣地笑了。

看来蚊子回想起了比赛的时候被对面武器大师支配的恐惧。

禁人阶段结束，就到了选英雄的时间，可可又道："你们就选择自己拿手的英雄，阵容方面先不提，先打出个人实力来。"

这次拿的账号英雄不全，就没有帮人拿英雄的说法，大家都摸出了自己拿手的英雄来。钟晨鸣想了想，在发条跟劫之间犹豫了一下，选择了劫。

这段时间他玩劫很有心得，这次他就决定放弃发条，主玩劫试试。

这下他们的阵容就有点奇怪了，小凯拿了金克斯，蚊子拿了剑姬，BUG拿了皇子，可可……可可低声说道："其实我玩得最好的是星妈。"

小凯一听脸上微红，低声道歉："对不起，我不是故意的。"

"没事。"可可转头就拿了婕拉，"我这个玩得也不错。"

"跟版本脱节了。"BUG提醒道。

可可自信道："我这是要看你们的实力，如果我拿版本强势英雄，这游戏还打不打了？"

几句话间，游戏开始。婕拉跟金克斯下路的压制力还是不错，但整体阵容来说，他们全是战士，ADC的自保能力又很弱，连阵容都是纯AD输出的阵容，这是一个很垃圾的阵容。

一个合理的阵容得有AP、AD，还得根据队友英雄来合理搭配，一个队伍的核心往往是在中单跟ADC身上。

比如小凯这把拿了金克斯，这是一个有收割能力，群体输出高，但是自身没有位移又脆又不好自保的英雄，往往队友就要选择一些控制类，或者给护盾加血的保护类英雄，但他们所有的英雄，打起团来都是突到对面后排去的。

婕拉虽然是个法师，但她是个辅助，而且技能容易被躲，保护能力不如传统辅助风女、娜美之类的强。

游戏加载结束，一开始线上还过得去，就连蚊子都把对面单杀了，不过一打起团来，他们的阵容短板就出来了。

对面中单是个小鱼人，虽然在线上有些爆炸，但次次打团都能突到后排把小凯秒掉，小凯的输出基本是零。

又一次团战之后，小凯沉默地看着灰白色的屏幕，一言不发，从中期团战开始，小凯就没有说过一句话。

屏幕里，劫追着对面残血的杀，小鱼人虽然秒了他，但他们的劫也秒了对面ADC，蚊子的剑姬突了进去，没打出伤害来就被对面连环控死，可可的婕拉也在放了两个技能后倒地。

是阵容不好，蚊子安慰小凯道："如果有人保护你，你就不会死这么快。"

"不是这样。"小凯看着屏幕，终于开口道，"是我的问题。"

"你看出自己打团的不足了吗？"钟晨鸣杀完对面最后一个人，问道。

"我太激进了。"小凯看着自己死的位置，"在团战中没有找到自己最好的输出位置，其实他们小鱼人可以切不到我，是我每次都觉得自己能行，看到人就想杀。"

"没有吧。"蚊子疑惑道，"你这也是没办法啊。"

小凯沉默了一会儿，等自己的英雄复活了，这才说道："我跟人双排太久了，习惯性觉得有人会保护我，而且低端局也打了太多，总是把一把游戏当成虐菜，玩废了。"

钟晨鸣听着小凯这么说，有些惊讶，没想到小凯参透得这么快，当初懒宝宝可是跟他打排位才不得不接受自己被低端局同化的事实，小凯竟然这么快就找到了原因，可以说是很有灵性。

找到了自己的问题，小凯的改变也让钟晨鸣惊讶，下一拨团战中，小凯依靠走位躲掉了对面小鱼人大招，小鱼人突进来，没人管他，他一个人把小鱼人反杀了！

"666……"蚊子忍不住念出了一大串"6"，问道，"你怎么做到的？"

"把自己当成菜鸡看，把对手当成王者看。"小凯如此回答。

蚊子一脸蒙，一点都没听懂。钟晨鸣再次觉得这个小孩真是悟性惊人。

之前小凯是把对面当成菜鸡看，把自己当成王者看，太过自信，觉得对面打不过自己，忽略了很多细节上的东西，反而被对面按在地板上摩擦。

现在小凯把对面当成比自己厉害的人来看，就打起了十二分精神，各种反应都很及时，所以可以躲过技能，算好伤害，完成反杀。

这一把虽然阵容不好，但对面太菜，还是赢了，而且除了小凯这个点，赢得是毫无悬念。

打完之后，BUG推了一下键盘，靠在沙发上，轻哼道："无聊。"

可可抬手打了一下BUG的手臂，让他收敛点，从手提包里摸出一个笔记本和一支笔来，说道："接下来练阵容吧。我看了一下大家的英雄，觉得可以围绕着这几个核心来打，蚊子你还是玩大树……"

钟晨鸣听可可说着，发现可可对战术方面很有研究，提出的阵容都没什么大问题，有问题的也只是在人员的个人实力上。

可可暂时制定了三套阵容，这三套阵容的英雄也没有定死，可以灵活地变动，一套阵容是防守阵容，一套阵容是强开阵容，还有一套是远程消耗阵容。

LOL 里基本的阵容克制是：防守克强开，强开克消耗，消耗克防守。

当然，这也不是绝对的，个人实力与整体实力，还有队友之间的配合也很重要，有些时候这些实力都凌驾于阵容之上，正所谓"我管你用什么套路，我只需要用我绝对的实力打爆你"。

可可说的三套阵容，正好是每个阵容都准备齐了，可以根据对面的情况随机应变。

下一把游戏开始，可可就道："先练强开阵容吧。现在这个阵容比较强势，其他两个阵容因为版本原因，不太适合现在。"

强开阵容可可定的三开团，全突进，然后根据对面的阵容会做出一定的调整，这个调整也就是在要不要人保护 C 位的基础上调整。

这一次，可可拿了锤石，钟晨鸣拿了卡萨丁，小凯拿了卢锡安，蚊子拿了慎，BUG 拿了酒桶，全都有位移，全都可以冲进人群杀人。

而对面的阵容很常规，有强开有输出有保护，没有偏重哪一个，算是排位阵容。

跟钟晨鸣对线的是飞机，本来的定位是 ADC，不过由于他的英雄特性，现在出场基本都是用来打中单。卡萨丁是一个近战英雄，并不算好打，但飞机还是在线上被他单杀了一次。

实力，可以无视英雄之间的相克。

杀完飞机，钟晨鸣并没有急着回家，他决定去对面野区搞搞事。

"BUG，你跟我来。"钟晨鸣跟自家打野知会了一声。

BUG 看了钟晨鸣的状态一眼，半血都不到，回到："你不回家？"

"不用。"钟晨鸣往对面野区走去，"他们蓝快刷了，那是我的。"

BUG 跟过来，对面中单死了，到了这个时间，蓝 BUFF 一般都是给中单，中单死了，蓝 BUFF 应该还在。

钟晨鸣往蓝 BUFF 的坑里面插了个眼，一眼就看到对面打野挖掘机正在打蓝 BUFF，看来这位兄弟是不想帮他们中单拿蓝了。

钟晨鸣直接就突进了蓝 BUFF 的坑里面，BUG 愣了一下，立马跟上，一个大肚挺过去撞飞挖掘机，挖掘机刚刚落地，这里他只有一个人，不敢应战，立刻往后退。

"他们下路过来了。"可可给出提醒，去反对面的 BUFF，对面肯定会过来支援，中单虽然不在，但是下路还没死，很快就做出了反应。

"我们过来得没他们快。"可可又补充道。

听可可一说，BUG 立刻就有些迟疑，他的血线也不满，还帮钟晨鸣扛了一下蓝 BUFF，对面下路过来，配合挖掘机可以一次将他们两人带走，立刻就开始后撤。

"没事。"钟晨鸣说了一句，依旧在打蓝。

BUG 犹犹豫豫要退不退，钟晨鸣正好拿了蓝 BUFF，BUG 看到对面辅助跟 ADC 出现在视野里，蓝 BUFF 也拿了，直接一个位移穿墙准备跑，而同时，钟晨鸣直接位移到了对面 ADC 脸上！

这下就十分尴尬了。

"……你跑什么？"对面 ADC 被钟晨鸣打成血皮，但是三人围着钟晨鸣，他独木难支，死在对面野区里。

BUG："对不起。"

刚才那种情况，他根本没有想反打，是他的错。

钟晨鸣死了，可可跟小凯赶过来，对面没有继续追进，BUG 的酒桶也没有了留人技能，这拨团没有打起来，看起来钟晨鸣就像是去送人头的。

点了根烟，钟晨鸣在等复活的时间里抽了两口，又买了装备，再次去了线上。

死了一次，飞机安心吃了一拨线，落后的补兵差距拉回来一点，而且他还出了一个大件：三相之力。

飞机有三相跟没三相是两个英雄，三相可以让飞机的输出能力直接提升一个档次，这次他看到钟晨鸣出门，一点都不尿，直接就上去对线。

卡萨丁作为一个近战英雄，线上碰到 ADC 定位的远程英雄，其实是非常难受的，通常都会被压兵，只能猥琐发育。钟晨鸣看到飞机过来，一点都没慌，屏幕里被他操纵着的卡萨丁抬手补个兵，然后手中一个紫色的魔法球慢悠悠地飞出，落到了飞机身上，同时他往旁边走了一步。

飞机一个炸弹射出，被钟晨鸣这慢悠悠的一步走位躲掉，一击不中，飞机又开出了格林机枪开始对前方无目标地扫射。

一大拨兵正在钟晨鸣的塔前面，飞机扫射的正好是塔前方的位置，这是不想让钟晨鸣好好补兵了。钟晨鸣直接不补兵了，身影凭空消失，出现在飞机身后，手中的虚空之刃亮起红色的光，一刀刺向飞机，随后手一挥，暗紫色的魔法能量倾泻而出，飞机立刻就剩半血。

飞机回身反打，一个磷光炸弹丢在卡萨丁身上，卡萨丁却走了两步，躲开了磷光炸弹，随后又细节走位，躲开了飞弹，飞机的技能一个没中！

此刻的飞机可以说是十分生气，但又对这个卡萨丁无可奈何，只得跑，他虽然是个 ADC，但只是平 A 的话，也打不过卡萨丁，毕竟卡萨丁装备好，平 A 也带魔法伤害。

可可从一旁的草丛杀出，她用的锤石，手中的镰刀甩出，飞机见势不妙开 W 技能一个俯冲就要逃跑，然而他万万没想到的是，这个锤石的镰刀落点就在他俯冲过去的位置，一下被镰刀拉中不能动弹，卡萨丁立刻上去打出了第二套伤害，飞机卒。

"钩子不错。"钟晨鸣说了一句。

"你这个走位……"可可从下路过来支援，也看到了刚才钟晨鸣一番细节的躲技能操作，"怪不得对面飞机会崩。"

钟晨鸣没有接话，而是道："打团了。"

对面中单死了，正好是一次推进机会，除了上单蚊子，其他人都过来抱团推中塔。这把钟晨鸣一直被压线，虽然单杀了对面飞机，对面塔的血量却依旧很满，他一个人推太慢，不如喊队友一起来。

他们要推塔，对面肯定是要守的，中路塔十分重要，掉了中路塔自己两边的野区很容易被入侵，对面直接抱团来中路。

到了这时，他们阵容的短板突然就显现了出来，每个英雄的手都太短了，卡萨丁近战，卢锡安射程短，锤石比卢锡安射程还不如，酒桶也是近战，在对面有人守的情况下，实在是不好推塔。站太近容易被人打，在塔下的时候还不能反打，一反打塔就会打你，站太远又打不到塔，很难受。

"先'杀'人。"钟晨鸣这么轻飘飘说了一句，屏幕中卡萨丁的身影消失，随后凭空出现在敌方塔里面。BUG 愣了一下，也跟了上去，一个爆炸酒桶将对面冲散，然后炸回来了一个挖掘机，随后酒桶回身再一个酒桶砸到了挖掘机身上。

钟晨鸣的卡萨丁已经把对面 ADC 打成了残血，回头一看，发现自己队友正在对付一个半肉的挖掘机，塔还在打他，他只得先退回来。

对面 ADC 看卡萨丁走了，在辅助的保护下，又回头输出。挖掘机此刻已经被杀掉，钟晨鸣又一个回身，直接出现在对面 ADC 脸贴脸的位置，手中的虚空之刃一挥而出，收掉了对面 ADC 的人头，并且给了对面辅助一个减速。

而在挖掘机死的时候，BUG 跟小凯看到对面反打，却退了一下，可可一个灯笼扔给钟晨鸣，想帮钟晨鸣从对面的人群中撤出来，只要钟晨鸣点击灯笼，就会被带到可可的锤石身边。

这下再看到钟晨鸣上去，想要接上输出，那就跟不上了。

BUG 立刻回头，交闪现想跟钟晨鸣的输出，对面还有两个人活着，都在输出钟晨鸣，钟晨鸣第一次进去切对面后排就半血了，第二次进去直接血皮。如果队友跟上，保他一下，挡挡技能，或者在他打伤害的同时，也疯狂输出对面，让对面不敢上前，那他就能活下来，然而……队友都没有跟上。

如果队友跟上，他已经减速了对面，应该还能再杀一个人才对。

"你这个时候都还要反打吗？"BUG 有些气急，"回头拆塔啊，越什么塔！"

"可以杀。"钟晨鸣简短道，也没说太多。

"大神，我们跟不上行不行，别再去秀你的操作了！"BUG 怒道。

钟晨鸣好脾气地笑了笑："抱歉，上头了，我下次注意。"

这次中塔没有拆完，飞机复活了，他们也不好再拆，散了准备第二拨团。

接下来的游戏里，钟晨鸣果然有注意，没有再出现一个人上去了队友跟不上的情况，而是跟着他们的节奏在走。

就算不跟钟晨鸣的节奏，几个人的实力也在，这一把还是赢了，从数据上看，依旧是钟晨鸣 carry。

打完这一把，几个人决定先去吃饭，小凯说晚上有课，回了学校，蚊子已经结婚了，要回家吃，就剩了 BUG、可可、钟晨鸣三个人。

"我的饭有人管了，你们去吃吧。"钟晨鸣说着，点开了游戏。

这下可可跟 BUG 也走了，不过钟晨鸣游戏还没开始，刚刚离开的可可又折返回来，在钟晨鸣旁边坐下。

钟晨鸣侧头看她，问道："不吃饭？"

"晚上的比赛要开始了，我先看。"可可开着电脑。原来她刚才走到一半，看了一眼时间，突然想起晚上有比赛，又不想在手机上看，虽然路不远，但走回去也要错过开场了，想了想，还是回了网吧。

听可可一说，钟晨鸣切到游戏主页上，果然看到了晚上比赛的宣传页，MW 对 LTG。

"你是 MW 的粉丝？"钟晨鸣突然生出一个诡异的想法，不会他身边的人都是 MW 的粉吧？

"不是。"可可道，"我只是比较关注比赛，MW 跟 LTG 的比赛还是可以看看，或许有收获。"

可可打开了比赛的直播间，开场的解说已经结束，现在开始选英雄了。

钟晨鸣也关了游戏，决定看一下 MW 跟 LTG 的比赛。

现在，钟晨鸣依旧关注着的比赛也只有 NGG 的，至于其他的战队，他就关注一下积分排名，如果出现黑马，他也会点进去看看。

MW 打 LTG，说实话，在他看来是没有悬念的一场比赛，肯定是 MW2∶0 赢 LTG。LTG 在职业联赛里面算是末流战队，春季赛更是一路连败，只有跟同样的末流战队打，才有点赢的希望，是一支在保级赛边缘的队伍。

选英雄的时候，也看得出来 MW 的队员很轻松，还笑着谈论着什么，Master 也在跟队友讲话，反观 LTG 那边，全队都是一脸的严肃，气氛十分压抑。

"再这样输下去，就要去打保级赛了。"可可说道，"LTG 是背水一战了。"

"是吗？"钟晨鸣看了一眼积分，发现这才是夏季赛开始的第一周，就笑了笑，"还早，或许他们跟其他几个保级赛队伍打打，能把积分赢回来。"

第一把，MW 以破竹之势，二十多分钟推到了 LTG 的高地，LTG 的队员虽然殊死反抗，但实力悬殊，没有一点赢的希望，最后在第 27 分钟的时候输掉了比赛。

一把结束，等到第二场开局的时候，观众们都发现 LTG 换人了，换了辅助跟中单。

"这两个人，是新人？"钟晨鸣对 LTG 不怎么关注，见都没见过，问了下可可，可可看起来对比赛的了解比他多。

"不算是新人。中单原来在韩国打，忘记是哪个战队的青训了，被 LTG 挖到了中国。"

"那辅助呢？"

可可皱起了眉："不认识，我问问。"说完，就拿起了手机。

可可在手机上戳了一会儿，很快回答："辅助是个新人，这算是首秀，之前……辅助单排韩服前十。这样的人怎么会去 LTG？"

"之前没有在其他战队待过？"钟晨鸣有点意外。

可可又戳了两下手机，说道："没有。"

"LTG 胆子挺大。"钟晨鸣笑了笑。

可可没太听懂这句话什么意思，但比赛开始了，她也没追问，收起手机转头看比赛。

虽然是赛场首秀，但这位辅助一点都不露怯，对线把握得很好，游走眼位也做得相当不错，而韩援中单的发挥更加引人注目。

MW 的中单职业 ID 为"五"，因为跟着 MW 杀进了世界赛，表现还不错，被人称为"五神"。

这位五神此刻在韩国小将面前，竟然被压刀了，线上更是畏首畏尾，补个兵都尿。

"五神这个……"

"对面很强。"

可可看了钟晨鸣一眼，好像想说什么，但又不知道怎么说。

"MW 强的从来不是某个人。"钟晨鸣接着解释，"除非让 MW 全线崩盘，否则不容易击败 MW。"

接下来的比赛里，五神虽然被压，但 Master 一直有帮，让他不会崩得太离谱，外加五神丰富的比赛经验，让他能在线上勉强稳住。

中路虽然稳住了，但对面辅助又开始搞事。

这位辅助新秀看起来像是把比赛当成了 RANK 来打，十分凶残。Master 在中路搞事，这位辅助就把他们的打野叫下去，在下路搞事，也就从这个时候起，MW 的节奏乱了。

LTG 的辅助以十分刁钻的操作，配合打野弄死了 MW 的两个下路，拆了对面下路一塔，直接将这一场比赛的重心转移到了中路。

下路一塔被拆，ADC 和辅助被杀，直接影响了 ADC 的发育，LTG 的中路抱团也让五神十分难受，而新来的韩国小将更是抓住了五神的一个小失误，杀了一次五神，MW 除了上路，全都被压制。

可可看得有点怀疑自己的眼睛，在五神被杀的时候，喃喃道："这个外援这么厉害的？"

"不厉害怎么会被买过来。"钟晨鸣下意识地想了想自己遇到这个韩援会如何，最后得出的结论是，不一定会输。

这位小将虽然厉害，但并不是实力顶尖的选手，只是年轻气盛，锐气太猛，五神一时没有注意，太过于轻敌，所以被抓住了机会。

这一把 MW 输了，从下路被抓死那一下开始，节奏就被 LTG 抓在了手中，因为阵容原因，MW 的是前期阵容，一旦崩盘，就回天乏术。

输给了保级赛战队，MW 的队员看起来有点蒙，不仅队员蒙住了，连旁边的可可都蒙住了。

"不是吧？"可可一脸不可置信，"MW 竟然输了？"

"轻敌了。"钟晨鸣道，"前期因为五神被压，他们的重心都放在了中路，没想到 LTG 的 carry 点其实是在下路，虽然换了人，但这个韩援怎么看都像是一个吸引火力的，LTG 的 ADC 也是个老选手了，实力还是有的，这个辅助打得也很有意思。"

可可听他一分析，回头一想也是这个道理，点了点头。

"MW 肯定没有研究过 LTG 的打法，因为 LTG 一直以来的表现都太弱了，这次打了 MW 一个措手不及，下一把应该会好点。"钟晨鸣又道。

"那 MW 会赢吗？"可可问。

"不一定。"

中场休息，可可点了外卖，懒宝宝也来了，本来是想过来喊钟晨鸣出去吃饭，一看他们在看比赛，也跟着一起看，可可也多给他点了一份外卖。

"1：1？"懒宝宝看到这个战绩，瞬间诧异了，"MW 连 LTG 都打不过？"

"新来了两个外援，很强。"可可说道。

钟晨鸣看他："你不是 Master 的粉丝吗？你没看他的比赛？"

懒宝宝语气夸张："哇，打 LTG 有什么好看的，要是打 NGG 还能关注一下，没想到 MW 竟然会被 LTG 吊起来捶。我 Master 怎么了，忘记吃饭了吗？"

"不是 Master 一个人的问题。"钟晨鸣给他分析，"上一把五神太过于轻敌，下路也压线给了对面机会，MW 整个战队都很放松，结果给对面找到了机会。"

懒宝宝一脸"我不听"的表情："反正就是 MW 太菜，坑了我 Master 对吧？我就觉得 MW 这个中单有问题，早该换了，五神去年世界赛之后就很'捞'，Master 怎么帮都帮不起来，真的是一个垃圾中单，早就该放去替补席看饮水机。"

在懒宝宝的嘲讽声中，第三把比赛开始。

在禁选阶段，MW 禁了上一把辅助跟中单的英雄，然后认真拿出了一套比赛阵容。

这次比赛还没开始，MW 的队员每个人脸上都表情慎重，很明显，要认真地对待比赛了，教练也在他们背后说了很多，看来之前在休息室，他们也做了很多分析，对 LTG 的新打法讨论出了一些应对措施。

反观 LTG 这边，他们的队员却有说有笑，看起来很轻松，除了韩援不太听得懂，表现得有些迷茫之外，其他人竟然没怎么表现出面对强队的慎重。

LTG 很快就选出了一套前期阵容，而 MW 选的是中后期阵容，这个阵容也是 MW 比较熟悉的节奏，LTG 看起来就是很自信，能在前期就把 MW 打崩。

"这样拿阵容，如果拖到 30 分钟，LTG 必输无疑。"可可做出评价。

"22 分钟。"钟晨鸣纠正道，"MW 发育的时间不需要这么久。"

可可看了钟晨鸣一眼，看起来还是持保留意见，但也没有多说，三人一起看比赛。

前期 MW 都在稳定发育，LTG 一直在找机会打开局面，破坏 MW 的发育节奏。但 MW 的比赛经验充足，认真对待之后整个队伍就像是一个整体，LTG 的新人虽然勇猛无畏，在前期打出了一些优势，却没有破坏整体的平衡。

一开始 LTG 的人头数和总体经济一直领先，几次小团 MW 也没有捞到好处，但就在二十分钟左右，中路正式一拨团战的时候，出现了转折点。

LTG 突然就打不过了！

这时候，MW 的阵容优势体现了出来，长久以来的配合让队员之间默契十足，加上越到后期输出越高的英雄选择，让 LTG 节节败退，最后在三十多分钟输掉了比赛，MW 打出了一个漂亮的翻盘局。

"看来我预计错了。"钟晨鸣看着屏幕上 Master 赢了比赛却不甚高兴的脸，说道，"他们只需要 20 分钟，MW 真是一支让人十分期待的战队。"

可可关了直播，又拿起手机看了看，笑道："你也很强，你准备打职业吗？"

钟晨鸣点了点头："有这个打算。"

"留个联系方式吧，你电话多少？"可可道，"我认识一些职业圈的人，可以帮你搭线。"

"我……"

"他没有手机。"懒宝宝这个时候赶紧掏出来自己的手机，"小姐姐你记我的电话好了，反正我能找到他。"

钟晨鸣无奈地笑了下："加我企鹅号也可以。"

留完联系方式，又一起吃了外卖，可可说要回去，懒宝宝说天黑了不安全，主动提出送小姐姐。可可看了眼时间，晚上八点，又看懒宝宝一脸期待的样子，笑着让他送了。

懒宝宝走了，钟晨鸣登上自己的企鹅，给 Master 发了条消息：【打得不错，LTG 应该是夏季赛的黑马。】

那边过了十分钟才回过来消息：【你看比赛了？对面那个韩国人，太强了吧。LTG 不是很穷吗，怎么把这个人给挖过来的？还有那个辅助，这种打法，真的不怕自己的 ADC 崩盘？全是细节跟套路，看得我以为是 1998。】

看到这么一大段文字，钟晨鸣愣了下，Master 也会说这么多话的？

他回想了一下自己之前跟 Master 仅有的几次接触，在他的印象里，这是一个沉默寡言，认真打游戏的少年，没想到还有着隐藏的话痨属性。

钟晨鸣回了过去：【学的 1998 的打法。但也仅仅是模仿，不然你们第三把赢不了。】

Master：【那是我们准备打 NGG 的阵容。】

钟晨鸣：【打 NGG 用这个阵容不行，你们前期就崩了。】

Master：【有这么可怕？】

钟晨鸣：【NGG 昨天打的比赛，我看了一下，这个赛季，他们更强了，虽然在季中赛输了，没得到冠军，但是他们应该总结了季中赛失败的原因，现在的 NGG，比去年还强。】

钟晨鸣跟 Master 分析了一下 NGG 的情况，Master 那边连连回了几个有道理，又打了一段总结过去，还没等到 Master 回答，懒宝宝回来了。

懒宝宝看起来垂头丧气的，钟晨鸣一问，懒宝宝叹了口气，摇了摇头，好像什么都不想说，钟晨鸣一回头，懒宝宝又凑了上来，神秘兮兮地说："你知道可可家里很有钱吗？我刚送她出去，她家司机来接的她！"

钟晨鸣点了点头，表示知道，转头去看 Master 说了什么。

"你就这么'嗯'一下？"懒宝宝觉得这个人的反应也太冷淡了点。

钟晨鸣笑了笑："不然呢？"

懒宝宝一想好像也是，可可有钱跟他有什么关系，转而问："Master 今天晚上直播吗？"

"不一定，我问问。"钟晨鸣在键盘上敲下一行字，将之前的对话刷了上去，跟 Master 的比赛复盘也到此结束。

Master 很快回了过来：【直播，没胃口，我直接回基地了。来双排吧，你有韩服号吗？】

韩服……

钟晨鸣看了一会儿屏幕，又翻了翻网吧的游戏，发现有安装韩服，这才回答：【有，就是段位比较低，钻三。】

Master：【那我打个基地的号，还有十分钟到基地。】

俱乐部一般都会准备几个韩服号，给一些新选手练手用，或者有人想玩小号也可以用，Master 说完就找教练要了个，教练也没问，直接给了。

看到他们准备打游戏，懒宝宝高兴地跑去吧台买了两盒酸奶，跟钟晨鸣一人一盒。

很快 Master 就开了直播，问了钟晨鸣韩服账号的名字，拉钟晨鸣双排。

钟晨鸣韩服账号的名字是"DJGAAGLJI"，懒宝宝在旁边看了看，念道："D-J-G……这什么意思？"

"乱打的。"钟晨鸣选了中路跟补位，Master 在"企鹅"上和钟晨鸣语音。

"这是 Master 的小号吗？"懒宝宝叼着酸奶在旁边问，"什么段位？"

钟晨鸣刚才看了一眼，自己这个号已经掉段了，现在是钻四，Master 那个号是钻三。懒宝宝一副"原来如此"的表情："你在韩服玩的啊？我就说你说那个号是自己的，结果还是个黄铜，原来是去韩服练的技术。"

说着，懒宝宝去查询网站看了看钟晨鸣这个号的战绩，奇怪道："胜率也不高啊，才 51%，你在韩服也打不上去的吗？韩服这么恐怖的？主玩的竟然是发条跟卡牌，这不是你的号吧？你不是玩劫跟卡特的？"

钟晨鸣没理他，跟 Master 打字：【我这边有个人很吵，闭会儿麦。】

Master：【好。】

懒宝宝没有得到回应也不再说话，打开 Master 直播间看直播，看钟晨鸣屏幕是钟晨鸣视角，看直播是 Master 视角，他还是选择看 Master。

电脑屏幕一闪，显示排了进去，他排到的位置却不是中单，这次排到了辅助。

Master 位置在钟晨鸣前面，他拿了个低分段比较容易 carry 的打野盲僧，钟晨鸣想了想，拿个锤石。

"你辅助玩得怎么样？"Master 在那边问道，"要不我俩换一下？"

"还行，也就比 1998 差一点。"钟晨鸣道，"没事，我辅助，你去打野。"

选完英雄，游戏开始，钟晨鸣看了一眼双方阵容，直接往对面野区而去，并且标记了一下对面的红 BUFF。

钻石分段的人也有了游戏意识，立即明白过来他想干什么，跟着他一起过去。

钟晨鸣带着一队人在野区绕了一圈，然后停在了对面红BUFF旁边的小怪石甲虫处，距离红BUFF一堵墙的位置。

这是一个很刁钻的位置，对面去红BUFF，或者去线上，都不会路过这里，一般情况下也不会有人专门过来查看。

钟晨鸣没有插眼，就跟队友在这里等了一会儿，卡着红BUFF出现的时间，钟晨鸣开始往红BUFF处走去，他的队友立刻跟上。

对面的打野、辅助跟ADC正在捶红BUFF，完全没有反应过来，看到对面一溜人出来，还愣了一下，就这愣一下的工夫，锤石的镰刀已经招呼到了对面ADC脸上，直接勾中了ADC。

对面ADC知道自己要死了，愣是一个技能没交，硬生生让钟晨鸣他们给捶死。

ADC死了，对面中路动了动，往野区走了一步，一看对面是五个人，又自个儿回去补兵了，剩下跑掉的打野跟辅助，这两人也不敢上前，在旁边骚扰了一下，也走了。

打完红BUFF，Master没有回自己野区，而是在对面野区绕了一圈之后，去打了对面野区的小野怪，然后又是对面的石甲虫。

这是把对面野区当成自己家了。

在他打石甲虫的时候，对面的ADC也复活到了线上，打完石甲虫的Master直接绕到了对面ADC跟辅助后面。

钟晨鸣一看他过来，直接闪现控制住对面ADC，绿色的镰刀一扫，将对面的ADC击飞并且拉向自己，这是锤石的E技能。

锤石的闪E（闪现和E技能连用）一般都躲不了，闪E之后必定是接Q技能钩子，也就是用镰刀把对面钩向自己。盲僧已经冒头，对面ADC见势不妙，直接闪现想要逃走，结果锤石钩子的落点竟然正好是他闪现的位置，这样的预判，让ADC无处可躲，又死了一次。

Master的弹幕上刷了一片的"666""看了主播的盲僧我决定买个锤石"，懒宝宝也跟着说："锤石玩得很溜啊。"

当然，戴着耳机专心打游戏的钟晨鸣依旧没有回他。

接下来钟晨鸣为大家展示了一下，什么叫作不仅操作厉害，套路也厉害的锤石。

杀完对面 ADC，钟晨鸣回家出了个跑得最快的五速鞋，直接去了中路。

钟晨鸣低低念叨了一句："我们要怎样进行这令人愉悦的折磨呢？"

这句话是锤石的台词，Master 在那头笑了起来："你'中二'吗？"

"配合下气氛，对面还没有体会到锤石的恐惧。"钟晨鸣也笑了，"我现在是 1998，跟我来中路。"

Master 刷完野，本来想回家买装备的，听他这么一讲，家也不回了，顶着残血状态就去了中路，一人一边，直接包抄中路，又是一个预判钩子，抓死了对面中单。

"你这个钩子，开过光的吗？"Master 笑着调侃了两句。其实这在高端局里面都是基本操作了，他没怎么惊讶，倒是弹幕上又是一片的"66666"。

"等会儿来下。"钟晨鸣抓死了对面中路就往下路走去，Master 回家补充状态，之后直接往下路走，这次钟晨鸣有五速鞋，对面 ADC 还没买鞋子，跑不过钟晨鸣，钟晨鸣不用闪现也能把对面控住，丢了个灯笼给 Master，Master 点灯笼来到锤石身边，一套就把对面 ADC 带走。

接下来，就完全是钟晨鸣的节奏。

"上路。"

对面打野本来想抓上路，结果这把野辅都在上路，直接送了双杀。

"他们蓝 BUFF。"

对面打野准备帮中单拿个蓝，打到只剩血皮一个惩戒从天而降抢走了蓝，中单还被 Master 一套给秒了。

"小龙。"

在对面完全没有准备的情况下，他们叫上 ADC 把龙给打了。

"越塔……他们投了。"

第 15 分钟，对面提前投降。

"你的锤石，我怎么感觉比中单还厉害？其实你是打辅助的？"一把结束，Master 有了疑惑，能把一把的节奏全部掌握在自己手中的锤石，真的不多见。

"不是，这只是拙劣的模仿，学的 1998，对面不太会玩。"钟晨鸣点了根烟，说道，"没有今天你们比赛对面的辅助厉害。"

"疯子。"Master 说出了 LTG 辅助的 ID，"这个辅助很强，我排位的时候排到过，没想到他去了 LTG。"

"LTG 的胆子也很大，直接让第一次打职业的人上场。"钟晨鸣道。

"应该打过训练赛，配合得不错才放出来。"Master 说，"他们也没办法了，谁也不想降级，算是拼一把。"

"LTG 可能会是这个赛季的一匹黑马。"钟晨鸣道，"中单有点强，辅助跟他们的磨合还不够，多打几把，应该能适应赛场的节奏。"

谈话间，第二把游戏排进了。这次钟晨鸣是中单，Master 是打野，两人没有再多谈论比赛的事情，转而开始打游戏。

在韩服钻石分段，Master 跟钟晨鸣都打得十分放松，拿到了自己顺手的位置，两人又一次将对面节奏打崩，十来分钟就上了高地，二十分钟推平了对面。

【这是把韩服钻石局当成人机来打了吗？】Master 的直播间里有人发了这样的弹幕。

当然也有人在问：【Master 怎么不跟五神双排，要跟个路人双排？】

这句话被刷了很多遍，刷弹幕的人应该是个五神的粉丝，或者是个团队粉。

看到有人这么说，又有跟风的刷了起来：

【我室友临"死"前想看 Master 跟五神双排。】

【我室友临"死"前想看 Master 跟空气双排。】

【我室友临"死"前想看 Master 玩螳螂。】

刷得正起劲，突然又有带节奏的人来了。

【这就是输给保级队的那个菜鸟打野？】

【菜鸟打野输了比赛还敢开直播？】

【一个打野的节奏还带不过辅助，退役吧。】

虽然喷子很多，而且字字诛心，但 Master 是不看弹幕的，所以……他根本就不知道这些人到底在弹幕上吵些什么。

新一把游戏开始，Master 正在跟钟晨鸣商量着玩什么。

"这个赛季中单加里奥很强，你可以试试。"

"我看了几场有加里奥的比赛，适合用来打四保一阵容，不好强行carry。"

"也是，先上分吧，卡特？"

"可以。"

Master 带着搞事笑意的声音传来："那我玩猪女。"

"猪女现在用的人也很多。"钟晨鸣道。

"版本英雄。"

两人商量着，这把游戏就开了。房管看喷得太厉害，还有人带节奏引火到其他职业选手身上，立刻就出来控场。

不到五分钟，弹幕上刷屏带节奏的人都被禁言，然后剩下了一堆理性分析的弹幕：

【五神没回来吧，基地里空空荡荡的，都没人声。】

【怀念空气。】

【怀念空气的等等我。】

【没有空气在旁边吐槽的 Master 直播间总觉得少点什么。】

【看起来就 Master 一个人回来了，是迫不及待要跟小中单双排吗？】

【DJ 不会是 MW 新来的替补吧？】

【DJ 是谁？】

【你眼瞎吗，没看到中单的 ID？】

【中单的 ID 不是一串乱码吗？】

懒宝宝这时候看了看认真打游戏的钟晨鸣，暗暗打出一行字：【我觉得应该叫长得帅。】

然而字能打，就是发不出去，他被禁言了。

从此以后，钟晨鸣就有了个新称呼：DJ。

围观群众联想到"一手打碟，一手玩劫"的梗，正好跟 Master 双排的这个中单主玩的也是劫，突然觉得"DJ"这个称呼也没毛病，很适合。

就在弹幕上的众人因为钟晨鸣的称呼讨论起来的时候，钟晨鸣跟 Master 已经开始在韩服进行"屠杀"。

猪妹跟卡特也算是一种套路，就跟之前 Master 用阿木木帮钟晨鸣的锐雯杀人一样，猪妹的大招也是群控。

卡特是一个伤害高，十分灵活，但是贼脆贼怕控制的英雄，猪妹跟卡特的配合大概就是"我冲进去，把人控住，你来打爆炸伤害"。

现在钟晨鸣的卡特跟之前的卡特比，又进阶了一个阶段，之前他是伤害算得准，现在他是能把匕首玩出花儿来。

卡特有两个丢匕首技能，一个捡匕首技能，Q技能是将匕首丢向目标并且弹射两个敌方目标，然后落到主目标身后，W技能则是在身旁扔出一把匕首，E技能是跳到匕首或者一个目标所在的位置，如果捡到匕首就可以刷新E技能的时间。

这次的钟晨鸣三级就把对面中单给单杀了。

三级的时候，对面打野来抓，Master作为一个草食性打野猪女，正在野区刷野，看到钟晨鸣被抓，说道："能走吗？"

他现在赶过去已经来不及了。

"不用走。"钟晨鸣笑了笑，先丢了个匕首在原地，然后又一个匕首丢到从后面绕过来的打野身上，匕首弹到打野身后落下。

对面打野是个盲僧，盲僧这个英雄GANK全靠天音波，通常情况下天音波打得到，那就GANK得到，如果天音波打不到，那他也追不上其他的英雄，而且伤害不足，差不多可以灰溜溜离开了。

盲僧从后面绕过来，使用W技能位移到眼上，准备给钟晨鸣贴身一个天音波，让他躲不过去。然而钟晨鸣的反应也很快，在他出现，并且走到攻击范围的时候就丢出了匕首，盲僧的天音波飞出来的时候，钟晨鸣直接一个E技能"瞬步"跳到盲僧身后的匕首上，躲过了这贴身而来的一记天音波。

捡到匕首，卡特身旁绽放出一朵短暂的"匕首之花"，卡特手握匕首快速旋转了一圈，又拿起匕首砍向盲僧，打了一拨伤害。

盲僧转身想回头打卡特，一掌拍到地上，卡特反应很快，砍了一下盲僧，看到对面中单为了配合盲僧打出伤害，正好追到了他之前丢出的匕首附近，立刻一个E技能跳到之前的匕首上。

对面中单在之前的对线中已经被钟晨鸣打残了，而且钟晨鸣还在压线，这才引得对面打野来抓中路，此刻钟晨鸣瞬步落到匕首上，手中的匕首旋转，对面中单受到波及，血线又降了一截，钟晨鸣交出点燃追着对面中单平砍，对面中单打出一套技能，眼看血线危险，立刻交出闪现，想要逃跑。

刚才卡特一直捡着匕首，他的 E 技能一直都是好的，对面闪现，应该还不会死，还差一点伤害，卡特立刻又一个瞬步跟上，再接了一下平 A，对面中单卒。

盲僧一共两个位移技能，一个被他用来接近卡特，一个被卡特躲掉，就算他闪现接近卡特，卡特两段位移去追中单，他也跟不上，只能看着卡特杀完中单之后，从他们的野区绕路离开。

盲僧的技能好了，他想追过去，结果刚过去，就看见一个妹子骑着一头凶神恶煞的野猪站在卡特旁边虎视眈眈，他掂量了一下，只得作罢。

"这个瞎子玩得有问题。"Master 在企鹅上跟钟晨鸣交流着，盲僧别名是瞎子，"太菜了，这样的人玩什么瞎子，瞎子听了都想打人。"

"是吗？你要教对面玩瞎子吗？"钟晨鸣笑着。

"低分段玩点其他的，瞎子……毕竟不太适合团队，大家都知道瞎子怎么玩，比赛上不太好打。"

"也对。"

"刚才那个中单怎么回事？"Master 又问，"这么菜的？一转头就残血了？"

钟晨鸣："……想说我溜就直接说。"

Master："嗯嗯嗯，是进步很大，比刚跟我双排的时候玩得好。"

钟晨鸣："哦。"

弹幕上本来在刷"中单厉害""蒂花之秀""中单这操作天秀"，此刻全都变成了"哈哈哈""66666""嘛撕特（Master）不说 6 我来说，6666666"。

懒宝宝在旁边看得也挺欢乐，本来想拉钟晨鸣来看看弹幕，但回头一看钟晨鸣笑着跟 Master 说着什么，笑得很是开心，是那种发自心底的笑意。

懒宝宝突然觉得自己语文词汇量不够，形容不出来那种感觉，就像是平时好像什么都不太在乎的一个人，遇到什么事都无所谓态度的一个人，突然就认真起来。在钟晨鸣的脸上，他看到了钟晨鸣对这个游戏的热爱，看到了钟晨鸣所在意的东西。

他这个半路认的兄弟，玩游戏的时候是真的很开心。

这个时候，他突然就不太好去打扰钟晨鸣了，自己吸了两口酸奶，继续看着直播，想了想，又去申请了一个小号，加入了弹幕大军。

有了前几次被禁言的经历，新弄个账号之后，懒宝宝收敛了很多，也就刷刷"666666"，感受一下一群人看直播的热情。这次房管总算没有把目标瞄准在他身上，这个账号也就幸存了下来，没有立刻被封。

直播里，钟晨鸣已经六级了，Master 也刷到了六级，他是真的埋头在野区刷，也就 GANK 过一次上路，还是去反蹲的上路，防止上路压线太死被针对。

算好时间蹲在草丛里，Master 就看对面打野瞎子绕后出来，然后他反手骑着猪把瞎子一撞，瞎子的这次 GANK 也黄了。

猪妹跟卡特到了六级，Master 准备搞事了，前两局都是钟晨鸣带节奏，他跟着钟晨鸣走，这次他拿出来的套路，就由他来带节奏。

"来下路。"Master 点了一下河道的草丛，"这一路都没眼，刚才这里的眼被我排了，跟我来。"

钟晨鸣补完面前的一拨兵，退到对面看不到的地方，跟着 Master 往下路走去。

走到一半，Master 没有直接从河道走，而是走进了对面野区。

"我跟你讲，他们打野也在下路。"Master 说道，"我在这个位置放了眼，对面打野刚打完蛤蟆，没有出现在中路，也没有打龙，他应该在下路反蹲。"

钟晨鸣没有问更多，只跟着 Master 走，等他说完，没有质疑，也不怀疑对面打野在，他们还往下路走，还是往对面野区走会不会有什么问题，而是直接问道："越塔？"

"越！"

对面瞎子正在河道上面的三角草丛蹲着，寻找着 GANK 的机会。

正好钟晨鸣这边下路的队友压线了，兵线到了对面塔下，这边的 ADC 还打得十分凶，大有越塔的架势，他就在三角草丛等了等，看对面会不会越塔，也在猜猪妹会不会过来配合下来越塔，要是猪妹过来，他蹲在这里正好可以反打。

这个时候，对面中路感觉到了不对劲，疯狂打着中路消失的信号。瞎子看到信号提示，也觉得有点不对，走出草丛在下路河道插了个眼。

下路河道没有人过来，卡特可能是回家了。瞎子如此想。

就在他刚松一口气的时候，他以为回家的卡特从他背后野区冒了出来，跟中单一起过来的，还有之前同样看不到人影的猪妹。

作为一个韩服钻石选手，瞎子的反应还是很快，他没有跑，立刻一个Q技能天音波踢向钟晨鸣。猪妹毕竟是一个"肉"，他不想动猪妹，也就对钟晨鸣这个脆皮中单下手。

在召唤师峡谷待久了，钟晨鸣已经养成了下意识躲技能的习惯，看到瞎子抬手的动作，钟晨鸣立刻走了下位，轻飘飘躲过瞎子的技能，那白色的圆球与他擦身而过。

对面ADC跟辅助看到野区被入侵，立刻过来支援，三角草丛地方狭小，ADC跟辅助有意识地分散走进来，以免被范围伤害打到。

在他们身后，钟晨鸣方的ADC跟辅助也越塔追了过来，完全没有在意防御塔，跟钟晨鸣和Master两人对对面进行了合围。

这时对面ADC有点慌，他被钟晨鸣方的ADC压得很惨，想离ADC远一点，走位失误，走到了离钟晨鸣比较近，而离钟晨鸣方ADC比较远的位置。

Master看到对面走位失误，没有丝毫迟疑，快速按下了R键。

屏幕中，猪妹手中的极寒冰锁脱手而出，却不是飞向ADC，而是ADC身旁的辅助！

辅助正准备撤退，一个极寒冰锁砸到他身上，他身上结起了一层厚厚的寒冰，立刻被冻住，寒意在草丛内蔓延，ADC跟盲僧也觉得举步维艰。

就在极寒冰锁飞出的刹那，猪妹快速地撞向ADC，对面瞎子眼疾手快，一脚将猪妹踢了出去！

钟晨鸣手指在键盘上快速敲击，声音听起来竟然有几分悦耳。

屏幕中的一头红发的卡特已经跳进了对方人群，手中匕首急速飞出，"唰唰唰"射向周围。

在漫天冰雪之中，一朵代表死亡的红莲绽放开来。

钟晨鸣眉头微微皱了一下，其实他刚才就应该上了，在 ADC 走过来的那一瞬间可以直接上，不用等 Master 先把辅助冻住，因为他跳过去，跟 Master 冻住辅助又冲过去，正好是没有时间差的。

但是他迟疑了。

虽然最后的结果没有改变，但他刚才的操作确实有了瑕疵。

瞎子刚才已用了大招把猪妹踢出战场，此刻再想用大招把跳进来的卡特踢走已经不行，有控制的辅助被 Master 控住动弹不得，皮脆血薄的 ADC 知道在这红色莲花中多待一秒就会死亡，快速交出闪现——钟晨鸣方的 ADC 跟辅助追上去，收掉了对面 ADC 的人头。

而辅助的人头被钟晨鸣拿下，瞎子见势不妙，利用自己位移多的优势赶紧跑了。钟晨鸣也没有追，一个瞎子要是存心想逃跑，是没有人可以追得上的。

这轮下路大节奏，直接杀掉了两人，他们四人推了对面下塔，还打了小龙，直接起飞!

推塔的时候，Master 问他："你刚刚犹豫了一下?"

"这你也能看出来?"钟晨鸣差点被自己的烟呛着，十分讶异。

"你平时都打得很凶，刚 ADC 露头那一下，我以为你会直接上了，还在想那个距离能不能跟上你，但是你等我上了你才上，这不像你的风格。"Master 在那头问，"你状态是不是有点不对。"

"大概吧。"钟晨鸣抽着烟，看了旁边看直播的懒宝宝一眼，如实说，"低端局打多了，可能变菜了。"

他确实是被低端局给影响了，特别是今天下午，BUG 那次没跟上，弄得他竟然跟 Master 打游戏的时候都有点犹豫，这很不应该。

懒宝宝也从直播里面听到了他们的对话。他转过头来，说道："你是不是太累了?你在网吧待了这么久，不出去见太阳，皮肤都白了一个度，黑眼圈重得可以去参加熊猫选美。"

他也知道，就算是打低端局，钟晨鸣也不会被影响这么多才对。

"我脸色很差吗?"钟晨鸣没空去照镜子。

"在网吧睡了十几天，能不差吗?"懒宝宝看着他，想了想，"我给蚊子说一下吧，要不你就去蚊子那儿睡两天，等打了决赛，再去租个房子，反正这外面小区租金也便宜，也就几百块一个月。"

这个时候钟晨鸣刚刚操作着卡特回家，在懒宝宝说出第一句的时候立刻关了麦克风，等懒宝宝说完，他笑了笑："没事，也就还有两天，就不麻烦蚊子了。"

蚊子毕竟成家了，睡他家肯定不方便，钟晨鸣没有去给别人添麻烦的想法。

懒宝宝没有说其他人，因为他跟小凯都是学生，宿舍不好进，也没有多的床铺给钟晨鸣睡，而BUG跟懒宝宝关系算不上好，实际上BUG跟他们关系都不太好，他也不好提，就只剩蚊子那里可以将就一下了。

跟懒宝宝交流了两句，钟晨鸣继续打游戏，他关麦关得有点慢，也不知道Master听到了多少，这让他久违地感觉到有点尴尬。

自己现在的状况实在是不太好说出口，说得不好听一点，他现在就是一个混网吧的无业游民。

弹幕里却已经刷了起来，有疑问钟晨鸣为什么睡网吧的，也有说钟晨鸣就是个打游戏的无业游民的，这个时候，一些不怀好意的谩骂就出现在了Master的直播间里。

那些潜藏在Master直播间里面的喷子，羡慕的，嫉妒的，好像是找到了一个发泄点，揪着钟晨鸣睡网吧这个点把钟晨鸣喷了个体无完肤。

喷钟晨鸣的不仅仅只是喷子，还有Master的粉丝，钟晨鸣作为一个粉丝能跟Master打游戏，可太招他们恨了。

懒宝宝看到这些充满恶意的弹幕愣了一下，突然有点手足无措起来，悔意漫上心头。

他立刻关了屏幕上的弹幕滚动，转头看了钟晨鸣一眼，看到钟晨鸣在打游戏，没有看他的电脑屏幕，突然就松了一口气。

还好钟晨鸣没有看到，他这样庆幸着。

是自己说错了话，懒宝宝这样想着，关了直播的全屏，在直播间疯狂打字跟喷子对喷起来。

好在Master那边没有说什么，等钟晨鸣再次开麦了，Master的声音传过来："你等等，我来中路，他没闪现。"

Master 一点都没提刚才的事情。

钟晨鸣露出一个无声的笑容，配合着 Master 又杀了一次对面中路，Master 点了回城，然后在泉水里站了几秒。

"房管，把带节奏的全都封了。"Master 突然没头没脑地说了一句，钟晨鸣只以为是 Master 房间里有人在无脑黑人。

主播的直播间里，特别是刚刚输了比赛的职业选手的直播间里，这种喷子十分常见。

钟晨鸣也没多想，随口安慰道："不要在意喷子的看法，你们比赛输了一场只是没料到对面的战术而已，不是你们打得菜。"

这话出来，懒宝宝侧头看了钟晨鸣一眼，忍着笑没说话，而 Master 那边，突然就安静了好几秒。

"嗯，你说得对。"Master 镇定的声音从那边传来，"我已经把弹幕关了，专心打游戏，来拿蓝 BUFF。"

钟晨鸣跟 Master 专心打游戏去了，懒宝宝这边还在跟喷子对喷。

之前都是喷钟晨鸣的，房管也不知道该不该封，现在 Master 一发话，房管的动作也十分迅速，很快那些谩骂的声音就少了下去。

新的弹幕刷了起来，有人发出疑问：

【Master 打游戏的时候不是从来不看弹幕的吗？哇，他这怎么知道的！】

【天啦，妈妈这个人竟然看弹幕了！】

【怕不是空气通风报信吧？】

刚说完，空气的声音在 Master 直播间里响了起来："又跟粉丝双排呢，你是因为这个粉丝才不跟我们吃饭的？这真的是个妹子吧？"

"不是，就是有点累，想回来。"Master 说，"你们这么快回来了？"

听这声音，空气肯定是刚回基地，后面也传来其他队员的说话声，是大家连同经理教练一起回来了。

所以为什么 Master 那个时候会知道弹幕上的喷子，这成了一个谜。

而懒宝宝在此时哀号了一声："啊！！！为什么我的账号又被封了？！这次我是友军！"

游戏打完，钟晨鸣点开了自己的企鹅号头像，为了不影响游戏，他设了静音，有人找他他也听不见，只有等一把游戏结束了，他才能看到跳动的对话窗口。

　　找他的是可可，发过来的对话也很简单，只有一行字以及一个问号。

⟫⟫ 第八章 ⟫⟫⟫⟫⟫⟫

当教练？

TUIYIZHONGDAN
XIANGDAZHIYE

可可：【听说你在找工作，要来我们战队做教练吗？】

钟晨鸣回复：【好，应该没问题。】

回完消息，钟晨鸣往懒宝宝那里一看，只见懒宝宝一脸期待地看着钟晨鸣的屏幕，看到钟晨鸣的回复，示意钟晨鸣闭麦，高兴道："我跟你讲，这个可可贼有钱，刚我问了一下，BUG那个战队竟然是可可的，正好你无处可去，我就给可可推荐了一下你，兄弟，加油。"

钟晨鸣笑了起来，真诚道："谢谢你，兄弟。"

又跟Master打了两把游戏，钟晨鸣提出去睡觉，Master也没继续打游戏，关了直播。

隔天，可可来接钟晨鸣去战队，懒宝宝说要去战队见识一下，也跟着去了。

在路上，可可给两人讲了一些战队的基本信息，战队中文名叫"逐梦"，英文名"The Dream"，缩写就是TD战队。

这时懒宝宝在旁边插嘴道："回复TD退订？"

可可倒是一点都不介意这句话，笑着道："你可以试试回复TD，我把你送回去。"

"那还是算了，我怎么舍得退订。"懒宝宝赶紧改口，"我先跟着钟哥去战队看看，没想到小姐姐你竟然有个战队，厉害了。"

闲聊了几句，不过十来分钟，就到了地方。

可可在一个小区里租了个三室一厅，客厅被改造成了训练室。说是改造，其实只是把家具都清理了，摆了五六台电脑。客厅里没有什么装饰，墙壁统一刷成白色，顶上是两盏日光灯，除了摆在中央的电脑桌，唯一的装饰就是角落里一盆半死不活的绿萝。

客厅里的味道不算好闻，有点闷，还混合着食物的味道，钟晨鸣一眼就看到了电脑桌上的几个外卖盒子。

"平时有阿姨定期来打扫，午饭晚饭都有阿姨过来做饭。"可可放低了声音。上午的时候，战队的人都还没起床，可可走到客厅的窗边，拉开了落地窗通风，让客厅的气味淡了点。

"BUG 一个人住，你跟他熟点，就跟他一个房间吧。"可可看向钟晨鸣，用眼神询问他的意见。

"我没问题。"钟晨鸣笑了笑，"看 BUG 那边了。"

"你没问题他就没问题。"可可直接帮 BUG 做出了决定，她又指了指一台电脑，"这台电脑是我的，现在给你用，你游戏打得还不错，对游戏也有自己的分析。我知道你不会甘愿待在我的战队，但教练也不是游戏打得好就能做的，给你一段时间适应一下，到时候看看队员的意见以及战队的成绩，才能确定你能不能一直留下来。"

懒宝宝听到这话有点不太高兴，他家钟哥这么厉害，可可竟然还嫌弃，明明是他们捡到宝了好不好！

钟晨鸣倒是不以为意，点头道："可以。"

看到钟晨鸣这么好说话，可可心情也轻松了一点。她道："战队的事我也会帮你留意，你现在段位还没上去，可以先打打段位，那样找战队也容易一点，战队对你也会比较看重。"

说着，可可又笑了笑："说不定都撑不到 LDL 海选，就有战队要你了，到时候就是我担心没有了教练他们该怎么办。"

可可的战队每个位置都齐了，钟晨鸣来战队的话也没位置给他，而且他实力摆在那里，让他打替补也不合适。况且可可觉得，钟晨鸣这样的人，应该不会待在她的战队里，他们就不是一个水平的人，自己的战队几斤几两，她还是十分清楚的。

所以可可给了钟晨鸣一个教练的位置，一开始没工资，但是管吃管住，不会限制钟晨鸣打比赛的权利，钟晨鸣随时都可以离开，如果能让战队实力提升，到时候再谈工资的问题。

转了一圈，可可也没提供什么合约。或许在可可看来，她就是好心收留了一下钟晨鸣，她认识打得好的也不少，比钟晨鸣段位高的一抓一大把，她只觉得自己在做好事。

"谢谢。"钟晨鸣道了谢，看向可可的电脑，"我能试试吗？"

"可以。"可可注意到钟晨鸣看向电脑的眼神亮了一下，突然觉得这个人或许就是为电竞而生的。

钟晨鸣坐到椅子上，他手底下是许久没有摸到的机械键盘。看了一眼键盘鼠标，视线又落到黑色的耳机上，钟晨鸣说道："这一套外设就这么给我用合适吗？"

"没事。"可可很是大方，"我的，没关系。"

"有其他的鼠标吗？"钟晨鸣又问，"这个太轻了。"

可可把旁边电脑的鼠标拔给了他，有点诧异："你一个混网吧的，对外设还这么了解？"

懒宝宝在旁边听得云里雾里。作为一个十分喜欢打游戏的人，他对外设也有所了解，但仅限于他买得起的地步。学校的网络又不能好好打游戏，只有在网吧玩，这也间接断了他买外设的想法，此刻只觉得钟晨鸣面前的都是熟悉的牌子，就上网查了查，一查，发现这一套外设小一万还可能买不下来，顿时对这里刮目相看。

之前他来到这里还有点失望，在他看来，游戏战队基地这种地方，应该是装修得炫酷又"高大上"的，他万万没想到竟然就是一个老旧小区的三室一厅，还是灰扑扑的完全没有什么装饰的三室一厅。

钟晨鸣则是很淡定，NGG 的基地倒是装修得炫酷华丽，但在那之前，NGG 也经历过十分穷苦的阶段。

曾经的电竞选手们挤在出租屋里，每天吃外卖，天天打游戏想要取得一点成绩。那时候的环境比可可这里差多了，租的两室一厅，睡上下铺，不会有人帮他们做清洁，客厅还没空调，夏天的时候满屋子的汗味，风扇对着人吹都是满身大汗。冬天还好受一点，他们人多，挤在一个屋子里也有点热气，没有冷到不能忍受。

那个时候虽然条件艰苦，但每个人心里想着的都是如何打好游戏，如何提升自己，艰难的环境都可以被他们忽略。

那是一个很单纯的时候。

想到这些，钟晨鸣微微笑了起来，那时候是真的很认真地想要取得成绩，或许这也是 NGG 曾经能统治比赛的原因。

但是后来就变了。

钟晨鸣开了电脑，这时候有扇卧室门"吱呀"一声开了，一个人站在门里面，愣愣看着他们，手里还提着一个旅行包。

"豆汁？"可可看向对方。

豆汁将旅行包往门后面藏了藏，扯起嘴角："可可姐早。"

"这么早就醒了？"可可看了一眼豆汁的手提包，"要出去？"

"啊？对！"豆汁将藏着的旅行包拿出来，说话也顺溜了一点，"我准备回家一趟，这些衣服不穿了，拿回去放着。"

"吃完午饭再走，我送你回去。"可可稍微放开了一点声音，没有太压着了，"我给你们找了个教练，中午一起去吃个饭。"

豆汁的视线往钟晨鸣身上移了一下，又很快地看向可可，却没看可可眼睛，只盯着可可旁边的电脑："不……不用了吧，我妈让我今天早点回去。"

"没事，我给阿姨打个电话。"可可笑着说，"你这么大了，还这么听妈妈的话。小 C 呢，他醒了没？"

豆汁立刻往外面走了一步，挡住可可看向屋里的视线，也没回答可可的问题，有些紧张地说："可可姐，我真得回去了，以后再说——"

"小 C 早就走了。"豆汁旁边的门突然开了，BUG 穿着 T 恤裤衩，头发乱糟糟的，他靠着门框，一副刚从床上爬起来还没睡饱的样子看向几人，声音很是冷漠，"走了两天了，你这两天没来基地，还不知道。"

"走了？"可可一时没反应过来，愣了一下。

"字面意思。"说着，BUG 看向豆汁，"你也不会回来了吧？"

豆汁盯着电脑，没说话。

可可愣了有三秒钟，看了看 BUG，又看了看豆汁，脸色一沉，立刻拿出手机来打电话。

那边没有人接。

可可又打了一次，还是没人接。

可可脸色变得更加难看，她抬头看着 BUG 跟豆汁，问道："为什么不跟我说一声？"

"他们怕你。"BUG 声音依旧冷漠，"逃兵嘛，自然怕。"

"你给他打。"可可对 BUG 说。

"他不会接的。"BUG 道，"只要是我们战队的，他都不会接。"

可可看向懒宝宝："手机借我一下。"

"哦哦，好。"懒宝宝看着可可黑如锅底的脸色，赶紧交出手机。

可可拨了小 C 的电话，这次那边接了起来："喂，谁啊？"

"小 C——"

"嘟——嘟——"

听到可可的声音，电话直接被挂断。

可可情绪终于到了顶点，忍不住爆了句粗口，她举起手里的手机，看样子是气到想砸了。

懒宝宝眼疾手快，立刻上前拿住了自己手机，安慰道："别气别气，气也别砸手机，砸也别砸我的。"

可可这才反应过来，这不是自己的手机。她将手机还给懒宝宝，转头看向钟晨鸣，语速飞快道："你在这里等等，我出去一趟，抱歉。"

说完，也不等回答，她从椅子上提起包，大步出门，关门的声音楼上楼下都能听到。

可可离开了足有十秒钟，客厅里才有人说话，还是懒宝宝的声音："她……怎么这么生气？"

"一开始是小 C 跟她说，想要打职业的。"BUG 这样说了一句。

豆汁手里提着旅行袋，好像有些犹豫。

"能理解了。"懒宝宝感叹道，"没想到打职业也这么苦，没有想象中那么轻松啊。"

BUG 冷笑一声："一天十六个小时坐在电脑前，连吃饭都对着电脑，你可以试试看，轻松不轻松。"

"还……"懒宝宝本来想说还可以啊，多好的事，他巴不得可以天天打游戏不用上课考试，但脑补了一下，发现如果真的这样玩，他大概过不了几天看到 LOL 就会想吐了。

"好像也很辛苦。"懒宝宝改口道，"你们也挺累的。"

可可一开始压着声音，害怕吵醒他们，钟晨鸣跟懒宝宝也配合着放低了声音说话，豆汁也没听到。后来他们跟豆汁说话的时候声音大了一点，BUG 也不知道是没睡还是睡眠浅，醒了。现在客厅的动静挺大的，另外一间房此刻也打开了门，一个穿着老干部款睡衣的年轻人出现在门口，睡眼惺忪："怎么了？"

"可可刚才来了。"BUG 跟他解释，"知道小 C 走了。"

"哦。"年轻人点点头，回头跟屋里的人招呼了一句，"没什么事，继续睡吧。"

说着他后退一步，"咔哒"一声关上了门。

BUG 看了一眼豆汁，没说什么，也关上了门。

豆汁张了张嘴巴，好像想说点什么，但两扇门接连在他面前关上，他还是什么都没说出来。

提着旅行包的手出了汗，豆汁换了只手，在房间门口站了有五分钟，这才缓缓向大门口移动。

他的脚步很慢，就像是有人拖着不让他走，又像是找不到方向，所以只能缓慢前行。

走到门口，他总觉得应该说点什么，毕竟他在这里待了这么久，也不是全无感情。

"我……"豆汁看向钟晨鸣跟懒宝宝，钟晨鸣根本没看他，而懒宝宝一直用好奇的目光看着他，"我走了。你们是新来的教练吗，我……"

豆汁有些语无伦次，他好像也不知道自己应该说什么，静了片刻，他又看了看紧闭着的两扇房门，跟钟晨鸣还有懒宝宝说道："他们打得还不错的，你……这个战队……"

"想走就走吧。"钟晨鸣转过头，看向豆汁，脸上没什么表情，语气却不是很和善，"没人拦你。"

"兄弟，你别这样。"懒宝宝觉得钟晨鸣这时候说这话明显不对，"你这怎么劝人的。"又转头对豆汁说，"可可姐出去了，你看她发这么大的火，你别走啊，万一她直接追到你家去怎么办，那多吓人，你至少等可可姐回来对吧。"

豆汁听了他这番话，低头看了眼地板，终于打开门，好像懒宝宝这番话给了他离开的勇气，他的一只脚刚迈出大门，客厅里响起了说话声。

"留着干吗？这么菜的人。"

豆汁立刻回头。

钟晨鸣正在看比赛，他打开可可的电脑，电脑桌面上就放着一个 TD 战队的比赛合集，钟晨鸣一打开，就看到了他们之前打比赛的视频。

他选择了距离现在时间最近的一场比赛，是他们参加的某个连锁网吧的联赛。钟晨鸣没有关注过这个比赛，不知道他们成绩如何，这些文件上也没有标注成绩，他就随手点开看了。

刚才豆汁出来，可可发怒打电话的时候，他也没关，继续看着，此时已经看了这场比赛的一半，但他不用看下去，也知道 TD 输了。

这一把，TD 拿的前期阵容，对面拿的中后期阵容，奈何实力差距太大，TD 从前期就开始崩盘，到了中期，已经完全没有跟对面一战的实力。

如果这把是钟晨鸣指挥，到了这个时期，他肯定会尽力避战，等对面失误，抓对面落单的再打团战。但 TD 的指挥不知道在想什么，这个时候还在求团，明明阵容以及经济落差让他们已经没办法再赢过对面。

电脑屏幕里，头顶顶着豆汁 ID 的是一个辅助，玩的是"牛头酋长"阿利斯塔，俗称"牛头"。

这是一个激进且容易带节奏的辅助，他们的阵容再好也是前期阵容，豆汁满场游走，想要找到机会带起满场的节奏。豆汁想得虽好，对面却十分稳健，几乎不露破绽，豆汁转了一圈，选择了配合自己队友，塔杀对面中单。

对面中单是个蛇女，说是稳健，不如说是尿，从游戏开始就没有离开过防御塔一步，蛇女并不是一个前期弱势的英雄，她这样打，是知道自己家的阵容前期不占优势，而且对面容易带节奏，所以不出塔。

豆汁在中路转了转，直接就上了，牛头的GANK技能是WQ技能二连，W技能接近敌人，Q技能把敌人捶飞，就在豆汁的牛头过去的同时，对面蛇女交出闪现，牛头Q技能打空，蛇女没吃到击飞，立刻反打。

GANK失败的豆汁交出闪现，想要出塔，对面打野却早就等在了一旁，收掉了豆汁的人头。TD的人看豆汁没有将蛇女捶飞，纷纷散了，没有再强打，豆汁的牛头就死在了塔下。

同时，TD下路只有ADC一个人，孤单猥琐地吃了一会儿兵之后，被对面下路ADC跟辅助越塔杀了。

TD节奏崩盘。

跟豆汁说话的时候，画面上正好播放到豆汁又一次开团失败，连累队友还惨死在人群之中的场景。

豆汁的视线被电竞椅挡住了，看不到钟晨鸣的电脑屏幕，闻言，他提着旅行袋的手指收紧："我菜？你知道个屁！"

钟晨鸣点了根烟。可可也抽烟，她座位旁边正好有个烟灰缸，此刻他抖了抖烟灰，点着电脑，慢悠悠地说："你这个水平，还没可可玩得好吧。"

豆汁此刻额头暴出青筋来，可以看出是愤怒至极。他怒道："可可钻石还是我带的，她会个屁的游戏，只知道瞎搞，还找个教练？有什么用？她自己都不会打游戏！"

懒宝宝看豆汁这么激动，生怕下一刻就要打起来，连忙出头做和事佬："大兄弟，你冷静一点，冷静一点，没必要这么生气。你看我们都是刚来的，也不熟悉情况，我这个兄弟……脑子有点问题，不太会说话，他其实就想问问你为什么要离开，别气别气。"

说着，懒宝宝疯狂给钟晨鸣使眼色，让他说两句安慰的话。然而钟晨鸣只是淡定地抽了口烟，他不说话就已经是最大的仁慈。

"我……我要回家。"

懒宝宝也就是这样问一问，毕竟他才刚看见豆汁这个人，之前也跟豆汁完全没有交集，也就随口一说，没想到豆汁竟然真的回答了。

"我爸给我找了工作，让我去厂里帮忙。"

豆汁低着头，转身开门，说出来之后他竟然全身轻松，连脚步都轻快了不少。

"厂……厂里？"懒宝宝有点没反应过来，问道，"养猪场吗？"

豆汁又转头，目光沉沉地看了懒宝宝一眼，一脸"滚"的表情。

懒宝宝干笑一声："打职业……也赚钱啊，去厂里不如打职业。"

钟晨鸣此时在旁边开口："太菜了，这么菜，不如去厂里，他赚不到钱。"

"我菜？"豆汁"哐当"一声将大门给关了，大步走到钟晨鸣身前，"你再说一遍试试？"

懒宝宝一阵头疼，他好不容易才安慰好的人，钟晨鸣少说一句话会死吗？

"兄弟，你——"

"我只是实话实说而已。"钟晨鸣目光从客厅的电脑上扫过，语气没有起伏，"不仅是你，这个战队的其他人……"

钟晨鸣一句话没说完，转而笑了笑，看着豆汁："你怎么还不走，在等谁留你？"

懒宝宝："……"

他刚刚心脏都要跳出来了，就怕这位大兄弟一来就把战队所有人都得罪了，那以后还怎么在战队做教练。

豆汁被钟晨鸣一句话噎到，恼羞成怒，将旅行袋往地上一丢，坐到自己电脑前面，沉声道："来 solo。"

钟晨鸣似乎是觉得这句话很好笑，笑着问道："你确定？"

"确定。"豆汁盯着电脑屏幕，双眼发红，就跟电脑欠他几百万一样。

懒宝宝觉得豆汁这人也有点奇怪，他坐在钟晨鸣旁边，决定不说话了，然后他给 BUG 发了条消息，换了个位置，找到 BUG 的电脑，打开电脑玩了起来。

战队的机器就是不一样，这个配置，在网吧二十块钱一个小时的区域都玩不到。

至于另外两个人？

他们爱咋咋地，总不可能把基地给拆了。

"solo 什么？"钟晨鸣看着电脑，关掉了他已经知道结局的比赛，登录游戏客户端，"solo 辅助吗？"

"我在打职业之前，主玩位置并不是辅助，中路 solo，随意！"

"为什么特地强调这个？"钟晨鸣话语里带着点好奇，"你是想说，打辅助是你做出的牺牲？"

豆汁没有说话，大概是默认了。

"你们为什么都看不起辅助？"钟晨鸣甩给了豆汁一个房间号，继续道，"我就不明白了，你还是打职业的，这种态度，被 1998 听到了怕是要被打。"

豆汁很快就进了房间，他选了"复仇之矛"卡莉斯塔，钟晨鸣选的女警。

solo 这种不用看小地图，不用猜对面打野在哪儿，不用怕 GANK，可以全神贯注于对线的比赛方式，选技能类英雄一向是很吃亏的。

因为注意力都集中在对手身上，所以对手的一举一动都看得清清楚楚，技能很容易就被躲，所以这次他们两个人都选了 ADC，靠平 A 打伤害的英雄。

看到钟晨鸣拿了女警，豆汁的脸上露出一丝不屑，不过也没人看他，连懒宝宝都在专心打游戏。

地图加载完毕，对局开始。

一级，兵线还没上线，两人在中路对望了一下，豆汁往前走，求战，钟晨鸣直接后退，避战。

豆汁脸上不屑的神情更浓，还在游戏里面打字嘲讽：【教练就是这个水平？】

对面都主动求嘲讽了，钟晨鸣觉得自己也不能不理，回过去：【NGG 的教练才钻三，UKW 的教练是个白金，你对教练这个位置是不是有什么误解？】

【就你也配跟 UKW 的教练相提并论？】豆汁又嘲讽了回来，【他打 LOL 的时候，你还在玩《消消乐》吧。】

UKW 是韩国强队，曾经连续几年统治了整个《英雄联盟》职业赛场，其他的战队只能在其统治之下瑟瑟发抖，直到去年 UKW 惜败 NGG，这一统治局面才被打破。

尽管如此，许多人还是不看好 NGG，特别是 NGG 在今年的季中赛又败给 UKW 之后，许多人都觉得曾经的 UKW 又回来了。

但是豆汁说得没错，UKW 的教练确实玩 LOL 比他早，这点没法反驳，不过 LOL 玩得好不好，跟年龄和玩游戏多久可没多大关系。

兵线相接，两人也没有继续打字废话，都开始专心对线。

第一拨兵线，豆汁往前靠，钟晨鸣十分淡定地后退——依旧不跟他打。

这个时候豆汁不敢腾出手来嘲讽了，钟晨鸣退得太靠后，他不敢追，只得又退了回来。

豆汁一退，钟晨鸣就操作着女警上前补兵。女警射程比卡莉斯塔远，女警站最远距离补兵，卡莉斯塔还真不太奈何得了女警，毕竟卡莉斯塔也要补兵。

两人血线都还是满的，基本没怎么交手，不过女警因为一直在退，几乎只补到尾刀，卡莉斯塔一直在 A 兵，率先到达二级。

对线的时候，抢二也是一门学问，LOL 里升一级给一个技能点，一级的时候只有一个技能，二级就有两个技能，算是一轮强势期了。一般情况下，先二级的可以把对面压着打，往往一血就是这个时候产生，或者优劣势就在此刻产生。

豆汁先二级，立刻往前走，卡莉斯塔是一个平 A 一下就可以位移一次的英雄，可以说是 LOL 里最灵活的 ADC，他一边 A 兵一边跳到兵线前面，然后发现对面的女警……又跑了！

这能不能好好 solo 了！

豆汁忍不住开始打字：【？？？】

钟晨鸣笑了笑，同样打字：【打不过打不过，你厉害。】

豆汁正准备打字嘲讽，结果女警走了过来，一枪 A 到他操作的卡莉斯塔头上。豆汁手忙脚乱地按了回车，发了两个无意义的字符出去，就这么一耽搁，女警也二级了，他的优势不在了。

豆汁打字的时间里，已经被女警 A 了两下，等他敲完回车准备反击，女警又退了。

就很气。

很快豆汁就发现，这仅仅是一个开始。

女警完全不跟他打，他进，女警就退，他退，女警就补兵，只是这样就算了，他进的时候，如果没太注意，还会吃女警极限距离的平 A，偏偏他还 A 不到女警！

现在两人都没有装备，吃个平Ａ也不是很疼，他补补兵就能把血回上来，但是这种摸不到又只能被动挨打的状态，真是十分令人生气。

豆汁干脆直接Ａ小兵跳到了女警面前，女警一个绳网弹出，豆汁眼疾手快，用位移躲开绳网，但女警又被绳网的后坐力弹出一段距离，他又摸不到女警了，现在小兵也Ａ不到，没法继续位移。

这时候，女警停下来，不跑了，卡着射击的极限距离，一枪命中卡莉斯塔。

卡莉斯塔手中的绿色长矛投掷而出，射向女警，同时，卡莉斯塔向女警的方向跳了一步。这是卡莉斯塔的Ｑ技能，不Ａ小兵，使用Ｑ技能也能位移一次。

女警似乎早有防备，Ａ了一下就往后退，慢悠悠地走位躲过这一记长矛，继续后退，卡莉斯塔又追不上了。

这样一个来回，由于卡莉斯塔一直在清兵，兵线就到了女警的塔下，钟晨鸣继续卡着极限距离清兵，在塔下，卡莉斯塔更加不好上前，眼睁睁看着女警悠闲地补兵，豆汁只能去Ａ塔。

solo规矩：一塔一血一百兵。

但是女警也没有给他拿下一塔的机会。

塔下的兵很快就被清完，卡莉斯塔Ａ了两下塔，塔的血线就掉了个血皮，看起来十分健康。

兵线从塔里面出来，钟晨鸣这下等级没被压，补兵也很稳健，倒是豆汁急着要杀他，漏了好几个兵。

兵线出塔，钟晨鸣已经三级，技能都学齐了，开始在兵线上摆"夹子阵"。

这个夹子阵也很有讲究，全是防守型的，却让急于进攻的卡莉斯塔极其难受，因为只要去追女警，就有夹子挡在路中间，让她不得不绕路，但是一绕路，又不好追女警。

豆汁的情绪越来越暴躁，杀不掉女警让他十分烦躁，在他认知里，卡莉斯塔本来应该是把女警吊起来打的英雄，没想到被女警风筝成了傻子。

看着极限距离补兵的女警，豆汁决定强打，趁着女警抬手的同时，他直接跳过去"硬刚"。

小心翼翼避开了几个夹子，A小兵加Q技能的位移，终于让他摸到了女警。女警立刻弹出绳网网住卡莉斯塔，手中的步枪射出一发华丽的子弹——爆头。

爆头并不意味着死亡，只是这记平A比普通的平A伤害更高，卡莉斯塔吃到爆头还在追女警，女警边退边回身平A，眼看着就要退到塔下。

女警的身上已经插满了卡莉斯塔绿色的长矛虚影，只要卡莉斯塔引爆这些长矛，女警就会受到二次伤害。

不够，矛的数量还不够！

这点杀不掉女警！

女警已经进了塔，卡莉斯塔一路追到塔下，又补上了两记长矛，但是吃了一下塔的伤害。

豆汁知道该撤退了，手指按在了E技能上，只要他按下这个技能，女警就会吃到一段爆炸伤害，他肯定赚。

这时，他的手臂变得沉重，抬臂都十分艰难，行动缓慢下来，举步维艰，跳也跳不动了。

女警带的召唤师技能虚弱，他被虚弱了。

E技能已经按出，女警身体里的长矛虚影悉数炸裂，但是由于他被虚弱了，这次女警受到的伤害并不高，女警立刻优哉游哉地反打，一枪指向卡莉斯塔。

卡莉斯塔被塔打了两下，又跟女警对A一通，现在就是个残血，她立刻开出护盾逃跑。

见卡莉斯塔逃跑，钟晨鸣并没有追，他甚至没有用大招补充伤害，而是走到兵线前面补了两个兵，打出三个字来：【你输了。】

豆汁正在慌忙想逃出女警的视野，防止被女警大招收掉人头，看到这三个字，他一愣，突然反应过来，打开了补兵情况的面板，女警补了一百个兵，他只补了八十个。

一血一塔一百兵，是他输了。

钟晨鸣看向跟他隔了一台电脑的豆汁，还没说话，豆汁已经愤怒地骂了起来："你这个也叫solo？你就是在补兵！"

钟晨鸣笑了笑："这叫策略。你玩辅助的，不懂吗？"

"滚！"豆汁骂道，"菜鸡只会搞这些，你不就是个抱大腿的吗？看可可有钱就想来是不是，拿出点真本事啊！"

钟晨鸣点了根烟，眼神平静地看向电脑屏幕："再来？"

这次豆汁拿了卢锡安，钟晨鸣没有选ADC，而是拿了"仙灵女巫"璐璐。

璐璐是个定位为辅助的英雄，曾经一段时间出现在中路和上路过，后来版本变更，璐璐被削弱，爆发类中单崛起，也就没有了走单人路的机会，固定在了下路辅助位置。

这一把英雄刚刚选完，客厅里突然响起开门声，一个房间里走出一个头发乱糟糟的男生，他趿着拖鞋手里玩着手机慢吞吞往厕所走。

他走了两步，看到一只脚，这才从手机里抬起头来，看了脚的主人一眼，发现是个不认识的人，又继续埋头在手机里，往厕所走。

三秒后，他突然反应过来什么，回头一看，发现大清早客厅里居然有三个人，还有两个是不认识的。

虽然现在都快十二点了，但对于他来说，就是大清早，毕竟他才刚起。

"你们……"看到三个人都在专心打游戏，他短暂地放下了手机，看了看三人的屏幕，恍然大悟，"solo啊，璐璐？情怀情怀。"

说完，他没有继续看，打了个哈欠，也不管有没有人理他，自己跑去厕所洗漱了。

懒宝宝刚刚打完一次激烈的团战，摘下耳机正准备跟这个人打个招呼，结果一抬头，发现人不见了。他迷茫地眨眨眼睛，怀疑自己刚刚是不是出现了幻觉，下一拨团战又到了准备时间，他没看到人，立刻戴上耳机继续游戏。

钟晨鸣跟豆汁正在对线，因为太过投入，两人都没有说什么，豆汁额头冒出了汗，看他那么紧张的样子，或许根本就没看到有人出来了。而钟晨鸣倒是听到了，但是solo的时候，可能只是抬一下头，就奠定了败局。

刚才玩手机的男生刷个牙的时间里，这场solo就结束了，从开头到结尾不过三分钟，钟晨鸣胜。

豆汁一脸蒙地坐在座位上，似乎没想到结束得这么快，还是被一个辅助给弄死的。

刚才一级的时候，他想跟璐璐对拼，结果他的卢锡安，一个ADC英雄，用平 A 打伤害的，竟然点不过璐璐，不过这只是一次试探，他准备升一级再打。结果二级的时候，他发现自己还是点不过璐璐，璐璐给自己套了一个盾，学了变羊，直接把卢锡安变成了小动物，卢锡安站着给他打，再加上点燃的伤害，他死了。

"怎么会……"豆汁低声喃喃着，"为什么会……"

钟晨鸣抖了抖烟灰，看着豆汁，奇怪道："你不玩璐璐？"

他拿的辅助英雄，豆汁玩的是辅助位置，豆汁应该很清楚璐璐的特点才对，但看豆汁跟他 solo 的情况，很明显是不太懂璐璐的特点，连璐璐平 A 伤害高都不知道。

豆汁没说话，脸色不太好看，看样子就是默认了。

"你主玩的辅助是什么？"钟晨鸣又问道。

"女坦，牛头，锤石。"玩手机的男生正好洗完脸，顶着一头水珠从厕所出来，他看豆汁的样子怕是不想回答了，就说了，说完他看向钟晨鸣，"你是谁？"

钟晨鸣看向他，笑了笑："你好，我是新来的教练，钟晨鸣。"

这一瞬间，原本沉默不言的豆汁，还有埋头打游戏的懒宝宝都抬起了头看他。

"钟晨鸣？"懒宝宝最为震惊。

玩手机的男生歪了歪头："那个钟晨鸣？"接着他又道，"长得不像啊，你退役之后整容了？"

"开玩笑的吧，兄弟你怎么叫这个名字？"懒宝宝表示接受不能，"你要真是钟晨鸣还会这么惨？"

钟晨鸣笑了笑："同名而已，别惊讶。"

"说起来我觉得你跟钟晨鸣还真像。"懒宝宝好像没听到钟晨鸣的话，自顾自说了起来，"都是打中单的，风格也很像，好像你发条也玩得很好，但是我觉得你比他厉害一点，不对，不是一点，是十点。哇，你就是因为名字所以是玩中单，是钟晨鸣的粉丝吧，厉害了兄弟。"

钟晨鸣也不知道是该哭还是该笑，最后只能抽口烟，淡定地接受懒宝宝的评价。

对于名字的问题几人说了几句，很快又回归到正题来，玩手机的男生看向豆汁，豆汁点了点头，算是确定了钟晨鸣教练的身份。

豆汁神情落寞，他站了起来，提起自己的旅行包，深吸一口气，低声说道："我走了。"

懒宝宝一脸好奇地看过来，他虽然没有看两个人 solo，但看气氛就知道豆汁肯定输得很惨。他问："你就这么走了？就不想打回来？"

钟晨鸣接着说道："你玩的辅助都是开团型，或者说带节奏的辅助，看你的打法也是激进型，其实很有想法，但是太过于激进了，容易心浮气躁，出现失误。"

豆汁转头看钟晨鸣，眼眶发红，大吼道："你懂个屁，辅助不想着carry，那还玩什么辅助？"

钟晨鸣冷静地看着豆汁，丝毫没有半点情绪波动，他点点头："你说得对，想着 carry 的辅助才是好辅助，但是辅助应该是团队之脑，你——不够格，回家去吧。"

玩手机的男生原本好奇地看着他们，此刻终于出声道："你一来就赶人，不怕可可发脾气吗？"

"意志不坚定的人打什么职业。"钟晨鸣平淡道。

懒宝宝突然叫了起来："兄弟，你干吗？你别哭啊！"

就几句话之间，他们一转头，发现豆汁已是泪流满面。

玩手机的男生看到豆汁哭也愣了一下，嘀咕道："莫名其妙哭什么，又不是我们要你走的。"

懒宝宝劝着："兄弟，你不想走吧，留下来啊，这么走算个什么事儿，至少把他打一顿再走啊。"

抽着烟的钟晨鸣："……"

发现自己情绪失控，豆汁两下擦干了眼泪，提着行李包就往自己那间屋子走，开了门又关上，客厅里一瞬间静悄悄的。

懒宝宝看着这个莫名其妙的发展，看向这里唯一一个长得像知情人的人，也就是玩手机的男生，疑惑道："他……"

玩手机的男生耸耸肩，表示："他就那样，成天跟谁欠了他几百万一样。你们好，我是中单原子，原子电子中子的那个原子。"

"我这个兄弟也是中单。"懒宝宝仿佛十分高兴，"哪天你俩切磋一下啊。"

"solo？"原子看起来并没有什么兴趣，"我又没兴趣拿 solo 赛冠军，再说教练不能只清楚一个位置吧？"

"新手教练，还在试用期。"钟晨鸣十分坦然，"战术上面的分析可能差一点，操作上现在可以指导一下。"

说了几句话，突然响起敲门的声音，BUG 靠在门边，看着两个人："客气完了没？许阿姨今天怎么还没来，你都不关心吗？"

许阿姨是战队做饭的阿姨，每天中午跟晚上都会来做饭，现在都快十二点了，却连个人影都没看到，BUG 不由得为自己的午饭担心起来。

闻言原子又看向自己的手机："我打个电话问问。"

打完电话，原子十分无奈："许阿姨说可可姐跟她打了电话，说今天中午会出去吃，不用过来做饭。"

这样一说，前因后果就明显了。可可今天带钟晨鸣过来，本来是想找个地方吃点好的，顺便介绍大家认识，结果看到小 C 走了，气得去找小 C，就把吃饭的事情忘记了。

"点外卖吧。"原子敲了敲自个儿的房间门，大声问，"Boom，你吃什么，我们点外卖。"

门里面传来一个声音："黄焖鸡，微辣，大份，加可乐。"

BUG 也道："我要麻辣香锅，老样子。"

听他们说完，原子就点了餐，也没问豆汁吃什么。

懒宝宝突然有点明白了什么，他去敲了敲豆汁的门："兄弟，吃午饭了，你想吃什么？"

里面没有声音传出来，倒是原子说道："别叫了，他不会理你的。他这个人很怪，也不知道小 C 怎么跟他相处的，现在小 C 走了，我们都知道他也要走。"

原子的房间门又开了，叫作 Boom 的人走出来，就是之前穿着老干部睡衣的人。他打了个哈欠，因为困口齿不清地说着："现在战队人都不齐了，你们也找下家吧，想打职业的去看看战队的青训，不想打的就可以回去找工作了。"

听到这个话，BUG 皱了下眉，却没说什么。

懒宝宝听得一愣一愣的，他万万没想到，一来就面对着一个要散的战队。他直觉一个战队不应该这样，张口正想说什么，钟晨鸣用手指敲了敲桌子，吸引了懒宝宝的注意力。

"很正常。"钟晨鸣又点了根烟，他不知道想到了什么，语气有点飘，"我们出去吃饭吧。"

"行……行吧。"懒宝宝跟几个人招呼了一句，就跟钟晨鸣出去了。

BUG 洗了把脸，也没跟钟晨鸣还有懒宝宝说再见，而是穿着睡衣坐到了电脑前。

懒宝宝之前玩了一把，走的时候也没给他关电脑，他登录了自己的游戏账号，点下排位。

客厅里还有钟晨鸣留下的烟味，BUG 有点出神，游戏音效提示他已经排进去了。他回过神来，没有点确定，而是转头看向原子："给我根烟。"

"你不是不抽烟吗？"原子这样说着，还是递给了他一根烟。

"突然想抽了。"BUG 说着，不是很熟练地点了一根烟，抽了一口差点把自己呛着，引来原子一阵嘲笑，BUG 也没说什么，第二口就会了。

Boom 慢悠悠地从卧室里出来，问 BUG："你认识那个新来的教练？"

"刚认识。"BUG 点了点头，"打过几把。"

"玩得咋样？"原子问道。

"还行吧。"BUG 回想了一下这几天的游戏，"操作还行，意识不行，喜欢瞎秀，还特喜欢瞎说话。"

门外楼道里，等电梯的间隙，懒宝宝也在跟钟晨鸣说战队的事情。

"这个战队不行啊。"这是懒宝宝的第一想法，"看起来就是一盘散沙，估计扶都扶不起来，可可人还不错啊，怎么她战队的人这样。"

钟晨鸣就听着，也没回答。

"这战队都要散了吧，就算不散，他们也缺人吧，不知道走了那个是什么位置的，可惜不是中单，这样你就可以上了。"懒宝宝又道，"你其他位置好像也行，要不就试试其他位置？"

钟晨鸣回道："或许有替补。"

"哪里来的替补。"懒宝宝笃定道，"客厅里一共就六台电脑，还有一台是可可的，有替补得给他配台电脑吧，这很明显，战队一共就五个人，缺个人都不行。"

"可可认识的人多。"钟晨鸣淡定道。

懒宝宝一想也是，可可应该认识很多玩得很厉害的人，战队的人倒是不用担心。这样一想，他又想到豆汁的事，嘿嘿笑了："兄弟，刚刚你用的是激将法吧，就为了把那个辅助留下来，干得不错。"

电梯到了，钟晨鸣走了进去，他道："我是认真建议他回家，他对游戏的理解有问题，不懂变通。"

懒宝宝："……"

钟晨鸣又补充了一句："打职业，很难。"

懒宝宝忍不住问道："那怎么办，他这下还真不走了。"

钟晨鸣十分淡定："问可可。"

可可下午才回来，先对把吃饭忘了的事道了歉，然后说让许阿姨做一顿丰盛点的晚饭。

道完歉，可可把几个人正式介绍了一下，钟晨鸣也知道了战队里面每个人主要的位置。

原子是中单，BUG 是打野，Boom 是上单，豆汁辅助，离开的小 C 是ADC。

可可是一个人回来的，小 C 并没有回来。看得出可可有些疲惫，但还是强打起精神，笑着给大家介绍。介绍完了，她道："你们去打下五排吧，让新来的教练知道你们的个人风格和技术，了解了解。"

原子问："那 ADC……"

钟晨鸣笑了笑："我可以客串一下 AD。"

听钟晨鸣这么说，原子跟 Boom 又看向可可，可可笑着说："教练很厉害，相信他，你们去磨合吧。"

可可这么说了，几个人才开了游戏。进一区，看到钟晨鸣的游戏账号，原子突然愣了一下，若有所思。Boom 则是嘀咕了一下："钻一，这个胜率还不错啊，主玩中……可以的。"

一直沉默地坐在角落里的豆汁听他们这样讲，也看了下钟晨鸣的战绩，脸上的表情扭曲了一下——新来的这个教练，不仅是用 solo 打了他的脸，还用账号的战绩打了他的脸。

虽然胜率高，但毕竟是个钻一的号，还是国服的。现在国服的水平实在是不容乐观，职业选手扎堆韩服，就连玩得好的主播为了人气也跑去打国服，国服好像已经成了一个娱乐区，所以这个战绩，其实并不算很好。

他们观察钟晨鸣的时候，钟晨鸣也挨个点进他们的账号去看了看，不过没什么收获，这几个账号都不怎么玩，打自定义比打排位都还多，很明显，这几个人也转战韩服了，就是不知道在韩服打到了什么段位。

选完英雄，游戏开始，可可在旁边看着，没有说话，有些出神。她手机响了起来，还是原子提醒她她才想起来接电话。

看到来电显示，可可愣了愣，拿着手机去了阳台，还关上了阳台的落地窗。

可可一走，客厅的气氛就有些沉闷，几个人都有些走神，钟晨鸣也没怎么说话，他们刚刚开始组排，排到的人段位也不高，操作跟配合都不能看，就算没有交流，也赢了，还赢得十分轻松。

可可中途打完电话，看他们在打游戏，一言不发地离开了，脸色却不是太好。

就这样打了两把，BUG 突然道："这样打没什么意思，给教练看看我们之前商量的阵容吧。"

听到 BUG 这样说，原子有些诧异，不知道诧异的是这句话还是说这话的人，他想了想，还没说话，Boom 就道："哪一套？四保一还是双核心？"

"四保一吧。"原子把话接了过去，"然后双核心。"

他们三个都这么说了，一直在角落里伪装不存在的豆汁也没说话，其他人直接就敲定了这个阵容，或者说，豆汁的意见直接就被他们忽视了。

"四保一？"钟晨鸣来了点兴趣，"我玩什么？"

一般的四保一指的是四个人保 ADC，将资源都让给 ADC，让 ADC 打出爆炸输出。

这样的阵容要求 ADC 厉害，而且能拿到伤害爆炸的 ADC，而伤害爆炸的 ADC 往往生存能力弱，团战中对面首先要杀的也肯定是 ADC，所以队友的保护很重要，当然，ADC 自身的意识更重要。

现在这个版本倒是很适合四保一阵容，因为装备跟天赋能增强辅助对 ADC 的保护能力，还能在保护的同时增加 ADC 输出，所以保护型的辅助比开团型的辅助更吃香。

"之前是大嘴或者小炮。"BUG 道，"其他人看情况。"

"小炮吧，大嘴我不怎么会玩。"钟晨鸣道。

结果这把一开始，对面先选人，直接就把小炮给选了，原子问了下钟晨鸣，钟晨鸣还是要了大嘴。

虽然拿的是不太擅长的英雄，但由于对面技术有限，还是赢得很快，什么阵容优势，什么配合完全都没有看出来，一时间大家都觉得有点无聊，这样的低端局实在是让人提不起什么激情来。

客厅的气氛还过于沉默，或许是队友的离开让大家都有了想法，打游戏都心不在焉起来。

"这一把双核心。"BUG 的声音在客厅响起，"中、AD。"

双核心就不是保护某一个人了，BUG 说了"中、AD"，也就是围绕着中单跟 ADC 打，优先保证这两人的发育，然后以两人作为核心 carry 点来打。

"什么英雄？"钟晨鸣问了一句。

"随意。"原子道，"大嘴不行。"

钟晨鸣点了点头，这把小炮没被抢，就选了小炮。

虽然大家都有练兵的想法，但是这一把依旧没有什么好玩的，说好听点，就是碾压对面，说不好听，就是一场屠杀。

十五分钟，推完对面高地，这速度就跟打人机一样，还是简单模式。

"好无聊。"一把结束，Boom 率先说了话，"我不打了，打韩服去。"

BUG 没有异议，豆汁的意见直接被忽略掉，原子则是看向了钟晨鸣，露出了感兴趣的样子："教练，你有韩服号吗？什么段位？"

钟晨鸣正在分析战队每个人的特点，虽然是垃圾局，但也能看出一些东西，他直接在可可的电脑上开了个文档开始总结，闻言头也没抬："有，钻三或者钻四吧，忘记了。"

原子像是思考了一秒，然后说道："双排吗？"

钟晨鸣敲键盘的手一顿，随后点头："排，我 ID 我自己都记不得，你叫什么，我加你。"

说着，钟晨鸣打开了韩服客户端，登录自己账号，一登上，就收到了 Master 的留言。

【兄弟你几天没上了？游戏不上 QQ 好歹上一下吧？】

钟晨鸣直接发过去六个点：【……我们昨天还在一起双排。】

好友列表里，Master 正在游戏中，不过也很快回了过来：【哦，那是我忘记了，看你一天不在，怎么感觉跟几天不在一样，神奇。】

钟晨鸣：【……】

Master：【我这把打完再跟你说，你先别排，等我出来。】

钟晨鸣：【我约了人。】

钟晨鸣跟原子排了进去，过了十分钟，那边才回过来一句：【好吧。】

Master 这把游戏里面，有两个人正在吵架，用着蹩脚的英文在韩服里面强行对骂。

作为一个经历过大风大浪，见识多了吵架挂机的职业选手，Master 的内心毫无波动，既没有屏蔽也没有劝架，继续打他的游戏。

嗯，是对面在"所有人"频道里面吵，他为什么要管。

就在这种刷屏中，他看到了他家粉丝的消息，回了让他等等之后，Master 立刻打起了十二分精神，他的队友都发现，这个打野怎么突然就变猛了，这操作秀得，节奏带得，这样高强度地打游戏，怕不是打完这把就要去休息。

也就在 Master 专注游戏，想要快速结束这把游戏时，钟晨鸣"我约了人"这四个字发了过来，那时 Master 正在打一拨小团战，而对面的两个人还在互相对骂，很快就把消息刷了过去，Master 也没看到。

等 Master 用了十分钟推平了吵架局之后，一出来，才看到钟晨鸣的消息。

Master 有点奇怪，他这个粉丝，不是一向单排，只跟他双排的吗？怎么突然就有人约了。

而且在他的印象里，他的粉丝早睡早起，只要白天，都在线上，这样一个白天没出现的情况，实在是很神奇，神奇得他有种好几天没见到他粉丝的错觉。

不过人总要有点三次元的生活嘛，他这个粉丝又不是职业选手，也不是主播，就连主播跟职业选手都还要放假请假，所以他有一天不玩也是正常。

这样想着，Master 将鼠标移到"DJGAAGLJI"这个名字上，右键，观战。

这一把他家粉丝并没有玩中单，玩的是打野，他家粉丝的打野看得他……真是一言难尽。

当然，这个水平放在这个分段，也是足够的了，只是看到一半，Master 实在是忍不住了，跟他打字：【你这个是逆风局，玩瞎子不要出提亚马特，你记得先给自己 W 技能再刷野。】

他粉丝回得十分迅速，只有两个点。

Master 又道：【我是老瞎子，信我。】

那边又发了过来：【你在 OB（观战）？】

Master：【看你在玩瞎子，有点好奇。】

其实他点开的时候并没有注意他家粉丝在玩什么，就是想看而已。

DJGAAGLJI：【看后续。】

果然不到一分钟，他家粉丝就去把对面强势路给抓了，一套秒了对面装备最好的人。

他之前让他家粉丝不要出提亚马特，是因为逆风局出防装比较好，因为自己是个老瞎子，他看别人玩瞎子，就能看出那人有几斤几两，他家粉丝这样的，估计就玩过几把，清楚技能，也就这样，所以才提建议。

结果没想到，他家粉丝立刻就打了他的脸。

还好没开直播，Master 庆幸了一下。

旁边的空气倒是开着直播，此刻下播了，准备去吃饭，一转头看 Master，就发现这人在 OB，还是 OB 的之前跟他双排的中单。

空气看了一会儿，说道："他这是把瞎子当中单打了吗？"

Master 一脸问号："什么东西？"

空气靠在椅子上，看他屏幕："你看这个瞎子，全输出装，逆风局都要这样出，打团也不打控制，逮着对面 C 位就是一套秒，不是，我说，这样一套秒，他还能全身而退，这什么分段啊，对面都是傻瓜吧？"

Master 也看出一点门道来，甚至还在这个瞎子身上看到了一点他家粉丝玩劫的影子，虽然这样可以当刺客玩很爽，但这样下去很大概率会输，瞎子并不是一个很好秒人的英雄，低分段还行，韩服钻石已经不算低分段了。

Master 忍不住又打字提醒了：【瞎子理论上还是一个战士，你打团的时候注意一下队友，别一个人……】

DJGAAGLJI：【别废话。】

Master：……

空气在旁边哈哈大笑，拍了拍 Master 肩膀："走吧，吃饭。"

"我看完这把。"Master 坐在座位上稳如磐石，"他肯定会输。"

空气也没再说什么，陪他一起看完了，结果真的输了，瞎子后期实在无力，对面装备起来了，他很难再秒掉 C 位，团战就越来越不行。

Master："这个瞎子……"

空气："吃饭！"

"等我打完。"Master 头也没抬，继续敲字：【我觉得你还是适合玩中单，晚上双排吧。】

DJGAAGLJI：【晚上再看吧。】

Master 无语。

"我怀疑他不是我的粉丝。"Master 跟空气道，"我，他偶像，跟他科普盲僧怎么玩，他竟然要我别说话？双排也拒绝了，他肯定是个假的粉丝。"

空气："吃饭！"

Master 站起来，跟空气往食堂走，一边走一边还在想这个问题。走了一半路，Master 又道："我觉得真的很有问题，这个粉丝肯定是假的。不对，我本来想跟他说一点正事的，怎么忘记……"

空气看着走在他前面这个一米八几的大个子，突然就有点心累，以前也没听说过 Master 这么宠粉的啊！Master 不是一直在粉丝面前保持着冷艳高贵的形象吗？现在这个人怎么回事，怕是被"魂穿"了吧！

钟晨鸣说的"晚上再看"，是因为晚上可可给他们弄了很多吃的，看样子是想在饭桌上让他们多多认识一下，这一顿饭看起来不吃一个小时是吃不完的。

不过一群网瘾少年，也没什么好聊的，就吹吹游戏里的事，调侃一下队友，不过大家都不约而同地避开了小C的事情，也没有主动跟豆汁搭话。

看起来，小C的离开对他们的影响还是很大，甚至都让他们对打职业这件事产生了动摇。

吃完饭，原子跟boom照常打RANK训练，豆汁也去开了排位，BUG则是站在门边，看着钟晨鸣，说道："教练，我带你去周围熟悉一下吧？"

钟晨鸣点了点头："行。"

可可提了提包："我跟你们一起。"

这意思很明显了，他们要去网吧，跟小凯还有蚊子练习配合。当然，这种事让原子他们知道了还是不太好，毕竟BUG是偷偷溜出来打网吧赛的。

看到三个人一起出门，原子若有所思地对Boom说："我觉得他们三个有问题。"

"能有什么问题。"Boom完全没在意，"选英雄了，好好打游戏。"

下午的时候懒宝宝有课，回去了，也就没跟钟晨鸣一起去可可那里。上完课，懒宝宝又勤快地跑来了网吧，他这学期在网吧待的时间可能比他在宿舍待的时间都长。

懒宝宝到得比钟晨鸣早，钟晨鸣跟可可、BUG去的时候，懒宝宝已经开始打游戏了，他看上去很高兴，见钟晨鸣来了，游戏也不打了，直接回城切到桌面，跟钟晨鸣嘚瑟起自己的战绩来。

"兄弟，我跟你讲，我的状态又回来了！"懒宝宝言语之间十分兴奋，给钟晨鸣看他上一把的战绩，"看，我carry的，厉害不厉害，牛不牛！来来来，双排！"

钟晨鸣看了一眼，懒宝宝拿了个MVP，击杀死亡助攻是 5 : 1 : 26，玩的猪妹。

猪妹是个坦克型打野，伤害不高，自身很"肉"，控制又足，属于给队友创造输出条件型，他这个战绩很不错了。

"你终于不玩瞎子了？"钟晨鸣调侃了一句。

懒宝宝摇了摇头，切回了游戏画面，唉声叹气道："玩啊，但是这两天我发现，我确实比较适合草食性打野，赢得比瞎子简单多了。哎呀，好气啊，我可是 Master 的粉丝，瞎子竟然玩得不行。"

钟晨鸣笑了笑，在懒宝宝旁边坐下来，开电脑。

现在是网吧最热闹的时候，他们没找到三连坐，可可跟小凯就坐他们对面，蚊子和 BUG 坐一起，懒宝宝旁边正好有位置，钟晨鸣就坐了下来。

懒宝宝切回游戏，帮完一路又转头问钟晨鸣："Master 今天晚上直播吗？他白天都没直播！"

钟晨鸣无奈道："我怎么知道。"

"你俩不是天天双排吗？"懒宝宝发散了一下思维，"哇，兄弟，我突然想起来，你今天下午没有打游戏吧，我看了 Master 小号战绩，都没动，他打了一天的大号，是不是不跟你双排就不开直播了。"

"……你想太多了。"

"不是啊。"懒宝宝想了想，觉得真是这样，"以前 Master 直播都不说话的，跟你双排这两天，我真的觉得他把一辈子的话都讲完了。"

钟晨鸣差点被呛到，说："有这么夸张吗？"

懒宝宝真诚无比地点头："有这么夸张。"

"他没这么高冷吧。"钟晨鸣无意中瞄到了一眼懒宝宝的屏幕，提醒道，"你快被红 BUFF 打死了。"

懒宝宝这才回神，手忙脚乱地想拯救一下，可惜红 BUFF 最后一下已经 A 出来了，刚刚还在炫耀自己厉害无比的懒宝宝惨死在了红 BUFF 之下。

"打游戏打游戏，打完再说。"懒宝宝盯着灰白的屏幕，立刻不想跟钟晨鸣说话了，他突然想到什么，提醒了一下钟晨鸣，"兄弟，你也没个手机什么的，有电脑的时候你好歹上一下企鹅号啊，不然谁能找到你，你就跟人间蒸发了一样，不太好吧。"

钟晨鸣刚刚登上一区的账号，听懒宝宝这样一说，还是登上了企鹅号。

之前有手机，消息什么的直接用手机接收就好，他早就没有了电脑登录的习惯，不过现在不同了，他觉得自己有必要天天登着企鹅号——他一打开，就嘀嘀嘀地收到好几条消息。

其中一半是懒宝宝发的，一半是 Master 发的。

懒宝宝发的是什么"在吗""Master 跟你双排吗""你们玩到什么时候"这种消息，刚刚懒宝宝已经面对面问过了，他也就不用回了，倒是 Master 的消息让钟晨鸣愣了一下。

Master……给他发了一个文档，直播的合同文档，另外还有一句话：【我找管理拿的这个，你可以看看。】

蚊子的组排邀请发了过来，钟晨鸣点了接受，然后打开文档看了看。

这个合同他说陌生也不陌生，说熟悉也不算熟悉，毕竟他没有跟直播网站签过合同，但是他有了解过。

他现在国服钻一，韩服钻三，自己的口才嘛，肯定不行，这样直播大概是很少有人看的，但有 Master 带就不一样了。Master 的人气在那里，他跟 Master 双排，或多或少能被 Master 带点人气过来，或许直播真的可行。

现在的他确实缺钱。

钟晨鸣一边选着英雄，一边给 Master 发过去两个字：【谢谢。】

Master 显示的手机在线，回得也很快：【没事，我跟管理说好了，你先试播两天，可以的话就直接签约，放心，肯定有人看的，人少点也没事，我给你说说就是了。】

钟晨鸣又发了一条消息过去：【我没有电脑。】

Master：【……】

游戏已经排了进去，钟晨鸣想了想，给可可单独发了一条消息：【我能在基地开直播吗？】

可可回得也很快：【可以，加油。】

钟晨鸣发了感谢过去，正好就排进去了。

他们组排胜率很高，现在排到的队伍没一开始轻松了，打着也比较有意思，当然，钟晨鸣还是全程压着对面打，让对面中单塔都不敢出，就是蚊子开始吃力。

BUG 不得已，只能频频往上路跑，就这样，蚊子还是被单杀了一次，抓死了一次，好在也没有崩得太厉害。可可跟钟晨鸣也很照顾上路，有空就往上路跑，把对面上单抓得在所有人频道里一顿乱骂，看得旁边的懒宝宝都乐了。

上路崩得惨，下路却是优势路，这让钟晨鸣有点意外。

开局的时候他看了看对面的段位，对面的 ADC 是个王者，辅助钻一，实力肯定不差，不过玩的不是自己擅长的英雄，英雄胜率不高，但就这样，小凯跟可可硬是没有落下风，还占到了便宜。

意识到这点，钟晨鸣就多留意了一下下路，发现小凯的进步是神速的。

可可是个不错的辅助，对线方面也有很多的心得，她特意跟小凯坐在一起，一边打游戏一边交流。小凯跟可可说话的时候脸上总有点红，不过也很好地跟上了可可的节奏，并且及时做出调整。

一把打完，小凯继续跟可可说着什么，而钟晨鸣的企鹅消息又跳了起来。

Master：【你要不来我们战队当青训吧，我给经理说一下，你的水平，肯定能行，不行我把我号给你，你打两局韩服高端局给他看。】

钟晨鸣：【我有电脑了。】

Master：【？】

钟晨鸣：【不过以后说话可能会少很多，或者不能说话。】

钟晨鸣想了想，也没有什么好隐瞒的：【我去朋友那儿。我朋友有一个战队，我去做几天教练，刚问了一下，说可以在战队直播。】

Master 的重点却不在这儿，他问道：【教练？你多大了？】

如果年纪合适，一般的人都会选择成为职业选手，而不是做一个教练，何况钟晨鸣的状态看起来还很好，完全可以打职业，就算年纪大点也没事。

而做教练的话，需要对 LOL 游戏的理解到位，有自身的见解与看法，还要制定各种战术，可以说是团队之脑，一般都是资历较老的人担当，年纪也会上去了。

【在职业圈里应该算年轻的？】钟晨鸣敲字回复，【现在在朋友这里帮帮忙，她说我找到队伍可以离开。不对，应该是她帮我，我现在的环境其实有点不太好。】

【加油吧。】Master草草打了几个字，【我打训练赛了。】

Master去打训练赛，钟晨鸣这边的又一把比赛也开始了。

这一把对面的上单是个王者，其他路也普遍钻三以上，小凯打着有点吃力，可可还勉强帮他稳着，蚊子暴露出来的问题就十分严重了。

"不要来上路。"游戏中，蚊子汗都快打出来了，他手里紧紧捏着鼠标，说道，"让我一个人抗压，你来了也打不过。"

蚊子已经被单杀了一次，现在兵线快要压进蚊子塔下。蚊子补刀功力也不行，要是进了塔他一拨兵能补到两个已经是万幸，但兵线不进塔，他又完全不敢上前补刀。

"换线吗？"可可提出战术来，换线是LOL的常规战术，就是一方有对线压力的时候跟其他线换，保证劣势路的发育。

"换！"蚊子跟抓到了救命稻草一样，立刻道，"我吃完这拨线！"

"BUG跟我来上路。"钟晨鸣说了一句，"我跟你换。"

"你确定？"蚊子看着钟晨鸣的卡牌，对面是一个剑姬，卡牌打剑姬，这不是要被吊起来打的节奏？

"没事。"钟晨鸣道，"我带了TP。"

蚊子以为他说的是被剑姬打残血了，回家补充状态又TP回线，立刻同意："那你上来！"

剑姬十分自傲，即使中路的人不见了，她还在压着蚊子打，压线都压到了塔下，甚至想越塔清兵线。

钟晨鸣往上路走，剑姬看到人来了才想着走，凭借自己灵活的优点，愣是清完兵线之后跑了，倒是让BUG跟钟晨鸣抓到一个想来上来支援，走到半路上的打野。

杀了对面打野，蚊子回家补充状态，然后往中路走，钟晨鸣则留在上路收兵。

剑姬有一个可以格挡技能的技能，而卡牌的控制技能需要抽牌，抽牌的时候卡牌头顶上会显示图标，蓝牌回蓝，红牌群攻减速，黄牌定身，这让剑姬十分容易躲掉卡牌的控制，并且反打。

只要卡牌用掉了可以定身的黄牌，那就会被剑姬无脑突进，很难过了。

但是对线下来，剑姬发现，她并没有在对线中吃到什么好处，连卡牌的发育都没有限制到！

对面的卡牌十分会偷经济刷野还有找机会补刀，打着打着，她剑姬的补刀竟然跟卡牌拉开了距离！

和平发育下来，到中后期是卡牌的作用大一点，还是剑姬的作用大一点，这很难说，上单或许是觉得要限制一下钟晨鸣这个点，准备呼叫打野来上路搞事，然而打野还没走到上路，他们就发现上路的卡牌不见了！与此同时，传送的音效在下路响起！

这个卡牌竟然去下路支援了！

钟晨鸣传送到下路，完美地拿下下路双杀，然后又飞中路，结果因为蚊子害怕、屄，没有拿到中单的人头，让中单残血逃脱，连蚊子自己看得都好气，然后嚷嚷道："卡牌！你要飞中路给我说一声啊，不然我怎么知道你要来中路 GANK，浪费一个大招好吧！"

钟晨鸣也没有说话，只是在对话框里面发了一下时间，预计对面闪现什么时候能好，然后继续做自己该做的事情，那就是去上刷钱。

钟晨鸣怀揣着几千金币，也不回城买装备补充状态，顶着被磨掉了血皮的血条在上路慢慢补兵。

"来上路。"钟晨鸣也没说谁，但这个时候只能是指的打野。

BUG 看了眼自己的野区："我先拿个红。"

说完，他直接走向了自己野区。

钟晨鸣自个儿慢悠悠地回了塔下，点了回城，不多时，对面打野从后面的草丛绕出来看了眼，没找到卡牌，又走了，刚才他们已经做好了包夹的准备，没想到卡牌嗅觉如此灵敏，跑得贼快。

BUG 的意识有点问题，钟晨鸣默默在心里的小本本上记上了一笔：大局观太差。

这一把打了很久，最后没打赢，输了。

对面有配合，有意识，从蚊子这里打开了突破口，这毕竟是一个五个人的游戏，如果对面实力相当，自己这方缺失了一环，就很容易全盘崩溃。

蚊子从头到尾装备就没起来过，他是一个前排，但是打起团来活不到两秒钟，根本就没办法打没有前排顶着，后面的脆皮输出也不好输出，团战自然打不赢。

"总结一下问题吧。"可可点了根烟。

"蚊子你问题很大啊。"懒宝宝在旁边观战，此刻出来笑着怼蚊子，"你在上路死来死去，没法打。"

"我能有什么办法！"蚊子简直想化身表情包来证明自己的无能为力，"打不过啊，剑姬这什么英雄啊，跟狗一样，追着我杀，我回塔都要杀我，打野还要来，怎么打，你们告诉我怎么打！"

"不是，刚才你上路那操作……"懒宝宝开始跟蚊子讲操作，"你先闪现，再……"

蚊子怼回去："哇，兄弟，你看看我们装备差距好吧？"

"好了。"BUG 声音不大不小，刚好打断了两个人争论，他说道，"开下一把吧。"

"保蚊子吧。"钟晨鸣此刻出声，"至少让他装备像个样，别见面死就行。"

BUG 想了想，说道："行。"

这个战略还是有些成效的，蚊子虽然依旧很崩，但在他们的帮助下装备好歹起来了，还引得对面破口大骂。

蚊子心情高兴，打字说：【来啊，造作啊。】

然后他就被单杀了。

其他四人："……"

对面开始了展现中华语言博大精深的嘲讽，蚊子灰溜溜地不敢再说话，而是悄声喊了喊 BUG："来上路帮我抓一下？"

BUG："等会儿。"

话还没说完，蚊子又被抓死了一次。

"现在求我还来得及。"钟晨鸣笑着调侃。

"哇，兄弟，你要帮我啊，这样下去要输的！"蚊子已经坐不住了，不仅不敢再打字嘲讽，还把对面给屏蔽了。

"走吧。"钟晨鸣道，"推上塔拿峡谷先锋（史诗级野怪）。"

小凯问道："换线？"

"换，"钟晨鸣往上路走去，"蚊子你去下路，我们去上，打完峡谷先锋换回来。"

他们的四保一阵容——四人保上单，还是卓有成效，至少这一把蚊子虽然死来死去，好歹还是赢了。

又打了两把熟悉这个打法，看时间也差不多了，几人也散了，钟晨鸣跟BUG 一起回基地，而可可回自己家。

走到一半，钟晨鸣看到路边有个便利店，跟 BUG 打了声招呼，进去买了洗漱用品，刚刚准备结账的时候，BUG 摸出一张卡把钱给付了，并且不容拒绝道："我是会员，打折，给我积点分。"

"那你刷了多少？"钟晨鸣拿好东西，开始掏钱，刚才他挑的最便宜的买，身上的零钱应该是够的。

"当我送你的。"BUG 大步往前走，头也没回，"欢迎来到 TD，教练。"

钟晨鸣突然就想笑，于是他真的就笑了起来。

夜风送来凉意，让这个闷热的初夏凉快了不少，一场细雨落下来，夜色中有人在笑着奔跑。

>> 第九章 >>>>>>>>>

carry 全场

TUIYIZHONGDAN
XIANGDAZHIYE

几个人在网吧练了几天，很快就到了打比赛的时候。

第一天很顺利，几乎都是2∶0打过去，就算有的前期处于劣势，在钟晨鸣、可可还有 BUG 的战术调整之下，也能打回来。

何况这次遇到的中单，没有一个人能跟钟晨鸣对线，要么是被钟晨鸣碾压杀穿，要么是塔都不敢出，只敢在塔下刷兵。

打完之后，看时间还早，蚊子又拉大家去吃了顿烧烤，钟晨鸣借口有事，提前回了基地。

基地里大家都在打游戏，没人注意他，钟晨鸣打开了可可那台电脑，旁边的 Boom 这才侧头看了他一眼，打了声招呼："回来了啊。"

钟晨鸣笑了笑："回来了。"

Boom 也没问 BUG 跟可可去哪儿了，又专注于游戏，刚刚他就是例行打个招呼而已，什么都没有此刻游戏对他的吸引力大。

钟晨鸣坐下来，先上了企鹅，又打开 LOL 官网看比赛回放，MW 今天有比赛，下午四点开打，那时候他也在打比赛，没有看，现在回来了就看看。

MW 赢了，2∶1 险胜。对方是个中流队伍，打成这个样子，MW 的整体状态看起来都不太好。

之前他也跟 Master 说了比赛的事情，企鹅对话框里还显示着两人互相说的加油，此刻看着比赛，钟晨鸣斟酌了一下，选择了不提比赛的事，转而道：

【双排吗？】

战队的事情 Master 肯定比他更清楚，自己队伍怎么一回事儿不需要他来说。

Master 回得很快：【等我这把打完，你记得开直播。】

直播平台那边给出的签约条件是，先试播三天，如果效果好就签约，效果不好就算了，Master 这意思很明显，要带他度过试播期。

钟晨鸣看着 MW 的比赛，等 Master 出来，他看出 MW 现在有很多问题，想了想，还是没有说，相信 MW 的教练跟队员也看出来了，就等着他们自己去调整。

一局比赛还没看完，Master 那边就弹过来了邀请，钟晨鸣上了韩服账号等着，虽然他没说，Master 也上了韩服账号邀请他。

企鹅语音弹了过来，接通后 Master 的第一句话是："等一下，我开直播。"

一边打开直播软件，Master 一边问钟晨鸣："你的直播软件弄好了吗？第一次开直播可能有点麻烦，不会的话我可以帮你远程。"

"弄好了。"直播软件对钟晨鸣来说不是什么麻烦事儿，看教程就能弄好，不过 Master 都问了，他还是说，"我把直播间地址发你，你帮我看看有没有什么问题。"

Master 那边已经开了直播，他的大小粉丝群里都发出了公告，直播间人数也在噌噌上升，不过 Master 一向不在意直播，很多时候他开直播就跟没开一样，此刻打开钟晨鸣的直播间看了眼，就道："你用的名字是'18'？这什么名字？18 的直播间？你应该改个吸引人的名字，比如'如何抱 Master 大腿上分'……"

这个时候他是开着直播说的，没说两句话，钟晨鸣直播间的人数直线上升，从一个人一下子变成几百人，然后又上千，弹幕也刷了起来，大家很是欢快：

【中单小朋友你终于开直播啦！】

【666 我就知道这个中单要开直播圈钱。】

【终于可以看中单的第一视角了，可喜可贺，可喜可贺。】

【看到这个直播间，吓得我掐了一下我室友大腿。】

【我就说我的瓜皮室友为什么突然掐我，原来是中单开直播了。】

此刻听到 Master 这个提议，直播间的吃瓜群众也纷纷献出了自己的想法：

【教你如何玩中单，主播听我的，改成这个。】

【不不不，听我的，改成帮对面中单戒网瘾。】

【这个怎么有吸引力啊，应该叫不杀爆对面中单我吃纸。】

钟晨鸣看了看弹幕，轻笑了一声，还没说话，Master立刻改了口："要不叫'我带着Master躺赢'，这个也可以的！"

"算了。"钟晨鸣没再跟他胡扯，说道，"你排吧。"

说着，钟晨鸣也改了下自己直播间的名字，改成了"韩服高段位排位"。

这个名字让围观的吃瓜群众一阵失望，因为太过于朴实了，一点爆点都没有，看着就没有让人点进来的欲望好吗！

甚至有人为主播担心起来，觉得这么老实朴素的主播根本赚不到钱，决定先刷俩礼物稳住主播心态。

于是还没开打，钟晨鸣就收到了第一个礼物，是一个叫"原味咖啡"的人刷的，五十块钱的浅水炸弹。

钟晨鸣选英雄的手一顿，想了想，觉得自己现在已经不是人气选手了，不能跟观众零互动，于是学着其他主播的样子念了感谢词："感谢原味咖啡送的一个浅水炸弹。"

他刚说完，"原味咖啡"又丢了个炸弹，并且发了条弹幕出来：【主播声音挺好听的，以后多说话。】

钟晨鸣笑了起来，又感谢了一遍，然后说明了自己直播的习惯："我打游戏的时候不会看弹幕，十分抱歉，打游戏的时候还是要专心一点好，你们应该也不希望看到主播因为看弹幕走神，然后犯一些小错误。"

弹幕上都表示理解。其实到现在，他直播间里面也只有千把人，弹幕看起来稀稀拉拉的，除了刚开始的那一拨弹幕刷屏，现在都没怎么说话了。

旁边的Boom刚刚打完一把游戏，侧头看了一眼钟晨鸣，问道："直播呢？"

钟晨鸣点了点头："嗯，直播。"

"哦，加油。"说完，Boom又埋头于游戏之中，根本没有看钟晨鸣屏幕一眼，仿佛就只有游戏能吸引他的心神。

钟晨鸣的游戏也开始了，这一把Master像是为了给他撑场子，特意选了功能性打野，而钟晨鸣拿出了他的卡特。

——既然是直播首秀，那么肯定要拿出观赏性强的英雄，卡特就是这样的一个英雄。

红色的莲花绽开在脚下，代表着花瓣的匕首同时也预示着死亡的来临，华丽的舞步每次一踏就意味着一个生命的消逝，血狱红莲，美丽而致命，这就是"不祥之刃"——卡特琳娜。

钟晨鸣专心于游戏，并没有去看自己的直播间情况如何，而就在他打游戏的时候，直播间的人数慢慢上涨，突破了五千。

钟晨鸣现在打的是韩服钻二钻三的局，Master 的号胜率比较高，相对应的隐藏分就比较高，钟晨鸣的号是因为太久没打掉的段，所以两人排到的段位也不低。

就是这样的局里面，钟晨鸣拿出了低端局杀手卡特。

很多老观众看到钟晨鸣拿卡特，都搓手表示期待，而一些新观众就在想这个人是不是太托大了。

毕竟卡特是个低端局杀手，而高端局人人都知道怎么应对卡特，根本不好秀起来。

钟晨鸣没在意别人怎么看，开播后不看弹幕的他正在跟 Master 聊天。

Master 红开，也就是第一个小怪打红 BUFF，说道："等会儿我来抓，你先跟对面换一次血。"

对面中单是一个蛇女，这是一个为数不多的有着持续不断输出能力的中单，近战英雄打蛇女一开始并不好打，不过既然 Master 都这么说了……

"你等我两级。"钟晨鸣说着，操作着卡特上去跟蛇女换血。

蛇女一级的时候没有持续输出的能力，但她是远程，钟晨鸣近战，一级学的 Q 技能丢匕首，同样没有位移近身的能力。

这个时候，就要靠自己风骚的走位了。

钟晨鸣有意向蛇女靠近，蛇女没躲，反手就丢了个毒，钟晨鸣走位躲过这个毒，丢了个匕首。

匕首弹射到蛇女身上，留下了血色印记。蛇女吃了个技能，没有后退，她自己的技能空了，就回头平 A 卡特，反正她能打到卡特，卡特打不到她。

钟晨鸣丢完匕首就往后退，因为平 A 会有释放动作，也就是平 A 的时候会停顿一下，所以钟晨鸣吃到了平 A，却依旧跑得比蛇女快。

看到线上的小兵齐齐停止了动作，目光从自己方的小兵身上移开，调转矛头对向了自己，蛇女也没有追过去，吃了两下小兵伤害，回头退到安全的地方继续补兵。

这次换血，两人就掉了个血皮，看起来还很健康，钟晨鸣技能一好，又过去逗了逗蛇女，就在钟晨鸣将匕首丢到蛇女身上的同时，弹射的匕首杀了一个兵，钟晨鸣二级了。

蛇女比钟晨鸣先一步升到二级，本来想强打一把，结果技能刚放出来，钟晨鸣就升级了！

二级，钟晨鸣秒学 E 技能瞬步，在蛇女丢出技能的同时，跳到匕首身上，捡到了落在蛇女身后的匕首——匕首之舞稍纵即逝，蛇女已经掉了一截血。

其实蛇女比钟晨鸣早到二级，应该比钟晨鸣先放出技能来，但因为之前她的毒被钟晨鸣轻松走位躲了过去，再次交手的时候就迟疑了，就这么一迟疑，她的毒再次被钟晨鸣躲过，只不过这次没走位，而是用的位移。

卡特都跳到脸上来了，蛇女肯定不会再退，直接跟钟晨鸣对点，可惜她的毒空了，她的 E 技能如果用在带有她毒素的目标上，就可以有伤害加成与回血效果，现在就算没有，她也要跟钟晨鸣拼一把。

这一轮换血两人血线都下了一半，屏幕当中，打完一轮的卡特想走，蛇女自然要追，作为一个远程，在近战准备跑的时候，她总是更有优势一点，可以追着人打。

加上闪现，她觉得这轮换血之后，她能单杀卡特。

她追过了河。

Master 的猪妹一只脚已经踏进了河水里。

卡特反身一个 E 技能跳到了蛇女身上——刚才她接近蛇女跳的是匕首，E 技能瞬步跳到匕首身上是可以刷新技能的，很明显，蛇女并没有注意到这一点，还在追个不停。

但是蛇女的技能 CD 十分短，见卡特回头，她机智地在自己脚下放了毒，卡特落下去，就刚好踩在毒上，蛇女立刻狂用 E 技能。

蛇女的 E 技能 CD 只有 0.9 秒，跟 ADC 的普通攻击差不多，只是前期的时候伤害不太高，钟晨鸣虽然中了蛇女的毒，让蛇女的 E 技能有了伤害跟回血加成，但他丝毫没有退缩，继续跟蛇女对拼。

两人的血线在持续降低，钟晨鸣丢上了点燃，很快两人都只剩下血皮。到了最后时刻，蛇女发现自己继续对拼下去，大概会输，她这才怂了，闪现想跑。

Master 从斜里冲了出来，闪现想补上最后一刀，然而钟晨鸣比他更快，顶着几滴血的血皮，还吃着蛇女持续伤害的毒，直接闪现到蛇女旁边，一刀砍上去，收掉了蛇女人头。

杀了蛇女，钟晨鸣升级了，回了点血，这时候蛇女毒素的最后一段伤害跳了出来，险险没毒死钟晨鸣。

Master：“……下次还是给我个助攻吧，你看我闪现都交了。”

其实他俩是同时交闪现的，也没个先后之分，但 Master 总觉得自己闪现交得有点冤，就想跟钟晨鸣抱怨一下。

钟晨鸣忍不住笑了：“下次注意，下次注意。”

他跟 Master 交流着，也没看弹幕。其实他不用看也知道，弹幕上肯定是一片的“666666”，或许还有人说是运气好，不是杀了蛇女升级他就死了，但这种杀人升级避免死亡的事情，到底是巧合还是算计，或许只有当事人自己才说得清了。

不过实际上的弹幕，跟钟晨鸣猜测的偏得有点远。

弹幕上在刷：【五神今天的表现，还不如一个韩服钻三。】

MW 今天打中流战队花了很大力气，这给了黑子们很大的发挥空间。可惜 MW 的人一般不开直播，他们想喷都没地方喷去，也就在贴吧还有赛事评论上发发牢骚，哪有直接去喷真人来得爽。

这下 Master 一开直播，黑子们立刻闻风而动，跑到 Master 直播间里带起节奏来。

但是 Master 直播已久，房管不少，很多都是 MW 的内部人员，或者死忠粉丝，封 ID 封得那叫一个迅速，一群黑子还没翻起什么浪花儿呢，就被封得差不多了。

这时，他们就来到了钟晨鸣的直播间。

一个新开播的主播，一没粉丝二没人气，又正好是 Master 的朋友，真是一个黑子们带节奏的好地方。

【五神菜成这个样子，Master 都不跟他双排。】

【Master 肯定是知道五神太菜，宁愿跟个路人双排，都不跟五神双排。】

【还五神，就是个废物。】

【呵呵，一顿操作 0 ：5，我上我也行。】

【这是不是 MW 的新中单啊，所以 Master 才跟他双排，废物五早该退役了吧。】

弹幕上刷过了很多引战的评论，同时也有 MW 和五神的粉丝喷了回去，很快钟晨鸣的直播间就开始了一场骂战。

钟晨鸣刚刚开直播，没设置房管，他直播的时候更是不看弹幕，没有人控场，弹幕就越来越不能看。

这一把结束得很快，他白天打了比赛，状态正好，对面蛇女又不太会玩，被他杀穿了，加上 Master 一直在中路蹲着，没事就抓一抓蛇女，对面爆炸得十分快，二十分钟不到就结束了游戏，把韩服钻石局打成了人机局。

他操作越秀，杀的人越多，直播间里引战的弹幕就越多，甚至很多不明真相的吃瓜群众竟然信了这个就是 MW 未来的中单。

钟晨鸣在这把游戏里打得十分舒服，有 Master 照顾他中路，节奏全盘掌握在自己手里，杀得很爽，打完他脸上都带着笑容，然后看了一眼弹幕。

【五神早该退役了吧，这个新中单不错啊。】

【别说了，五神早该凉了。】

【Master 这赛季也菜得不行，废物五捞他就跟着捞？】

【哇，五神就是这两天状态不好，这个主播就是个钻三，能跟五神比？】

【废物五的粉丝别吹了，要不是废物五菜得抠脚，MW 会去不了 MSI ？】

这样捧钟晨鸣踩五神，五神的粉丝当然不乐意了，抄起键盘就是一顿狂喷。

【一个 Master 的粉丝也敢跟五神相提并论？】

【一个抱着 Master 大腿上分的主播也敢吹比五神厉害？】

【这些人是这个主播的水军吧？】

【呵呵，主播也是个忘恩负义的玩意儿，Master 带他上分他还请水军来黑五神。】

钟晨鸣："……"

Master："你还要玩卡特吗？这把对面控制有点多，卡特有点难，换个英雄玩吧，劫也不行，你玩卡特的话我可以试试莫甘娜打野，我觉得这个贼强，信我，不要尿……你人呢，听我说话没，你要玩什么？"

钟晨鸣点了根烟："没事，我玩卢锡安，你等等。"

说完，Master 就发现钟晨鸣闭了麦。

钟晨鸣关闭的是企鹅号回话的麦，Master 用敲键盘的小拇指想了想，觉得他应该是要在直播间说话，不然直接关麦克风就行，干吗要闭企鹅号的麦。

关键是有什么是他不能听的吗？

Master 觉得自己的好奇心突然就被勾了起来，他点开了钟晨鸣的直播间——你不让我听，但是我可以从你直播间知道啊！

就在他点开钟晨鸣直播间的同时，他的企鹅号响了起来，是他粉丝群的管理，也是他们战队的内勤人员，小维。

小维就发了一句话：【中单的直播间炸了。】

Master 看到这句话，直播间刚好加载完毕，刷出了弹幕，也传出了钟晨鸣的声音："你们别搞事，我不是 MW 的新中单，就是个路人。抱歉我这里没有房管，带节奏的我能封就封，不过应该封不过来，大家关了弹幕看直播吧，不好意思。"

这时候之前的"原味咖啡"直接刷了个深水鱼雷，发弹幕道：【给我房管，我来把这些搞事的封掉。】

钟晨鸣找到原味咖啡的 ID，把房管的位置给她，说了声谢谢，又说道："我知道这里很多人都是从 Master 直播间过来的，都是 MW 的粉丝，当然，专门为了黑 MW 看直播的黑子不能算。大家多去关注一下 MW 的官方，别被黑子带了节奏。五神是老选手了，一直以来表现都不错，这两把也不是五神的问题，应该是新赛季 MW 的战术调整，就算不熟悉新战术，他们也赢了下来。"

五神风头正盛的时候，封神是因为在一场比赛中单杀了晨光两次，不过那局晨光还是赢了，五神虽然有实力，但是整体运营却输 NGG 一筹。

这是个有天赋，也很勤奋的选手。

Master握着鼠标，还维持着点开小维对话框的状态，他的电脑屏幕上，一边是小维的对话框，一边是钟晨鸣的直播间，还有刷屏的弹幕。

他有十秒没有说话。

屏幕上弹幕还在继续，钟晨鸣那番解释并没有起到什么大作用，相反还出现了很多喷他白莲花的，说他见风使舵，一看人设立不成就转头说五神的好，他们又不是傻子，以为两句话就可以说清楚？

客户端的英雄选择已经结束，倒计时读秒到了"0"，地图加载界面弹了出来，遮挡了弹幕与对话框。

Master切到了自己的直播间，直接把直播关了，又打开企鹅号联系了超管跟自己的几个粉丝，还打了个电话。

电话那头是小维，几句话跟Master说完了钟晨鸣直播间爆炸的全过程，Master整个人都有点爆炸。

他不就是想带这个假粉丝开直播，改善一下生活，何况也有观众想看假粉丝的直播，没想到因为他的关系，假粉丝的直播间竟然炸了？

"开始了。"耳机里传来假粉丝的声音，"别玩手机了，游戏开了。"

这声音很是淡定，根本没听出来生气，Master突然就平静下来，自己也笑了笑，其实也不是什么大事，不就是黑子而已，他见得多了，今天怎么突然心态就稳不住了，肯定是下午那把输得太憋屈，一定是的。

Master切到钟晨鸣的直播间，他知道钟晨鸣刚开直播，没有粉丝，肯定也没有房管，准备带自己的粉丝过来控场，没想到这次切到直播间，就看到弹幕已经干净了，几乎全是在这边问Master怎么突然关直播的，或者是问主播你提醒一下Master直播黑屏了。

钟晨鸣也问了这个问题："你黑屏了？"

游戏已经开始，肯定不是钟晨鸣看到的弹幕，这是懒宝宝跟他说的。

Master开直播了，懒宝宝肯定是要看的，他在外面吃着烧烤，连着人家店里的Wi-Fi，看着直播，结果一打开，就发现跟Master双排的是钟晨鸣，没看多久，就看到弹幕里有人说，中单也开直播了！

懒宝宝十分生气，他这个兄弟真的很不够兄弟啊，怎么开直播都不跟他说一声。他跑到钟晨鸣直播间，准备喷钟晨鸣一顿，但是看到弹幕，他更加生气了！

哇，你们这些人，竟然敢喷我兄弟，五神是什么！怎么能跟他的兄弟相提并论！必须喷回去喷回去！

然后他就被封号了。

懒宝宝爆炸了，开始跟可可表演："可可姐，你们这个教练有毒吧，开个直播间，我说一句话他就把我封号了？看不惯我是不是，这个教练这么嚣张，怕是有问题，有很大的问题啊可可姐。"

可可稍稍一问，懒宝宝就把前因后果交代了，她听完笑得不行，给 Boom 打了个电话，让钟晨鸣把懒宝宝从黑名单里面放了出来，还给了懒宝宝一个房管当。

知道自己被封是房管手误，懒宝宝拿了房管之后，突然觉得自己要行使起房管的权利来，可是他手机不方便啊，于是他在好友群里面联系了几个朋友，让钟晨鸣给了他们房管，开始对直播间弹幕进行控场——

喷子、黑子、说话带战队带职业选手的，全都封了封了！

来，你喷！你看我敢不敢封你！

Master 关了直播，不明所以的吃瓜群众就来到了钟晨鸣的直播间。

之前 Master 关直播间的时候也没说什么，他没开摄像头，观众们还在猜到底怎么一回事，是不是直播黑屏了。

这种时候当然是问 Master 的双排队友了，Master 粉丝大军过来，钟晨鸣这边的喷子言论就被盖了过去。

Master 看到这边直播间喷子几乎没了，也松了一口气。他拉假粉丝开直播，又因为他的原因让假粉丝被喷，还是带的 MW 的节奏，搞得他很是过意不去，还好，他的假粉丝没有在意。

切回游戏界面，游戏已经开始了一会儿，就快出兵了，Master 赶紧买了打野装往自家野区走去。

"回来了吗？你直播间黑屏了。"耳机里传来假粉丝的声音。

Master 鼠标点着地图，驴唇不对马嘴地说着："黑子喷子就是这样，他们啥都能喷，你不要想太多，不是你的问题，你安心直播就好，也不要担心弹幕，我给你找两个房管，等会儿我让他们加你。你以后什么时候直播，都是晚上吗？我记得你时间挺多的……"

弹幕：【？？？】

【这是 Master ？】

【这是假的 Master 吧！】

【恭喜 Master 直播说话字数又有新突破！】

等 Master 说完，钟晨鸣都打完了两个 BUFF，并且蹲到了中路旁边。

钟晨鸣感觉今天的 Master 有些逗，他跟 Master 说话的语气都是带着笑的："你等等，我这么压，他们打野应该会来中路。"

Master："我知道，他刚刷完红，应该从上半野区来，你看我都蹲在下半野区等他，这个你都要提醒，是不是不信任我？"

"没，我就是提醒你一下，你看起来不在状态。"

Master："你哪里看出来的？我状态很——好！"

就半句话的工夫，对面打野来中路，Master 突出去帮助钟晨鸣杀了打野跟中单，拿下双杀。

钟晨鸣清着兵，对面打野跟中单死了他也能稍微放松一下，就问了问："你说你状态很好，那我刚才说的什么，你听到了吗？"

"直播嘛……"Master 听还是听到了的，就是没回答，"突然不想直播了，就这样，第二个蓝给我吧，对面的蓝你的。"

"行行行。"钟晨鸣没有任何意见，说着就把对面单杀了一次，这样看来，对面蓝确实是他的。

这把游戏结束得也很快，Master 虽然拿着一个攻击不高的猪女，但打得很猛，看起来脾气不咋好，蹲在中路把对面中单抓穿了，又跟钟晨鸣一起把对面打野给蹲爆炸了，引得所有人来中路支援。

对面来中路支援，他们这边的队友也不是傻的，也纷纷跑来中路，把一把游戏打成了大乱斗。

Master 评价道："他们这样来中路，你很爽啊。"

钟晨鸣笑了笑，没说话。

这才十五分钟，他身上就有了十个人头，其中有五个是对面来中路GANK被反杀，就等同于对面其他路来中路送的人头。

一个卢锡安前期肥成这样，对面也没法玩了，决定早死早超生，点了投降。

打完钟晨鸣看了一眼自己的直播间，人气已经有十几万，这些都是Master带过来的。

Master不开直播了，想看Master的人自然就跑来他的房间，只不过也没有全都跑过来，Master的直播间本来有几十万人，到了他这里，就成了十几万人。

钟晨鸣点着烟，将视线从直播人数上移开，解答了几个关于卢锡安符文的问题，又跟Master开了一把。

这把还没开始，Master那边传来另外一个声音，是空气。

空气问Master："你直播多久了？"

Master回答："一两个小时了，怎么了？"

空气过了一会儿，才一本正经道："嗯，那我就可以开直播了。"

"你开。"Master就说了两个字，继续跟钟晨鸣说话，"我还是玩猪女，你玩什么，卡特吗？什么鬼，对面把卡特BAN了，这什么年代了还BAN卡特——"

直播间吃瓜群众：【这怕是个假的Master。】

过了十分钟，直播间里空气的声音突然停了停，这位直播的时候以话多著称的职业选手好像遇到了什么特别震惊的事情，好一会儿才转头看Master："兄弟，我直播间的观众让你少说点，你吵到他们了。"

Master无语。

空气是在死了等待复活的时间里，切出去看弹幕的，他刚刚一顿菜鸡操作，四大皆空，一个技能没中，准备看看别人怎么喷他，没想到在一堆"666"中发现了这么一个评论。

空气看着Master："兄弟，你没发现你今天把自己一年的话都说干净了吗？我现在真的好怕，万一你打比赛的时候不说话了怎么办，不要透支啊！"

Master："……"

钟晨鸣在耳机里提醒他："对面打野来反野了，你注意点。"

空气："马撕大（Master），我直播间的人说你好烦，哦，我看错了，他说的是我好烦。"

Master："……你来野区，我们去搞事，对面打野菜得抠脚。"

直播间里的吃瓜群众：

【我觉得今天Master有点问题。】

【我怀疑以后一年Master都不会说话了。】

【哈哈哈，Master也会说菜得抠脚。】

【Master为什么玩猪女，这英雄不适合他。】

Master玩了一晚上的猪女，玩得钟晨鸣都怀疑他要开养猪场，也就问了一下。

Master回答得很含糊："嗯，想玩一下，挺好玩的。"

说实话，钟晨鸣看过很多比赛，MW的比赛也看过不少，Master就是从MW的青训上来的，他自然也看过很多Master的比赛，就是没有交手过，因为Master是晨光退役之后才成为MW首发队员的。

在这么多场比赛中，Master的盲僧十分出色，此外他一些进攻型打野都玩得很出色，这些打野跟猪女是两个定位的英雄。

猪女是一个功能性打野，何为功能性打野，就是伤害比较低，控制或者辅助技能比较多，自己打不出什么伤害来，但是可以给队友创造很多的输出条件。

钟晨鸣看Master以前玩进攻型打野玩得很高兴，再看他玩猪妹，怎么都没有感受到他的"挺好玩的"是从何而来。

"练英雄吗？"钟晨鸣问了一句。

Master过了一会儿才回道："是真的好玩。"

钟晨鸣也没多问，倒是Master继续说个不停："虽然没有什么伤害，走哪儿死哪儿，还经常被反，但是你看我拿猪妹，你人头都拿得更多了对不对，我也不会跟你抢人头了，是不是很好！"

钟晨鸣在电脑前笑得不行："成成成，好好好，我谢谢你啊。"

Master也笑道："我说真的，就是玩这种打野，把队友养超神，特别有成就感。就跟玩辅助辛辛苦苦把ADC奶大，带着ADC去杀穿对面一样，要是 ADC 拿到五杀，那辅助肯定比 ADC 还高兴，我说真的，我觉得我可以体会到玩辅助的乐趣了，特别好玩。"

两人又胡扯了一会儿，钟晨鸣说要去睡觉了，又打字说明天要打比赛，关了直播，Master 在那边说了句加油，他才关了语音。

这个时候才十一点，Boom 看他说要去睡觉，诧异地转头看了他一眼："你睡觉了？"

钟晨鸣摘下耳机，点点头，还劝 Boom 道："早点睡，对身体好。"说完就沐浴着 Boom 看神经病的目光去洗漱睡觉了。

另一边，豆汁从电脑屏幕里抬起头看了钟晨鸣的背影一眼，眼神挡在阴影里，晦暗不明。

第二天下午，正好周日，五个人都到了网吧，等着比赛开始。

懒宝宝问了一下直播的事，又跟钟晨鸣吐槽弹幕，说那些人都跟个傻子一样，没有脑子。还说自己那几个兄弟觉得他有前途，可以去打职业，看好他，要是以后去了豪门战队记得帮他们要签名。

当懒宝宝对喷子疯狂吐槽的时候，其他几人都以异样的目光看着他。懒宝宝说着说着就感觉到哪里不对，看着他们的目光，莫名其妙道："你们干吗这么看我？我又不是喷子。"

可可："呃……"

小凯："嗯……"

BUG："呵呵。"

蚊子："你不是你不是，你怎么会是，你可是有思想有品德的正直年轻人。"

懒宝宝一脸"理所当然就是这样"的样子："那是那是，过奖过奖。"

吹了一会儿牛，比赛也开始了。下午是半决赛，按照抽签打，钟晨鸣他们抽到的队伍不怎么强，一个 BO5，打了两个小时，3：0 晋级决赛。

他们结束之后，另外两个队还没打完。为了了解对手，他们就跑过去看了看。

这种网吧回馈客户的比赛，也没想着要搞直播什么的，当然，关键是他们网吧也没有直播的条件，半决赛也就没有两组分开打，而是同时进行。

另外两队比他们先开始，现在 2：2，正在打最后一把。

他们几个过去看比赛，也没有注意位置，想站哪个后面看就站哪个后面看，当然，很有道德地没有在后面瞎说影响比赛进行。

看完比赛之后，到了饭点，几个人约了个快餐店，一边吃一边讨论今天的比赛。

他们赢了的比赛就没什么好说的了，讨论的自然是他们的对手。

蚊子："我看今天那个队不强啊，打了五把才结束，你看我们多快，三把就搞定了。"

"万一是跟他们打的那个队也厉害呢。"懒宝宝道，"我看他们打得都挺好的。"

"拉倒吧。"蚊子说，"你又不是没跟他们打过，那几个人这么菜。"

可可听了一会儿，问蚊子跟小凯："晋级的队伍你们不熟吗？"

都是一个网吧经常玩的，谁玩得好自然有点印象，战败的队伍蚊子跟他们一起玩过，觉得玩得不行，至于胜利的那支队伍嘛……

小凯道："不熟，他们好像经常五排。"

"对啊，他们每次来的时候都是五个人，不清楚啊。"蚊子说。

懒宝宝道："但是看他们今天打得也不强啊，连个亮眼操作都没有，肯定被长得帅按在地上暴打，你说是吧，长得帅。"

钟晨鸣想了想，说道："那可不一定。"

懒宝宝一脸惊讶："不一定？！"

BUG："他们五排是电一王者，你们学校电竞社 LOL 分部校队成员，高校联赛八强选手，你们不看的吗？"

懒宝宝："……"

"啊？"小凯抬起头来，愣了一下，"我不太清楚。"

也不是每个打游戏的人都知道电竞社，毕竟很多人都只是打着玩玩，只当是娱乐，没有关注过校园社团这些，高校联赛的热度也不高，不知道很正常。

蚊子立刻拿出手机翻出了高校联赛的赛程，又找到了八强晋级赛，看了半天，终于认出来："还真是！"

打比赛肯定跟他们平时的 ID 有些不同，只能认人了，手机屏幕又小，给的真人镜头又没几个，认出来还是很费劲。

"但是阵容好像有些不一样啊。"懒宝宝凑在蚊子旁边看着，"不是他们打比赛的几个人，就三个是比赛的，还有两个不是。"

"那是不是说明我们还是有机会的？"蚊子握着手机看着其他人，"毕竟他们今天打得这么菜是不是？"

BUG毫不留情地泼了一盆冷水："第二名也有三千块奖金，还不错，一人六百块。"

吃完晚饭，几个人心情沉重地回了网吧，准备打决赛。

当然，这个心情沉重不包括钟晨鸣还有可可，钟晨鸣见得多了，对这种小比赛已经没了感觉，六百块也是钱，再说对面也不是不可战胜的，至于可可，她不缺钱，就是来玩玩的。

BUG脸上倒是看不出什么表情来，他好像早就接受了第二名的结果，倒是没参赛的懒宝宝在一旁一直唉声叹气，好像即将要输的是他一样。

他们之前在快餐店看了看比赛，发现人家果然是经常一起五排，操作虽然不是特别厉害，但是配合跟默契没得说，战术也运用得有模有样的，不愧是一个战队。

赢不了。蚊子心中突然就出现了这么一个想法，作为他们团队的突破点，他是丧气最重的一个。

然而丧气再重，比赛还是要打的，一开局，蚊子有气无力地问："我玩什么？"

他看起来还没打就已经输给了对面。

"大树吧。"可可道，"保险一点。"

话还没说完，对面就把大树BAN了。

蚊子："……"

钟晨鸣道："石头人。"

钟晨鸣是第一个，说完，也没等蚊子回应，他就给蚊子选了。

蚊子也点了点头："就石头人吧，毕竟混分巨兽。"

最后阵容选完，他们这边石头人、卡牌、酒桶、小炮、扇子妈。

敌方阵容：加里奥、维克托、挖掘机、霞、牛头。

依次对应的位置是：上单、中单、打野、ADC、辅助。

"对面这个是团战阵容啊。"懒宝宝在旁边评价道，"这是就想跟我们打团？"

"我们打团也没有很差。"可可说完，想了想，"对面的支援也不错，还好我们这边是个卡牌，应该不会让他们起来得太快。"

对面挖掘机跟加里奥大招都是传送到某个地方，加里奥的大招还带控制，而中单维克托还带了个召唤师技能传送，三个都能打支援。

而卡牌是一个刷线支援英雄，大招是传送到指定位置，距离大概有半个地图远。

这并不是一个线上容易单杀对面的英雄，甚至在线上打不过大多数的中单，钟晨鸣选卡牌是想打支援，带节奏，毕竟蚊子实在是有点问题。

钟晨鸣对卡牌也有些自己的理解，其实在之前他的卡牌也玩得不错，后来赛场上不太适合卡牌了，他才玩得少了。

维克托是一个手长的中单，钟晨鸣跟他对战，好能压他补刀，但支援这个事情……钟晨鸣就十分无能为力了。

对面就像是一块铁板，知道他是一个卡牌，前期不给他任何抓人的机会，钟晨鸣飞，对面也可以很快支援，何况他们还三个支援技能，钟晨鸣一去去一个，对面一来就是三个，很让人无奈。

对面中期又抱团走，主要C位旁边永远有人，就是不给他们机会。

这就很难了。

没有突破口，钟晨鸣想carry也没有机会，对面配合默契，团战几乎无敌，就算失误了两次，让钟晨鸣他们打回了一点，但对面毕竟是一个团队，配合比他们好太多，失误连连也能重新调整过来，他们最后还是输了。

蚊子更丧了，几个人甚至都能透过屏幕感受到他身上萦绕的黑气，他在座位上坐了十秒钟，才开口道："对不起，我的错。"

这一把蚊子拿了个石头人，空大两次，被压一百刀，关键团战永远没大。

"没事，我们都知道你尽力了。"钟晨鸣看着输出统计，安慰了一句。

屏幕上的输出统计，他最高，比自己这边另外四个人的伤害加起来都还高，但一个人实在是拯救不动世界，BUG 也有点"谜"，还过去送了两轮。

"我听着这话怎么这么讽刺呢？"蚊子十分郁闷，自己太菜了连安慰都能变成嘲讽，真的很难过了。

钟晨鸣笑了笑："你想多了。"

"哇，兄弟你心态还能这么好，可以的可以的。"懒宝宝在旁边强行打气，"我觉得我们可以赢！"

"如果你不用这么有气无力的声音说，我就信了。"BUG 看着他。

第二把开始，或许是觉得蚊子一点威胁都没有，对面没 BAN 大树，而是把卡牌 BAN 了。

"看起来他们没有研究过我们。"可可说，卡牌并不是钟晨鸣很拿手的英雄，对面没有 BAN 什么辅助，她道，"给我拿璐璐。"

排第一的钟晨鸣立刻就锁了璐璐。

对面选了大嘴跟风女。

"小炮？"排第二的 BUG 问道。

"不，金克斯。"小凯看着屏幕，轻声说。他的表情看起来像是在发呆，视线焦距没在屏幕上。

BUG 给他选了金克斯。

对面过了一会儿，像是商量了一下，才选定了打野猪女。

后面钟晨鸣拿了辛德拉中单，BUG 拿了皇子打野，对面继续维克托中单，上单这次换了，玩的锐雯。

"我感觉我听到了对面的嘲笑声。"看着锐雯，蚊子如此说。

锐雯容易被针对，赛场上很少出现，这个时候拿出来，要么就是阵容优势，要么就是对面上单自信可以把对线的杀爆。

可可安慰道："不行就换线吧，你在下路也能发育起来。"

"换换换！"蚊子立刻道，"开场就换？"

"可以——"

"不换。"小凯突然道，"自己抗压。"

蚊子："……兄弟别这样。"

"大树打锐雯，小心点死不了。"小凯声音冷冷的，眉头轻轻皱着。

"不是啊。"蚊子道，"发育不起来，我扛不住，你们就没有输出空间。"

"找 BUG 帮你。"小凯固执道，"我要打对线。"

他们这边说着，游戏加载结束。看着小凯一直往下路走去，完全没有换线的想法，蚊子无奈地去了上路。

可可跟着小凯来到下路，看了蚊子一眼，安慰道："没事，等会儿我上去帮你。"

"不许去。"小凯这次态度变得十分强硬，"跟我打对线。"

"别吵了。"钟晨鸣提醒他们，开始了。

耳机里响起声音：

"全军出击！"

这一把开局，对面维克托想跟钟晨鸣刷线，但是钟晨鸣拿到辛德拉，就不是为了刷线的。

辛德拉是一个身穿黑色衣服的魔女，她飘浮在半空中，双足离地，周身飘浮着三个黑色的法球，这是她所支配的能量法球。

一级开场，一身黑紫色的辛德拉站在河道中央，另外几个队友也站在河道口，这是常用的开场策略，一字长蛇阵，简单来说就是每个人都守一个野区入口，防止对面入侵，如果被入侵，也可以及时做出反应。

这是这几天组排几人学的比赛策略。

对面跟他们的想法应该差不多，也是每一个入口都站了一个人，遥遥相对，只是看了一眼，谁都没有动手。

毕竟这是为了防止对面入侵，敌不动，自然是我不动。

就这么看了两眼，大概看出了对面的开场套路，对面没有换线，打野常规下半野区开，因为 ADC 和辅助有去帮打野打 BUFF，如果 ADC 跟辅助直接上线，一般都不是下半野区的 BUFF 开局。

也有 ADC 跟辅助为了迷惑对方，故意做出帮打野打 BUFF，晚上线的情况，但那是路人局的套路，比赛中一般都会选择早上线控兵线，抢占下路先机。

一切都是常规开局，钟晨鸣也跟对面维克托开始了"常规"对线。

维克托是一个手长的英雄，辛德拉也是，他俩的对线，就是一场走位的博弈。

辛德拉微微抬手，一个黑色的法球出现在她手所指的地方，小兵在法球之下死亡，化作金币，她神色傲慢，看向对面的维克托。

"我的能量，无穷无尽。"

维克托看起来像一个古怪的科学家，他背上还伸出了一只机械手，此刻从那只机械手里面喷射出一道黄色的射线，泥土烤焦的嗞啦声响起，辛德拉飘浮的身体一偏，躲过了死亡射线的攻击，那射线再次在土地上炸裂开来，几个小兵的血线顿时掉了一截。

这只是最初的试探，一拨兵线过去，两人纷纷升级，又一道死亡射线喷射出来，辛德拉一直在用走位迷惑对手，维克托预判错了她下一步的方向，死亡射线射偏，但他没有后退，而是继续前进。

辛德拉也不甘示弱，一个法球凭空冒出，随后一股推力将法球推了出去，直接砸到维克托身上，维克托虽然有意识地在前进过程中走位躲避，但是他的走位却不如辛德拉，不但没有躲过，还被法球推得倒退几步。

辛德拉飘浮过去，手中挥出黑色的能量，就打了一下，她又立刻后退，一点都不给维克托消耗她的机会。

被辛德拉打了一套，维克托好像也明白了两人的实力差距，他没有再急着上前，而是跟辛德拉保持着一定的距离刷兵。

但刷兵也不是这么好刷的，趁维克托刷兵的时候，辛德拉上前一步，手中的法球又一次要砸了下来。

维克托咬咬牙，对面都欺负到他头上来了，身为中单的尊严可不能丢！他立刻反击，背上的第三只手喷出射线来，但是又被辛德拉躲过去了！

走位的差距。

再一次交手，维克托被打成残血，狼狈回家，还好，他想着，他有先见之明，带的传送，可以快速回线。

而辛德拉还保持着健康的血条，她回身去补残血的小兵，地上还飘浮着两个黑色的魔法球，说话的语气十足的嘲讽："人们总是害怕那些他们所不能理解的事物。"

台词还没说完，突然一条击杀提醒跳了出来，钟晨鸣抬头看了一眼屏幕，对面辅助风女死了！

钟晨鸣快速切换视角看了一眼下路，发现对面大嘴残血站在塔下，遥遥望着回头补兵的金克斯，而他面前，站着一个半血的璐璐。

"不错啊。"钟晨鸣看了一眼，继续专注于眼前的对线。

小凯没说话，可可看起来有些蒙，喃喃道："你的金克斯，打这么凶的？"

接下来小凯给她看了看，什么叫作线上压着别人打的金克斯。

金克斯不愧是他的本命英雄，之前在训练的时候他就拿了一把金克斯，还因为可可拿的是不拿手的辅助，并没有什么特别亮眼的表现，但今天就不一样了。

今天的小凯跟突然开了窍一样，金克斯在他手里完全玩出了远程炮台的效果，一直在追着对面打。

对面是风女跟大嘴，大嘴是一个需要发育的英雄，风女是保护型的，前期进攻性不强，璐璐则是一个前期就有进攻性的辅助，可可竟然发现，她的辅助有点跟不上小凯！

并不是操作上的跟不上，而是小凯的金克斯打得实在是太凶了，上线有机会就打，她还准备保护小凯补兵呢，没想到他直接就上了！

她能怎么办，自家 ADC 都上了，还不是只有跟上去呗！

"你们下路小心一点。"看到下路打得这么凶，钟晨鸣也做出了提醒，他们一直压对面的线，很容易被抓。

不过还好，中路他压制住了，对面中单除非不要中塔了，否则不会去下路支援，而中单的这个传送……只是勉强保持着他自己不崩而已，至于用传送支援其他路？那是什么？有他的中塔重要吗？

"BUG 多照顾一下下路。"钟晨鸣又道，"对面打野应该去了。"

BUG 皱了下眉，看起来有些不爽，不过没说什么，还是往下路去了，然后就真给他蹲到了猪女。

打野皇子前期伤害挺高，加上小凯一直在消耗对面，对面很快就死了两个人，剩个风女残血逃走。

对面崩了。

他们心中都有了这么一个想法，突然上路就传来了噩耗，蚊子被单杀了！

BUG 语气不善："塔下抗压不会吗？！"

蚊子本来张口想骂脏话，结果 BUG 先骂了，他只得弱气地说了两句："我……我尽力了。"

如果能发表情，蚊子肯定想打个"QAQ"。

"上塔不要了吧。"可可来解围，"我们推完对面下塔拿了龙就换线。"

"不换。"一直在沉默杀人的小凯突然冒出来两个字。

可可……可可感觉心很累。

"没事没事。"蚊子也看开了，"我自己猥琐。"

作为队友，钟晨鸣是肯定不会放弃蚊子的，他回家的时候顺便买了个真眼，插在了上路野区，防止蚊子被抓。

插完他还标记了一下地图，提醒蚊子："这个地方你再放个真眼，带线小心一点。"

不到十分钟，蚊子的上塔血量就变得岌岌可危，而钟晨鸣提醒完，就跑去下路打大乱斗了。

下路小凯他们实在是打得太凶了，给了对面很好的抓下路机会，为了照顾小凯，不仅 BUG 一直往下路跑，钟晨鸣也得下去支援。对面上路的线已经收完，下一拨线还要很久，这个时候锐雯塔杀个大树还是有点不现实，蚊子已经厌到不补兵就吃经验的地步了，锐雯肯定会选择传送下路支援。

他一猜就猜对了，刚走到河道中间，下路已经响起了传送的声音，锐雯过来了！

锐雯来了，对面下路立刻反打，可可想往后退，小凯就跟没看到传送一样，还在往前冲，一副要跟对面鱼死网破的样子！

BUG 从自家野区绕了过去，对面打野也在下路冒头，钟晨鸣离开了中路，对面的维克托松了一口气，也往下路跑！

下路的人都能凑齐两桌麻将加一个观战的了！

小凯反打，可可也放弃了后退，选择过去保小凯，对面大嘴 A 了几下发现自己 A 不赢装备比他好的金克斯，立刻想要后退，小凯直接闪现到对面塔下收了大嘴人头，借着金克斯的被动技能（击杀或者助攻获得移速加成），他径直跑向了对面野区。

他玩了许多把金克斯，自己最喜欢的英雄也是金克斯，对金克斯自然有自己的理解，可可现在才看出来，原来小凯早就算好了击杀逃跑路线，想的就是杀了人之后借被动从对面的野区逃跑，而不是回过头走自己家这边的河道。

但这样就把她留在这里了啊！

可可简直想骂人——你有被动加成可以跑，我没有啊！

可可立刻转身就跑，但锐雯的传送已经下来了，她的技能刚才都给了小凯，完全跑不过锐雯，直接被锐雯斩杀。

而逃跑的小凯也没能幸免，他跟大嘴对拼，又塔杀大嘴吃了塔的伤害，本来就是残血，想着从对面野区逃跑，结果一过去撞上一个在自己家野区绕了一大圈路过来支援的维克托，在转角的地方，两人都愣了一下，维克托立刻交出技能，就剩个血皮的小凯只能双手离开键盘，等死，这实在是没地方跑了。

虽然可可没有说出来，但大家都觉得这时候可可心里肯定在骂两个字：活该！

虽然可可跟小凯死了，但随后赶到的钟晨鸣跟 BUG 杀了半路支援的打野猪妹，对面的 ADC 和打野换自己的 ADC 跟辅助，这一轮算是强行不亏。

"能不能认真点打。"BUG 看起来很烦躁，语气有些炸，"锐雯都 TP 下来了，蚊子你的 TP 在哪里？"

蚊子一听，也不敢说他上路多惨了，只小声问钟晨鸣："兄弟，你能不能帮我在上路做个眼，刚那个眼被拆了，我尿，不敢去补兵。"

"行吧，你传送自己留着回线守塔就好，不用过来支援。"钟晨鸣安慰了一句。他这不是胡乱安慰，上单本来就是要先稳住自己再谈支援，自己都稳不住，跑出来支援只会崩得更快。

BUG 倒是没跟钟晨鸣辩支援的事情，他直接去了对面野区反野，看起来很生气。

不过对面野区被可可做满了眼，他进去也还安全，前期猪妹打不过皇子，他在对面野区倒是找到了点甜头，猪妹被他赶得满野区跑，十分搞笑。

对面中单维克托又被钟晨鸣限制在中路，不太好去野区支援，BUG 在对面野区玩了起来，这才心情好了点。这一把也算是稳了，就算蚊子崩一点，对面的节奏也乱了，没有太多打回来的机会。

算起来，这把应该是下路强行打开的节奏，小凯一通乱轰让对面乱了阵脚，加上中路被压制，不能来支援，打野去下路帮忙又被反蹲，这下打野跟下路双崩。

虽然小凯冲塔杀大嘴，又在野区被维克托杀掉，对面还算好受，但后面猪妹的野区被 BUG 玩崩了，对面就彻底崩了。

一个锐雯装备还算不错，但也仅仅是不错，锐雯一切进来，随便谁给一个控，直接就被秒，虽然伤害高，但是她脆啊！

前期劣势太大，中期节奏被钟晨鸣掌握到了手里，对面也没打回来，这一把二十几分钟就结束了战斗。

刚打完一把，下一把就开了。

进房间的时候，可可心情复杂地看着小凯："你的金克斯……你要上要走，能不能跟我说声？"

小凯脸上微微泛红，丝毫没有了刚才硬气又冷酷的样子，跟那个冲塔杀人的少年看起来像是两个人。他小声说："我下次注意。"

可可也没再多说什么，只想叹气。她有预感，下次小凯冲上去杀人的时候，肯定还是一个字不会说，冲上去杀就是了！

这个辅助玩得好气啊！

选英雄的音乐响起，赢了一把，他们都放松了一点，BUG 心态也没那么爆炸，说话的声音也缓和了一点，说道："你们这一把不要乱带节奏，等我来抓好吗？不要再乱搞了！"说到最后，带上了点咬牙切齿的味道，显然对于上一把小凯动不动就冲上去对战，强行把节奏带到自己身上的行为很是不满。

说着，BUG 还看了一眼小凯，结果发现小凯一点反应都没有，BUG 忍无可忍，强调了一句："小凯，你听到了吗？"

被点到名字，小凯一脸迷茫地抬头："啊？"

BUG："……"

"算了，你玩你自己的吧。"

BUG 跟小凯也不是第一次打游戏，小凯大多数时候很稳，偶尔会莫名其妙一次，他还能怎么办，自己选的队友，当然是只能原谅啊。

他们的气氛很轻松，对面却在很认真地禁选英雄。

这次对面起手就 BAN 了三个英雄，辛德拉、金克斯、卡牌，三个 BAN 位给了钟晨鸣两个，算是很大的尊重了，还有个 BAN 位给了小凯，看得出他们对小凯的金克斯也有所忌惮。

"还是先抢辅助？"这次排第一的是蚊子，他不敢自己随便选，征求着队友的意见。

"你先把你的大树拿了。"对面一选，拿了 ADC 大嘴，估计对面 ADC 是想证明一次自己，到了他们，就可以选两个英雄。

蚊子拿了大树，排第二的钟晨鸣拿了辅助风女。

这个版本，盾流辅助崛起，强势的就那么几个，基本不是风女就是璐璐，被 BAN 了就扇子妈、宝石，当然，这不是固定的选择，比赛的时候更多的还是看阵容，辅助一哥锤石还有老牛、洛也能看情况上场，不过比赛的时候锤石基本都被禁了就是了。

他们这边就 BAN 了锤石、牛头还有皇子，主要可可不玩，那就不能放给对面，皇子是版本强势打野，对面的一选，如果对面要抢皇子，他们也不好打。

小凯看了一眼对面的阵容，想了想，选了霞。

看到小凯拿出霞的时候，蚊子有些诧异地问："你确定？"

"确定。"小凯说。

BUG 问道："你什么时候练的霞？"

小凯常玩的英雄里面并没有霞这个英雄，可可也说："你早点说我就拿洛辅助了。"

霞、洛是同时出的一对英雄，是情侣，同时上场技能范围跟单人上场的时候有些不一样，一起上场对彼此都有好处。

"我觉得挺适合。"小凯说着，"霞很强。"

"但是你不能拒绝交流啊。"蚊子嘀咕了一句，"算了算了，反正我上路抗压，你们自己看着办。"

　　对面的中单好像是考虑了一下，在几个中单间换来换去，最后选了发条。

　　而钟晨鸣则是让小凯帮他拿了妖姬。

　　这一把，小凯的霞跟他的金克斯就完全不一样了，金克斯那是冲过去就杀，永远跑在战斗的第一线，而小凯的霞……大概只能用一个字形容：苟。

　　对面拿了大嘴跟璐璐，他拿着霞躲在可可后面慢慢补兵，上一把是他压对面线，这一把就变成了他被对面压线。

　　但他的霞也说不上多坑，就是中规中矩，看了他的金克斯之后，再看他的霞，突然就让人生出了种索然无味的感觉。

　　真是一点亮点都没有的一个 ADC。

　　对面这次也调整了策略，围绕着下路来打，这样一放钟晨鸣，钟晨鸣跟 BUG 沟通了一下，立刻就从中路打开了局面，十分钟不到把对面中单发条打成了 0∶3，让对面中单变得毫无用处。

　　下路小凯的霞虽然没什么亮点，但抗压还是十分有心得，多次破了对面打野塔杀的想法，如果不是对面打野闪现交得快，就要把自己的命留在了下路。

　　局面打开，钟晨鸣的雪球滚了起来，妖姬装备一旦起来，伤害是很恐怖的，还有两段位移，支援速度甩发条一条街。他操作着妖姬四处支援，从中路杀到上路，又从上路杀到下路，最后又去帮助 BUG 控制对面野区，对面崩起来也很快。

　　这一把算是对面策略不当，又输了。

　　"我总觉得他们知道怎么打我们了。"新一把开局，蚊子莫名其妙地冒出这么一句来。

　　对面 BAN 了三个英雄，妖姬、辛德拉、金克斯。

　　他这样一说，可可也有了不好的预感，说着："很针对啊。"

　　"兄弟你没问题吧？"蚊子看向钟晨鸣，这几天的游戏，他清楚地知道，这个人可真是他们的大腿。

　　被人如此期望着，钟晨鸣就算是觉得有问题都说不出口来，他笑了笑："我尽力吧。"

　　结果这一把，钟晨鸣还真的打了个"尽力局"出来。

他是真的尽力了，但是对面死蹲他中路，他也无可奈何。

对面上单选了个加里奥，打野选了酒桶，辅助选了泰坦，三个强开英雄，自己那条线都不要了，一直往中路跑。钟晨鸣的中路可谓是受到了贵宾级的待遇，只要对面的上下路消失了，那肯定就是来中路抓他了，只要对面打野不是在打红蓝的时间段里，那就一定是在中路蹲他。

这种不停抓他，强行让他劣势的打法，让钟晨鸣也感到束手无策，关键他们上路也打不出优势来，让对面上单可以随时来中路，BUG也没料到对面这样抓钟晨鸣，也没怎么过来反蹲。

别说BUG了，连钟晨鸣都没想到，对面会弄个这样的战术来针对他。

钟晨鸣装备起不来，其他几路也没打开太大的局面，对面只要没崩得太厉害，团战几乎没有弱点，这让他们几个临时组织起来的人很难打，最后拖着拖着就输了。

这一把打了足足五十分钟，打完之后，因为打得太累了，几个人都齐齐松了一口气，向钟晨鸣送来了同情的目光。

可可："辛苦了。"

蚊子："事实证明，玩得太好有时候并不是一件好事。"

BUG："……"

小凯："他们好强。"

虽然是在同情钟晨鸣，但他们一个个脸上也没有笑容，现在是2：2，从这一把他们能看出来，对面的状态调整回来了，前面两把是他们强行打乱了对面的节奏才赢的，但这一把他们已经把自己的节奏找了回来。

又到了选英雄的时候，钟晨鸣看着屏幕，看到对面禁的英雄，说道："选常规阵容吧。"

常规阵容……

他们练习的时间不长，没有练特别"黑科技"的组合，到了现在，好像也只能拿出常规阵容来打了。

对面依旧BAN了妖姬、辛德拉、金克斯，钟晨鸣这边BAN了牛头、锤石、大嘴。

对面中单看起来也有了几分自信，又一次拿出了维克托，钟晨鸣鼠标在发条上停留了一会儿，最后落在了卢锡安身上。

发条确实是他玩得最好的英雄没错，但那是他当时没有办法的选择，他的自身情况不允许他去玩一些操作难度要求很高或者是操作十分频繁的英雄，现在却不一样了。

昨天他跟 Master 一起玩，一开始玩了把卡特，后来 Master 一直在玩猪妹，他就选择一直玩卢锡安。倒不是卢锡安跟猪妹很好配合，完全就是他觉得卢锡安很好玩，玩起来很飘逸可以秀，外加卢锡安是版本强势中单，是可以上赛场的英雄。

这一把……可以玩。

钟晨鸣锁定了卢锡安。

最后他们拿出来的阵容，蚊子依旧上单大树，钟晨鸣中单卢锡安，BUG 打野酒桶，下路辅助璐璐跟 ADC 老鼠。

对面上单大虫子，中单维克托，打野挖掘机，下路辅助洛跟 ADC 霞。

开局五分钟，除了补兵，无事发生。

"对面这么稳的？"可可惊奇道。刚才她想卖个破绽，没想到对面不上当，后来她就发现，对面不是不上当，是根本不想打，只想缩塔补兵等打野 GANK。

"最后一把，看来他们很重视这把比赛。"钟晨鸣说道。

越是重视，越是谨慎。在比赛中一向是这样，轻易不会打起来，许多大赛到了决胜局，一场打下来，双方人头加起来不超过十五个，都是以运营为主。

"让他们看不起我们！"蚊子嘿嘿笑道，"2：2！估计他们也没想到能打成这个成绩哈哈哈。"

听到这话，可可其实想说一句不是看不起我们，只是看不起你而已，对我们中单和下路还是给了足够的尊重，BAN 了中下英雄，而选了锐雯打你。

当然，说出来就不是可可了，所以她选择换个说法："他们认真打，我们也要认真打，别高兴得太早。"

他们都知道，不能让对面如此稳定地发育下去，对面的团战是无敌的，他们想要打出优势，就要在前期打出来。

又过了两分钟，他们还没找到机会打开局面，上路就传来击杀消息，蚊子被单杀了。

可可忍不住说了一句："你们两个肉上路打架你能被单杀？"

蚊子："……这不能怪我，真的，刚才我手机振动了一下，我看了看，没想到对面就这个时候来打我。"

可可："……"

她觉得自己心态有点爆炸。

钟晨鸣将对面中单压在塔下，维克托塔下补兵，也不跟他打，钟晨鸣自己做好了眼，BUG也给他中路补了眼，没有给对面抓中路的机会，他可以尽情压线。

对面上单杀完人回家补充装备，钟晨鸣做出布置："下路你们也回家，去上路，大树去下。"

这次小凯没有再执意待在下路，利落地跟蚊子换了线。

蚊子一边换线一边说着："你这次怎么又肯换线了，小凯你搞我啊。"

小凯轻声说："我的金克斯，肯定能打炸对面，为什么要跟你换。"

蚊子："……大佬，大佬。"

换完线，大虫子一人对双人，立刻做出选择，没有推线，而是用远程技能补补兵，等着兵线来塔下。钟晨鸣将兵线推到对面塔下，说道："打野跟我去上路。"

"第一条是火龙……"

BUG话还没说完，钟晨鸣打断了他，语气很温和，甚至很是耐心："来。"

第一条是火龙，如果打野去上，对面下路肯定开龙，火龙是对每个人攻击力的加成，在前期是个很不错的BUFF，BUG不想丢。

他鼠标略一停顿，还是选择了去上路。

"越塔？"BUG问了句，这意思就是四个人去上路越塔杀对面上单吗？

"看情况。"钟晨鸣道，"优先推塔。"

这其实是比赛常见的套路，通常对面上单很强的情况下，更可能发生，前期四人抓上，杀上单，让他不容易起来，但塔却不太好推。

BUG总觉得应该杀人，但这几天一起打组排，很多时候都是钟晨鸣指挥，他觉得不对的时候也没说，实在是懒得说什么，就跟着打，最后大家实力都在，也能赢，赢不了也跟他们没什么关系，基本是蚊子的原因。这样指挥听久了，他第一时间没有反驳，后面也就跟着打，这次也是一样。

这次他猜错了，对面打野跑来抓上了！

他还没在上路出现，因为小凯跟可可压线，对面打野被吸引来了上路，直接来上路 GANK。

"坚持一下，马上到。"BUG 立刻说，"去卖去卖去卖，别跑！"

"可以。"可可立刻做出回应来，"老鼠！"

小凯隐身就往对面身后跑，可可简直想在他身上拴根绳子给拉回来，这是上赶着去送死啊！

对面看老鼠隐身，第一反应就是往老鼠的塔方向追过去，小凯的老鼠隐身唱着不成调的小曲儿，进了对面塔前面的草丛里，没人发现他。

可可看着有些无语，小凯这次又不跟她交流，她还以为小凯要跟对面"硬刚"，他们一个双人路，小凯不说她也不知道他要做什么啊！

BUG 赶到，一肚子直接顶到对面大虫子身上，小凯立刻从草丛冒出头来打伤害，钟晨鸣的卢锡安也从对面野区出来，一个 E 技能直接滑到对面脸上，银色的光弹射出，弹射到大虫子身上。

游戏进行到第 11 分钟，第一次小型团战终于爆发。

面对这么多人的 GANK，对面的大虫子表现得十分冷静，一个击飞技能放在自己脚下，沉默放出，立刻闪现。

可可十分诧异："他杀你都没用闪现？"

"啊？"蚊子假装没听清楚，随后觉得自己这样不太好，又补充了一句，"好像是没用。"

BUG 选择的是杀没有位移技能的大虫子，结果大虫子闪现跑了，就算小凯站在大虫子逃跑的那边，但他追着 A 了几下没 A 死，大虫子杀了蚊子一次，装备已经有所提升，前期的老鼠伤害又不够，杀不死他，让大虫子逃到塔下丝血溜了。

而挖掘机见势不对，直接丢下了自己队友，挖个地洞也跑了。

这一轮 GANK，没有造成任何击杀。

"中路不见了。"可可作为一个辅助，十分有大局观，立刻出声提醒。

对面中单被压到塔下，钟晨鸣推了一拨兵线过去才出来支援，对面中路此刻就面临一个选择，是收兵线呢，还是跟对面中路一样出去支援呢？

大多数中单的选择就是：提醒一下自己队友中路不见了，大家小心，然后自己收兵线，收完兵线再去支援。

此时可可一看对面中路不见了，就觉得对面中路要搞事。

结果过了两秒，中单又从自己家的上半野区走到了中路，继续刷兵——他往上路走了一半，发现自己队友都跑了，那还是回去刷兵吧，跟他对线的中单不在，他把兵线推过去可以让对面中单少吃一拨兵。

"推塔。"钟晨鸣这时候指挥。

四个人推上路，虽然是前期，但速度还是挺快的，推了三分之一血，对面上单大虫子传送小兵回上路，但是只能在后面看着，对面四个人，他一个人，这个塔他不敢守。

他们推塔，对面也做出决断，中单直接去了下路，配合ADC跟辅助拿龙，蚊子察觉到了，过去小龙坑放个眼，然后看着对面打完。

对面三个人，他一个人，他也是没办法啊。

一塔换一龙，也不能说谁赢谁亏，只是前期的选择。

推完塔，大虫子终于松了一口气，他可以补兵了。

"换回来。"钟晨鸣又做出指挥。

蚊子立刻乖乖地换回来，换线之后他面对一个双人路，也十分难受，根本没法补兵，只能站在最远距离吃经验，连塔都不敢守，对面去打小龙的时候他才好受了点。

换回来之后，他发现自己变得舒服了不少，对面大虫子不怎么敢跟他对线了！

上一塔没了，他们中路又是优势，对面上单自然不敢出来太远，又没有防御塔保护他，不管谁来随便转转，都可以抓他。

下一轮钟晨鸣如法炮制，趁对面打野在上半野区的时候，狂压对面中单维克托，压完立刻喊BUG去下路，四人推下，拆了下塔。

BUG隐约察觉到了什么，这次他没有觉得这个指挥有问题，直接跟着做，他甚至有了点期待，这个运营，看起来很不错。

推完下塔，小凯跟可可说了一声，来到了中路，他们推下路，对面选择了推中路，小凯隐身，可可给他一个加速和护盾，小凯直接上去开大招一顿狂喷。

可可在后面面无表情地看着小凯一打四，现在她的内心毫无波动，甚至还想笑。

小凯却突然笑了起来，屏幕中，绿皮老鼠大笑着，喷射着浸有毒液的弩箭，屏幕外，操作着老鼠的人脸上带着微笑，手指飞快在键盘上按过，靠着闪现和精巧的走位，躲掉了三四个技能，还开着护盾挡掉了一堆躲不掉的伤害。

蚊子的大树从上路下来，直接扑进了人群，钟晨鸣跟 BUG 也赶到，对面一看情况不对，疯狂地扑向小凯，但为时已晚，钟晨鸣他们团灭对面四人，打出一换四，剩对面来支援的上单残血逃走。

对面崩了。

运营其实并不是钟晨鸣的长项，NGG 的指挥一直是辅助 Miracle（奇迹），只是比赛打得多了，还是会有一些自己的理解，就算是看，也能看会一些套路。

对面打运营，钟晨鸣也跟对面打运营，从推上塔开始，节奏就到了钟晨鸣的手里，时间越久，对面发现自己手里的资源越少，连自己家的野区也被钟晨鸣他们控制着。

很无力，甚至不知道该怎么去还手，现在换他们找不到打开局面的机会。

打运营就像是堆积木，一崩则全盘崩，如果在崩塌的最开始找不到机会救回来，那后面基本就没机会了，除非是对面突然暴露出很大的破绽。

但是对面并没有给他们抓住破绽的机会，而且中单还强得可怕，每次团战他们都抓不到中单，还被中单的爆炸伤害反打，很是痛苦。

第 35 分钟，钟晨鸣一方推平对面水晶，游戏结束。

几个人都安静了一下，先是蚊子高兴得从座位上跳起来，高呼道："赢了！"

可可放下手中的鼠标，靠坐在椅子上，脸上浮起微笑来："赢了。"

小凯也跟着笑起来，BUG 绷着表情一脸冷漠，仿佛觉得这种局赢得理所当然，但不停想要上扬的嘴角出卖了他"高冷"的人设。

懒宝宝在旁边又吵又叫，高兴得不行，仿佛是他赢了比赛一样，他们座位后面已经围了一大堆看比赛的人，此刻纷纷恭喜他们，还有人吹起了口哨。

钟晨鸣点了一根烟，看着他们笑。

不一会儿，几个年轻人走了过来，跟他们握手，是他们刚才的对手。蚊子还没享受过握手的待遇，立刻伸出手来，还直说："应该我们过去的。"

"没事没事。"跟他握手的小哥根本不介意这点，"我们就是想过来看看是谁这么强，你们谁是指挥？"

游戏之后握手本来是赛场礼仪，他们这种小网吧的小比赛肯定是没有这种礼仪的，基本打完就走，心情好可以聊两句，但输了的一般心情都不好，谁跟你聊。

蚊子指了指人群之中抽烟的那个人："就他，我们的中单。"

小哥眼睛一亮，立刻走到钟晨鸣面前："兄弟，要不要加入校队？"

钟晨鸣客气地笑了笑："我不是学生，对不起。"

小哥看起来有些失望，不过很快又道："来，留个联系方式，以后一起打游戏。"

"企鹅号可以吗？"

"可以可以！"

可可在旁边看着，若有所思，也上来留了联系方式，又要了对面的联系方式。

两边聊了会儿，又跟围观群众商业互吹了一番，网吧老板来发了奖品——现金五千块。

为了视觉效果，老板还真的拿了五千块的红票子过来发，然后高兴地跟他们套交情："你们哪个区的呀？什么段位了？帮忙把名字改成网吧名前缀的名字吧，放心，改名卡我包了！"

说来说去，最后就蚊子一个人改了，老板看起来有些失望，最后还是让他们多来玩，毕竟网吧里面有游戏高手，也是可以作为吸引人的一个招牌。

打完比赛，几个人去聚了个餐吃夜宵，五千块钱就先干掉了一千块，懒宝宝也来蹭了个饭吃，毕竟钟晨鸣是他找来的，没有钟晨鸣，这次比赛能不能赢还真不好说，而且大家都是朋友，他们也不在乎用比赛的奖金请一个朋友吃饭。

热闹完，回到基地就差不多十二点了，不过基地里灯火通明，大家都还在打游戏，没一个人睡。

电子竞技哪有睡觉。

互相打了个招呼，BUG 继续坐下来打游戏，并不是说拿了个小网吧赛的冠军，他就可以不用训练了。

钟晨鸣也坐了下来，开始看战队成员一天的战绩，顺手登录了企鹅号。

之前他在网吧，跟对面战队的人说了企鹅号，但是打完比赛了大家都想着去哪儿庆祝，他就没有特地登录企鹅号通过好友请求，到了基地他才登录看了看。

企鹅号上除了好友请求，还有几条消息，全是 Master 的，钟晨鸣点开看了看，突然就想笑。

[14：23]Master：【来。】

[14：57]Master：【人呢？】

[16：34]Master：【双排？】

[16：36]Master：【？？？】

[17：01]Master：【今天你不直播吗？】

[17：12]Master：【打比赛？】

[17：12]Master：【……突然忘记了，加油，回来记得告诉我战况如何。】

钟晨鸣笑着敲字：【赢了，冠军。】

Master 过了一会儿才回答：【厉害厉害，双排？】

其实钟晨鸣是想做个战绩统计就去睡觉的，现在都十二点了，早就到了他该睡觉的时间，但看到 Master 今天下午那一堆话，突然有点不好意思拒绝，他回过去：【等我上游戏。】

Master：【你记得开直播。】

钟晨鸣：【你开吗？】

Master：【不开不开，烦得很。】

大概是今天心情比较好，钟晨鸣看到 Master 的"烦得很"三个字，不知

道为何,突然就想笑,他打字过去:【我打两把睡觉了,懒得开直播。你玩什么?】

几行字刚发过去,语音邀请就弹了过来,钟晨鸣一接,对面立刻传过来Master 的声音:"猪女猪女,快帮我抢一下!"

谈话间他们已经排了进去,钟晨鸣正好是第一个,他立刻锁定了猪女,又跟 Master 开玩笑:"你要开养猪场吗?"

Master 的兴致却不是很高:"开啊,版本强势,只有开养猪场了。"

钟晨鸣今天状态很好,他在游戏里大杀特杀了一番,连睡觉的时候都挺高兴的,做的梦也是美梦。

第十章

时间滴答滴答就消逝了

TUIYIZHONGDAN
XIANGDAZHIYE

　　第二天是周一，钟晨鸣起了个大早，在电脑前捣鼓了一会儿，又跟可可联系了一下，开始开着直播打游戏。

　　第一天直播之后，他也有了一些粉丝，主要是看他玩得好，人也挺温柔的，声音听起来很舒服，像是秋日里云淡风轻的那种舒服，立刻就有一拨人关注他。

　　今天开直播，他没有微博或者粉丝群通知，大早上的，开播还是来了一两千人，这让他有些意外，不过他很快就淡定下来，有人看总是好事。

　　打完两把游戏，他的人气稳步上升——一开始不知道他开播的粉丝来了，睡醒了上班摸鱼的也来了不少，乱入的路人也有，看他玩得好，又是韩服排位，还会耐心解说、解答观众的问题，又有粉丝留了下来。

　　打到中午，他的人气已经上万，下午的时候涨到了快两万。

　　中午的时候，战队的人才醒过来，陆陆续续去洗漱，跟钟晨鸣打了声招呼，坐下来开始打游戏做常规训练。

　　播到下午两点，钟晨鸣停了下，跟看直播的人说了声抱歉就下播了，他有点事情要做。

　　钟晨鸣打开了 LOL 的官网，点进了赛事频道，找到了购票网站，挨个挨个比赛日看过去。

　　"周四……周五有 NGG 的比赛，周六……嗯？周五有 MW 的比赛。"钟晨鸣看着点，两点一到，立刻抢周五的票。

　　LPL 的票不难抢，基本开售两个小时内都能买到，就是内场票要前十分钟去抢，不然可能没了，好位置也需要早点去抢。

钟晨鸣没有抢内场票，LPL 那个台子他清楚，就这么一点大，内场坐着要仰头看，看得脖子疼，他选了外场观看比较好的位置，又把付款的二维码发给了可可。

他没有网上支付的账号，就事先在可可那里存了几百块的奖金，就是为了这种时候用。

买完票，他又打开火车售票网，开始买火车票。

从他这里到上海，他没记错的话，高铁应该一个小时就到。

他把鼠标移到高铁上，正准备点下去，突然看到了快车票。

高铁要七十九块，一个小时到，快车二十块，两个小时到。

钟晨鸣掂量了一下自己手里的钱，还是选快车吧。

周五的比赛差不多是九十点钟结束，NGG 的比赛，应该结束得比较早，算了……场馆有点远，还是买晚上十一点的火车票回来吧。

至于宾馆这种东西，他肯定住不起。

又做了几天直播，因为人气还算过得去，还有 Master 带着直播，签约很顺利，直播平台给出的价格也还可以，就是直播时间有点久。一个月要播 100 小时，底薪一万，礼物五五分成。

因为考虑到以后可能去战队，钟晨鸣没签多久，就签了三个月，在这点上他差点跟超管谈崩了，借此超管也压了一下价格。

本来按钟晨鸣试播的人气，工资不可能这么点，但钟晨鸣实在是缺钱，为了解这个燃眉之急，算是跟对面都各退了一步。

签完合约，也到了周五，钟晨鸣一大早就从床上爬起来，轻手轻脚地离开。

他就出去一天，不用带行李，手机也没有，带着身份证跟钱就出门了。

六月的清晨还有点冷，现在天还没亮，钟晨鸣在公交车站前看了一圈，没看到卖早餐的小摊贩，他这才想起这个城市市容市貌方面做得挺好的，只能忍痛去便利店买了两个包子加一瓶矿泉水，边吃边等公交车。

便利店透出的灯光下，钟晨鸣坐在站台的座位上，他旁边有个拖着行李的女生，还有两个表情困顿的男人，这样早的一班车，连上早班的都还没起床，也只有像他一样赶着去火车站或者机场的人了。

早餐还没吃完，公交车就来了，他坐在公交车上，还有些困，也不敢打盹儿，就吃着早饭看着窗外的景色。

从他这里坐车去火车站要一个多小时，不过不用换乘，一车直达。

车外的小店大多关着门，只有少数几家二十四小时营业的店亮着灯光，吃完早饭，钟晨鸣一家一家地看过去，他已经没有了上车就玩手机的习惯，此刻也不会觉得少了点什么，只是望着小店的招牌，总觉得自己想起了很多事，又忘记了很多事。

曾经浑蛋的自己像是薄雾里的人影，越来越不清晰。

记忆的薄雾里，他经常坐大巴，从城市的一端到另一端，去参加比赛，去之前，车上的气氛或轻松或紧张，很多时候他们会在车上调整状态，开一些无伤大雅的玩笑，谈一谈比赛后吃什么。

回来的时候，有高兴的，也有沉默的，甚至还在车上吵过架。

或者是从城市的一端到另一端，开门后是亲人温暖的笑。

那些好像都成了许多年前的事，像是光线里飘浮的灰尘，在回忆里浮浮沉沉，似乎清晰又似乎模糊，想要抓住那一刻的感觉，却又清楚地知道那已经是过去。

车窗外，天空的颜色渐渐从暗蓝变成蔚蓝，云彩也染上了金色的光，终点站播报的提醒响了起来，钟晨鸣这才反应过来，火车站到了。

他好像就走了一下神，就到了终点站。

就好像他是在工地上睡了一觉，就得到了另外一个人生。

两个小时的火车，到上海已经是上午十点。LOL 的比赛是下午五点开始，循着记忆里模糊的影子，钟晨鸣先去了一趟宝山区，晨光的家在那儿，他想去替他，也替自己去看一看。

十点，爸爸应该还在上班，妈妈可能在菜场买菜，而妹妹上高中，今年应该……不对，高考已经结束了，妹妹应该在家。

钟晨鸣在小区对面找了个小店坐了一会儿，点了一杯白水，一直看着小区的门口。

过了半个小时，他在小区门口没有看到熟悉的身影，他盯着杯子里的水看了一会儿，还是走进了小区。

再次来到这里，钟晨鸣感觉有些陌生，也有些不真实。

钟晨鸣走到家门前站定，绿色的防盗门上已经有门漆剥落的痕迹，他习惯性地想去摸钥匙，又想起自己哪儿来的钥匙。

敲门吗？

钟晨鸣站在门外，抬起了手，随后又放了下来。

敲门之后又该说些什么？

他在口袋里摸了摸，摸了包烟出来，又想起他抽烟每次都要被妹妹骂，将烟盒放了回去。

该……该做些什么？

钟晨鸣抓着头发，在门口坐了下来，十分煎熬。

没过几分钟，头顶上响起一个声音："小伙子，你坐在这里干啥呢？"

钟晨鸣愣了一下，这是妈妈的声音。

"小伙子，怎么了？怎么坐在别人家的门口呀？"

钟晨鸣慢慢抬起头来。

看着面前的人，他张了张嘴，还没说话，一行眼泪就掉了下来。他将那个"妈"字咽了下去，编了套说辞："阿……阿姨，这是您家吗？抱歉，我走错了。"

"这么大的小伙子了，你哭什么呀，被谁欺负了找谁去呀，哭有个什么用。"妈妈一边开门，一边絮絮叨叨着，关门的时候突然想到了什么，在包里摸了一下，递给钟晨鸣一包纸巾，"你擦擦吧，就这样出去不好，小伙子总是要精精神神的嘛。"

"谢……谢谢阿姨。"

"你这小伙子怎么哭得更厉害了？好了好了，你要不要进来坐坐，阿姨今天菜买得有点多，两个人也吃不完。"

钟晨鸣眼睛亮了一下，随后又暗了下去，他的手指紧紧握在一起，突然就发不出一个字来。

"妈，怎么了？"妹妹的声音从家里传来，"谁来了？"

"哦，没事，遇到一个走错门的小伙子，我说请他进来坐坐。"妈妈回头道。

钟晨鸣立刻擦干眼泪，面前挤出一个笑来："阿姨，不用了。我走了，谢谢阿姨，谢谢。"

"哎？进来坐坐嘛，没事的呀，跑什么，你这小伙子。"

交谈声从还未关的门里面传过来。

"妈，什么都不知道你就请人进来坐坐？"

"我看是个挺好的小伙子嘛，没事的，看起来怪让人喜欢的，可惜也没问个名字，说走错门了，估计也是附近的人，可能是刚搬——"

砰！

关门声将交谈声隔绝，钟晨鸣站在转角处，将再次涌出来的眼泪慢慢擦干。

在转角处站了许久，钟晨鸣才收拾好心情，走出小区，去了爸爸的公司。

已经是午饭的点，爸爸在公司的食堂吃饭，他就远远看了一眼，确定爸爸一切都好，这才离开。

家里人都好，他好像听到心底传来一声喟叹，然后，便是如释重负般的轻松。

他现在终于可以安下心来去做自己的事。

钟晨鸣在这个满是回忆的城市里逛了逛，看着自己之前觉得难吃不想吃的东西现在却买不起，突然就笑了起来。

以前的晨光可没有钟晨鸣现在这么好的心态，相反还挺爆炸的，这点从他激进的游戏风格上就能看出来，虽然后来的职业生涯磨平了他不少棱角，但他心里的傲气一直都在。

最后一点时间，钟晨鸣去了晨光的大学。晨光是大学肄业去打的职业，当时跟家里大吵了一架，甚至颇有老死不相往来的样子，但后来他的家人也接受了他的选择，甚至会去看他的比赛。

可惜他就算是肄业去打，年纪也太大了，他开始打职业的时候都已经二十岁了，那时候的他，也是用了巨大的勇气，才做出这个选择，然而最后的结果，也不尽如人意。

在大学里坐了一会儿，时间差不多了，钟晨鸣去往了陆家嘴。

LPL 在这里举行。

吃了晚饭后，钟晨前往赛场。

这里让他感到熟悉无比，无论是选手通道还是观众通道，他好像都走过无数次。

门口的雕塑，墙边职业选手的手印，就是周边商城有些不一样了，队服换了好多次，现在周边商城卖的队服已经是最新款的队服。

钟晨鸣路过的时候看了一眼 NGG 的队服。

嗯，NGG 的队服还是这么丑，MW 的就漂亮多了。

钟晨鸣又看了一眼价格，立刻打消了买一套 NGG 队服回去的想法，没想到竟然卖这么贵，周边商城这是抢钱吧。

看了一圈，钟晨鸣在场馆正中坐下来。这是他抢的位置，也是他认为的最佳观赛位置，视角很好，看比赛都不用仰着头，就是看不清职业选手的脸。

但他是来看比赛的，看不看得清脸又有什么关系。

钟晨鸣刚坐下，主持人就开始暖场了。

场馆里坐满了人，每个人都拿着官方发的应援棒，钟晨鸣也分到了两个。

他将应援棒搁在一边，没听主持人说什么，而是将视线投向了主持人身后的比赛电脑上。

比赛就要开始，有职业选手正在换自己的外设，打比赛的键盘鼠标甚至有的鼠标垫都是他们自带的，用不同的鼠标键盘，手感会有天差地别，非常影响发挥。

那个赛场曾经是无数职业选手战斗过的战场，他想去往那里，在那里战斗，与队友们一起厮杀，去创造属于他们的奇迹。

灯光变换，音乐响起，选手们登场。

第一场是 MW 打 DSK，短暂的暖场活动之后，比赛正式开始！

DSK 在 LPL 中算是一个中流战队，春季赛中没有什么亮眼的表现，但也没弱到去打保级赛的地步。这次 BAN/PICK 很常规，两队也没有拿出什么套路型阵容来。

选完英雄，等待进入游戏的时间里，解说开始例行没话找话。

"夏季赛已经开始一个星期了，我觉得 MW 第一个星期有点'谜'啊，第一个星期的两个队都不是什么强队，他们打得却十分艰难。"

"这个感觉跟 MW 的关系不大，第一把是跟 LTG 打吧，没想到 LTG 夏季赛换了人这么猛的，两个新人发挥得都很不错。"

"可能是跟 LTG 打的时候没想到这么难，后来心态没有调整过来，看得出他们一开始没有想到 LTG 可以打得这么猛的。"

"今天 DSK 倒是没有拿出什么套路阵容来，也不知道 MW 的状态能不能回来。"

"说起来 MW 的打野 Master 用的是猪妹，猪妹是个版本英雄，但 Master 以往喜欢用的都是盲僧啊，卡兹克啊，这种偏刺客或者节奏型的英雄，他是比较喜欢在赛场上秀的，猪妹倒是很少用。"

"或许是第一个星期表现低迷，他们调整了战术，说起来还是刺客型打野不太适合这个版本，现在偏向于功能性打野，Master 最近排位也一直在玩猪妹，看得出他是想好好练一下。"

"这个版本开始，我已经想到 Master 练猪妹时候的内心了。"

"什么？"

"向版本低头。"

"是的，向版本大佬低头——好了，现在比赛已经开始，我们来看一下……"

画面一切，召唤师峡谷的地图出现在场馆中央的大屏幕上，MW 的五人对对面野区进行了一次入侵，做了一次视野，DSK 主动让出野区，打野去了 MW 的野区，双方算是换 BUFF 开局。

前期双方都在平稳发育，Master 的猪妹并没有像打 RANK 那样频繁搞事，连解说也在奇怪："现在比赛都进行到第十三分钟，双方都没有爆发一个人头，第一条龙是个风龙，看起来大家都没有抢的欲望，Master 的打野更是刷了十三分钟，这看起来都不像是 Master 在玩。"

"对，我们之前统计过 Master 前期的 GANK 节奏，这个人是自己家 BUFF 都可以不打的，直接要去 GANK，或者去对面野区反野，但现在除了一开始的野区入侵以外，Master 竟然没有主动去做任何事，这也算是向版本大佬低头吗？"

钟晨鸣在下面看得也十分奇怪，MW 并不是一个主运营的队伍，相反，他们队伍的风格一向在于中野辅的联动。Master 的打野十分激进，每次都会在前期进行 GANK，辅助空气经常放弃自己的 ADC 跟 Master 一起去对面野区入侵，控制对面野区的视野，而中单五神也会尽量打出优势，然后支援其他路。

这样前期根本不打架的情况，倒是很少发生，一般都是对面避战，或者是真的没有抓到机会。

看来 MW 是在试验新的打法了。

空气这次选的是一个保护型的辅助风女，在对线上也没有占到太大的优势，像是要安心刷线等待打团，他们的 ADC 田螺是个新人，才进入战队没多久，这次也打得畏首畏尾的。不仅是 ADC，MW 整个团队都看起来打得畏首畏尾的。

到了第十五分钟，终于爆发了第一拨团战，这次是 DSK 抱团推下，MW 传送支援守塔，这次打得还很漂亮，Master 大招打到关键的 ADC，率先将对面 ADC 斩于马下，DSK 也只能四散逃跑，又被 MW 追死了上单跟辅助，零换三。

这一拨团战算是打开了这一把的突破口，这两支战队终于有了点打架的意思，DSK 更是主动想要去抓机会，结果 MW 又开始避战，就是不打，要发育。

解说奇怪了一会儿，开始说出自己的理解："MW 这就是想打一轮吧，反正我没大招，我就是不跟你打，我要打就等我们都有大招的时候，反正我大招扔出去就行，你们肯定打不赢我。"

"看来 MW 是在尝试新的打法了，不过这也是好事，就看 DSK 这边怎么应对了，这一轮，Master 抓到了 ADC——"

场馆的大屏幕上，Master 又一次抓到了 DSK 的 ADC，MW 的 ADC 田螺却离两人太远，没有及时赶到补充伤害，让对面 ADC 跑了。

"刚刚田螺是在补兵吗？我看 Master 等了两秒田螺都没有上来。"

解说又开始强行给田螺甩锅："刚田螺是被大嘴猛喷了一套吧，没敢上来，可能是没想到 Master 真的能打到大嘴，他还在后面补兵，这轮应该是交流上的失误。"

钟晨鸣在场下看着，知道这当然不是交流上的失误，就是田螺屌了，田螺双招都在，还让对面顶着血皮逃走，田螺不敢打。

以前 MW 的重心也是放在中上的，ADC 好像只需要不补兵，团战的时候放个大招就行了，但 Master 一下子把重心转移到了下路，田螺很可能没反应过来。

空气倒是反应过来了，他常年出去游走，GANK 的意识一流，但他拿个风女，是个保护型辅助，也没有硬控，最多用风把 ADC 吹起来一下，给个减速，做不了太多的事，还是让对面给跑了，如果他这把拿的是个锤石、牛头之类的控制比较多的辅助，可能又是另外一个样子了。

这一轮 GANK 没起到什么作用，Master 却没有选择离开，转了一圈又绕回了下路，看起来还要强抓下路，这时候五神也往下路走，这是要强打一轮了。

下路团战转瞬间就爆发起来，Master 的猪女顶在前面，五神在一旁疯狂输出，田螺犹豫了一下，在后面打了两下伤害，看到对面向他冲过来，立刻就跑，跑了两步看到冲过来的人被限制住，他这才敢回身输出。

这一拨团战较之上次就惨烈了不少，五神 Master 都被击杀，二换三，还算强行不亏。

观众的呼声此起彼伏，解说台上，解说们都吹了一番 MW，钟晨鸣却觉得不好，这一把 MW 可能要凉。

然后 MW 就真的凉了。

这一拨团战之后，MW 的情况急转直下，本来就到了中期团战的时候，MW 突然就打不赢了。

他们的阵容还算好，但是对面阵容也不差，一打起来，总是莫名其妙地就打不过了——这是解说的说法。

MW 的经济还领先 DSK 四千多，打团战却打不赢，钟晨鸣看了看，不用想就知道问题在哪里，既然阵容没问题，那就是打团的时候有一个 C 位在划水。

五神永远冲在最前面，解说也在说五神冲太前面死太快了，没有打出足够的输出来，导致打团打不赢，DSK 打完团总是一堆残血，如果五神还活着，那就可以进行收割。

但是他们忽略了也总是残血逃走的 MW 的 ADC 田螺。

每次打团，田螺都显得畏首畏尾的，可以看得出来，这一把 MW 想把重心从中野转移到下路上，给了 ADC 很多资源，也主要保护 ADC 的发育，但是，拿了这么多资源的 ADC，并没有尽到 carry 的能力来。

他拿了太多的经济，没有打出足够的输出，打团的时候甚至在梦游，虽然在外人看来那是小心谨慎，防止自己被秒，保护自己的实力，这是 ADC 的正确打法，但是这跟他所拿的经济并不相符。

拿多少经济应该打出多少输出，或者扛得住多少的伤害才对，ADC 的田螺却不敢打，他好像异常怕死，有个保护型很强的辅助风女在都不敢打，一旦对面向他这边走了一步，不管是谁，就算是个辅助，他都立刻后退。

这一把拖到了很后期，MW 的优势慢慢被 DSK 打回来，一直到了四十多分钟，这个时候输赢只是一拨团战的事，Master 突然灵性开团，配合五神先秒了对面辅助，又跟上单一起击杀了 ADC，然后立刻做出选择，去开大龙！

这一次扳回了局势，拿到大龙的 MW 势如破竹，一路高歌猛进破了对面中路，然后顶着复活的 DSK 强推了水晶，最后献祭了五神跟 Master，拿到比赛的胜利。

解说开始狂吹："Master 在关键时候站出来了！刚才那个开团，史诗级开团！"

"可怕的 Master，实力还是如此强大！"

"五神也在关键的时候站了出来，担起了 carry 的责任，让我们恭喜 MW 赢得了这场比赛！"

"看得出 MW 这次是一次尝试，他们想要培养小将田螺，田螺这次 4：2：9 的数据也算是在慢慢成长，让我们再次恭喜 MW！"

"短暂的休息过后，我们将开始第二局比赛，不知道 MW 这次又会拿出什么阵容来。"

"确实这次 MW 的尝试是有些问题的，但相信他们可以在这次比赛中学到不少，让我们稍事休息，等待下一场比赛。"

最后 MVP 给到了 Master 身上，解说又狂吹了一番 Master，说这把他开团开得如何如何好，这个 MVP 拿得是理所当然，还吹 Master 不愧是 Master，carry 型打野跟功能型打野都玩得厉害得不行。

钟晨鸣在台下听得直想笑，Master 的猪女也就一般，前期零作用，除了后期的两次灵性大招有用，其他时候都在打酱油。解说就是这样，赢了狂吹，输了开始给选手找原因，甩锅给天不时地不利人不和。

其实这也是现在的电竞环境所造成的，赢了狂吹输了狂喷，吹得越凶输了就喷得越凶，解说也怕背锅，不敢直接说选手有问题，何况解说很多跟选手也挺熟的，也理解选手，尽量帮选手说下话，分一点锅。

短暂的休息，大屏幕上放了两次广告，今天的第二局游戏再次开始。

开局 DSK 就 BAN 掉了猪妹，解说开始说这手是因为上局 Master 把他们打怕了，这个人的猪妹实在是强。

这时候镜头给了 Master 一个特写，原本 Master 冷漠的脸突然就放松了一下，一副如释重负的表情，好像猪妹 BAN 得正合他意，他十分高兴一样。

解说看到也很奇怪，问搭档道："你说 Master 这个表情是什么意思？"

搭档看了一眼 B/P，推测道："这把是 DSK 一选，看到猪妹被 BAN，那 DSK 就不会抢猪妹了，应该是这个意思。"

"看来猪妹现在是真的强。"解说道，"这次版本的更新让猪妹重回了赛场，说起来上一个版本猪妹几乎没有上场的机会，春季赛的时候倒是瞎子的表现很亮眼，有很多上场机会。"

搭档道："一次更新一次神。"

解说笑着："次次更新削刀妹。"

在两个解说不务正业的吹牛当中，Master 拿了皇子，游戏开始。

这一场比赛，MW 跟解放了天性一样，前期五神和 Master 就压得对面中野难受无比，空气拿了个牛头跟 Master 去对面野区就如入无人之境，直接玩崩对面野区。

DSK 因为野区崩了，线上三路都无法放开打，间接被压制，等到了十多分钟，Master 直接去下路，配合 ADC 辅助强杀了对面 ADC，推掉下塔，MW 的节奏正式开始。

拿到皇子的 Master 就跟按了开启杀戮的开关一样，在下路越完塔又在野区把对面打野抓死一次，然后跟着辅助抓死中单，这一把二十多分钟就结束了比赛，DSK 崩得救都救不起来，最后直接投降。

"胜利"的字样在大屏幕上亮起，底下 MW 的粉丝开始欢呼，DSK 的粉丝则十分沉默。

钟晨鸣身边坐的都是 MW 的粉丝，手中举着应援棒开始欢呼，灯光闪来闪去，钟晨鸣被气氛所感染，也跟着一起欢呼。

坐在他前方的一个妹子突然大喊一声："Master！我喜欢你！"

妹子吼得声嘶力竭，惊得在台上收拾自己外设的 Master 也抬头看了一眼，然后又一脸冷漠地低头继续收拾外设，却引来妹子一片尖叫。

短暂的广告过后，MVP 出来了。这次的 MVP 是辅助空气，100% 的参团率，每次都出现在关键的地方，还有两次亮眼的开团或者保人的操作，他这个 MVP 拿得当之无愧。

这个时候又有人大喊空气名字，不过人已经下场了，也看不到空气的反应，引得观众席一阵哄笑。

MW2 ：0 战胜了 DSK，比赛进入中场休息，下一把是 NGG 的比赛。

这个时候钟晨鸣习惯性想离开座位，结果中场休息的时候主办方为了让观众不无聊，准备了一个抽奖节目，钟晨鸣又坐了回来。

他也突然想起自己现在是不能去后台的人了，以前他来看比赛的时候，中场休息会去后台跟选手交流一下，刚刚下意识就想离开，现在他只是一个路人。

以后会有机会的，钟晨鸣看着自己手中的应援棒，笑了笑。

"停！恭喜 11 排 41 号座位的幸运观众，请到观众席右边等候领取奖品。"主持的声音突然响了起来。

钟晨鸣旁边的观众眼睛先是亮了一下，突然又有些遗憾，然后转头看向了钟晨鸣，一脸的羡慕嫉妒恨。

"嗯？"钟晨鸣看了一眼自己的座位号，这个座位号，好像是他？

又看了一眼旁边妹子的表情，钟晨鸣将手中的票递给妹子，十分大方道："奖品给你吧。"

妹子倒是被他弄得红了脸，立刻摆手："没有没有，你拿，我、我确实想要，但这是你的。"

钟晨鸣笑了笑："没事。"

妹子的朋友一脸戒备地看着钟晨鸣，小声说："她有男朋友的。"

钟晨鸣："……"

算了，还是他自己去领吧，他虽然是好心，但是被人误会就不太好了。

钟晨鸣去了观众台旁边等候，工作人员让他等一下，一会儿另外几个幸运观众也来了。舞台上，MW 的队员也上场，他们作为胜利的队伍，给幸运观众颁发奖品。

主持人让第一位幸运观众上台，询问了一些问题，问她是谁的粉丝，然后妹子一脸迷茫，随口说了个空气。钟晨鸣之前看了看，这个妹子是 DSK 的粉丝，此刻被请上去也是十分尴尬。

主持人："那有什么想对空气说的吗？"

妹子："嗯……多、多用宝石？"

台下一通哄笑。宝石是空气最菜的一个英雄，偏偏他还十分喜欢用，菜到 MW 教练为了不让他选，直接让他们 BAN 了宝石的地步。

笑完之后，主持人让妹子站到空气旁边。

第二个就是钟晨鸣了。

主持人看到钟晨鸣走过来，笑着开了个玩笑："这次是个男粉丝，我就不问你喜欢那个选手了，那么你支持哪个选手呢？"

钟晨鸣道："Master 吧。"

他刚说出来，Master 就转头看了他一眼，脸上没什么表情，也就看了不到一秒钟，又看向了观众席。

主持人活跃气氛："Master 吧，这个'吧'听起来很勉强啊，那么你有什么想对 Master 说的吗？"

钟晨鸣想了想，说道："打得不错，继续加油。"

他说得十分淡定，一副老前辈的口吻，引得主持人也忍不住发笑。

主持人："看来这位朋友是 MW 的老粉丝了，经历过很多的样子，那么请站到 Master 旁边。"

钟晨鸣一转头就看到 Master 在看他，他对着 Master 露出个笑来。

Master 的表情看起来有点疑惑，或许是觉得这个疑惑跟他一贯的高冷人设不符，又努力让自己面无表情。

钟晨鸣在 Master 旁边小声说："猪妹还得加油。"

Master 皱了下眉，也小声回道："谢谢。"

而刚才钟晨鸣旁边的妹子看到这个互动，在底下拿出手机疯狂打字发朋友圈："幸运观众就坐我旁边，就差一个位置！一个位置！他还站在 Master 身边跟 Master 说话！嫉妒使我质壁分离！"

幸运观众都上台之后，主持人说了几句场面话，MW 的队员就将手中的纸袋递给了幸运观众，然后合影下台。

这次场间活动之后，接下来就是 NGG 的比赛。

Master 回到了选手休息室，他的队友们都在讨论着等会儿上哪吃夜宵，Master 在旁边沉默地坐了一会儿，找到了领队赵哥。

他直接说明了自己的想法："赵哥，我想留下来看看 NGG 的比赛。"

"小龙虾不吃了？"赵哥问了一句。

"不吃了，我俩换个衣服吧。"Master 身上穿着战队的短袖，就这样出去，肯定是会让人认出来的。

赵哥不知道从哪儿扒拉了一件黑色 T 恤出来，扔给 Master。Master 接了，又找空气借了他耍帅用的平光眼镜，这才出去休息室。

其实职业选手来看比赛是一件很常见的事，俱乐部还有比赛的赠票，他们可以不用抢票都能进来，还往往是内场的位子。

职业选手出现在观众席观众们也不会大惊小怪，最多合个影，要签名的都不多，但 Master 还是觉得穿队服出去看比赛太高调了点，就换了身衣服才出去。

比赛场地不是很大，票是卖完了，但也还有座位是空着的，他这个时候来看比赛，基本不用对号入座，直接找个没人坐的位置就行。

Master 望了一眼观众席，回想了一下刚才抽到的幸运观众的位置，大概记得是十几排来着，具体是多少号就想不起来了，他慢慢沿着观众席向上走，凭感觉找。

走了两步，他摸出手机来按了按，手机上都是些无聊的消息，他刚才发出去的消息并没有人回。

他发消息给他的假粉丝，问对方在干吗，是否看了比赛。

钟晨鸣正站在比赛场馆的大门口，他去上了个厕所，看着来来往往的人群，还有熟悉的场馆，他将手伸到裤兜里，习惯性摸了摸烟，随后他又想起这里禁烟，想了想，他去了 NGG 的应援处，要了两颗糖来吃。

陈皮糖，NGG 应援处的糖都没变。

钟晨鸣吃着糖，站在比赛场馆的手印墙边发呆。

这里挂着职业选手金色的手印，有一些观众趁着场间休息在这里拍照。

他在这面墙上看到了一些熟悉的人，NGG 的 Miracle，还有 ADC 独孤，MW 的五神以及 Master。

晨光的手印曾经也挂在这里，现在却找不到了。

他发了会儿呆，突然觉得自己今天特别蠢。

他应该向前走，而不是只顾着触景生情，跟个傻子一样。

钟晨鸣将第二颗陈皮糖放进嘴里，看着满墙的金手印，突然露出个微笑来。

他会回来的。

场馆里传来主持人的声音，场间休息结束，下一场是 NGG 对 ICD 的比赛。

钟晨鸣也回到了自己的座位上，继续看比赛。他突然就注意到，坐自己旁边的两个小姑娘突然就将手中 MW 的应援板换成了 NGG 的。

这块板子一面写着"MW 加油"，一面写着"NGG 你是我们的奇迹"，也算是一物多用了。

钟晨鸣看了两眼那块应援板，注意力就被大屏幕吸引了过去，连自己身后原本没坐人的位置突然坐了个人都不知道。

NGG 的 BAN/PICK 做得很奇怪，他们拿了妖姬、酒桶、辛德拉、女警、小炮，妖姬跟辛德拉的定位是法师，女警跟小炮的定位都是 ADC，酒桶是打野。

看到这手阵容，解说都惊讶了："NGG 这是要做什么？这是什么阵容？辛德拉辅助？妖姬辅助？那谁打上单？"

他的搭档也好奇道："这阵容看起来跟打 RANK 一样，还是那种抢位置的 RANK。"

解说笑道："Miracle 说，给我女警包赢，然后独孤说，AD 小炮，不给就送？"

搭档说道："RANK 中经常有这种事，好了 ICD 最后一手拿了挖掘机，我们来看看 NGG 的最后阵容是什么。"

短暂的广告过后，比赛开始，这下每个人都拿到了自己的英雄，也就不用去猜到底是哪个英雄打哪个位置，结果 NGG 的这手选择，却让很多人瞠目结舌。

连解说都愣了好一会儿，才说出话来："妖姬上单、小炮中单、辛德拉跟女警走下路，NGG 这是要搞事情啊。"

搭档猜测道："NGG 这是在研究新战术吗？"

解说都看笑了："这叫新战术吗？要是他们说抢位置吵架我还相信一点，不过说起来，上单妖姬曾经也在 RANK 中出现过，那个时候出三相电刀，走 AD 路线。"

搭档说道："那小炮中单又是什么意思？辛德拉辅助还是可以的，可以补充一下伤害，但是跟现在这个版本有点不搭，现在是保护型辅助崛起……"

在解说的猜测中，NGG 跟 ICD 已经开始了对线期。

妖姬果然没有出解说的预料，走的是 AD 妖姬路线，而小炮也可以出 AP 当作法师英雄来打，但这次却不是 AP 小炮，而是 AD 小炮。

解说更加奇怪了："NGG 这个阵容，就酒桶一个前排，全是 AD 伤害，AP 伤害就辅助跟打野，严重不足，要是 ICD 这边全出护甲，NGG 他们根本就没办法，压根就打不动。"

然而……NGG 并没有给 ICD 出护甲装的机会，在线上全线压制，二十分钟上高地，二十五分钟推平对面水晶，完全没有给 ICD 喘息的机会。

"胜利"两个字亮起的那一刻，台下 NGG 的粉丝立刻欢呼起来。坐在钟晨鸣旁边的两个妹子吼得尤为大声，比刚才 MW 的比赛都还大声，钟晨鸣看了她俩一眼，默默往旁边靠了靠，给这两人留出了发挥空间。

他就这样转头一看，突然就看到斜后方有个人看起来有点严肃，他再看了一眼，发现那个人也在看他，但是视线一相触，对方又很快移开了，仿佛之前没有看他一样。

是 Master。

钟晨鸣看 Master 换了身衣服，还故弄玄虚地戴了个眼镜，猜想他是想安静地看比赛，也就没跟他打招呼，转头看大屏幕。

解说在感叹这一把 NGG 的发挥，狂吹了一番 NGG，说这个阵容也就 NGG 能拿出来，换哪个战队拿这个阵容都是输，NGG 牛！

之前上场的时候，摄像头也给了 NGG 的队员几个特写，他们有说有笑地准备着比赛，看起来很放松，显然季中赛跟 UKW 那场比赛的失利并没有影响到他们，他们已经调整好状态，迎接 LPL 的夏季赛。

这一场比赛的发挥也证明了他们的状态确实很好，拿个奇葩阵容都能轻松取胜，看起来他们也在积极地研究新的阵容与套路。

钟晨鸣身旁的两个女生开始狂吹刚才那个上单妖姬有多厉害，解说瞎说，什么只有 AD 伤害打团不好打，这不是就把 ICD 吊起来打了嘛。

这完全是乱说了，钟晨鸣在旁边听着也没说话，倒是坐他们身后的 Master 忍不住了，开口道："NGG 打团确实不好打，这一把他们没有打过一次 5V5。"

两个女生回头看了他一眼，估计是想给个白眼，结果回头一看，愣了一下。

Master 看着她们，没等她们说话，就下意识地看了一眼她俩旁边的钟晨鸣。

钟晨鸣笑了起来，说道："NGG 在玩，也可能在摸索新的套路，他们的个人实力已经在阵容之上，只要不遇到跟他们旗鼓相当的对手，他们只要不拿特别乱玩的阵容，比如五个辅助这种，都能赢。"

有个女生下意想想要反驳，但又想到跟她们说这话的是 Master，那肯定是对的啊！她立刻就道："如果跟 MW 打就赢不了对不对！"

"跟以前的 MW 打确实赢不了。"钟晨鸣看了 Master 一眼，"现在就不一定。"

两个妹子突然紧张，她们看着 Master，就怕他生气。

Master 对这个评价十分的无所谓，他甚至还点了点头："还是看情况，NGG 确实强。"

一个妹子笑了起来："Master 你好可爱，可以合个影吗？"

另外一个妹子也在旁边道："求合影。"

Master 答应了合影。

现在正好是场间休息，大屏幕上放着广告，旁边的人也在询问能不能合影，Master 都答应了，象征性跟粉丝们合了个影。

说是象征性，是因为合影的时候 Master 没什么表情，连个笑容都没有，如果不是很好说话，粉丝的要求能答应的都有答应，估计明天某贴吧就会冒出几个 Master 看不起粉丝的帖子。

等跟上下左右合影完，NGG 对 ICD 的新一局游戏正好开始。

随着解说的声音响起，大家都坐回座位上继续看比赛，Master 则是又看了看钟晨鸣，欲言又止，低下头看手机。等比赛正式开始，他的注意力很快就被比赛吸引了，只是偶尔看一眼坐在他前面的人。

NGG 的比赛，无论是从观赏性来说，还是从技术性来说，都是十分引人注目的。

LOL 比赛的观赏性主要在于打架，如果无时无刻不在打架，那么大多数观众就会觉得这是一场观赏性很强的比赛，因为时时刻刻有看点。

如果是一直发育，从来没有打起来，发育了三四十分钟，最后一拨团战解决，那么就算这场比赛的运营思路再精巧绝妙，在很多人眼里都是无聊的，毕竟普通人也看不出来运营到底是怎么个精彩法。

NGG 就是那个一有机会就打架的比赛队伍，他们是有机会要上，没有机会制造机会也要上。

而且 NGG 很少会按常理出牌，这一把 NGG 倒是拿了还算常规的阵容，但是打得嘛……就不那么常规了。

现在的常规打法是辅助死保 ADC，从头到尾都跟着 ADC 给 ADC 出保护性装备。NGG 这次则不然，他们让 ADC 单线发育，野辅出去游走，玩的是前几个版本的野辅双游。

看比赛的同时，Master 跟钟晨鸣都在思考着 NGG 这样做的意义是什么，这虽然是个旧套路，但在这个版本会不会适应良好，可玩性强。

看了一会儿，钟晨鸣得出结论，这个套路也只有 NGG 能玩，因为 NGG 的 ADC 独孤个人能力足够强，就算辅助不在，他被两个人压着打，也能慢慢发育起来。

这一把 NGG 打得比上一把艰难许多，显然 ICD 也调整了一下状态，没有被 NGG 的套路玩崩，在发现 NGG 玩套路的时候及时调整了过来，没有被 NGG 牵着鼻子走，不过最后 NGG 是自己把自己给玩崩了。

ICD 也不是弱队，抓住机会立刻反打，很快掌握住了优势，这一把打了快五十分钟，跟版本对着干的 NGG 还是输了，ICD 险胜，比赛进入了第三局。

第三局 NGG 没乱玩了，认真选个阵容。ICD 赢了一把，士气高涨，跟 NGG 打了个有来有回，但还是遗憾地输掉了比赛。

三把打完，钟晨鸣一看时间，晚上九点半。

他买的十一点的火车票，从场馆赶去火车站，算上路上耽搁的时间，差不多要一个小时。

比赛一结束，观众们很快散去。钟晨鸣赶时间，解说还在吹牛的时候就离场了，Master 看了钟晨鸣几眼，也跟着离开，不过一人走的是观众通道出赛场，一个人走的是选手通道从后台离开。

钟晨鸣赶到楼下便利店买了两个饭团一瓶水。将近五个小时的比赛，他就算看比赛之前吃了东西，现在也饿了，等会儿还要坐两个小时火车，现在就得准备火车上的干粮。

路上，钟晨鸣靠在火车上休息了一会儿，他感觉自己就一闭眼，两个小时就过去了，他该下车了。

他这一天很赶，早上天不亮就出门，情绪也是大起大落，十分的疲惫，现在下了火车，内心却是高兴的。

今天他知道了家人都还安好，知道了 NGG 现在是多么强大，他所牵挂的如今都很好，他也要往自己的路前进了。

第十一章

行行行，听你的

TUIYIZHONGDAN
XIANGDAZHIYE

坐夜班车回到基地已经是半夜两三点，基地的其他人都睡了，就只有一台电脑还亮着光。

钟晨鸣进了客厅，看到原子还坐在电脑前，打着韩服的排位。

看到钟晨鸣回来，原子抬头跟他打了声招呼，继续排位。钟晨鸣洗漱完毕，从厕所出来看到原子一把游戏已经打完了，正看着屏幕发呆。

看他这个样子，钟晨鸣问了句："还不睡吗？连跪了？"

原子摇了摇头："没，就是睡不着。"

钟晨鸣在他对面坐下来，一边开电脑一边说着："年轻人要早点睡，熬夜伤身。"

原子笑了起来："教练，你说这个话显得自己很老一样，你应该比我还小吧。"

钟晨鸣笑了笑，没说话，上微博看了看 NGG 微博下面的评论。

官博上会以文字直播比赛战况，钟晨鸣看了看输掉那一把的微博评论，发现大家都十分轻松，让 NGG 别乱玩，好好打，看起来对 NGG 的队员十分的宽容。

他松了一口气，还以为 NGG 那把输了，会被喷得体无完肤，毕竟是能赢的一把，没想到现在的粉丝对大家都很宽容了。

看了一会儿评论，钟晨鸣突然想到了 Master，他又打开了 MW 的官博，虽然 MW 赢了，但微博评论就十分糟心了。

底下评论一半在找 MW 存在的问题，一半在喷五神，然后又在心疼

Master 跟空气，说两神带三坑，打个 DSK 都打成这样，五神怎么还不退役。

看了一眼评论，钟晨鸣突然想起自己今天还没上企鹅号，虽然他企鹅号上就几个人，但他总觉得有人会找他。他打开企鹅号，几个对话框跳了出来，有懒宝宝的，也有可可的，还有 Master 的。

"教练，打游戏是不是也看天赋的？"原子突然问了一句。

钟晨鸣点开对话框，还没看，听到这句询问，他抬头看向原子，原子看着电脑屏幕，并没有看他。

虽然原子不说，钟晨鸣也知道原子是遇到了什么事。他打开韩服战绩查询网站，看了一眼原子的战绩，一片血红，原子输了一晚上。

这个时候，一般人或许会安慰原子，告诉他努力也可以，但钟晨鸣没有这么做。

钟晨鸣沉默了一会儿，开口道："是。"

一个字，声音不大，在只有两个人的客厅里却十分清晰。

原子有一会儿没有说话，钟晨鸣看了一眼可可的对话框，是回复他今天请假的事，说会让阿姨不做他那一份饭。

懒宝宝则是问他有没有看 Master 的比赛，还有 Master 今天会不会直播。

Master 则是问他在干吗。

懒宝宝的钟晨鸣回了几个字：【看了，MW 状态不好。】

而 Master 的问题他看了一眼时间，回过去：【我今天回家了，没上游戏。】

这个点，Master 也睡了，他没收到一条回复，这才重新看向原子："双排吗？"

原子看着自己的电脑屏幕，鼠标不停地点来点去，查看今天的战绩，看每一把自己打出的伤害，死亡次数击杀次数，越看心情就越烦躁。

听到钟晨鸣的声音，他反应了一会儿，才问道："教练，你这是在喊我？"

"嗯。"钟晨鸣上了韩服账号，"来双排吧。"

原子有些不好意思："你不睡觉吗？你平时不都睡得很早？"

"今天比较高兴，我车上也睡了一路，现在不困。"钟晨鸣看到原子的账号在线，直接拉了他排位，说道，"你中单我辅助。"

原子没有太多废话，按钟晨鸣说的选好了位置，开始排位。

等待排进去的时候，原子看了一眼钟晨鸣的战绩，发现钟晨鸣的段位已经远远把他甩在了身后。

想到一开始他还有点看不起这个教练，现在就觉得好笑，他跟钟晨鸣双排过，他知道这个人不是一般的强，这也是他会问钟晨鸣，打游戏是不是需要天赋的原因。

大半夜的韩服不是很容易排到人，他们排了快十分钟才排进去，还好两个人都拿到了想拿的位置。

钟晨鸣排在第二，原子排在最后。

这次钟晨鸣拿了个纯保护性辅助——"众星之子"索拉卡。这是一个移动救护车，W 技能是消耗自己的血量给别人奶，基本是站在最后，比后排还要后面的辅助，操作难度也是辅助中最低的。

原子看他拿星妈，有些奇怪："教练，你不拿个更容易 carry 的英雄？"

"等你 carry，我是辅助，我已经躺好了。"钟晨鸣如此回答。

原子："……"

轮到原子选英雄了，他看了看对面中单，是"诡术妖姬"乐芙兰，他又看向自己的英雄选择列表，在几个中单上犹豫不决。

他擅长的中单其实就一个，就是吸血鬼，他靠着这一个英雄在国服打到了王者，来韩服却处处受挫，而且每个人都告诉他，不能只玩一个英雄。

于是他去练其他英雄，从常规中单辛德拉、发条，到这个版本流行起来的奥巴马、扇子妈，他每一个都有尝试，但效果并不理想，他甚至还掉段了，今天晚上更是连跪。

吸血鬼吗……不、不行。

"我看你今天晚上玩了几把扇子妈，就扇子妈吧。"钟晨鸣看他一直不选英雄，就提了个建议。

原子犹豫了一下，他中单扇子妈的胜率不到 40%，在钟晨鸣面前拿出来，他自己都觉得丢脸，但钟晨鸣是教练，对方都这么说了，他还是拿了扇子妈。

扇子妈是一个通常用来打辅助的英雄，因为这个版本 ADC 崛起，扇子妈也有伤害，所以有些时候也出现在中单位置，只不过还是少数人用，大家更多的还是喜欢伤害型中单，比如辛德拉、飞机这种。

作为一个只会玩吸血鬼的中单，原子的扇子妈就显得十分手足无措，对线都很有问题。

好在扇子妈的定位是辅助，辅助保护型技能就比较多，他虽然菜是菜了点，好歹线上没被单杀，就是被压了几个兵。

钟晨鸣在下路对线，抽空看了他的中单一眼，提醒道："打不过就刷兵，不要老想着单杀对面，你是扇子妈，发育就好。"

原子动了动嘴唇，想说他打妖姬很难打，只敢用 Q 技能清兵，但话一到嘴边，又没说出来。他知道钟晨鸣主玩位置也是中单，自己要是这样说，总觉得很蠢。

他稍微往前靠了靠，小心翼翼地去补兵。跟妖姬对线，他十分有压力，甚至开始后悔为什么要用扇子妈这个英雄了。

到了四级，原子蓝量、血量都见底，他看着一拨兵线进塔也不敢去补，跑得远远按 B 键回城。

钟晨鸣时刻注意着小地图。这是一个职业选手应有的习惯，从小地图他都能看出中路发生了什么，也知道原子过得很艰难，看到原子回城，他又说："你的扇子妈打不过妖姬？自信一点，她不可能压你。"

原子听得一脸问号，扇子妈不就是怕妖姬这种高爆发的英雄吗？怎么可能不怕妖姬？

不过钟晨鸣都这么说了，他还是决定沉下心来对线试试——然后他就被单杀了，还是钟晨鸣在旁边看着他被单杀的。

作为一个辅助，虽然不是钟晨鸣主玩的位置，但是该做的，他还是会做到，正好中路到了六级，妖姬是一个游走能力很强的英雄，他就去中路河道草丛放了个眼，可以观察妖姬会不会来下路。

他刚把眼放下去，就看到中路两个人打起来了！

河道中的草丛就在中路旁边，他离扇子妈很近，立刻就决定去帮忙。

原子看到妖姬上来打他，大概是上头了，回头就打，却发现拼不过妖姬，钟晨鸣看到原子残血立刻闪现准备奶一口，结果刚好原子闪现跑路，两个人的闪现同时进行，钟晨鸣一口奶没奶到。

看钟晨鸣闪现来给治疗，原子立刻又往回走，他只剩个血皮，血量在持续下降——被上了个点燃，持续掉血。

没走两步，扇子妈一声惨叫，死在了中路。

原子气急："你大招呢？"

星妈的大招是全屏回血，但他现在并没有六级，他走的是双人线，经验是两个人分，肯定比原子到六级慢。

"那你过来不能说一声？"原子又道。

钟晨鸣也没生气，问他："你不看小地图？"

原子气道："你是我队友！过来不能说一声？我在跟对面对拼哪来这么多注意力去看小地图？"

钟晨鸣笑着看他："所以你知道你为什么连跪一晚上了吗？"

原子突然就闭了嘴，脸色变得阴沉。

"打完这把去睡觉吧。"钟晨鸣在中路吃了原子两个兵，到了六级，又慢悠悠去了下路。对面妖姬杀完原子之后没技能，就只能看着他补兵。

"不要补我兵。"原子声音压得低低的，听起来心情十足的差。

"这几个兵你吃不到，我帮你清了还可以防止兵线进塔。"钟晨鸣跟原子解释，他本来还想问原子不知道这个的吗，不过一想问了说不定原子就炸了，就没问。

原子不说话了，上线补兵。

见原子到了线上，钟晨鸣又道："自信点，反正都连跪了，不如就跟对面拼了，不差输这一把。"

之前妖姬是原子死了之后，又清了拨兵线才回的家，钟晨鸣帮他控了下兵线，没让兵线进塔，如果兵线进塔了，就是塔吃掉这拨兵线，轮不到他来线上吃兵了。

现在他到了线上，游戏前期的死亡时间比较短，妖姬虽然没死，出来得也比他晚。

原子看着兵线，知道钟晨鸣确实是为他好，但他心里有一股莫名其妙的气，让他说不出好听的话来，干脆就闭嘴拒绝沟通。

等他补了两个兵，妖姬这才来到线上，跟他对线。

钟晨鸣的声音又在他耳边响了起来："妖姬回家补了个吸血枪，你如果不打凶一点，就要被她压着打。"

原子心里本来就有气，听钟晨鸣说了两句更加气了，直接就把气撒到了对面妖姬身上。妖姬单杀了他一次，像是打出了自信，上线就跟原子对拼，一副我要把你杀穿的模样。

原子怒气一起来，不管三七二十一，你跟我拼我就跟你拼，在这深夜里硬是打起了十二分精神跟妖姬交换技能。

两人眼花缭乱地一顿乱放技能，最后是原子小心走位躲掉了妖姬两个技能，而妖姬吃了他一套伤害，双双残血——然而扇子妈的伤害技能 CD 比妖姬短多了，妖姬正欲退走，原子一个 Q 技能按下去，屏幕中的扇子妈手中喷射出一道绿色的光，直直砸到妖姬身上。

妖姬丝血，原子接了一个平 A，带走妖姬，这个时候，他的扇子妈也只有两百血不到。

这一轮对拼他调动了自己所有能调动的神经，从反应到预判都做到了极致，杀完之后，他发现自己的手都有点抖，刚才用了太多的精力了。

"走。"

钟晨鸣此刻坐在原子对面说了一个字。原子杀完妖姬之后还有点茫然，处在一种"我终于杀了对面，原来扇子妈是可以打赢妖姬的"恍惚状态，在这个状态下，他还在习惯性地补兵，钟晨鸣这个"走"字，没有反应过来。

"打野……"

"啊！"耳机里传来一声惨叫，扇子妈惨死在中路，对面打野从他身后绕出来，收完人头还补了两个中路的兵，这才晃晃悠悠离开。

同时钟晨鸣接下来的话也说了出来。

"……来中路了。"

原子："……"

"记得随时注意小地图。"钟晨鸣给自家 ADC 奶了一口血，说道。

原子买了装备，再次回线。他有了自信，打起来突然就觉得轻松多了，是游戏里轻松多了，但精神上更累了，他需要用更多的注意力去注意对面妖姬的一举一动，哪怕妖姬只是抬了一下手，原子也会想想妖姬是要做什么。

还有他需要注意小地图，不过这个他平时也会注意，不然也不会打到这个段位，只是对拼起来的时候，小地图是什么？有对拼重要吗？

钟晨鸣又来了他中路两次。

他一个奶妈，来中路其实没什么用，别的辅助来中路还能利用控制技能帮自己家中单杀人，奶妈的控制技能太好躲了，在妖姬这里基本捞不到什么好处，他过来，就是给原子奶两口。

你跟我家中单换血是吧？你出个吸血枪是吧？

没事，我们有奶妈。

看到原子跟妖姬对拼，正好下路他能走开，钟晨鸣就跑中路去，把原子的血量奶满了再回到下路。对面的妖姬就很难受了，不管她怎么耗血，原子的扇子妈血线都很健康，加之扇子妈还有个盾技能，妖姬本来就不好杀她，这下更是要被压着打了。

其实钟晨鸣他们这边的ADC是不乐意自己家辅助这样跑来跑去的，辅助跑了，他必定被压，打字说了几句，但奈何……钟晨鸣看不懂，ADC是个韩国人，打的韩语，语言不通，钟晨鸣也不知道他说的什么。

就算是知道了，钟晨鸣大概也会回一句"中单太菜了，我去照顾一下，你好好补兵"。

原子在对线上有了点自信，在钟晨鸣的帮助下能跟妖姬打个六四开，但是到了打团，他又开始梦游。

作为一个脆皮英雄，他开团直接冲对面后排，一副不秒了对面后排我就不回来的英勇模样。

再次死亡，钟晨鸣忍不住提醒："大兄弟，你玩的是个远程消耗的法师，不是刺客。"

原子看着自己变成黑白两色的屏幕，终于开了金口："垃圾英雄！"

钟晨鸣："……"

这次开了金口，原子就跟三峡大坝开闸一样，噼里啪啦说了一通："这个英雄怎么能用来打中单？要伤害没伤害，要突进没突进，好好打辅助不行？这些人为什么要用它来打中单？"

"本来就是一个辅助型中单。"打完团战，钟晨鸣清理着己方野区的视野，跟原子说着，"你还记得以前的璐璐中单吗？你选扇子妈中单，就不是为了打伤害选的，是为了保护自己家的 C 位。"

钟晨鸣点 TAB 看了一眼原子的装备，又道："你应该出个香炉？"

"哈？"原子觉得钟晨鸣怕是在搞笑，"我出香炉？让一个中单出香炉？你是哪里想不开，这个 ADC 值得我出？"

香炉，全名"炙热香炉"，是一件辅助装备，被动效果是英雄的护盾或者治疗技能能让友方英雄攻速加快，对平 A 类英雄是很好的一件提升装备，而平 A 英雄，输出最高的，大多数时候说的就是 ADC，这是一件辅助出了之后，对 ADC 来说十分好的一件装备。

"值得，他死得比你少。"钟晨鸣如此道。

原子看了一眼，他的数据是 3∶4∶6，ADC 的数据是 0∶1∶4，确实死得比他少。

钟晨鸣知道原子不会就这就出香炉，他耐心地跟原子解释："香炉是版本装备，就是强，现在的基础打法就是，四个人给 ADC 洗脚（辅助），你既然选了中单扇子妈，就是做好了给 ADC 洗脚的准备，你现在这个，不叫 AP-Carry，而叫功能型中单。"

"我……"原子想说他一个 R 技能加强后的 Q 技能就打对面脆皮半管血，但想了一想觉得半管血也没什么用，又不能秒人，还不如辅助 ADC 输出。

"打团的时候跟我一起保 ADC。"交谈之间，下一拨团战又要开始了，这次的导火索是对面抓到了他们打野的失误，直接把打野留了下来，正好他的队友们离打野不算太远，直接开打。

打起团来，钟晨鸣作为一个只要他不死，自己的队友就不会死的奶妈，吸引了对面大部分仇恨，对面上单更是连 ADC 都不看一眼，直接切钟晨鸣。

原子看对面 ADC 离自己很近，觉得这个机会很好，想冲过去杀 ADC，突然又想起自己秒不掉 AD，又看到对面几个人疯了一样扑向娇小脆弱瑟瑟发抖的奶妈，暗骂一声，立刻回头，开了个全体护盾，又用自己的控制技能去限制对面的上单。

钟晨鸣玩个奶妈，肯定是站在最后面的，甚至站得比 ADC 还后面，对面上单冲进来杀他，还带进了一个打野，这下就跟他们自己的队友脱节了。

原子回来保他，其他三个队友看都没看他一眼，直接冲散了对面的阵型，ADC 凭着原子开的全体护盾，疯狂打对面 ADC 的脸，杀了对面 ADC 跟辅助，对面中单见势不妙象征性丢了一套技能，跑得十分迅速，三人这才回头看自家可怜的小奶妈。

就算有原子保护他，奶妈也太脆弱了，坚持了不到五秒，就在集火中倒下来，对面回头想杀原子，这个时候钟晨鸣方的队友折返，原子用技能限制了一下对面，又杀掉了对面一个打野，对面上单却是溜得飞快，头也不回地直接跑了。

这轮一换三，血赚。

原子正在沾沾自喜，突然斜里冲出一个妖姬，两个技能收掉原子人头，然后消失得无影无踪。

原子："……"

他刚跟上单打野周旋，已经是残血，由于团战赢了，他就有些疏忽大意，倒是没想到对面中单妖姬这个时候还在，而且还在伺机收人头。

"嗯……"钟晨鸣思考片刻，对他的死亡给出解释，"这个就是意识问题，多打打就可以避免这种事情发生了。"

原子："这游戏我都玩了几千把了！"

钟晨鸣笑了笑："还不够。"

打完一把游戏，原子好像找到了手感，急于想打第二把，结束之后又喊钟晨鸣双排。

"不了不了。"钟晨鸣退了游戏，"我去睡觉了，你加油。"

刚才洗了把脸，钟晨鸣还算清醒，打完一把游戏，还是玩的奶妈，一点激情都没有，他现在困得不行，转身进屋倒头就睡。

没睡两个小时，钟晨鸣就被自己的生物钟叫醒了，他昏昏沉沉地爬起来，准备去洗脸，一开门，就看到原子还在打游戏。

现在的原子又恢复了一脸丧气的状态，钟晨鸣甚至觉得他周围都缭绕着一股黑气。

"又连跪了？"钟晨鸣问了一句。

原子也不知道听没听到，反正是没说话。

钟晨鸣洗完脸出来，看到原子还在打游戏，就坐旁边看了看，发现原子在玩吸血鬼，不过战绩很惨，0：3：1。

这几天钟晨鸣了解了一下战队的现状，也知道吸血鬼是原子的拿手英雄，或者说原子就只有吸血鬼能拿出手，这个战绩，看起来就跟不是他玩的一样。

钟晨鸣在旁边看了一会儿，原子又输了一次，钟晨鸣问道："你吃不吃早饭？"

原子摇了摇头，依旧看着屏幕。

由于电竞选手基本没有早上，可可这里管中饭晚饭，但是不管早饭。钟晨鸣每天都是自己下楼去买早饭，有时候也自己做，不过以他的厨艺，他就会一个蛋炒饭，现在身上的钱也没有少到吃不起饭的地步，大多数时间他还是下楼买。

等钟晨鸣提着早饭回来，看到原子又开始了一把游戏，这次还是吸血鬼。

原子整个人的气息已经不能用"丧"来形容了，钟晨鸣感觉这个人已经脱离了情绪所能表达的范围，只能用"即将羽化登仙"来形容。

"你还是去睡觉吧。"钟晨鸣建议道，"赢不了的。"

这个人昨天晚上好像根本没搞清楚他在说什么，他就是想表达"你心态炸了，怎么打都赢不了"的，结果对方好像是觉得自己不够强，所以想要进步一下？

原子的声音听起来十分冷静："赢一把我就去睡。"

钟晨鸣也就没管原子，打开电脑开始直播。他都是上午直播，下午队员们都起来训练，他会关注一下大家的训练情况。

上午十点，Master 的回复过来了。同样作为一个没有上午的人，Master 每天上午基本都是十点起床，这在职业选手里差不多算是早起了。

Master：【来？】

钟晨鸣回道：【这把开了二十分钟，很快结束。】

他这个很快结束，的确很快，不到十分钟，就推平了对面，他们这边本来就是大优势，如果不是队友失误让对面找到了机会，可能不到五分钟就把这局结束了。

结果打完这把游戏，切出去才看到 Master 又发了一条过来：【不急，我先去洗脸。】

看起来 Master 还没回来，因为游戏没有上线。

钟晨鸣跟观众打了声招呼，说要等 Master，观众纷纷表示理解。

Master 没让钟晨鸣还有观众等多久，很快就来了，然后照例开语音双排。

这两天两个人双排打得也是十分欢乐，连胜到了钻一，再赢两把，两个人都要打晋级赛。

语音一开，Master 的声音直接传了过来："你昨天回家了？"

钟晨鸣拉 Master 双排，回答："嗯，昨天你打得不错。"

Master 那边是静了一静，好像是思考了一下，才问道："昨天的比赛看了吗？"

钟晨鸣忍不住笑了一下："看了。昨天 NGG 差点把自己玩崩了，不知道他们在干什么，要是继续这么玩下去，你们 MW 有很大希望啊。"

Master："……"

"算了。"Master 那边传来低低一声，"你玩什么，卢锡安？"

两个人已经排了进去，Master 排在第一，看了是想给他拿英雄。

"你拿你的，我自己拿。"

然后 Master 就拿了个猪妹。

"玩得这么痛苦就换个英雄玩。"钟晨鸣想起昨天对面 BAN 了猪妹，Master 那个表情，可见他十分不愿意玩猪妹了。

"还行吧。"Master 听起来有些无所谓，"确实不太好玩，所以我要发掘如何把她玩出乐趣来，跟你打还是挺有乐趣。"

钟晨鸣玩了几天卢锡安，都玩烦躁了，Master 也跟他一样玩了几天猪妹，没想到心态还这么好，钟晨鸣觉得自己应该学习一下 Master，于是他拿了一个飞机。

开打之前，钟晨鸣还提醒了一下："我玩飞机比较菜。"

"嗯。"Master 道，"没事，我 carry 你。"

于是钟晨鸣把对面中单打爆，Master 躺赢了。

Master："说好的很菜呢？"

钟晨鸣："没想到对面更菜。"

凡尔赛一番，钟晨鸣看了眼弹幕，一片地刷"666""都坐下，基本操作"。

Master 的声音带着点笑意："可以可以。"

"飞机还挺好玩的。"这样说着，钟晨鸣又选了一把飞机。

这次没有上一把 carry，但好歹稳住了，还打出了小优势来，Master 过来帮了他两次，直接让他起飞，又是一把胜利。

钟晨鸣打完游戏会跟观众沟通一下，这次他还没看弹幕，对面的原子先站了起来，钟晨鸣关了麦，看向原子："赢了？"

原子整个人看起来都很蒙，他站起来的时候还差点被椅子脚绊倒，撑住桌子才勉强站住："熬不住了，我先去睡一觉。"

钟晨鸣点了点头，转头看屏幕，跟观众们交流，然后打开韩服战绩查询的网站看了看。原子输得十分惨，从昨晚上十点输到了早上十一点，连跪了十三小时，一把没赢，心态估计是经历了一轮连环爆炸最后又归于毫无波澜。

看了一会儿原子的战绩，排位也排进去了，钟晨鸣就继续打游戏。

这一把飞机被对面拿了，钟晨鸣看了看阵容，选了"未来守护者"杰斯。

Master 看到他拿杰斯，调侃问道："你还会玩杰斯？"

"会……应该是会的。"这还是钟晨鸣这一个月以来第一次玩杰斯，他自己也不太确定，但还是要拿出自信来，"相信我，能赢。"

"那你中路我放养了？"Master 道，"下路风女加老鼠，前期太弱势了，我要是不帮他们，二级就要被越塔。"

"主抓下路吧。"钟晨鸣点着天赋，"你还不相信我？"

他俩聊着天，钟晨鸣也注意着游戏，谁都没有注意到弹幕爆炸了。

先是有人带节奏，看到钟晨鸣选杰斯，立刻刷出一排弹幕来：

【暗示？】

【？？？】

【似曾相识。】

【我好像在哪里见过。】

一轮节奏过去，钟晨鸣游戏已经开了，正在跟对面对线。

上线一级，等兵线到了，对面好像很想搞事，上来就硬要 A 他，钟晨鸣自然不会示弱，两人互换了一次血，谁也没赚。

换血之后飞机开始往回走，钟晨鸣也做出一副往后退的样子，突然斜里一个猪妹冲了出来，闪现把他怼起来，钟晨鸣也立刻闪现点燃切换锤形态一锤子下去——"Frist blood"。

飞机连闪现都没交出来，直接死在中路。

钟晨鸣："说好的不来中路？"

Master："我闻到了人头的味道。"

飞机那个人头还真的是 Master 的，被 Master 一个平 A 收掉了，钟晨鸣没收到。

就这么两句话，弹幕上节奏也带得飞起：

【五神：你跟我打的时候不是这样的。】

【这个 Master，打比赛的时候怎么不去蹲中路？】

【RANK 猛如虎，比赛尿成狗。】

【在别的主播这里带节奏？滚去你的贴吧。】

【黑粉又出去。】

游戏里，对面飞机死了一次依旧很头铁，他带的 TP，传送回线又开始跟钟晨鸣对战。

他回家传送出来满状态，钟晨鸣之前越线杀他，又跟他换了一次血，嗑了个红药现在血线还没回满，他大概是觉得他是有优势的。

上线 A 了两个兵，等级追上了，立刻跟钟晨鸣对点。

飞机原本的定位是个 ADC，不过他主要用技能打伤害，也适合这个版本的中单，就从 ADC 变成了中单，但依旧是个平 A 伤害也很高的英雄。

但杰斯也是一个 AD 英雄，杰斯有两种形态，一个锤形态，近战，爆发高；一个炮形态，远程，一炮就能打掉对面大半管血。

两个人又一次换血，Master 又一次从斜里杀出来，这次飞机学聪明了，回头就是一个闪现逃得飞快，这时候钟晨鸣的声音才传出来："他没学 W 技能。"

Master 惊奇道："这个飞机这么头铁的吗？二级不学 W ？"

钟晨鸣："想杀我。"

Master："这人怎么打到这个段位的，韩服也有代练？"

钟晨鸣："不知道，我要是他队友，我就先把这个人举报了。"

这时候外面弹幕：

【暗示五神？】

【暗示个屁，去你的贴吧微博喷行不行。】

【飞机心里想骂人：不就是想单杀个人吗，这个猪妹是住在中路了？】

【18：飞机你过来，我给你看个宝贝。Master：滚。】

飞机交了闪现，转头 Master 刷了个野，又来了。

弹幕上，连观众都开始可怜飞机：

【据说这个人开局说不抓中路？】

【说好的中路自己玩，我要去抓下？】

【猪妹是 Master ？】

【Master 的猪妹这么凶的吗？这是假的 Master 吧。】

【呵呵，只要不跟五神打，Master 跟谁打都凶。】

飞机这次学了位移，但 Master 绕的位置太偏，可以直接走过来补伤害，飞机见势不妙，立刻交位移想跑，这时候 Master 才骑着猪一头撞过去，飞机又一次 game over（游戏结束）。

这时候，对面的打野才姗姗来迟，见一个人都杀不了了，干脆收了拨兵线，走了。

这两次抓中，直接让对面飞机炸了，钟晨鸣的杰斯直接可以压着飞机打。

既然飞机都尿得不敢出来了，钟晨鸣自然要趁这个时候搞事了，一拨兵线推过去，钟晨鸣跟 Master 去了下路，抓爆了对面下路，又拿了小龙，节奏起飞。

游戏到了中期，钟晨鸣一炮对面 C 位就残血，基本上打不起来，直接就推塔拿龙，迅速推到了对面高地。

对面一看这不行啊，如果不强开，继续这样下去，这是要上高地直接没希望的节奏，打野勉强找到个机会，开了钟晨鸣方的 ADC。

ADC 被开，Master 没有选择保自家 ADC，而是直接抗塔冲进了对面人群，钟晨鸣站在旁边一炮轰出，后排残血，他切换炮形态直接跳进人群，有 Master 在前面扛着，对面的技能也都交在了 ADC 身上，连辅助都把控制交给了 ADC，他进去就跟杀神降临一样。

装备压制，以及 Master 的控制，让钟晨鸣先切掉了辅助再切掉了 ADC，对面中单飞机倒是有位移，跑得飞快，直接飞到后方，将钟晨鸣他们这边的 ADC 给杀了，然后交闪现翻墙跑。

这样他们打野就是一盘菜了，钟晨鸣又在上辅帮助下杀了对面上单，一换四，钟晨鸣拿到四杀。

这下直播间直接炸了：

【杰斯这个伤害？】

【厉害！】

【对面技能都没了，这也算强？】

【这一轮杰斯就是打收割的，我上我也行。】

【青铜教王者打游戏。】

【所以五神什么时候退役？】

【我跪求五神退役，签主播。】

【五神占着中单的位置没有用，还不如一个主播。】

【退役吧，让主播上，这杰斯，单手玩都能吊打废物五。】

【Master 这怕不是在寻找新队友哦，不然为什么天天跟路人双排。】

高地四杀，对面几乎没得玩了，不到五分钟，对面基地爆炸，钟晨鸣跟 Master 聊了两句，看向弹幕。

【对面飞机：这个打野是住在中路了？】

【看了主播的杰斯，我准备买个猪妹。】

【Master！Master！Master！】

【主播这么厉害，是要去 MW 打职业了吗？】

【打直播多赚钱，打什么职业。】

【快去 MW，取代废物五，再这样下去，MW 早晚会被这个废物五玩崩。】

钟晨鸣盯着这些弹幕，愣了下，没想到这些喷子竟然会在他的直播间喷五神，原因只是因为他玩了个杰斯，而昨天的比赛中，五神也玩了杰斯，那把比赛也是杰斯打飞机。

这也能黑的吗？

他张了张嘴，刚想说什么，突然发现自己的手有点抖。

钟晨鸣闭了下眼睛，只觉得这一幕似曾相识。

适合打职业的年龄段其实很短，不过几年，官方规定满十七岁才能参加职业联赛，而一般人到了二十来岁状态就会下滑，反应跟操作都会慢慢跟不上。

其实游戏也是一件很累的事情，特别是他们这种把游戏当作职业的，在激烈的对战中精神消耗十分大，年龄大了，还要考虑自己身体能不能跟上比赛强度的问题。

以往人气越高的天才选手，人们对他的期望越高，状态下滑之后不少粉丝都会转成黑粉，往往是期望越高失望越高，黑得也就越凶。

五神也是一个明星选手，打法激进，常常在线上就单杀对面，曾经封过神，但现在状态明显下滑，却还没到退役的时候。就如同他以前一样，反应快有反应快的打法，反应慢有反应慢的打法，五神大赛经验丰富，他不应该退役，而应该另外寻找自己的方向。

"进了，发什么呆？"Master 的声音在耳机里响起来，钟晨鸣点了确定，点开直播管理群看了看。

——没有一个人在线，网瘾少年怎么会在周末大上午的时候在线。

钟晨鸣自己动手封了几个带五神节奏的，跟 Master 打了声招呼，说自己先闭会儿麦，然后闭了 Master 那边的麦，开口问道："你们觉得 MW 现在是五神的问题？"

他的语气里带上了几分正经，只要是有注意他语气的观众，都能看出这个主播有点生气了。

弹幕上刷了一片过去，同一句话，几乎遮盖了整个屏幕：【主播帮我问问 Master '废物五'什么时候退役。】

"为什么要退役？"钟晨鸣一边 BAN/PICK 一边看着弹幕，"五神又不是不能打职业了，昨天比赛的表现你们没看到？"

弹幕：【2：5是什么表现？？？】

【我怕是看了个假的比赛？？？】

【主播真的看比赛了？】

"我正因为看比赛了，才会为五神说几句话。"钟晨鸣按了确定，选了飞机，"MW 的问题不在五神身上。新版本大家都不适应，对 MW 来说尤其不好，你们甩锅给五神，还不如甩锅给版本。"

选英雄界面进入倒计时，钟晨鸣点完了天赋，慢慢封着带 MW 节奏的人，继续跟观众说着："这种喷人退役的节奏就别带了，如果真的到了打不动的时候，选手们比你们更清楚，至于打职业，我一个大师都打不上去的人，怎么会有战队要我。"

游戏加载界面跳出来，钟晨鸣也不可能不打游戏一直去封人，他只能无奈地表示："想好好看直播的就看直播吧。抱歉房管们都还没在，弹幕可能有点伤眼睛，你们关了弹幕看就好。"

新一把游戏开始了，这把 Master 没有排到打野，排到了上单，他选了个兰博，而钟晨鸣是中单飞机。

跟他对线的中单是个妖姬，用着妖姬的万圣节皮肤，浑身黑漆漆的，像是童话里的邪恶女巫。

"这个中单的 ID 我怎么觉得有点眼熟。"Master 在那边说着，"好像见过。"

"之前排到过几次，只玩中单。"钟晨鸣道。

"哦。"Master 也想起来了，"好像是排到过几次。"

开局，妖姬大大咧咧地站在中路，开始跳舞，钟晨鸣放了个技能，她立刻往旁边走了一步，躲了，手捂着嘴哈哈大笑起来。

"这个人，败人品。"Master 也在看他中路，对面这个妖姬，开场这样嘲讽，不知道是太膨胀还是太笨。

弹幕上也刷了起来：

【捶爆对面这个妖姬。】

【嗨呀，好气啊！我记得这个妖姬，他抢过 18 中单！】

【呵呵，跳舞？你竟然敢在我 18 面前跳舞？】

钟晨鸣直播账号的名字就叫"18"，有些看了几天直播，又喜欢看他直播的人，都喊他"18"。这个时候那些垃圾弹幕，带节奏的弹幕慢慢在减少，直播间的普通观众们发现很多人都没了，突然一个房管冒出来，发了一句话：【好好看直播，带节奏的都会被封的么么哒。】

直播间观众：【么么哒小姐姐！】

房管小姐姐出现之后，立刻给 Master 发了条消息过去：【有加班费吗？】

然而她许久都没有等到回音。

看着电脑屏幕上的直播，房管小姐姐自然知道为什么 Master 不回她，Master 正在跟中单一起认真地打游戏，哪里有空回她。

之前这个中单的直播间里就有人带节奏，那时候 Master 帮忙喊了几个人来控场，刚才就又是一个电话，把她喊过来封人了。看到封的是带五神节奏的人，小姐姐还是很乐意的，何况 18 的直播还挺好看的。

耳机里传来 18 跟 Master 的对话，Master 说着这次他虽然不是打野，但有大招就会来中路，18 让他别来，稳住上路不崩就好。

这两个人……房管小姐姐双手托腮，嘴角露出"谜"之微笑，好萌啊！

突然她嘴边的微笑僵住了，因为 18 竟然被单杀了！

弹幕里的节奏也换了一轮：

【就这样还想取代五神？】

【带节奏的滚吧！】

【这些刷五神的，是不是都是 MW 的黑粉。】

【房管小姐姐！】

房管小姐姐立刻打起了精神，干活了！

钟晨鸣的电脑屏幕变成了死亡之后的黑白色，妖姬杀完他之后在中路跳起了舞，他看了一眼，又低下头，看着自己的手。

多年的噩梦果然不是这么容易摆脱的，钟晨鸣笑了笑，更新了装备，继续上线。

Master 也在问他："你怎么被单杀了？"

钟晨鸣："走了下神。"

Master："你看对面这个妖姬，还在笑，我都看不过去了，我过来帮你。"

钟晨鸣："不用，我要杀回来。"

画面由黑白转为彩色，飞机在泉水里复活，嘀嘀咕咕地念叨着。

钟晨鸣操作着飞机在泉水里转了转，买了件小抗魔斗篷，看着右上角的时间，八分钟，飞机炸药包刷了出来，钟晨鸣捡了炸药包上线。

对面妖姬看他上线了，直接魔影迷踪跳向飞机，这个人大概是单杀了一次打出自信了，面对有炸药包的飞机也十分猖狂。

"魔影迷踪"是个范围技能，也是妖姬的位移技能，基本连招是 WEQ，也就是 W 技能魔影迷踪跳过去，用锁链 E 技能控人，再接个伤害技能 Q。

这个人这么自信，钟晨鸣自然也要给他点教训了。

妖姬身影在原地消失的瞬间，飞机的机头一低，直接向着妖姬的方向冲了过去，飞机所俯冲过的地方燃烧着熊熊火焰，留下了一条"毁灭与死亡之路"。

妖姬的印记也在这条路上，这是魔影迷踪留下的印记，妖姬可以再次回到这个印记上，这也是妖姬打消耗的一种手段，但是现在她的印记在飞机所留下的火路上，这就很尴尬了，而且飞机的这个俯冲，还让她魔影迷踪踩空了。

无所谓，回不去就不回去了，妖姬手中直接抖出一条幻影锁链来，指向飞机。

钟晨鸣一直在防着她的锁链，他算计着妖姬出锁链的时机，这个时候，他已经交了位移技能，一般妖姬就会出锁链了，对拼的时候他更是习惯性走位。

妖姬锁链出来的那一刻，屏幕中的飞机微微一侧身，金色的锁链从飞机身边擦过，锁链就这样被飞机躲了过去。

位移交了，控制技能也交了，接下来就轮到飞机的表演了。

飞机走位躲过了妖姬锁链，回头就一个闪光磷弹对着妖姬当头砸下。妖姬并不是只有一个位移英雄，她的大招是复制自己的一个技能，她立刻复制了魔影迷踪，很头铁地跳到飞机头上，接了一下平 A，立刻又回到原来的位置。

就这么短短的一秒都不到的时间，飞机开启机关枪对着身前就是一顿狂轰，一枚导弹夹杂在机关枪的扫射声中射到妖姬头上，接着一记平 A。

妖姬是一个伤害高，爆发高，却极其脆的英雄，在飞机的伤害下两下血量就下了一半，她现在才发现，自己好像有点太自信了。

关键她跳到了飞机的小兵这这边，她攻击飞机，小兵打她，前期小兵打人还是很痛的。

她单杀了一次飞机，装备自然比飞机好，心态膨胀，加上之前单杀飞机的时候用了闪现，此刻好像有点无路可走，大概是凉了。

导弹加平A，妖姬象征性地用了个Q技能，但伤害还是低了一点，她的装备还没好到一套秒人的时候，何况她技能还空了两个。

这一轮，妖姬直接被送回了泉水，弹幕上刷了一片"6666""全是细节"。

等妖姬再次上线，她吸取了教训，这次上线不跳舞也不笑了，也没了刚才的激进，开始补兵。

但是钟晨鸣可不想跟她和平补兵，妖姬上线他就是一顿狂轰滥炸。

妖姬清线能力弱，而飞机作为一个有范围伤害的AD英雄，清线能力比妖姬强了不是一点半点，妖姬想要补兵发育，他就推线疯狂压妖姬。

将兵线压在妖姬塔下，塔刀不好补，妖姬开始疯狂漏刀。

终于，妖姬觉得这样下去不行，看钟晨鸣往前走，直接闪现到钟晨鸣脸上，手中锁链抖出——这次她用的是E闪（技能连招），LOL里面释放技能会有个前摇动作（准备动作），反应快的人看到这个前摇动作就知道走位躲避，但反应时间很短，也有很多人躲不过去。

当然，有更多人是反应得过来，也知道要躲，但是走位太差，自己走去撞技能的。

正因为这个反应时间，所以LOL里面有了走位跟预判一说。

但因为闪现是一个没有前摇后摇的位移技能，是直接在原地消失出现在另外一个地方，所以闪现可以在技能释放的时候用，许多技能，都可以在前摇的瞬间闪现，直接闪到对面脸上让对面躲不过去，让人很难反应过来。

但钟晨鸣这次可是想要把对面妖姬打崩，自然注意到了，同时交出闪现，闪到妖姬侧面，躲过锁链，开始对妖姬狂轰滥炸。

妖姬立刻一个魔影迷踪跳钟晨鸣脸上，复制E技能，这次妖姬跳脸太近，钟晨鸣走位没能躲过，让妖姬点中了，他直接一个俯冲拉远距离，只要跟妖姬保持的距离够远，锁链是可以拉断的，如果没拉断，就会在1.5秒内把他捆住，妖姬也算好了他的技能，向着他俯冲的方向走，本来就是跳脸给的技能，他们距离还不是很远，链子没断！

钟晨鸣闪现也交了，此刻没有位移技能再拉距离，而且妖姬走过来的方向，正好踩在他 W 技能所造成的火路之上，正在持续受到伤害。

钟晨鸣也不跑了，回身就打，两个技能妖姬就下了半血，妖姬这个英雄，真的是太脆了。

就在锁链这 1.5 秒之内，妖姬硬生生被飞机轰成了残血。

锁链生效，一圈金色的光线缠绕着飞机，飞机被禁锢在原地。

钟晨鸣开启了机关枪疯狂对着前方扫射，妖姬的锁链是禁锢，并不是定身，也就是说他还是能使用技能，就是不能动而已，当然，位移技能也使用不了。

妖姬就剩个血皮，不敢再战，又按下魔影迷踪回去，钟晨鸣一发炮弹射在妖姬魔影迷踪所在的印记位置，带走了妖姬。

"两次。"钟晨鸣在麦克风里说道。

弹幕上一片的"666"刷过，夹杂着一些"神仙打架""刚刚发生了什么""这个反应，主播怕不是开了挂"之类的。

游戏内，耳机里，Master 问道："杀爽了吗？打野不来上路，你来下上路行不行，我要被越塔了！"

钟晨鸣："……"

"等我炸药包。"

钟晨鸣杀完人，淡定地按了 B 键，回家。

Master："……你别回家，快上来，我我我……好吧我死了。"

钟晨鸣看着 Master 的一套操作，一个技能没中，然后被对面上单鳄鱼越塔强杀，一点反抗之力都没有，笑得不行："你哪儿来的勇气玩兰博？"

"我看预言家玩得贼溜，很好玩的。"Master 说着，"我炸成这样，是不是应该先出个反甲什么的？"

预言家是 NGG 的上单，世界上数一数二的上单选手，几乎精通所有上单，能玩肉能突进，玩刺客也是一绝，昨天还为大家亮了一手什么叫作上单妖姬。

"所以你觉得自己是预言家了吗？"钟晨鸣笑着问，"那你以前玩发条是看谁玩的？"

"发条？"Master 想了一下，声音突然变得轻快，"你还记得那次？"

"太菜了，记忆犹新，甚至怀疑你不是本人。"Master 跟他排到的第一把，就排在他对面，玩了把发条，被他打炸了。

Master 嘿嘿笑了笑："那是看晨光玩的，我一直觉得发条这个英雄挺简单的，就是不知道为什么，我一直玩不好。"

钟晨鸣有两秒钟没说话，他捡了炸药包无奈地往上路走去，低声道："你还是安心打野吧，其他位置真的太菜了。"

Master 急忙说道："不不不，我辅助很强的，信我，我下把辅助给你看！"

钟晨鸣："……我想玩飞机。"

Master 不明所以："然后？"

钟晨鸣："你看看我中路，你不打野，我敢玩飞机？"

Master 立刻改口："行行行，我打野我打野。"

此刻的弹幕……

【？？？】

【这真的是 Master？？？】

【假的吧，主播为了人气演的吧。】

【……你们怕是没看过 Master 之前的直播。】

【我想静静，我那个高冷的打野哪里去了？】

【前面的是不是眼瞎，Master 除了高，有哪点符合你说的冷？】

【对啊，不说话就是冷？我 Master 明明那么可爱。】

又打了两把，队员们陆陆续续醒了，煮饭阿姨也来做饭，钟晨鸣跟观众打了声招呼，下了直播。虽然直播关了，但是他跟 Master 的麦克风还没关，他一边点开企鹅号看可可刚才发给他的消息，一边跟 Master 说着："周末我看了比赛……"

看到可可的消息，钟晨鸣语气停顿了一下，Master 自然而然地接道："打得有点问题，有粉丝都这么说了。"

可可说她找了个新 AD，今天下午就会过来，钟晨鸣回了个"好"，继续跟 Master 说着："哦，粉丝怎么说？"

"说我的猪妹有点问题，现在粉丝都是直接怼的吗？"Master 语速有点慢，好像是慢慢在讲，又好像是在等待对面这个人的反应。

钟晨鸣想了想，说道："是真的有点问题，你们 MW 加油吧。"

怎么总觉得自己说出来会很尴尬，明明他就是说了实话而已。

>> 第十二章 >>>>>>>>
前路未可知，但没有人想后退

TUIYIZHONGDAN
XIANGDAZHIYE

下午，到了三四点，可可终于把他们的新 AD 带来了。

新 AD 穿着格子衬衫，戴着黑框眼镜，头发乱得跟鸡窝一样，看起来就像是对面学校的，嗯，对面是个理工科学校。

这个时候来，战队的人都在打游戏，钟晨鸣在看他们打游戏，可可之前在战队群里面通知了，此刻也没有打扰其他人，直接给他指了电脑，让他先去试试。

新 AD 的位置在豆汁旁边，也就是之前 AD 小 C 的位置，他看了眼外设，眼睛都亮了："这键盘，我看了好久了，一直没舍得买。"

可可笑了笑："你先试试。"

钟晨鸣走过去，看豆汁一把也要结束了，问新 AD："你韩服有号吗？"

新 AD 摇了摇头，看向豆汁屏幕，脸上露出些惊讶来："你们都打韩服的吗？厉害，我问问朋友有没有号。"

他摸出手机来点点点，过了两秒，他抬头看了一眼钟晨鸣，低头点点点，又抬头看了一眼钟晨鸣，说道："兄弟我是不是在哪里见过你？"

"上周的网吧赛，我是中单。"钟晨鸣认出来了，这个新 AD 是之前网吧赛，决赛的时候对面的那个 AD，应该还是个学生，之前也说过是校队的，没想到可可把他挖过来了。

可可看他在找号，直接道："我的号给你用，你别找了。豆汁，这把打完你俩双排试试。"

豆汁"嗯"了一声，继续打自己的游戏。

新 AD 看向豆汁："这是战队的辅助吗？"

豆汁没说话，可可道："是的，你俩可以先双排熟悉一下对方。"

新 AD 点了点头，在豆汁旁边坐下来。

钟晨鸣见双排也安排好了，就准备走，结果新 AD 直接喊住了他："兄弟你别走啊，来来来，来 solo 一下，我早就想跟你 solo 了。"

钟晨鸣："……"

新 AD 继续道："想到我以后的队友是你，我觉得未来还是可以期待一下的。"

钟晨鸣："……"

新 AD："我的辅助大兄弟这把还没开多久，来来来，我俩双排一下，先 solo。"

钟晨鸣："你什么段位？"

新 AD 十分自信："电一钻二。"

旁边看上去聚精会神打游戏的豆汁侧头看了他一眼，眼里带着点轻视。

气氛好像沉默得有点奇怪，新 AD 看了看几人，愣了下："电一钻二你们都看不起了吗？！"

钟晨鸣问道："AD 打上去的？"

新 AD 点了点头，对他们的反应还有点莫名其妙，电一钻二……已经很可以了啊!

BUG 打完了一把，此刻回头问道："真的没问题吗？"

可可叹了口气："试试吧。"

新 AD 还在期待地看着钟晨鸣，钟晨鸣也看着他，说道："一，不 solo；二，我是教练；三，这里的人都是钻二以上，韩服钻二。"

"真的？"新 AD 有点不相信。他盯着豆汁的屏幕看了一会儿，表示自己十分怀疑这个段位。

豆汁也没跟新 AD 多说，他这把大劣势，上中下三路都被吊起来打，他努力想带节奏也没带起来，中路都没有打的想法，在泉水挂机等投降。

正好到了 20 分钟，豆汁干净利落地点了投降，其他队友也纷纷认输了，结算画面弹出来，钻一76点。

新 AD："……大佬你好。"

钟晨鸣看着豆汁屏幕上的布隆，提醒道："你练下风女、璐璐这两个英雄。"

豆汁根本不理他，转头看新 AD："上线。"

"我吗？"新 AD 显得跃跃欲试，"来来来。"

可可给他登录了韩服账号，这个账号是钻三的，新 AD 看得心神向往："校园网太差，去网吧又麻烦，不然我就去韩服证明自己了。"

豆汁没跟他废话，直接拉他双排，排进去后预选了牛头。

新 AD 奇怪道："兄弟，不是玩风女、璐璐吗？保护我一下啊，信我，我 carry。"

豆汁给他的回应是：按下了锁定英雄。

新 AD 觉得这个辅助可能有点脾气，也不说了，转头看了一眼钟晨鸣。

钟晨鸣拉了把椅子过来看新 AD 的水平，此刻看到他的眼神，给了他一个微笑："好好磨合。"

这意思是，我也没办法。

新 AD 也很谨慎，他虽然是第一次打韩服钻石段位，但也看过不少韩服的直播了，他斟酌了一下，选了女警，这个在线上基本上不会被压的英雄。

他也清楚自己的水平，打韩服这个段位会有点困难，那么只要稳住就行了，他要做的不是打穿，而是不犯错等队友 carry。

何况还有这个钻一的辅助，线上应该没问题。

然而开局五分钟，他发现他的辅助不见了，跑去中路了。

新 AD 站在塔下十分绝望："你来下啊，我们可以压对面！"

豆汁："哦。"说着，他就在中路一个 WQ 二连把对面中单捶起来，配合自己中单杀掉了对面中单。

新 AD："兄弟你'杀'完人来下啊！"

豆汁给打野打了个信号，直接去了对面野区。

新 AD 欲哭无泪："我要被越塔杀了啊啊啊！"

豆汁连个眼神都没给他："你一个女警，塔刀都补不了，玩什么女警？"

新 AD："……"

看着自己屏幕里面即将要被越塔的女警，新 AD 默默地往二塔退。

这个时候对面下路却退了，中单被杀，打野和辅助都没有踪影，他们不敢再压线，只得后退。

新 AD 看了许久，确定自己安全之后，这才往塔下走去，去补塔刀。

钟晨鸣看了一会儿，跟可可低声交流了一下，决定试试看新 AD 有没有提升空间。

虽然新 AD 这么惨有很大原因是豆汁，但作为一个 AD，在各种情况下都得有应对的办法，辅助游走也是一种打法，并没有被版本完全淘汰，在一些套路中还是能玩的，所以 AD 也应该有所准备才对，但是这个新 AD 的反应——如果不是可可跟钟晨鸣在这儿，大概是要骂人了。

这一把豆汁跑出去把对面两路都带崩了，还把对面野区掌握在了手中，但是对面还没彻底崩盘，他们推了对面两路高地，只差没有推掉门牙跟水晶。

时间被拖到了 30 分钟，到了这个时间，就到了 ADC 的时间，AP 的团战输出会直线下降，ADC 成了主要的伤害来源。

而对面的 ADC……是个大嘴，传说中的"给我 30 分钟发育时间，我还你一个 5 秒团灭的团战"。

这个时候，他们虽然经济领先许多，却是打不过了，加上对面的辅助是团战保护能力极强的风女，女警前期被压后期也没有起来，后期能力也不如大嘴，团战打不赢了。

对面因为经济劣势，打起团战来也很困难，但是一次一次打下来，经济差距慢慢被拉小，又磨蹭了十几分钟，终于翻盘。

看着战绩，豆汁没说话，不过也没有拉新 AD 下一把，这意思很明显了，你太菜，我不想跟你双排。

可可也觉得这样双排就是在掉分，做出决定："打国服吧，豆汁你国服号应该还有钻石？"

"不，等一下！"新 AD 突然大声说道，搞得几个人都侧头看他，他推了下眼镜，想了想，"辅助，你会玩保护类的吗？风女、娜美什么的，我可以的。"

豆汁十分干脆："不会玩。"

新 AD 不相信："那星妈总会吧，不行就宝石也行，或者你牛头别跑，跟我打对线啊，我能打的，真的。"

钟晨鸣想了想，之前跟他们打比赛的时候，这个 AD 表现得不错，很会在团战中找输出位，从那次的表现来看是可以培养的。他道："先打国服。"

新 AD 只得不情不愿地上了自己的国服号，电一钻二，胜率还不错，有57%，从胜率上来看，上钻一应该只是时间问题。

豆汁也上了，他的国服号很久没玩了，此刻也是个钻石号。

两人排了一把，这次赢了，但是豆汁打得一身黑气，看起来想站起来把电脑砸了，原因无他，就是队友太坑了，他去帮忙抓人，结果队友根本不配合，让他白游走了很多次。

不过这次豆汁还是拉了新 AD，开始第二次排位。

新 AD 的表现也不差，很明显在国服的这个分段，他还是游刃有余的，就算豆汁不管他，他也能猥琐发育起来，看起来，打韩服的时候是他尻了。

又一把排位，这次是 ADC 把他的"C"打了出来，他之前的表现顶多算个 AD，这一把，终于可以在 AD 后面加个 carry，变成 AD-Carry。

ADC 选了老鼠，豆汁选了锤石，老鼠本来是个线上弱势的英雄，但是他们俩莫名其妙就把对面下路打通了，每次豆汁杀了人之后才去游走，这样ADC 也没有落下发育。这一把打得十分顺，发育良好的老鼠简直是团战噩梦，开启大招时候弩箭变成了穿透型，射一个人，就是射一串人。

这次的表现还不错，钟晨鸣让他们俩接着打，跟可可示意了一下，两人去阳台抽烟。

可可问钟晨鸣："你觉得这个 AD 怎么样？"

"可以培养，有操作有想法，但有一个问题，他是个大学生。"钟晨鸣道。

可可抽了口烟，他们要打比赛，大学生的时间太少，连随队训练都难做到，她摇摇头："暂时找不到更好的人了，你……算了。"

钟晨鸣知道她的意思，笑了笑："我 AD 不行，RANK 勉强可以看，但打比赛不行，我不适合。"

可可抽着烟，没说话，等一根烟快抽完了，她叹了口气："先过了 LDL海选再说吧。"

钟晨鸣觉得这之前有个问题需要解决一下,他问道:"豆汁的问题怎么办?"

可可低头想了想:"我去说。"

新 AD 跟豆汁打了一下午国服,战绩都不错,他对豆汁的态度已经从"兄弟求求你来下路"变成了"你在外面玩得开心就好"。

到了吃晚饭的时候,睡了一天的原子终于打着哈欠起来了,他手机也不玩了,看起来十分疲惫,连睡觉都没能消除他身上的颓丧气息。

原子出门就看到了新 AD,盯着看了三秒,新 AD 正想跟他打招呼,原子立刻转身去厕所洗漱,洗完之后他又出来盯着新 AD 看了五秒,看得新 AD 都不好意思地想朝可可求助了,原子才反应过来可可之前说过:"哦,新来的 AD 啊,你好,我是中单原子,原子中子质子那个原子。"

"你……你好?"新 AD 一脸蒙,感觉这个人怕是有点问题,这种反应速度也能打职业?

原子直接在饭桌旁边坐了下来,坐了一会儿之后发现自己没盛饭,这才站起来去盛饭。

新 AD 看着他这一套举动,问可可:"这就是你们中单?"

"熬夜了,可能还没睡醒。"钟晨鸣道。

新 AD 点头表示理解:"职业选手嘛,我懂的。"

等原子重新坐回来了,他们的饭桌会议正式开始。

老规矩,几个人互相介绍了一下,大家也知道了新 AD 的名字,他叫周新,他自己队里面都是叫名字,也没有给自己取比赛 ID。

吹了几句牛,一顿饭也吃完,钟晨鸣拍了拍犹在神游的原子的肩膀:"来 solo。"

"嗯……啊?"原子抬起头来,一脸茫然地看着钟晨鸣,"solo?"

"你线上能力太差了,给你特训。"钟晨鸣已经走到了电脑面前。

"我线上能力太差了?"原子第一反应是不服,但又反应过来,自家教练就是说了实话而已,只得十分认命地去开电脑,边开电脑边说,"教练,solo 跟排位和比赛都不一样。"

"所以我需要你把跟我的 solo 当成比赛的对线来打。"钟晨鸣道。

原子发问："我要注意打野吗？"

钟晨鸣点了自定义游戏："这个倒是不用，你只需要注意不死不被压刀就好。"

原子："哇，你也太小看我了吧！"

周新在旁边看得跃跃欲试："教练，我也需要特训！"

"你一个 AD，要什么特训。"钟晨鸣看他一眼，"多跟豆汁双排就是。"

听到自己的名字，豆汁的眼神微微一动，收饭碗的手指微微收紧，然后又若无其事地帮阿姨收拾桌子。其他人都是吃完饭就撤了，去打游戏练习，豆汁是唯一一个会帮阿姨收拾桌子的人。

阿姨也喜欢豆汁，跟他叨叨："小伙子，你跟新队友相处得不太好？年轻人有什么不合的就说出来，你们不是什么队友嘛，要相互合作的吧，不能藏心思的。"

豆汁将碗收进洗碗槽，对阿姨说："我去训练了，辛苦阿姨。"

阿姨看着他的背影，摇了摇头——这个孩子就是心眼太死了，认定了就一条路走到黑，一点都不懂得变通。

周新把椅子拉到钟晨鸣背后，看钟晨鸣跟原子 solo，看得是津津有味，如果不是考虑到这里环境还挺安静的，他估计就要出声了。

豆汁走到他身后，拍了下他的椅背："双排了。"

周新眼睛都没离开钟晨鸣的屏幕："等等等等，我看一会儿。"

豆汁沉默两秒，没有再喊他，自己上了韩服号，点击排位。

周新看豆汁走了，也转头看了一眼，结果转头就看见豆汁没管他就开了，他双脚一蹬，赶紧把椅子滑到豆汁旁边："得得得，不看了不看了，来来来排位。"

原子跟钟晨鸣 solo 了一晚上，他们并不是拿到一血就退游戏，而是一直会打到钟晨鸣说这把可以了为止。

一开始，原子是抱着"我要让你这个小看我的教练吃点教训"这个想法打的，打了不到十分钟，他脸上的自信就垮了下来。

原子："教……不，钟哥，能不能给点面子？"

钟晨鸣看着屏幕中猥琐在兵后面小心翼翼补兵的瑞兹，以及瑞兹０：１：０的数据，摇了摇头："你太弱了。"

原子不服气："你让我用吸血鬼啊！我瑞兹菜而已，你让我拿吸血鬼，我不信赢不了你！"

钟晨鸣十分淡定："行，这把退了，你拿吸血鬼。"

下一把，原子吸血鬼，钟晨鸣拿了昨天晚上原子玩的扇子妈，原子依旧被压在塔下。

原子："不科学啊，钟……钟哥你真的是用的扇子妈？你这扇子妈的伤害有问题吧，你带的什么符文，全法强法穿？"

"常规符文，你看数据。"

原子看了眼扇子妈的数据，还真的是常规符文，这让他一点脾气都没有。

"你细节太差了。"钟晨鸣讲解着，"你没算好技能，全凭感觉在打，这样注定走不远。"

原子虚心求教："打久了就会有对面技能什么时候好的感觉，这个感觉不对？"

"不对。"钟晨鸣道，"你了解得太少了，你知道我Ｑ技能的ＣＤ是多少吗？"

原子："不……不知道，就感觉很快，追两步就不能追了。"

钟晨鸣："一级７秒，每升一级减０.５秒，所以并不是追两步就不能追了，一级的时候，你能追７秒的时间。"

原子好奇道："难道我打架的时候还要倒数秒数吗？打个团怎么办，我脑子里分裂出五个人格来分别倒数？"

钟晨鸣以看傻子的眼神看着他："你Ｑ技能的ＣＤ是多少？"

原子："……"

钟晨鸣不解。

原子："……"

钟晨鸣："９秒，１秒递减，升一级减少１秒的ＣＤ。"

原子表情夸张："原来如此！"

钟晨鸣："你是怎么玩吸血鬼的？"

原子感到十分尴尬："凭……凭感觉啊哈哈哈。"

"用你的技能去算对面技能的 CD 时间，懂了吗？"钟晨鸣道。

原子想了想，说道："其实我以前也是这样来算的，但没有像你这样精确到秒，这样打……你不会觉得累得慌？"

钟晨鸣点了游戏退出："你是职业选手，你觉得累，就可以不进步？"

原子闭了嘴，没再问这种问题。

钟晨鸣又道："退出来，选加里奥。"

"加里奥？"原子连忙道，"我没玩过这个英雄！"

钟晨鸣想了想，说道："版本中单，你选一个？"

版本中单，瑞兹、岩雀、辛德拉、加里奥……还有不管什么版本都能出场的发条。

原子看来看去，决定选个强势一点的中单："辛德拉？"

"这个不是版本强势。"钟晨鸣说着，"这个是不管什么时候都强势,那行,辛德拉。"

看了一圈英雄池，钟晨鸣选了亚索。

原子："你这怕不是在小看我？"

亚索可是一个亲者痛仇者快的英雄，所谓"亚索劝退大法"，大概就是排进去不想打了，选个亚索，很多人看到亚索这个英雄,直接退游戏,不玩不玩,咱们不跟亚索当队友。

当然也不是所有亚索都不行，正所谓敌方亚索与我方亚索，大抵就是亚索在对面，那就贼强，走到哪儿杀到哪儿；亚索在自己方，就贼弱，走到哪儿死到哪儿。

钟晨鸣笑了："你听说过敌方亚索吗？"

然后原子又被钟晨鸣的亚索吊起来打了。

原子看着自己电脑黑白的画面，一脸冷漠，他已经不知道摆出什么表情："你要'死'了。"

钟晨鸣杀完原子，一个 E 技能位移到了对面塔下，本来就只有血皮，这下直接被塔给打死了。

钟晨鸣："失误失误，有点手生。"

原子看出来点情况："你这也是在练英雄？"

钟晨鸣看了看系统推荐装备，否认道："没有，就是太久没玩了，有点手生。"

嗯，他曾经也是亚索劝退流的一员，以及虐菜局亚索专精，怎么能说是在练英雄呢？

原子还能说什么，就算他看出教练在练英雄又有什么用，他还是打不过啊！

钟晨鸣又补充了一句："我觉得一开始就来地狱难度有点太为难你了，慢慢来，慢慢来。"

Boom 排位中抽空看了一眼原子的特训情况，看到他惨不忍睹的补兵和击杀死亡次数，忍不住问道："你一个辛德拉，是怎么被亚索打得这么惨的？"

原子脸上的表情跟便秘一样："我也想知道。"

钟晨鸣在对面提醒："专心对线，别分心，你要死了。"

话说完还没三秒，原子的屏幕又变成了黑白。

经历了昨天的连跪，今天又被吊起来打，原子已经没有激动的情绪了，他十分冷静地问："到底是哪里的问题？"

"细节差了点。"钟晨鸣道，"今天就练习到这里，你看看这个视频。"

钟晨鸣把一个许多年前的教学视频链接甩给原子，原子一点开，就被画面震惊了："这个地图……这是多少年前的版本？还能看？"

"地图跟装备是改了很多，但里面的细节还是没有变。"钟晨鸣说完，还布置了一下明天的任务，"你明天至少用辛德拉打五把排位，选到了记得叫我。"

"好……"原子有气无力地应着，开始看视频。

这个视频是多年前一个韩国人录的。这个韩国人曾经是一个传奇，多少职业选手都被他压着打，但他不想打职业。原子以前也看过这个视频，那个时候很多东西没听懂，现在再次点开来看，又有了一些新的感悟，一些以前觉得无聊废话的东西，竟然也能理解了。

看了一会儿，原子发出感想："这个人对游戏的理解……"

钟晨鸣已经上了韩服账号，开始排位，顺口就接了一句："在你我之上。"

"厉害。"视频中对一个小兵都做出了分析，说小兵在这里会起什么作用，可以怎样利用小兵，原子突然就有了很多想法，"来来来，solo，我这次肯定能赢。"

钟晨鸣已经开始选英雄了，他秒锁亚索，跟原子道："你去排位里面实践吧，我已经进了。"

原子下意识地看了一眼时间："你不睡觉了？"

他们教练晚上十点就会准备睡觉，现在都九点多了，还开了把排位？

钟晨鸣淡定道："打把排位洗洗脑子。"

原子："我真的有这么菜？"

钟晨鸣："是的，你只有吸血鬼能看，但是你想打职业，不能只会一个英雄。"

原子对着教学视频发了会儿呆，突然觉得自己悟到了什么，又看了一眼钟晨鸣，心里又否定了之前的想法，选择了开新一把排位。

他要施展一下刚刚练习的技巧了。

钟晨鸣还在玩他的亚索，他的队友退了一把，第二把的人终于没有被亚索吓到，这才开始了新的一局游戏。

如果要问一直玩亚索又神坑的人，你为什么对亚索不能割舍，一半亚索玩家给出的答案就是："因为好玩啊！帅！厉害！玩亚索会上瘾！"

还有一半的回答估计是："我怎么知道？我想玩就玩了啊。"

钟晨鸣就是用亚索跟原子 solo 之后，突然就觉得这个英雄好好玩，好多细节可以去操作，这个英雄强到爆炸！

于是怀着这样的自信心，钟晨鸣开始了。

"死亡如风，常伴吾身。"

"痛！"

"哈撒给！"

"长路漫漫，唯剑做伴。"

"一剑，一念。"

略显疲惫沧桑的声音从耳机里传来，钟晨鸣似乎也感受到了亚索的剑意，甚至感觉自己亚索附身了，长剑已在手中，酒囊就挂在身上，身边是灵动的霜风。

屏幕中的亚索飘逸灵动，手中长剑所指，即使风所前往的方向，他的身形不快不慢，像是饱经风霜的旅者到了一个安宁的地方，刚想要休息，又遇到了让他挥挥手就能解决的麻烦。

"面对疾风吧！"

"啊！"

钟晨鸣看着自己的战绩，心想，果然剑客是不好当的，刀刃上舔血的事情，实在是不好做啊。

所以对面中单为什么是个安妮，这个年代安妮还能上场吗？

安妮这个英雄，真的是天克亚索，任你飞来飞去，我一个硬控你就玩完。

亚索的大招需要击飞之后才能释放，这一把，他们这边就只有他一个能击飞对面的英雄，没人跟他打配合，自己突进去被安妮一控就玩完，只能打出 GG（Good Game）。

他的队友在疯狂冒韩语，钟晨鸣虽然看不懂，但直觉告诉他，这些人肯定在喷他，不过他反正看不懂，还是自己玩自己的。

一把结束，钟晨鸣的亚索 4：9：11，很可怕的数据。

Master 的问候很快发了过来：【你是在用脚玩游戏吗？】

随之过来的，还有一个游戏邀请和一个通话请求。

钟晨鸣接了游戏邀请，Master 在那边吐槽着："你大师晋级赛这样玩的？"

钟晨鸣笑道："你刚在看我打游戏？"

"嗯，好奇。"Master 说着，"你竟然还会玩亚索，厉害了，结果点进去一看，果然是友方亚索。来来来，让我来拯救你，你继续玩亚索。"

钟晨鸣点开 Master 段位看了一眼："你赢一把就大师晋级赛了，你确定？"

"大号王者 800 点，在乎这一个小号？"游戏排进去，Master 干净利落地选了盲僧，"给你看看什么叫作中野联动，来来来，给你看看什么叫作一脚就回家。"

"你看起来很兴奋啊。"钟晨鸣觉得 Master 今天的状态有点奇怪，"你老板发红包了还是今天发工资了？"

那边静了一下，Master 没说话，转而打过来一行字："我玩了一天的猪妹，真心受不了，我想吃肉，我要吃肉！"

钟晨鸣情不自禁地笑了。

Master 在那边又说："你就算不相信你的亚索，你也应该相信我的瞎子，我一个人打 1.5 个一点问题都没有。"

嗯，他觉得钟晨鸣的亚索算半个人。

然后钟晨鸣这个只能算半个人的亚索就打出了全场最高的输出，原因无他，全是因为 Master 踢得好。

盲僧的大招就是击飞，不仅能击飞目标，还能跟打保龄球一样击飞一群人，Master 一脚踢得好，那钟晨鸣就接个大招，也是伤害爆炸。

前期，Master 的盲僧刚到六级，就跑来中路展现他的神之一脚了，摸眼闪现将对面中路踢了回来，钟晨鸣接上大招，对面中路都还没落地就直接打出 GG。

此后 Master 更是有一次大招来一次中路，就算对面中单躲在塔下，他也绕到后面去一脚将中单踢出来，让钟晨鸣接上大招。

最厉害的一次，是团战的时候，Master 一脚踢四个，钟晨鸣接上大招，配合其他队友的伤害，直接三秒团灭对面，钟晨鸣拿到了个五杀。

事实证明，装备起来，并且有击飞配合的亚索还是十分恐怖的，钟晨鸣两刀就砍死一个脆皮，让对面一点还手之力都没有。

打完这把游戏，钟晨鸣跟 Master 说了一声睡了，就关了游戏。

Master 好像也玩得很爽，钟晨鸣睡了他还继续玩盲僧，跟路人中单玩着，没有跟假粉丝玩着舒服，他也不知道是为什么。

可可提供的房间很简单，一个房间里面放着上下铺的铁床，之前 BUG 睡下铺，上铺放着杂物，钟晨鸣来了，杂物就被堆到了墙角，整个房间看起来很拥挤。

BUG 之前之所以是一个人住，是因为这个房间很小，应该是用作书房的，除了放个 1.2 米的上下铺，只能放一个大柜子，柜子跟床之间的过道不到 50 厘米。

现在天气越来越热，一床席子一条毯子就解决了睡觉问题，钟晨鸣在床上躺了一会儿，想了想战队的事。

他还没睡着，下铺传来一阵响动，他睁眼往下一看，是BUG进来拿衣服，应该是准备去洗漱。

"BUG。"钟晨鸣叫住了他，还看了一眼房门。

"龟毛"如BUG，果然进来是关了门的，钟晨鸣问："你有没有兴趣打辅助？"

"辅助？"BUG很奇怪，"豆汁不是打得好好的吗？"

钟晨鸣："你确定他打得好好的？"

BUG立即改口："好吧。说吧，到底怎么回事？"

钟晨鸣跟BUG交谈了十来分钟，BUG最后点了点头："我可以试试。"

而过了不久，另一个房间内，Boom也在跟原子聊天。

Boom道："你今天的训练感觉如何？"

原子躺床上玩着手机，回道："还行，我有些思路了，之前想进步都找不到方向，现在大概知道怎么改。"

Boom："那个教练的实力如何？"

原子敲手机的手指头一停，他想了想，一翻身坐了起来，看着Boom："很强，真的很强，我感觉我跟他玩的是两个游戏，这个人，我觉得他已经把这款游戏吃透了。"

"真有这么强？"Boom挑了下眉。

"对，真的。"原子道，"之前我跟他双排的时候还没发现，后来他跟我讲的那些技巧，真的很可怕。你知道弱势打强势的时候，兵线过来应该A一下哪个小兵，就可以瞬间扭转局面吗？"

"你们中路的讲究？"Boom想了想，摇头道，"不知道。"

"我也不知道。"原子老实说，"有时候是第一个远程兵，有时候是第二个远程兵，我还在摸索，他给我的视频里倒是讲了这些，但是我还没完全看懂。"

"我不关心这些。"Boom看着原子，"我只关心，他来到底有没有用。"

"很有用。"原子想也没想，直接道，"如果是他的话，我觉得可以。"

Boom 换上他的老干部睡衣，听到这话突然笑了："不走了？"

原子往床上一躺，继续玩他的手机："不走了不走了，我都要放弃了，但是我觉得他可以拯救我们。"

Boom 道："那我提醒你一下，我们的公共账户里面所剩金额不到五千块了。"

原子将手机一扔，从床上跳了起来："什么？！"

"淡定淡定。房租交到了年底，阿姨这个月的工资也发了，水电气费还有阿姨的买菜钱一个月加起来也就三千块左右，哦……需要开空调了，"Boom 开始精打细算，"我们可以给阿姨说少买点肉，多吃蔬菜对身体好，开空调的时间延迟一点也可以的，不过下个月估计我们得自己做饭了。"

"不不不，"原子哀号着，"下次比赛是什么时候？"

Boom 道："蓝鲸网咖联赛，下个月 1 号开始，距离比赛开始还有十四天，冠军奖金是十万块。"

"那亚军……哦不，前十名奖金是多少？"

Boom："亚军七万块，季军五万块，四五名两万块，其他没有。让我提醒你一下，这是总冠军的奖金。"

"蓝鲸真抠。区域冠军呢？"

Boom："两万块。"

"还是睡觉吧。"原子把被子拉到脸上，盖住了自己，假装睡觉，其实依旧在玩手机。

Boom 声音也低了下来："你说现在这个情况，能打吗？"

原子的被窝里没有传来声音，仿佛他已经睡着了，被窝里，他的手机上播放着昨天 NGG 的比赛视频，但是他看的不是解说视频，而是退役职业选手的复盘视频，也就是以职业选手的角度，来解读这一场比赛。

前路未可知，或许是绝路，但不到完全失去希望的时刻，没有人想后退。

逐梦战队的大家都睡了，热闹的客厅训练室也归于了沉寂，但依旧有人因为电竞事业而清醒着。

小杨是个编辑，《英雄联盟》野生公众号"德玛西亚"的编辑。

"德玛西亚"是一个关注人数上十万的公众号，可以提供一些有意思的数据查询，比如查一查你的妹子缘什么的这种不靠谱的数据，同时它每天也会推送一些有意思的新闻。

　　这个公众号一共只有一个编辑，那就是小杨，小杨每天的事情就是搜罗《英雄联盟》里面的新鲜趣事，然后自己添油加醋，写个吸引人点进来的标题，将这些趣事放上去。

　　当然，平时的比赛赛程，或者一些靠谱的赛事分析小杨也会放上去。

　　"德玛西亚"每天早上十点推送一次关于《英雄联盟》的新闻，但明天的头条新闻是什么，小杨还没有找到。

　　"MW状态成谜，夏季赛开局不利？"

　　——这个不行，上一周已经写过了。

　　"Master逆天改命，疯狂救主？"

　　——这个也不行，跟之前的内容不是差不多嘛。

　　"NGG拿出‘瓜皮’阵容，竟然吊打DSK？"

　　——这个稍微看了点比赛的人都知道结果，没什么好写的。

　　小杨抓着自己的头发，端起桌上的卡布奇诺抿了一口，只觉得自己再将这个公众号经营下去，怕是要折寿了。

　　隔着电脑看向窗外，远处的路灯光依旧亮着，深夜里传来孩子的哭声。小杨叹了口气，做公众号这条路是他自己选的，他喜欢这个游戏，但是打职业他肯定是打不动了，他只能以另外一种方式，从事着电竞事业，现在公众号已经有了起色，怎么能轻易放弃。

　　小杨打起精神来，既然最近都没什么好写的，那去贴吧看看吧，说不定会有惊喜。

　　打开某个LOL著名的贴吧，小杨开始看今天大家讨论的内容。

　　他不去官方贴吧，是因为没什么好去的，那里基本是一片祥和，倒是这些贴吧可能会曝出一些惊天新闻。

　　嗯，就算不是惊天新闻，到了他手里，他也能给它变成一个惊天新闻。

　　进了贴吧，小杨一眼锁定了首页的一个帖子。

　　"‘废物五’怕是要退役了，来看看跟Master双排的水友的实力，吊打‘废物五'。"

　　早上八点，钟晨鸣照常起床，吃了早饭打开电脑，先看了看昨天晚上队员们的单排情况，然后开始直播。

　　虽然时间很早，但他开播之后还是稳定有几万观众，毕竟他这段时间都是早上开播，吸引的更多也是一些早起无聊的观众。

　　打了几把游戏，Master 上线了，拉钟晨鸣双排，这时候他直播间的人数又上涨了一截。

　　跟 Master 游戏没打多久，开新一局的时候 Master 突然说了个"等等"，然后没声了。

　　钟晨鸣点开 Master 的战绩看了看，发现他昨天晚上又玩了两把盲僧这才去睡觉，看来真的是玩猪妹玩得很烦了。

　　过了半分钟，Master 的麦开了："你先开一把，我有点事。"

　　"好。"钟晨鸣随口一问，"大清早的什么事啊？"

　　Master 没有立刻回答，好像是思考了一下，才说："上厕所。"

　　知道 Master 是有事，但看到他找了个如此烂的理由，钟晨鸣还是忍不住吐槽："你上厕所还要思考两分钟再去的吗？"

　　"突发情况。"Master 回道，"我是在考虑跟你打完这把还是不打完，算了，我还是先去处理一下。"

　　说完，Master 关了企鹅号语音，也退了组队房间，就游戏还挂着没退。

　　钟晨鸣跟直播间的观众聊了两句，自己开始单排。

　　退了组队房间的 Master 被经理叫过去了。

　　之前他在跟钟晨鸣双排的时候，他家经理突然从企鹅上发过来一张截图，并且叫他去一下办公室。

　　那张截图上有很搞事的一行字：五神状态低迷，MW 恐换新中单？Master 与新中单双排已久？

　　Master 不用找经理要里面的内容，他都知道这个公众号写了些什么内容，真的是最近 MW 的节奏被带得飞起。

他想来想去，还是摸出自己的手机自己上公众号看了看，结果发现标题离谱，里面的内容还是可以的。这篇文章实力分析了一番，称网上说的都是假的，双排的人不是 MW 的人，只是一个高段位主播而已什么的，然后又为五神说了一段话，说 MW 的问题不在五神一个人身上。

最后，公众号还放上了一些他跟假粉丝双排时候，假粉丝的精彩操作，看得 Master 都觉得溜得不行，还想着双排的时候怎么没发现假粉丝这么溜的，当时都觉得是基本操作，是因为"基本操作"看太多了？

看完公众号的内容，心里有了个底，Master 跟假粉丝打了声招呼，去了经理那里。

经理的办公室就跟训练室隔了个墙壁，至于为什么不是经理过来，而是喊 Master 过去，那自然是接下来的谈话让队员们听到了不太好。

一见到 Master 进来，经理就问 Master："这个 18 是你朋友？"

Master 熟门熟路地在经理对面坐下，点点头："对。"

"你俩这是怎么一回事？你打游戏的时候有没有说什么乱七八糟的话？"经理又道。

Master 十分坦然："没有，就很正常的双排。"

经理管天管地也管不了 Master 跟谁双排，何况他还对这个跟 Master 双排的中单感兴趣，又问了几句其他的，这才旁敲侧击问道："你这个朋友多大了？准备一直做主播赚钱吗？"

Master 想了想，不太确定道："应该不大，他说过想打职业，应该不会一直做主播。"

经理一听，觉得有戏："你帮我问问要不要过来试训？"

Master："之前我给你说过，你已经拒绝过了。"

"有吗？"经理一头雾水，完全没有印象。

"我说我有个朋友，想打职业，很强，嗯……国服钻一。"

经理觉得这都不是事儿，一挥手就下了决定："那个时候是不知道，你再去帮我问问，就说我看好他。"

Master："我试试吧。"

交谈结束，Master 正准备走，经理又神秘兮兮地叫住了他，故意压低了声音说："这个事儿你不能让五神知道。"

"我懂。"Master站了起来，见经理还不放心，又补充了一句，"我理解他，不会说的。"

五神……是一名老将了，在MW效力了几年，年轻气盛的时候被NGG压着打，好不容易单杀晨光证明自己，但那个时候，大家都明白，晨光已经不是以前的晨光，能单杀晨光的，也不止五神一人。

后来他打出成绩封神，Master那时候才加入MW，与他成为队友。

五神教过Master很多，他很感激五神，与五神的关系一直亦师亦友，只是最近战队有点状况。

Master没有第一时间去问假粉丝，而是等假粉丝关了直播，他看了看旁边的空气有没有看他，这才跟做贼似的打下两行字：【你打到大师了，这个段位可以了，有没有兴趣来MW试训？】

钟晨鸣下了直播正准备去吃饭，看到这几个字，还是先回复了：【没兴趣。】

Master：【？？？】

钟晨鸣：【牙牙退役了吗？】

Master：【退役了。】

他有些莫名其妙，牙牙是MW的老选手，怎么假粉丝突然问起这个问题来了？

钟晨鸣：【我没记错，他才二十一岁吧？】

Master：【好像是？】

钟晨鸣手指在键盘上敲了几下，觉得跟Master这个傻白甜也说不清楚，想了许久才打下几个字：【挺可惜的，他很有想法。】

牙牙是Master之前的打野选手，打野中规中矩，没什么亮点，在LPL里面算个二流打野水平。

但就是这个二流打野，在MW最艰难的时候保住了MW。

MW有过很艰难的一段时光，沦落到了保级赛边缘，五神一个人独木难支，牙牙在那个时候站出来，跟五神一起，将MW从保级赛里拉了回来。

保级赛，如果输了，就可以跟LPL再见了。

后来MW做出了一些人员调整，从自己的青训队里面把Master提了上来，又引进了韩援，这才救活了这支队伍，也成就了 Master 现在的名气。

从此以后，牙牙就一直被雪藏，再未有过上场机会。

那时候晨光已经退役了，这些事情是他平时看比赛，刷微博自己了解到的。牙牙是一个很温和的人，他也开了个微博，粉丝不多，一开始还会更新一些战队日常，后来微博渐渐更新得少了，钟晨鸣能从那些微博里了解到他在战队里越来越边缘化，甚至沦为了吃闲饭的。

他没有去其他战队，也没有继续打职业，在黄金年龄，他选择了退役。

到底是什么原因让他在黄金年龄退役，钟晨鸣能猜出来的大概也就那么几点：没有战队要他；原战队卡合约；战队故意雪藏。

无论是哪一条，听起来都很让人寒心。

钟晨鸣又问了 Master 一个问题：【你们之前的一些战术，是不是牙牙搞的？去年春季赛那些。】

Master 很快回答：【是。】

那个时候 Master 已经从青训队被提了上来，这回答就更让人寒心了，牙牙是一个十分有想法的选手，不知道什么原因，MW 就将人赶走了。

牙牙退役的事情还是钟晨鸣这几天了解到的，因为 Master 是 MW 的人，他就去找了找 MW 的资料，之前 MW 战队的评价在 LOL 电竞圈里面还挺好的，结果这几天他一找，突然就找到了 MW 一堆莫名其妙的事儿。

就比如夏季赛，MW 的 ADC 换人了。

Master 看到钟晨鸣的几个问题，也觉得钟晨鸣来 MW 没戏了，但他突然又觉得，钟晨鸣不来 MW 也是一件好事，现在的 MW，连他都在思考着要不要等合约到期了就转会。

MW 春季赛高歌猛进，甚至能跟 NGG 一争高下，却在夏季赛开局不利，举步维艰，是有原因的。

之前他们的 ADC 是个韩援，也是个很强的明星选手，但春季赛的版本，ADC 太弱势，基本没什么用，甚至出现了无 AD 打法，转会期老板就直接把 ADC 给"卖"了，换了现在的小将田螺。

田螺在之前的那个版本表现得很不错，之前那个版本把 ADC 当成团队辅助来打，田螺能发挥得很好，做好需要他做的事，但官方也意识到了 ADC 太弱的问题，做了几次微小的改动，改一次 ADC 强一次，到了当前版本，ADC 已经重新站了起来。

现在这个版本，前 20 分钟看中野节奏，后面就看 AD 输出，田螺这方面实在是太差，他无法在险境中打出输出来，但偏偏，ADC 就是一个需要在大家都集火他的条件下，打出输出的位置。

而五神还是一如既往地信任他的队友可以跟在他的身后，打出成吨的伤害，所以他团战的时候总是一往无前，但是应该跟上伤害的队友总是站在末尾梦游，也就造成了五神冲进去死了，团战没法打下去的局面。

五神很不满，第一周比赛打完甚至找经理吵了一架，Master 当时在门外听着，只觉得五神一句"管理全是傻瓜"就挂在嘴边，没有说出来。

今年他们新换了一批管理，Master 自己也没想到新管理是用脚趾头在思考问题，一切向钱看，我们不用最厉害的选手，只用最实惠的！

Master 敲了几个字：【你来 MW，就算是青训，也算是镀了一层金。】

钟晨鸣：【去青训我年龄太大了，现在不到转会期，我想再看看，至少等我打上王者，到时候也更好跟俱乐部谈条件。】

忽略掉心里那点淡淡的失落，Master 打字道：【你排位可以喊我，我跟你双排，上分快点。】

钟晨鸣：【谢谢大腿。】

Master 看着"大腿"两个字，心情好点了：【你才是大腿，求大腿带上王者。】

钟晨鸣：【行啊，给钱带飞。】

Master 立刻给他发了个 0.01 元的红包过去。

那边回得很快：【哇，我野神这么便宜的吗？能不能包个月？】

Master：【滚。】

- 第一册 完 -